BJÖRN BERENZ

Knäckegra

Autor

Björn Berenz ist Jahrgang 1977 und gebürtiger Koblenzer. Als Redakteur war er jahrelang in einem süddeutschen Verlag tätig. Schon in Zeiten seiner hauptberuflichen Verlagslaufbahn hat er mit dem Schreiben von Geschichten begonnen und seitdem viele Romane und Hörspiele in den unterschiedlichsten Genres veröffentlicht. Seine Wurzeln als Bäckerssohn, eine eigensinnige Mutter und eine Autopanne, die ihn bei einem ausgedehnten Schwedentrip auf einem von Senioren geführten Aussiedlerhof stranden ließ, brachten ihn schließlich auf die Idee zu seinem ersten Schwedenkrimi »Knäcketod«. Björn Berenz lebt als freier Autor mit seiner Frau und seinen beiden Töchtern in der Vulkaneifel.

Von Björn Berenz bereits erschienen
Knäcketod

BJÖRN BERENZ

KNÄCKE GRAB

KRIMINALROMAN

blanvalet

FSC
www.fsc.org
MIX
Papier | Fördert gute Waldnutzung
FSC® C014496

Penguin Random House Verlagsgruppe FSC® N001967

1. Auflage 2024

Dieses Werk wurde vermittelt durch die
Literarische Agentur Thomas Schlück GmbH,
30161 Hannover
Redaktion: Angela Kuepper
Umschlaggestaltung: U1berlin/Patrizia Di Stefano
Umschlagmotiv: © Patrizia Di Stefano
unter Verwendung von Motiven
von Shutterstock.com (mspoint; Ilya Bolotov;
MMShopArt; ABC vector; MchlSkhrv)
BSt · Herstellung: sam
Satz: Buch-Werkstatt GmbH, Bad Aibling
Druck und Bindung: GGP Media GmbH, Pößneck
Printed in Germany
ISBN 978-3-7341-1234-8

www.blanvalet.de

PROLOG

»Ich hoffe bloß, dass sich kein Bär hineinverirrt hat.« Mit einem leisen Ächzen hockte Joppe sich hin und zog instinktiv den Kopf ein, während er versuchte, im vor ihm liegenden Dunkeln irgendetwas auszumachen. Er hatte ein Lachen in der Stimme, doch das täuschte nicht über seine Sorge hinweg. Immerhin befanden sie sich tief in einem dichten Wald.

»Unsinn!« Hinter ihm erklang tatsächlich ein Lachen. »Allerhöchstens ein Waschbär.«

Diese Information machte die Lage keineswegs besser. Seit einer unangenehmen Begegnung mit einer Horde aggressiver Waschbären in Guatemala stand er mit den Tieren auf Kriegsfuß. Dennoch zwang er sich durch die Öffnung.

Die Taschenlampe warf ihren konzentrierten Lichtkegel auf die alten Steine, die das Innere der Grabkammer formten. Er war historisch bewandert, hatte sein halbes Leben lang nach solchen Orten gesucht, und nun stand er vor einer Entdeckung, die alles in den Schatten stellen könnte, was er bisher gefunden hatte. Sein Heiliger Gral, seine Bundeslade. Sein Kristallschädel.

Seine alterstrüben Augen brauchten einen Moment, bis sie sich an die Dunkelheit gewöhnten, seine Nase war da weitaus schneller und trug ihm die Gerüche von Verwesung und Altertum heran. Er kannte sie gut. Es war nicht die erste Grabkammer, die er betrat.

Der Lichtstrahl wanderte wieder zu den steinernen Wänden, wo aufgemalte Wappen, Kreuze und Runen sichtbar wurden. Mittelalterliche Waffen lagen auf dem Boden, lehnten an den Wänden. Darunter ein rostiger Langbogen und ein intakter Kriegshammer. Ein Erkennen durchzuckte ihn.

»Dann ist es also wahr! Es ist genau so, wie es die Legende besagt …«

Bedächtig trat er in die Kammer, nahm jede Einzelheit konzentriert auf, bis er vor dem massiven steinernen Sarg stand, der wie ein Altar in der Mitte thronte. Das Gesicht seiner Begleitung war nur schemenhaft im schwachen Licht der Taschenlampe zu erkennen. Mit einem stillen Nicken verständigten sie sich, legten die Hände auf die schwere Platte und begannen, sie mit gesammelten Kräften zu bewegen. Ein durchdringendes Geräusch ertönte, als sie die Grabplatte mühsam anschoben. Endlich gab die Platte nach und kippte zur Seite, fiel mit einem dumpfen Schlag auf den Boden.

Aufgewirbelter Staub trübte kurz die Sicht, doch als sie sich klärte, erstarrten sie für einen Moment. Dort, in seiner letzten Ruhestätte, lag ein menschliches Skelett. Umgeben von verfallenen Teilen einer Ritterrüstung, blickte der Schädel sie aus leeren Augenhöhlen an.

Einen Herzschlag lang waren beide von der Entdeckung überwältigt, jede Bewegung und jeder Laut schien aus der Welt verbannt. Es war, als hätte die Zeit angehalten, um diesem Augenblick seinen gebührenden Respekt zu zollen.

Das Wappen auf dem Schild war kaum zu erkennen, dennoch machte Joppe ein großes X darauf aus.

»Das Signum«, raunte er, »… er ist es.«

Nun raste sein Herz vor Erregung und gleichzeitig spürte er ein tiefes Gefühl der Zufriedenheit. Ein Rätsel, das er sein ganzes Leben lang zu lösen versucht hatte, offenbarte sich ihm endlich.

Er erntete ein stoisches Nicken seines Gegenübers. »Wie ich es gesagt habe.«

»Es ist also wahr!« Seine vor Aufregung zitternden Hände tauchten in das offene Grab, berührten das Wappen des Schildes. Erst vorsichtig, dann energischer suchend.

Mit einem festen Ruck hob er den Schild aus dem Grab, warf ihn achtlos hinter sich.

»Das Schwert!«, fuhr er auf. »Er trägt es nicht bei sich.« Sein Lichtstrahl glitt erneut in den Sarg, tastete die Rüstung ab, den leeren Raum neben dem Skelett. »Das Grab eines Ritters ohne ein Schwert.« Nur langsam drang die Bedeutung dieser Entdeckung zu ihm durch.

Doch er sah noch etwas anderes: eine hauchzarte längliche Silhouette … Das musste der Abdruck des Schwertes sein! Er beugte sich tiefer hinunter und ließ die Finger über die Umrisse gleiten, die sich wie ein Schatten in den fahlen Stoff eingeprägt hatten.

Konnte es wirklich sein? Hatten die drei recht behalten?

Aufgewühlt ließ er den Lichtstrahl erneut den Sarg abtasten.

Das fehlende Schwert könnte der Beweis sein. Noch einmal ließ er die gesamte Umgebung auf sich wirken, vertiefte sich in die Runen an den Wänden. Dann drehte er sich ruckartig um, stammelte ehrfürchtig: »D-d-das hier ist tatsächlich der Fundort.«

»Hätte ich dich sonst hierhergeführt?«

Noch einmal wandte er sich dem Sarg zu, der Silhouette im Stoff, versuchte, sich vorzustellen, wie das Schwert einst hier gelegen hatte, bevor …

Er trat von dem Grab zurück und fixierte die Steinwand mit den eingeritzten Insignien. Eine Schweißperle löste sich von seiner Stirn und fiel ihm brennend ins Auge. Es war mörderisch heiß. Er war froh, draußen seine Jacke abgelegt zu haben. Außerdem empfand er ein tiefes Gefühl des Misstrauens gegenüber diesem Menschen, der ihn hierhergeführt hatte. Ein Umstand, der ihn innerlich noch mehr zum Schwitzen brachte.

»Das Geld«, sagte er. »Es ist jede Krone wert. Danke, dass du mir diesen Ort gezeigt hast.« Er lächelte.

»Natürlich. Wie viel Bedeutung kann einem historischen Objekt denn schon ohne seinen Ursprungsort beigemessen werden?«

Er nickte zustimmend. Das war der Grund, warum er lieber mit Profis zusammenarbeitete. Er hob die Arme. »So viel Geld trage ich natürlich nicht bei mir«, sagte er. »Aber ich werde es holen gehen. Du kannst mich gerne begleiten, wenn du mir nicht traust.«

»Dir trauen?«, kam es fragend zurück. Doch dann: »Keine Sorge, du läufst mir nicht weg.«

Er lachte zunächst, hielt dann aber inne. Etwas an dieser Bemerkung irritierte ihn. Möglicherweise lag es an der Gleichgültigkeit, mit der die Worte vorgebracht wurden. Aber da war noch etwas anderes. Die letzten Silben verschwanden in einem angestrengten, fast erstickten Keuchen.

Er wollte sich gerade zu seiner Begleitung umdrehen, als er einen schneidend scharfen Schlag am Hinterkopf verspürte. Ein stechender Schmerz durchzuckte ihn, und im Bruchteil einer Sekunde realisierte er, dass etwas schiefgegangen war. Ein Sog von Gedanken und Gefühlen wirbelte durch seinen Geist, bevor er zu Boden sank.

Ein letzter Gedanke blitzte in seinem Verstand auf, formierte sich hinter seiner Stirn. *Es war eine Falle. Und ich bin hineingetappt …*

Und dann verschluckte ihn die Dunkelheit, als hätte er nie existiert.

Schwedisch für Anfänger – Teil 1

»Man kan inte både äta kakan och ha kakan kvar.«

Wörtlich: Man kann nicht sowohl den Kuchen essen als auch den Kuchen übrig haben.

Deutsch: Man kann nicht auf zwei Hochzeiten tanzen.

1

EIN WEITERER TAG IM NEUEN LEBEN

EIN PAAR TAGE FRÜHER …

Ina hatte die schwedische Morgensonne noch nie so hell leuchtend gesehen. Sie stand in der Bücherecke ihres kleinen Souvenirladens auf dem Tingsmålahof und genoss den Anblick der Sonnenstrahlen, die das Innere des Ladens in ein warmes, einladendes Licht tauchten. Gerade war sie dabei, die neuesten Bücher einzuräumen, die sie für die Sommergäste bestellt hatte. Unter ihnen befanden sich auch englische und deutsche Werke, die für die internationalen Gäste des Hofes gedacht waren. Unterstützt wurde sie dabei von Agneta, der Hofbesitzerin, die ihr half, die Regale zu füllen.

Liebevoll strich Ina mit den Fingerspitzen über die Einbände der gerade erst ausgepackten Ware. Jeder einzelne Titel war sorgfältig ausgewählt. Sie vertraute voll und ganz auf ihre Erfahrung. Ein halbes Leben hatte sie ihre eigene Buchhandlung in Deutschland geführt und wusste genau, wie man ein gutes Buch unter der Vielzahl an Veröffentlichungen herauspickte. Das Weizenkorn unter der Spreu. Und so hatte sie neben den etablierten großen Namen der Szene auch einige Krimis von schwedischen Autoren bestellt, die selbst hierzulande noch nicht allzu bekannt waren. Bislang hatten ihre Kunden in Deutschland ihre Empfehlungen stets zu schätzen gewusst. Warum sollte es hier auf dem Tingsmålahof anders sein, zumal sie die Sprache bis in die Feinheiten beherrschte? In den wenigen Wochen ihrer Anwesenheit hatte sie jedenfalls schon eine kleine Stammkundschaft aufgebaut.

Während sie die Reihe der bereits einsortierten Bücher betrachtete, verspürte sie ein inniges Gefühl der Zufriedenheit. Sie war wieder in ihrem Element, umgeben von Geschichten – wie ein kleines Stück Heimat, das sie mit nach Schweden gebracht hatte. Zugegebenermaßen litt das übliche Sortiment des Souvenirlädchens erheblich unter dieser Umstrukturierung, da nun ein Großteil der Verkaufsfläche von Bücherregalen eingenommen wurde, nachdem die Produktpalette der namensgebenden Souvenirs auf ein Minimum reduziert worden war. Mit gezielter Hand hatte sie die platzfressenden Mitbringsel nach und nach verbannt, um jeden verfügbaren Raum mit Büchern zu füllen.

Noch immer war es für sie kaum vorstellbar, dass sie erst vor wenigen Wochen nach Schweden gekommen war und nun sogar ihren eigenen Laden führte. Sie fühlte sich bereits wie zu Hause. Als wäre es nie anders gewesen. Selbst diesem kleinen Geschäft hatte Ina in der kurzen Zeit ihren Stempel aufgedrückt. Mehr denn je war sie entschlossen, genau hier einen Neuanfang zu wagen. Obwohl sie den schmerzlichen Verlust ihrer großen Liebe Viggo verkraften musste, hatte sie inmitten der unberührten Natur und den warmherzigen Menschen dieses Hofes ihr Glück gefunden. Mit Agneta, die ihr in der Kürze der Zeit eine wertvolle Freundin geworden war. Mit deren Schwiegermutter Ebba, die

Ina sofort ins Herz geschlossen hatte. Und ganz besonders mit dem eigenbrötlerischen Svante, mit dem sie viel verband und noch einiges mehr, was sie selbst gar nicht so recht einzuschätzen vermochte. All dies waren gute Gründe für einen perfekten Neustart. Einzig ihre Tochter fehlte zu ihrem Glück. Ein ums andere Mal hatte sie versucht, Paula zu erreichen. Mittlerweile konnte sie die Nachrichten, die sie ihr aufs Band gesprochen hatte, gar nicht mehr zählen. Wobei sie natürlich wusste, dass es kein Band war wie früher, sondern eine Mailbox, deren Inhalt vermutlich im Nirgendwo versandete. So oder so hatte sie von ihrer Tochter bislang kein Lebenszeichen erhalten. Dass Paula nichts passiert war, schloss Ina daraus, dass weder die deutschen Behörden noch ihr Ex-Mann versucht hatten, mit ihr Kontakt aufzunehmen, um ihr von einem tragischen Unfall oder anderen Schauerlichkeiten zu berichten.

»Woran denkst du?«, fragte Agneta.

Ina war gerade dabei, einen englischen Krimi mit einem besonders hübschen Buchschnitt ins Regal zu stellen. Sie zuckte so arg zusammen, dass er ihr beinahe aus der Hand gepurzelt wäre. Ihr Blick wanderte zu dem Fenster, durch das die Morgensonne hereinschien. »Ich muss etwas gegen das Licht in meinem Schlafzimmer tun«, gab sie zusammenhanglos von sich. Sie stützte die Hände auf die Hüften. »Die Nächte sind so kurz und für mich noch immer ungewöhnlich hell hier.«

Agneta lachte leise. »Genieße es! Die Winter in Schweden sind lang und dunkel.«

»Trotzdem würde ich gerne mal wieder durchschlafen.«

Ihre Freundin nickte verständnisvoll. »Hast du an Plissees gedacht? Oder Rollos? Die könnten helfen.«

Ina hielt kurz inne. Tatsächlich hatte sie schon darüber nachgedacht, wusste jedoch nicht im Geringsten, wie sie die Dinger befestigen sollte. Sie hatte sogar Svante um Hilfe gebeten, doch bisher war er noch nicht dazu gekommen, weil er so viele andere Dinge um die Ohren hatte. Sie fragte sich, welche. Gerade wollte sie zu einer Antwort ansetzen, als sich eine dunkle Stimme in den Laden verirrte.

»Agneta? Ina? Seid ihr da?«

»Janis?«, rief Agneta freudig. »Komm doch rein.«

»Das geht nicht!« Nun erkannte auch Ina die Stimme von Ebbas Enkelsohn. »Aber ihr müsst unbedingt rauskommen. Ich will euch etwas zeigen!«

Die beiden Frauen sahen sich mit hochgezogenen Brauen an, bevor sie sich in Bewegung setzten. Ina las Skepsis im Blick ihrer Freundin, denn Janis war stets für Überraschungen gut.

Und tatsächlich: Draußen vor dem Souvenirladen stand der junge Mann mit strahlendem Gesicht und hielt ein geflochtenes Seil in der Hand, das wiederum zum langen Hals eines Tieres direkt neben ihm führte. Ina konnte kaum glauben, was sie da sah. Das Tier war etwa so groß wie ein kleines Pony, jedoch mit wolligem Fell. Große runde Augen blickten sie neugierig an und es trug einen Ausdruck tiefer Gelassenheit auf seinem putzigen Gesicht.

»Ein Lama«, hörte sie Agneta neben sich raunen.

Inas Blick wanderte über das Tier. Das Fell war von einem cremefarbenen Ton, mit dunkleren Flecken um die Augen und am buschigen Schwanz. Es hatte lange, gebogene Ohren, die aufmerksam zuckten, und eine knopfähnliche Nase, mit der es neugierig herumschnupperte. An der

Leine, die Janis fest in der Hand hielt, baumelte ein kleines Glöckchen, das bei jeder Bewegung leise klingelte.

»Kein Lama«, erwiderte Janis in belehrendem Tonfall. Dabei schüttelte er so heftig den Kopf, dass seine langen Haare wild umherflogen. »Es ist ein Alpaka. Ich habe es aus einem Wanderzirkus gerettet und jetzt gehört es mir.« Breit grinsend schaute er sie nacheinander an. Ina lächelte automatisch zurück. Einfach, weil das Tier so unendlich niedlich aussah.

»Und jetzt?«, fragte Agneta mit gerunzelter Stirn. »Was hast du damit vor?«

»Was wohl?« Janis runzelte zurück. »Es behalten. Ich bringe es in den Streichelzoo, zu den Ziegen und den Eseln.«

Das Alpaka blinzelte sie an und schnaubte leise, als ob es seine Zustimmung gäbe. Sein Kopf senkte sich in Richtung des Seeufers.

»Kommt ihr mit runter, zu Ashley?«, erkundigte sich Janis. »Sie wird bestimmt aus allen Wolken fallen, wenn sie das Alpaka sieht.«

Agneta seufzte ergeben. »Ganz bestimmt wird sie das.«

Ina konnte nicht anders, als mit einem fröhlichen Lächeln den Moment zu genießen. Da standen sie in der Morgensonne auf der Veranda ihres Lädchens und betrachteten ein bildhübsches Alpaka, das Janis von irgendwo hergezaubert hatte. Es war ein seltsamer, aber auf eine bestimmte Weise perfekter Augenblick – ein weiterer Tag in ihrem neuen Leben in Schweden.

»Also, kommt ihr mit?« Janis setzte sich mit dem Tier in Bewegung und drehte sich noch einmal zu ihnen um, doch Agneta schüttelte den Kopf. »Wir können leider nicht«, sagte sie. »Wir haben noch eine Verabredung.«

Ina nickte zustimmend, doch in ihr keimte ein Gefühl der Enttäuschung auf. Zu gerne hätte sie das Alpaka in den Streichelzoo begleitet. Doch der Termin duldete keinen Aufschub.

»Oh, ihr seid verabredet?« Janis wirkte überrascht. »Mit wem und wann?«

Ina hob den Arm und schaute auf die Uhr an ihrem Handgelenk. »Genau jetzt.«

Wie auf ein Signal hin erblickte sie in der Ferne eine rötlich schimmernde Staubwolke, die sich auf den Hof zubewegte, während ein schnittiger Streifenwagen sie hinter sich herzuziehen schien. Wenn Ina etwas in ihrer neuen Heimat zu schätzen gelernt hatte, dann war es die Pünktlichkeit der schwedischen Kultur, von der sich selbst die Deutschen noch etwas abgucken konnten.

»Der Snut schon wieder?«, fragte Janis, der ihrem Blick gefolgt war.

»Ganz genau«, erwiderte Agneta ein wenig gereizt, weil ihr wohl sein Ton nicht gefiel. »Der *Polizist*, der uns allen aus der Patsche geholfen hat.«

Janis hob beschwichtigend die Hände. »Nichts für ungut. Ich finde ihn ja auch schwer in Ordnung«, sagte er. »Für einen Snu…, ich meine, für einen Polizisten.« Er grinste entschuldigend. »Immerhin hat er mir das Leben gerettet.« Sein Grinsen erstarb jäh. »Und mich dann ins Gefängnis gesteckt.«

»Bilde dir darauf bloß nichts ein.« Agneta, die ihre gute Laune wiedergefunden hatte, knuffte ihn übermütig in die Seite. »Das hat er mit mir auch schon gemacht.«

»Außerdem haben wir keine Verabredung mit Lars«, stellte Ina klar, »sondern mit dessen Vater.«

Janis zuckte nur mit den Schultern und zog das Alpaka sanft hinter sich her. Auf halbem Weg zum Streichelzoo rief er in Richtung des Campers am Ufer: »Schau mal, Ashley, was ich dir mitgebracht habe.«

Ina und Agneta beobachteten das ungewöhnliche Gespann noch einen Moment, während der Polizeiwagen sich ihnen näherte. Kaum zum Stillstand gekommen, öffnete sich auch schon die Beifahrertür, als hätte der Wagen es eilig, seinen Insassen loszuwerden. Umständlich schälte sich Ove aus dem Sitz, schnappte sich eine längliche Tasche vom Rücksitz und winkte beim Aussteigen den beiden Frauen zu. Mit dem Zufallen der Tür wandte er sich noch mal zu seinem Sohn um, der hinter dem Steuer klemmte.

»Danke fürs Mitnehmen«, sagte er durch das heruntergelassene Fenster. Dann klopfte er mit der flachen Hand auf das Dach des Volvos. Das internationale Erkennungszeichen für: *Jetzt fahr schon!*

»Viel Spaß beim Angeln«, meinte Lars, der offenbar nicht im Traum daran dachte, sich von seinem Vater sagen zu lassen, wann er loszufahren hatte. »Und pass schön auf dich auf, das Ufer ist rutschig. Wir wollen doch nicht, dass du in den Bach fällst.«

Ove streckte ihm den mittleren seiner fünf Finger entgegen, was Lars zu einem herzhaften Lachen veranlasste. Gemächlich lehnte er sich aus dem Fenster und grüßte seinerseits die Frauen.

»Hej, Ina, Agneta!«, rief er gut gelaunt, den Blick aber auf das hinter Janis hertrottende Alpaka gerichtet. »Ich sehe, ihr habt einen neuen Freund gefunden.«

Im Kofferraum des Kombis bellte der Schäferhund,

offensichtlich unzufrieden darüber, dass er nicht wie gewohnt auf dem Beifahrersitz mitfahren durfte.

Lars nahm Ina in Augenschein. »Ich drehe mit dem Hund eine ausgelassene Runde im Wald und bin dann pünktlich zum Hundetraining wieder da.« Er hob mahnend eine Braue. »Ich hoffe, Zeus hat nicht schon wieder alles vergessen?«

Ina erwiderte diese Spitze mit einem zuckersüßen Lächeln. »Wir haben fleißig geübt, wirst schon sehen.«

Zeus, ihr einziges lebendiges Mitbringsel aus Deutschland, war ein Terrier-Mischlingshund. So klein er auch war, hatte er ein riesiges Herz. Doch irgendetwas schien mit seinen Ohren nicht zu stimmen. Ungeachtet ihrer Bemühungen ignorierte er selbst die einfachsten Anweisungen, als ob er von chronischer Schwerhörigkeit geplagt würde. Zudem war er ein ausgesprochener Langschläfer und lag noch immer im Bett.

Mit einem zufriedenen Grinsen bugsierte Lars sich wieder hinter das Steuer und fuhr in Richtung der Parkplätze am Café. Ove wartete noch einen Moment, sah dem Wagen hinterher und wandte sich dann den beiden Frauen zu. Er rieb sich die Hände.

»Also, die Damen, wo ist es? Ich kann es kaum erwarten!«

2
EIN STÜCK SCHWEDISCHE GESCHICHTE

Ina saß neben Agneta am Küchentisch und betrachtete Ove, der vor ihnen stand und äußerst ungeduldig wirkte. Ihre Freundin war derweil damit beschäftigt, mit dem Laptop eine Verbindung ins Internet aufzubauen.

»Hat Lars dir also wirklich die Sache mit dem Angeln abgekauft?«, fragte Ina.

Ove tätschelte die längliche Tasche, die er auf dem Küchentisch abgelegt hatte.

»Natürlich hat er das. Es ist ein hieb- und stichfestes Alibi, denn dadrinnen bewahre ich tatsächlich meine Lieblingsangeln auf.« Mit einem festen Zug öffnete er den langen Reißverschluss und enthüllte mehrere Angelruten, die sich im Innern der Tasche befanden. Was er dann aber herauszog, waren keine Angeln. Es war ein wuchtiges Schwert, das er mit beiden Händen umfasste und präsentierend hin und her schwang.

Auch Agneta sah interessiert vom Laptop auf.

Ove schaute die beiden erwartungsfroh an. »Also, was sagt ihr?«

Ina suchte Agnetas Blick, die sich kaum von dem Schwert losreißen konnte.

»Diese Replik wurde anhand von Überlieferungen und

historischen Aufzeichnungen angefertigt«, erklärte Ove ihnen. »Ich bin unendlich gespannt darauf, inwiefern es optisch eurem Fund ähnelt.«

Ina nickte nach einer Weile konzentrierten Schweigens. Sie dachte daran, wie sie das Schwert in der Ruine der abgebrannten Scheune hier auf dem Hof entdeckt hatten. Es war gut verborgen gewesen und nur durch einen glücklichen Zufall von ihnen gefunden worden – in einem von Viggos vielen Verstecken, die sich seit seinem Tod an den unmöglichsten Stellen auftaten.

Sie riss sich aus ihren Gedanken, stand auf und kehrte wenig später mit einem länglichen Koffer in der Hand zurück. Auch den legte sie auf den Tisch, klappte die Scharniere auf. Ove, der sein Schwert mittlerweile wieder aus der Hand gelegt hatte, gesellte sich neben sie und sog scharf die Luft ein, als sie den Koffer öffnete. Seine Hände bewegten sich wie von selbst nach vorne, doch er zögerte.

»Darf ich?«

Ina lächelte. »Nur zu.«

Seine Finger strichen über das Metall, fuhren die Gravuren entlang. Behutsam nahm er das Schwert in die Hand und betrachtete es eingehend. Er ließ das Fensterlicht auf die Klinge fallen, schien das Spiel der Schatten auf dem alten Stahl zu beobachten, als verriete es ihm ein Geheimnis.

Oves Finger glitten über den Griff, befühlten das raue Leder, das trotz des Alters noch immer fest und stark war. Er runzelte die Stirn, als er den Rand der Klinge in Augenschein nahm. Ina wusste, warum, denn auch ihr war bereits die kleine Gravur darauf aufgefallen, die sich unterhalb des Griffes verbarg.

Er beugte sich vor, die Augenbrauen konzentriert zusammengezogen. »Das ist interessant«, brummelte er mehr zu sich selbst als zu den Frauen. Er wies auf die Gravur hin, eine Reihe alter Runen, fast unkenntlich gemacht durch die Zeit. »Das könnte dem Kunsthistoriker bestimmt etwas über die Herkunft verraten.« Er senkte das Schwert, betrachtete es noch einen Moment und wandte sich dann direkt an Ina.

»Ich glaube«, sagte er mit einem Hauch von Aufregung in der Stimme, »dass ihr da etwas sehr Wertvolles gefunden habt.« Er legte das Schwert auf den Tisch, direkt neben jenes, das er aus seiner Angeltasche gezogen hatte. »Jedoch unterscheidet es sich in einigen Punkten erheblich von meiner Nachbildung, die ich von einem befreundeten Museumsdirektor ausgeliehen habe. Aber im Großen und Ganzen sind die Hauptmerkmale identisch.«

Selbst für Inas ungeschultes Auge waren die Ähnlichkeiten offensichtlich: Die passende Form und Größe, die gleichen Gravuren auf der Klinge, sogar das abgenutzte Leder am Griff schienen das Original perfekt nachzuahmen. Aber Ove betrachtete die beiden Schwerter mit einem kritischen Auge, sein Blick glitt von einem zum anderen, verglich jedes Detail.

»Du glaubst also, dass es echt ist?«, fragte Ina vorsichtig. »Könnte es wirklich das Reichsschwert des ersten gekrönten schwedischen Königs sein?« Selbst in ihren Ohren klangen die Worte seltsam fremdartig, weil es einfach zu unwirklich schien.

Ove schwieg. Nach einer Weile hoben sich seine Schultern. »Auf diesem Gebiet bin ich wahrlich kein Fachmann.« Er deutete noch einmal auf das mitgebrachte Schwert. »Wie ihr seht, ähnelt die Nachbildung, die anhand von

Überlieferungen angefertigt wurde, eurem Fund in hohem Maße. Aber das mag nichts heißen. Es könnte sich genauso gut um eine ältere Replik handeln. Allerdings … wenn das Schwert echt ist, dann habt ihr eine unglaubliche Entdeckung gemacht.«

»Nicht wir«, widersprach Agneta. »Es war Viggo. Wir haben nur sein Versteck gefunden.«

Dass Viggo etwas Großem auf der Spur gewesen war, daran gab es mittlerweile keinen Zweifel mehr. Alles hatte mit einer Postkarte angefangen, die Agneta ihr kurz nach ihrer Hofankunft präsentiert hatte. Darauf war eine mittelalterliche Szene abgebildet, die Erik Knutsson im Jahre 1208 bei seiner Inthronisierung durch Erzbischof Valerius zeigte. Auf diesem Motiv nahm er ein Schwert in Empfang. Ein kirchliches Insignium als Symbol seiner Macht, das Reichsschwert. Und damit wäre es der definitive Beweis der ersten bekannten Krönung eines schwedischen Königs durch die Kirche. Bloß dass das Schwert nie aufgetaucht war.

In alten Aufzeichnungen schien Viggo Hinweise gefunden zu haben, dass sich ebendieser König auf der Flucht vor dem Sverkergeschlecht in den Wäldern dieser malerischen Region aufgehalten haben könnte. Der Überlieferung nach war Eriks treuester Ritter bei seiner Flucht in den Tiefen des angrenzenden Waldes gestorben und auch dort begraben worden. Das Reichsschwert sollte ihm als Grabbeilage gedient haben.

Dass dies mehr als nur ein Mythos war, glaubten mittlerweile auch hochkarätige Geschichtsforscher. Und all das war Viggo zuzuschreiben, der einige Zeit vor seinem Tod während eines Vortrags an der Universität Uppsala seine Theorie präsentiert hatte, dass der erste gekrönte König von

Schweden in dieser Region Zuflucht gesucht haben könnte. Diese These hatte die wissenschaftliche Neugierde eines Professors geweckt, und nun waren sie hier: eine Gruppe von drei Archäologen, die seit einigen Tagen den Hof belagerten und die Wälder durchkämmten. Der Grund für dieses plötzlich aufkeimende Interesse war eine jüngst gefundene uralte Aufzeichnung in einer Bibliothek, die Viggos Theorie bekräftigte.

Ina hätte es sich von Herzen gewünscht, dass Viggo diese Bestätigung noch zu Lebzeiten hätte erfahren können.

Ove streckte das Kreuz durch und wurde mit einem lauten Knacksen belohnt. Er sah Ina und Agneta abwechselnd an. »Das Reichsschwert war mehr als nur eine Waffe. Es war ein Symbol für die Macht und Autorität des Königs, ein Zeichen seines göttlichen Rechts zu herrschen. Wenn es sich bei eurem Schwert wirklich um diese Reliquie handeln sollte, dann ist es von unermesslichem historischem Wert.«

In den letzten Wochen hatte Ina viel über Ove erfahren und ihn als neuen Freund gewonnen. Er war ein charismatischer und überaus charmanter älterer Herr. Obendrein hatte er vor Jahren Standardwerke zur Kunstgeschichte veröffentlicht – sogar mit einigem Erfolg, wie sie im Internet recherchiert hatte. Er selbst war viel zu bescheiden, als dass er es an die große Glocke gehängt hätte. Doch Ove war ein echter Fachmann auf kunsthistorischem Gebiet und somit die logische erste Wahl, als es für Ina und Agneta darum gegangen war, einen Experten hinzuzuziehen. Wenngleich mittelalterliche Schwerter nicht sein Fachgebiet darstellten, war er doch die einzige vertrauensvolle Person, an die sie sich wenden konnten, die ihnen bei der Einordnung dieses Fundes weiterhelfen konnte. Zumindest hatten sie das gehofft. Aber auch ihm war die Sache zu heikel, als dass er eine verbindliche Expertise darüber abgegeben hätte. So wuchs der Kreis der Eingeweihten um einen weiteren Kunsthistoriker, der auch über entsprechenden Sachverstand im Bereich der Waffenkunde verfügte.

Ina warf einen langen Blick auf das Schwert. *Wenn es wirklich echt sein sollte …* Sie drehte den Kopf zur Seite, schaute durch das Fenster, als befürchtete sie, einen der Archäologen zu erblicken. Schlimm genug, dass sie diesen Fund vor Lars geheim halten mussten. Aber selbst Ove stimmte mit ihnen darin überein, dass sie erst einmal die Echtheit des Schwertes bestätigt haben wollten, bevor sie weitere Schritte einleiteten. Dafür stand zu viel auf dem Spiel. Denn noch immer hing für Ina die schreckliche Möglichkeit im Raum, dass Viggos Tod mit dem kostbaren Schwert im Zusammenhang stehen könnte. Schließlich hatte sie im Laufe ihres Lebens genügend Krimis gelesen, um dies in Betracht zu ziehen.

»So, die Verbindung steht.« Agneta schaute über den Computerbildschirm. Ina und Ove zogen zwei Stühle heran und platzierten sich so, dass sie den Bildschirm im Blick hatten, auf dem just in diesem Moment ein freundliches älteres Gesicht erschien, umgeben von Bücherregalen und altertümlichen Waffen, die an der rückwärtigen Wand befestigt waren.

Der Mann auf dem Computerbildschirm begrüßte sie mit einem warmen Lächeln.

»Arnulf, mein Bester«, sagte Ove. »Schön, dass du es einrichten konntest.« Kurz huschte sein Kopf zu beiden Seiten. »Das sind Ina und Agneta. Sie haben das Objekt gefunden.« Wobei er beim Wort »Objekt« theatralisch Anführungszeichen in die Luft malte. »Ich nehme an, du hast die Fotos erhalten?«

Ina betrachtete den Mann auf dem Bildschirm aufmerksam. Er verkörperte den klassischen Typ eines älteren Gelehrten, wie sie sich ihn nicht besser hätte vorstellen können. Sein schütteres Haar war zurückgekämmt und verlieh ihm einen würdevollen, wenn auch etwas zerstreuten Look, weil es an den Seiten zu lang war und unschön vom Kopf abstand. Im Gegensatz dazu war der graue Bart, der das Gesicht umrahmte, sorgfältig gestutzt. Der Bildausschnitt zeigte ihn in einem altmodischen Pullunder über einem weißen Hemd mit dunkler Fliege, die ein wenig schief saß.

Seine Stimme war fest und klar, als er sich den beiden Frauen mit knappen Worten als Arnulf Svensson, Kunsthistoriker und ehemaliger Professor an der Universität von Stockholm vorstellte, der nun im neunhundert Kilometer entfernten Strömsund lebte. Dann kam er direkt zur Sache. Sogar auf dem Bildschirm vermittelte er mit seiner Präsenz eine aufgeregte Dringlichkeit. Er beugte sich nach vorn, und Ina kam es so vor, als nähme seine Stimme einen verschwörerischen Unterton an. »Ich habe mir die Fotos, die ihr mir geschickt habt, eingehend angeschaut, und ich muss sagen, es ist ein bemerkenswertes Stück.« Er presste kurz die Lippen zusammen, wobei ein leises Schmatzgeräusch zu hören war. »Aber das ist dann auch alles, was ich an qualifizierter Auskunft anhand der Bilder von mir geben kann.« Er rückte näher heran, sodass sein Kopf den ganzen Bildschirm ausfüllte. »Würdet ihr es mir vielleicht zeigen?«

Ove nahm das Schwert vom Tisch und hielt es in verschiedenen Positionen in die Bildschirmkamera, damit Svensson einen besseren Eindruck erhielt.

»Absolut fantastisch«, drang es blechern aus den Lautsprechern des Computers. »Alle Anzeichen scheinen vorhanden zu sein.« Er hatte die Augen so fest zusammengekniffen, dass sich die Brauen beinahe in der Mitte berührten. »Ich muss es mir jedoch mit eigenen Augen anschauen und die Materialbeschaffenheit untersuchen, um die Echtheit hundertprozentig verifizieren zu können.«

»Nur zu«, meinte Agneta. »Du bist herzlich auf unseren Hof eingeladen.«

Ein verlorenes Grinsen zeichnete sich im Gesicht des Kunsthistorikers ab. »Ich werde so schnell wie möglich vorbeikommen.« Er seufzte. »Bloß wohne ich ein ganzes Stück von Småland entfernt und habe zuvor noch ein paar Dinge zu erledigen, die ich nicht aufschieben kann.«

»Wir laufen nicht weg«, versprach Ina.

»Eine Sache noch.« Nun war es tatsächlich ein verschwörerischer Tonfall, den der Mann an den Tag legte. »Ich möchte euch dringend dazu auffordern, das Schwert gut zu verstecken.« Mit ernster Miene näherte er sich noch einmal der Kamera. »Wenn es tatsächlich echt sein sollte, ist dieses Schwert unfassbar wertvoll. Jedoch …« Seine Züge verfinsterten sich noch mehr. »Es dürfte einige Leute geben, die es gerne in ihren Besitz bringen würden.«

»Wenn es wirklich das Schwert ist, von dem wir glauben, dass es das ist«, sagte Ove, »dann gehört es zurück ins Königshaus.«

»Natürlich tut es das«, stimmte Svensson sofort zu. »Solange wir aber nicht wissen, wo dieses Schwert gefunden wurde, sehe ich noch keine Notwendigkeit einer offiziellen Meldung.«

Über den Bildschirm hinweg nahm er Ove in den Fokus, der zögernd nickte.

»Gut, einen Schritt nach dem anderen. Lass uns erst herausfinden, ob es wirklich echt ist.«

»Eben!«

Ina spürte, wie sich ein dicker Kloß in ihrem Hals bildete. Unweigerlich dachte sie an Viggo und ihre Vermutung, dass der Fund dieses Schwertes zu seinem Tod geführt haben könnte. Nichts anderes schien Svensson mit seiner Warnung auszudrücken.

»Glaubst du, dass jemand dafür töten würde?«, fragte sie vorsichtig.

Svensson blinzelte sie an, neigte den Kopf ein wenig, dann lachte er leise. »Nun, ich würde es.«

Ina schluckte angestrengt.

»Wann kannst du bei uns sein?«, fragte Agneta. »Je eher wir Gewissheit haben, desto besser.« Sie schüttelte sich. »Mir ist wirklich nicht wohl bei dem Gedanken, möglicherweise etwas so Kostbares auf dem Hof zu haben.«

Svensson nickte verständnisvoll. »Ich werde mich schnellstmöglich auf den Weg machen. Vielleicht kann ich schon morgen da sein.«

Ina verstand Agnetas Bedenken nur zu gut. Wenn dieses Schwert wirklich echt war, hatten sie ein Stück schwedische Geschichte gefunden, und somit war es ihre Aufgabe, es zu schützen, bis es in die rechtmäßigen Hände zurückkehrte. Sie fühlte sich Viggo gegenüber verpflichtet. Und obwohl sie es nicht ausdrücklich besprochen hatten, war sie sicher, dass Agneta diese Ansicht teilte.

»Erzählt noch niemandem davon«, beschwor Svensson sie. »Je weniger davon wissen, desto besser.«

Agneta und Ina versprachen es. Als das Gespräch beendet war, saßen sie noch eine Weile schweigend um den schwarzen Bildschirm, ein jeder in seine Gedanken vertieft. Ove war der Erste, der sich erhob.

»Gut«, sagte er, »dann werde ich mich jetzt mal zum See aufmachen. Ich kann wohl schlecht mit leeren Händen von meinem Sohn wieder eingesammelt werden.«

Schwedisch für Anfänger – Teil 2

»Glida fram på en räkmacka.«
Wörtlich: Auf einem Toast mit Garnelen gleiten.
Bedeutet: Ohne Anstrengungen Erfolg haben.

3
DIE PSYCHE DES HUNDES

Der sanfte Wind wehte Ina das Haar aus dem Gesicht, als sie und Lars den Waldweg entlangliefen, der den Hof mit dem angrenzenden Café verband. Zeus, ihr kleiner Mischlingshund, tobte freudig voraus. Eine Freude, die er weder mit dem perfekt trainierten, hinterhertrottenden Schäferhund Angus teilte noch mit Lars, der es sich zur Aufgabe gemacht hatte, ihm Manieren beizubringen.

»Zeus! Komm her!« Er streckte die Hand aus, in der er ein Leckerli hielt. Der kleine Hund kam tatsächlich zurück, schnupperte kurz daran und stürmte wieder davon, seinen eigenen Interessen nachgehend.

Ina wunderte das nicht. Was Naschereien anging, war ihr Hund wählerisch und fraß längst nicht alles.

Lars rief ihn noch einmal, doch diesmal drehte Zeus sich nicht mal mehr um.

»Du musst mehr mit ihm üben. Er reagiert überhaupt nicht auf Befehle.«

Ina hob abwehrend die Arme. »Ich habe es versucht, wirklich, aber er ist eben ein Sturkopf.«

Gut, sie übte vielleicht nicht ganz so ausgiebig mit ihm, wie sie es sollte. Schließlich war er kein Zirkusäffchen. Dennoch war sie ein kleines bisschen neidisch auf den gut erzogenen Polizeihund, der aufs Wort hörte und seinem Besitzer nicht auf der Nase herumtanzte.

»Aus!«, befahl Lars, als Zeus an einem Stock knabberte. Doch der Hund ignorierte ihn und kaute munter weiter. Dafür erntete Ina einen bösen Seitenblick. »Hast du wirklich mit ihm geübt?«

Sie zuckte mit den Schultern und ein Lächeln umspielte ihre Lippen. »Natürlich habe ich das!«

Lars seufzte ein weiteres Mal, wie nur er es konnte. »Wenn du willst, dass sein Verhalten sich verbessert, musst du wirklich dranbleiben. Das Training muss konsequent sein.«

»Selbstverständlich.«

»Versuch es!«

Ina ging weiter, hielt aber inne, weil Lars nichts mehr sagte. Sie sah ihn verdattert an. »Jetzt?«

Er riss die Augen auf. »Natürlich jetzt! Wozu machen wir denn das Training?!«

Allmählich klang er gefährlich genervt. Also tat sie ihm den Gefallen und kümmerte sich um ihren Hund.

»Zeus! Hier!« Sie wies mit einer entschlossenen Geste auf den Boden vor ihren Füßen. Exakt so, wie Lars es ihr gezeigt hatte. Zeus hob tatsächlich das Köpfchen, blickte in ihre Richtung, reckte sogar die Schnauze in die Höhe … und kehrte dann zu seinem Stock zurück. Ina schüttelte den Kopf. »Es ist, als würde es ihn überhaupt nicht jucken.«

»Du musst seine Aufmerksamkeit erregen, bevor du einen Befehl gibst. Und dann musst du ihn belohnen, wenn er dir gehorcht«, erklärte Lars und rief mit gestrenger Stimme: »Zeus, Sitz!«

Doch Zeus hatte offensichtlich mehr Interesse an einem Eichhörnchen, das direkt vor seiner Schnauze über einen Ast hüpfte. Ina war das Verhalten ihres Hundes äußerst unangenehm. Sie musste dringend mehr mit ihm üben.

Gleich morgen würde sie beginnen. Davon abgesehen traf sie sich nicht deshalb regelmäßig mit Lars, um ihrem Hund Manieren beizubringen. Oh, nein, für sie waren diese Begegnungen die perfekte Möglichkeit, einen Blick hinter die Kulissen seiner Ermittlungsarbeit zu erhaschen. Denn auch wenn sie nicht darüber sprachen, so waren sie beide mittlerweile ein fast schon eingefleischtes Ermittlerduo. Wie Holmes und Watson. Wie Miss Marple und Mr. Stringer. Wie Bernhard und Bianca. Bloß dass Lars um einiges jünger war als Mr. Stringer und nicht so behaart wie Bernhard. Und dass er nichts von ihrer detektivischen Zusammenarbeit wusste. Er glaubte wirklich, es ginge hier um reines Hundetraining. Entsprechend ermittlerisch lenkte sie das Gespräch auf den Hauptgrund, der ihr so sehr unter den Nägeln brannte.

»Was ist nun mit Viggo?«, fragte sie ihn geradeheraus. »Hast du etwas in Erfahrung gebracht?«

Lars hielt in der Bewegung inne und sah sie leicht genervt an. »Es ist dir wirklich ernst damit.«

Ina nickte beharrlich. »Todernst.«

Und weil es ihr so ernst war, hatte sie mit Engelszungen auf ihn eingeredet, damit er sich noch einmal Viggos Akte vornahm.

Lars rieb sich angestrengt die Stirn, während er das von sich gab, was Ina längst wusste: Viggo war vor einem halben Jahr bei einem gemeinsamen Tauchgang mit Svante im Hofsee ums Leben gekommen. Svante hatte ihn an die Wasseroberfläche bringen müssen. Daraufhin hatte der eintreffende Arzt nur noch Viggos Tod feststellen können. Die anschließende Untersuchung hatte ergeben, dass er einem Herzinfarkt erlegen war.

Lars schloss seine Erzählung mit einem Seufzen. »Auch wenn du es nicht wahrhaben möchtest, Ina: Es gab absolut keine Anzeichen von Fremdeinwirkung.«

»Wurde denn eine Autopsie durchgeführt?« Sie sah ihn mit einer gehobenen Braue an, was Lars zum Lachen brachte.

»Nicht jeder Todesfall landet automatisch auf dem Obduktionstisch«, sagte er amüsiert. »Was glaubst du denn?« In der nächsten Sekunde wurde er wieder ernst. »Der damals vor Ort gewesene Arzt hatte einen Tauchunfall ausschließen können. Zudem litt Viggo wohl schon eine ganze Weile unter Herzbeschwerden. Ich habe die Krankenakte von ihm angefordert.«

Ina wurde hellhörig. Diese Information war neu für sie. Rückblickend erkannte sie, dass ihre Treffen mit Viggo die Intensität einer frischen Verliebtheit gehabt hatten, voller Aufregung und Neugier. Sie hatten nie über körperliche Beschwerden oder das Älterwerden gesprochen und sich stattdessen in der Euphorie des Wiedersehens verloren. Tief in ihrem Innern hatte sie immer gehofft, eine dauerhafte Beziehung mit ihm aufzubauen, zumal sie nicht einmal gewusst hatte, dass er bereits verheiratet war. Als sie schließlich ihre Zelte abgebrochen hatte und statt auf Viggo auf seine Witwe getroffen war, hatte sich dieser Traum unwiderruflich zerschlagen. Aber auch Agneta hatte ihr gegenüber nie ein Wort darüber verloren, dass Viggo Herzprobleme gehabt hatte. Oder doch? Sie dachte angestrengt nach.

»Es gab schlichtweg keine Veranlassung für eine Autopsie.« Lars warf einen weiteren Blick auf Zeus, der nun damit beschäftigt war, eine Pfütze zu erkunden. »Außerdem dürfen wir nicht vergessen, dass Viggo nicht mehr der Jüngste war. Das Risiko für einen Herzinfarkt steigt mit dem Alter.«

Ihre Augen verengten sich leicht, während sie nachdachte. »Aber Viggo war immer so fit. Das sagte selbst Agneta …«

»Das mag sein. Aber es ändert nichts an den Fakten. Ich habe wirklich jede Zeile in der Akte zweimal gelesen, und es gibt absolut nichts, was auf ein Verbrechen hinweist.« Er holte tief Luft. »Manchmal ist es schwer, den Tod zu akzeptieren, aber das ist die Realität.« In einer mitfühlenden Geste legte er eine Hand auf ihre Schulter. »Ich verstehe, dass du Antworten suchst. Aber manchmal gibt es einfach keine. Hin und wieder passieren Dinge, die wir nicht ändern können.«

Sie sah ihn einen Moment lang ernüchtert an und nickte dann langsam. Natürlich wusste sie, dass er auf eine gewisse Weise recht hatte, aber das machte es nicht einfacher. Zumal eine kleine bohrende Stimme in ihrem Kopf einfach keine Ruhe geben wollte.

Zerknirscht schaute sie zu Zeus, der mit schlammigen Pfoten auf sie zugerast kam. Hechelnd und mit wedelndem Schwanz sprang er auf Lars zu, der einen schrillen Schrei ausstieß. »Meine Diensthose!«, entfuhr es ihm.

Ina hielt den Hund im letzten Moment zurück. »Danke, Lars. Ich weiß, dass du dein Bestes gegeben hast«, sagte sie dann.

»Ach, das war doch nichts.« Wieder dieses Seufzen. »Ich wünschte, alles wäre so einfach zu klären.«

Sie sah ihm in die Augen und erkannte sofort, dass ihm etwas auf dem Herzen lag. Allerdings schien er nicht so recht mit der Sprache rausrücken zu wollen. Also half sie ihm auf die Sprünge.

»Was ist los, was bedrückt dich? Hast du Ärger im Job?«

Lars zuckte mit den Schultern und warf einen resignierten Blick auf ihren Hund, der sich eifrig mit einer Schlammpfote hinter den langen Ohren kratzte. »Beruflich läuft alles wunderbar«, sagte er nach einer Weile, »aber privat …«

»Die Frauen?«, mutmaßte Ina, was Lars ein weiteres Mal zum Lachen brachte.

»Welche Frauen?«, spöttelte er. »Als hätte ich mit dem Hund, dem Job und *diesem Vater* noch Zeit für eine Frau.«

Ina nickte leicht. Da lief also der Hase lang.

»Ich weiß, du magst ihn, aber dieser Mann raubt mir den letzten Nerv.« Er rieb sich über die Bartstoppeln – so laut, dass Ina das kratzende Geräusch vernahm.

»Was ist denn passiert?«

»Kleinigkeiten«, erwiderte Lars. »Es sind immer nur Kleinigkeiten, aber die zermürben mich.« Er warf ein Leckerli in Angus' Richtung. Doch Zeus war schneller in der Luft und schnappte es dem großen Hund vor der Nase weg. Ina war überrascht und belustigt zugleich. Eben hatte er das Leckerli verweigert, doch bevor es der andere Hund bekam, nahm er es dann doch. Was das wohl über die Psyche ihres Hundes aussagte?

»Vorgestern hatten wir einen Streit über die Fernbedienung«, sprach Lars weiter, ohne Zeus' Fehlverhalten zu korrigieren. Ina hatte Ove gern, aber sie konnte sich lebhaft vorstellen, dass das Zusammenleben der beiden eine Herausforderung darstellte. Nicht nur aufgrund des Altersunterschieds, sondern weil sie in ihren Rollen als Vater und Sohn feststeckten und überdies mit ihren unterschiedlichen Lebensgewohnheiten und Interessen zurechtkommen mussten.

»Ove besteht darauf, dass wir jeden Abend um zwanzig Uhr Nachrichten schauen. Nicht eine Minute früher, nicht eine Minute später. Aber ich wollte mir den Anpfiff des Fußballspiels auf dem anderen Kanal ansehen. Also habe ich vorgeschlagen, dass wir uns die Nachrichten später in der Mediathek angucken. Oder eben die Zehn-Uhr-Ausgabe. Aber das war für Paps undenkbar.« Ein tiefes Seufzen. »Er sagte, es wäre nicht dasselbe, die Nachrichten aufgezeichnet zu sehen.« Nun sog Lars scharf die Luft ein, vermutlich, um genügend Sauerstoff für weiteres Geseufze zu sammeln. »Dabei bin ich mir sicher, dass er selbst das Spiel sehen wollte, aber weißt du was? Er hat das aus Prinzip verweigert!« Und dann zeigte Lars ihr, dass er nicht nur gut im Seufzen war, sondern auch wie ein Walross schnaufen konnte. »Wir haben fast eine Stunde lang darüber gestritten, bis natürlich nicht nur die Nachrichten vorbei waren, sondern auch die erste Halbzeit des Spiels.«

Ina hörte ihm geduldig zu. Ihr lag eine Bemerkung auf der Zunge, aber sie verbiss sie sich. Ihre Lebenserfahrung hatte sie gelehrt, dass man nicht zu voreilig mit Ratschlägen um die Ecke kommen sollte.

»Vielleicht war es ein Fehler«, sagte Lars leise. »Womöglich wäre es besser gewesen, mir eine eigene Wohnung zu suchen.«

»Vielleicht wäre das eine gute Idee«, erwiderte Ina vorsichtig.

Lars warf einen Blick auf die Uhr. »Tja, unsere Stunde ist um. Dann werde ich jetzt mal meinen Vater vom See einsammeln und mich mit ihm auf den Heimweg machen.« Er räusperte sich. »Ich kann bloß hoffen, dass er was gefangen hat, sonst müssen wir noch im Supermarkt vorbei.« Voller

Missmut verzog er das Gesicht. »Du hast keine Vorstellung davon, wie anstrengend das Einkaufen mit ihm ist.«

Sie waren kaum ein paar Meter weit gegangen, als sie auf eine Gruppe von drei jungen Männern in zweckmäßiger Allwetterkleidung trafen. Sie hatten große Rucksäcke geschultert und trugen Klappspaten bei sich.

»Hej, Ina!«, rief einer von ihnen und Ina winkte zurück.

Lars sah ihnen nach, als sie ihren Weg fortsetzten, dann wandte er sich an Ina: »Was waren das denn für Typen?«

»Oh, die drei sind Archäologen«, antwortete sie lässig. »Sie suchen hier im Wald nach Spuren aus der Ritterzeit.«

Lars hob eine Augenbraue. »Wirklich? Die gibt es hier? Haben sie denn schon was gefunden?«

Ein beiläufiges Lächeln huschte über ihr Gesicht. »Nicht dass ich wüsste. Sie sind noch auf der Suche. Aber das ist doch aufregend, nicht wahr? Wer weiß, was in diesen Wäldern alles verborgen liegt …«

Lars nickte, er wirkte fasziniert von dieser Vorstellung. Ina war indes froh, nicht zu viel verraten zu haben. Schließlich wollte sie das gefundene Ritterschwert vor ihm geheim halten, zumindest vorerst. Sie schaute noch einmal den Archäologen nach. Wenn sie im Wald waren, waren sie weit weg von dem Schwert. Das konnte ihr nur recht sein.

4
EIN VETERINÄRMEDIZINER IM RUHESTAND

Umgeben von den anderen Hofbewohnern, saß Ina neben Svante und Ashley im Hofcafé, das in den Abendstunden einen ganz besonderen Charme verströmte. Die Tagesgäste hatten den Hof längst verlassen, doch der Duft von frisch gebackenem Kuchen und Kaffee hing noch in der Luft, vermischte sich nun aber mit dem süßlich-herben Aroma vom selbst gebrannten Moltebeerschnaps, den Ebba großzügig aus einer besonders großen Glasflasche einschenkte.

Ina schaute über die Köpfe hinweg durch die Fenster, die einen malerischen Ausblick auf die umliegenden Felder und Wälder boten. Die Landschaft präsentierte sich in verschiedenen Schattierungen von Blau und Grau, während die Dämmerung langsam hereinbrach. Obwohl die Nächte längst nicht mehr so hell waren wie bei ihrer Ankunft, störte der frühe Sonnenaufgang Inas wohlverdienten Schlaf. Aber daran wollte sie jetzt keinen Gedanken verschwenden. Einmal mehr fiel ihr auf, dass sie viel zu selten in diesem Café war. Dabei war es ein urgemütlicher Raum, der solch eine Wärme ausstrahlte, als wollte er seine Gäste umarmen. Es herrschte eine familiäre Atmosphäre, und jeder, der das Café betrat, fühlte sich sofort willkommen.

An diesem Abend waren die Tische zu einer langen Tafel

zusammengestellt und gesäumt von Servierplatten, auf denen Knäckebrot und eine Vielzahl von Aufstrichen appetitlich arrangiert waren. Überall verteilt standen mit Moltebeerschnaps gefüllte Gläser, die im Licht der brennenden Kerzen funkelten. Es wurde gelacht und diskutiert, es wurden Vorschläge gemacht und abgewogen. Im Grunde war es ein typischer Abend auf dem Hof, an dem die Gemeinschaft zusammenkam und gemeinsam Entscheidungen traf. Obwohl Ina taufrisch dabei war, genoss sie diese Momente. Sie liebte das Gefühl der Zusammengehörigkeit und die unerschütterliche Herzlichkeit, die diese Abende ausstrahlten. Und während sie an ihrem Glas nippte, konnte sie nicht anders, als sich auf ihre Zukunft auf diesem Hof zu freuen.

Als die gemütliche Atmosphäre des Cafés sich mit den ersten Runden vom Moltebeerschnaps weiter erwärmte, lenkte Agneta das Gespräch auf das Hauptthema des Abends: Die Bewerber für die leer stehenden Häuser von Knut und Astrid mussten ausgewählt werden. Von Agneta hatte Ina erfahren, dass Viggo und sie stets genauso vorgegangen waren. Alle Bewohner entschieden einvernehmlich, wer auf den Hof ziehen durfte, sobald etwas frei wurde. Dieses Vorgehen hatte über die Jahre hinweg erstaunlich gut funktioniert – wenn nicht gerade ein kaltblütiger Mord passierte. Oder auch zwei …

»Es ist wichtig, dass wir diese Entscheidung gemeinsam treffen,« sagte Agneta, die am Kopf des Tisches saß. »Wir sind eine Einheit und wir sollten gemeinsam entscheiden.«

Alle nickten zustimmend und prosteten sich zu. Ina erhob zwar ihr Glas, trank aber nicht daraus. Sie entschied sich, jede zweite Runde auszusetzen.

»Lasst uns mit den ersten beiden Bewerbern auf der Liste beginnen,« sagte Agneta über das Geproste hinweg. Ina lehnte sich zurück und beobachtete, wie ihre Freundin ein paar zusammengetackerte Blätter aus der vor ihr liegenden Mappe zog, sie vor sich hinlegte und glatt strich. Sie ging sie der Reihe nach durch. Der erste Bewerber war ein junger Mann namens Johan, der vor Kurzem sein Studium der Agrarwissenschaften abgeschlossen hatte. »Er hat gute Qualifikationen,« bemerkte Agneta, »aber ich bin nicht sicher, ob er bereit ist für das Leben auf dem Hof. Er hat noch nie in einer Gemeinschaft wie unserer gelebt.«

»Und er ist jung«, befand Ebba. »Viel zu jung für uns.«

»Ich bin auch jung!«, stellte Janis klar.

»Du zählst nicht«, warf Agneta ein. »Du bist Familie.«

Janis grinste ein wenig verschämt und alle anderen prosteten Ebbas Enkelsohn wohlwollend zu. Nun auch Ina, in deren Mund sich sogleich die Schärfe des Schnapses ausbreitete und damit unheilvolle Erinnerungen an das Mittsommerfest hervorrief. Sie zwang sich dazu, nicht zu erschaudern. *Herrje, werde ich mich je an dieses Zeug gewöhnen?*

Svante grinste sie diebisch von der Seite her an, tat aber gut daran, keinen dummen Spruch zu bringen.

Agneta nahm den zweiten Blätterstapel zur Hand. »Dann wäre da noch ein Ehepaar in den Sechzigern, das eine Auszeit vom Stadtleben sucht.« Sie zögerte. »Aber ich befürchte, sie haben eine romantisierte Vorstellung vom Landleben. Sie haben keine Erfahrung mit der Arbeit auf einem Bauernhof.«

»Wenn sie an die Enge der Großstadt gewöhnt sind, könnte das Leben in unserer Gemeinde einen kleinen Schock für sie darstellen«, ertönte Svantes dunkle Stimme dicht neben Ina. »Machen wir uns nichts vor, wir hängen schon ziemlich eng aufeinander. Da bleiben wenig Freiräume.«

Janis klopfte ihm lachend auf die Schulter. »Sagt ausgerechnet der Mann, der in der abgelegensten Hütte wohnt.«

»Ich mag eben meine Ruhe.« Wie zum Trotz verschränkte Svante die Arme vor der Brust.

Ashley stimmte Agneta zu. »Ich denke, sie würden den Hof als Urlaubsort sehen, nicht als einen Platz, an dem sich jeder einbringen muss. Das könnte ein Problem werden.«

Nils, der Hofbäcker, lenkte mit einem Räuspern die Aufmerksamkeit auf sich. »Wir brauchen Leute, die bereit sind, die Ärmel hochzukrempeln und anzupacken.«

Ina griff nach der Liste der Bewerber und sah sie durch. Es gab eine Reihe von Interessenten, aber einer stach in ihren Augen besonders hervor.

»Was ist mit diesem Veterinärmediziner im Ruhestand?« Sie zeigte auf das Blatt, auf dem ganz oben sein Name stand: Gustav Lindqvist. »Er könnte eine gute Ergänzung für den Hof sein. Denkt nur an den Streichelzoo und welche Kosten der Tierarzt allmonatlich verschlingt.«

Agneta zwinkerte ihr mit einem Schmunzeln zu. »Zu ihm wollte ich gerade kommen.« Ina reichte ihr die Bewerbung, Agneta wartete aber, bis Ebba damit fertig war, allen eine weitere Runde Moltebeerschnaps einzuschenken. Nach einem allgemeinen »Skål« später fuhr sie fort: »Gustav Lindqvist ist alleinstehend und ein pensionierter Veterinärmediziner. Er hat mehr als dreißig Jahre lang eine Tierklinik in Malmö geleitet. Seit er in Rente gegangen ist, vermisst er die Arbeit mit Tieren und sucht nach einem Ort, an dem er seine Erfahrungen und Fähigkeiten einbringen kann.« Sie sah von dem Blatt auf und schaute in die Runde. »Er hat keinen landwirtschaftlichen Hintergrund und hier steht auch nichts von handwerklichen Begabungen.«

»Aber er ist Tierarzt«, sagte Nils.

Die Bewohner des Hofes sahen sich an und nickten zustimmend und sogar Svante brummte.

»Ein erfahrener Tierarzt könnte dem Hof sehr zugutekommen«, befand Ashley. Dann warf sie Janis über den Tisch hinweg einen äußerst missmutigen Blick zu. »Ganz besonders, wo es nun darum geht, ein Alpaka zu integrieren.«

Janis zog schuldbewusst den Kopf ein. »Was kann ich denn dafür, wenn sich Elvis nicht mit den Ziegen versteht?«

»Immerhin hast du dieses Tier angeschleppt!«, stellte Svante klar.

»Wir können Elvis nicht mehr weggeben.« Über den Flaschenhals hinweg warf Ebba einen Blick auf die Gesichter der Anwesenden. Hinter den dicken Brillengläsern wirkten ihre Augen doppelt so groß. »Habt ihr nicht gesehen, wie die Kinder auf dieses Tier abfahren? Und wenn Kinder das Tier lieben, werden die Eltern großzügig mit ihren Spenden für den Hof sein.«

Ina registrierte mit Schrecken, dass sie die Schnapsflasche erneut aufgedreht hatte, sich erhob und schon wieder reihum ging.

Zustimmendes Raunen wurde laut. In Aussicht gestellte Spenden für den Hof waren immer ein guter Grund zum Anstoßen.

»Skål!«, rief Ina denn auch und exte ihr Glas – diesmal, ohne das Gesicht zu verziehen, weil sie wieder Svantes Blick von der Seite spürte.

Dieser nahm jetzt Agneta die Bewerbung aus der Hand und inspizierte sie mit gerunzelter Stirn.

»Und dass der Mann obendrein gar nicht mal schlecht aussieht, beeinflusst eure Entscheidung natürlich in keiner Weise.«

Ina folgte seinem Blick und musterte mit zusammengekniffenen Augen das Bild, auf dem ein Mann in den besten Jahren abgebildet war. Er hatte markante Züge, leuchtend helle Augen und war wirklich gut aussehend. Zumindest auf dem Foto. Aber seit es all diese Fotofilter gab, hatte das nichts mehr zu heißen.

»Völlig egal, wie er aussieht«, entschied Nils. »Ein Tierarzt könnte eine echte Bereicherung für uns sein.«

Allgemeines Kopfnicken und zustimmendes Murmeln rund um den Tisch bekundeten, dass alle sich einig waren.

Schmunzelnd machte Agneta eine Notiz neben dem Namen des Tierarztes. »Gut, dann lassen wir ihn zu einem Gespräch kommen. Anschließend können wir weiter diskutieren.«

Ina lehnte sich zurück und sah sich in der Runde um. Ihr gefiel es, wie sie Entscheidungen trafen und aufeinander achteten. Und dann fragte sie sich, wie Viggo entschieden hätte, wenn er noch am Leben wäre. Hätte er Gustav seine Stimme gegeben? *Viggo!*

Vielleicht lag es am Schnaps, der sie gefühlsduselig werden ließ. Sie spürte, wie die Vergangenheit sie einholte. Gleich einem tiefschwarzen Schatten, der sich nicht abschütteln ließ. Die Morde … das Schwert. All diese dunklen Bilder, die sich selbst an diesem idyllischen Abend im Kreise ihrer neuen Freunde in ihre Gedanken schlichen. Sie konnte nicht anders, als sich zu fragen, ob sie die Vergangenheit niemals loslassen würde. Und dieses verfluchte Schwert! Würde es erneut Unruhe in ihr Leben bringen?

»Also der Tierarzt«, sagte Ebba. »Dann ist das hiermit beschlossen. Von mir aus kann er gleich einziehen.« Sie rückte die Brille zurecht, stand auf und schenkte die Gläser wieder voll. »Darauf sollten wir anstoßen.«

5

IN DER VERGANGENHEIT LEBEN

Ina stand vor der Blockhütte, aus deren Sprossenfenstern schummriges Licht in den Wald strömte. Sie zögerte einen Moment, atmete die frische Abendluft ein und klopfte dann fest gegen die massive Holztür. Eine Weile hörte sie nur das Zirpen der Grillen und das leise Plätschern des nahe gelegenen Bachs. Dafür roch sie den aromatischen Duft des Abendessens, das im Innern der Hütte auf sie wartete.

Ein leises Knarzen ertönte, als Svante die Tür öffnete und unversehens vor ihr auftauchte. Er trug ein kariertes Hemd und robuste Jeans, und das graue Haar stand in einem unordentlichen, aber irgendwie passenden Wirrwarr von ihm ab.

»Herzlich willkommen, Ina«, begrüßte er sie auf Deutsch, was sie als nette Geste empfand. »Schön, dass du da bist.« In seinen Augen erkannte sie einen Hauch von Aufregung.

Der Einladung folgend, trat sie über die Schwelle und ließ den Blick durch den Raum schweifen. Die Hütte war schlicht, aber einladend, eine perfekte Spiegelung seines Charakters. Bücher und Karten über die schwedische Tier- und Pflanzenwelt füllten ein großes Regal, an dem seine Angelruten lehnten. Davor standen seine Wanderschuhe, schmutzig und ausgetreten. Ein besonderes Augenmerk schenkte sie den Möbeln. Kein einziges Stück davon schien aus einem schwedischen Möbelhaus zu stammen. Diese hier waren eindeutig handgefertigt und strahlten eine urige Ästhetik aus. Vermutlich hatte Svante sie selbst gezimmert. Der charmante Eigenbrötler hatte nämlich ein unglaublich geschicktes Händchen im Umgang mit Holz. Sie fragte sich im Stillen, welche weiteren ungeahnten Fertigkeiten in seinen Händen verborgen lagen. Vielleicht war heute ja der Abend der Abende und sie würde es erfahren.

Svante bedeutete ihr mit einem Brummen und einer ausufernden Geste, sich an den Tisch zu setzen. Er war pragmatisch und doch irgendwie liebevoll gedeckt mit rustikalem Geschirr und zwei Flaschen Småland Premium Lager, die bereits geöffnet waren. Kein Schnickschnack. Kein Geschnörkel. Das mochte sie. Kaum hatte sie Platz genommen, begann er mit dem Servieren, als gälte es, einen strikten Zeitplan einzuhalten. Es gab Rentiersteak, dazu Preiselbeersoße und Kartoffelklöße, so herrlich unperfekt geformt, dass sie selbst gemacht sein mussten.

Ina unterdrückte ein Grinsen, weil Svante sichtlich nervös war. Auch sie spürte eine leichte Unruhe in sich aufsteigen. Immerhin war es das erste Mal, dass sie Einlass in seine Hütte erhalten hatte, und die Spannung zwischen ihnen lag förmlich in der Luft.

Wortlos setzte er sich an den Tisch, ihr direkt gegenüber. Sie betrachtete ihn, während sie sich die bereitgelegte Stoffserviette auf den Schoß legte. Schneeflocken, Tannenbäume und Rentiere waren darauf abgebildet. Weihnachtsmotive – mitten im Juli!

Unter seinen dichten Brauen schaute er sie unablässig an. Seine Aufmerksamkeit schmeichelte ihr. Und tatsächlich fühlte sie sich an diesem Abend schön. Vielleicht war ihr

Sommerkleid einen Tick zu elegant für ein Candle-Light-Dinner in einer rustikalen Holzhütte. Ebenso war sie sich bewusst, dass das Alter seine Spuren an ihrem Körper hinterlassen hatte, aber sie fühlte sich jugendlich, fast wie eine Mischung aus der jungen Iris Berben und Helen Mirren. Svantes Blick bestätigte ihr Gefühl. Um diesem zu entkommen, nahm sie einen Bissen vom Steak und gab sich mit geschlossenen Augen dem Aroma hin, das sich in ihrem Mund entfaltete.

»Das ist wunderbar«, lobte sie ihn.

Svante nickte nur und ein zufriedenes Lächeln erschien auf seinem Gesicht. Dann aßen sie beide schweigend.

Während des Kauens betrachtete sie die Hütte genauer. Es gab keine Spur von moderner Technologie, was sie sehr erfrischend fand. Ihr Ex-Mann war der reinste Technikfreak. Allen möglichen Trends war er hinterhergejagt und hatte jeder neuen iPhone-Version entgegengefiebert. Kurz hielt sie im Kauen inne. Besaß Svante überhaupt ein Smartphone? Vermutlich nicht.

Sie ließ alles auf sich wirken, erkannte die Schönheit und Einfachheit in dieser Hütte. Und dann war da Svante, der diesem Bild seine ganz eigene Farbe hinzufügte. Hier saß sie nun, an seinem Tisch, genoss das Essen und lauschte dem Knistern des Kamins, der trotz der milden Außentemperaturen entzündet war.

Ein Zeichen seiner romantischen Absichten?

Sie horchte tief in sich hinein und stellte fest, dass sie sich wohlfühlte in seiner Gegenwart, geborgen und akzeptiert. Dennoch drifteten ihre Gedanken zu Viggo. Sie erinnerte sich noch genau an das letzte Mal, als sie ihn gesehen hatte. Eineinhalb Jahre war es her und doch erschien es ihr wie gestern. Damals hatte sie geglaubt, dass diese tiefe Bindung mit ihm bis ans Ende ihrer Tage dauern würde. Aber das Schicksal hatte andere Pläne gehabt. Alles hatte sich plötzlich verändert. Sie vermisste ihn, das war unbestreitbar. Sein Lachen, die Art, wie er sie angesehen hatte. Doch sie wusste, dass es Zeit war, einen Schlussstrich zu ziehen. Sein unerwarteter Tod war ein unmissverständlicher Hinweis darauf, dass nichts im Leben sicher war und die Spanne, die einem blieb, endlich.

»Du bist so still.« Svante sah sie an, und Ina glaubte, dass er ein wenig beunruhigt wirkte. Also zeigte sie ihm ihr Alles-ist-gut-Lächeln.

»Ich genieße das Essen«, sagte sie. »Und deine Anwesenheit.«

Nun grinste auch Svante hinter seinem Bart. Ina blickte durch das Sprossenfenster, das von hübschen karierten Gardinen umrahmt war. Da fiel ihr etwas ein.

»Wir müssen wirklich noch einmal über die Vorhänge sprechen.« Sie legte das Besteck auf den Teller. »Ich komme mit diesen schwedischen Sommernächten einfach nicht zurecht. Es ist nachts so hell, dass ich kaum ein Auge zubekomme.«

Er lachte bloß.

Weil Ina in sein Lachen nicht einstieg, wurde auch er wieder ernst. »So arg hell ist es doch gar nicht mehr«, hielt er dagegen. »Das Schlimmste hast du bereits überstanden.«

»Trotzdem. So viele kurze Nächte bin ich einfach nicht gewohnt. Noch nicht.«

»Damit tun sich alle Menschen schwer, die nicht hier geboren sind.« Sein Blick wurde schelmisch, als er hinzufügte: »Natürlich könnten wir das auch als Gelegenheit sehen, um die Nächte auf andere Weise zu nutzen …«

Als Ina ihn überrascht und reichlich verwirrt ansah, riss er entschuldigend die Hände nach oben. »Mach dir keine

Sorgen«, ruderte er zurück. »Ich habe zwar im Moment einiges um die Ohren, aber ich werde mich um deine Gardinen kümmern. Versprochen.«

»Danke.« Sie nahm das Besteck wieder zur Hand und genoss einen weiteren Bissen des köstlichen Steaks. Außen kross und innen saftig, mit einer dunklen Kruste, es war perfekt gebraten. Wie von selbst verzogen sich ihre Mundwinkel zu einem hingebungsvollen Lächeln. »Du bist wirklich ein hervorragender Koch.«

Svante erwiderte ihr Lächeln, und sie sah ihm an, dass er sich über ihr Lob freute. Sie beäugte ihn. »Man könnte meinen, du hättest so etwas mal beruflich gemacht.«

»Koch?«, fragte er verdutzt. Dann lachte er. »Nein, nie.«

Ina aß weiter und dachte über ihren Gastgeber nach. Einmal mehr wurde ihr klar, dass sie kaum etwas über ihn wusste, und Svante schien ihr nicht den Gefallen tun zu wollen, daran etwas zu ändern.

»Und diese Möbel«, sprach sie weiter und übertrieb es vielleicht ein wenig mit ihrem überschwänglichen Tonfall. »Hast du sie alle selbst gemacht?«

»Ja.«

»Und all diese Bücher.« Sie betrachtete das Bücherregal. »Du hast mir gar nicht erzählt, dass du gerne liest.« Eine Sekunde hielt sie inne. »Du hast auch noch nie ein Buch bei mir gekauft.«

Er sah sie an und wirkte dabei ein wenig verlegen. »Weil du nicht die Bücher im Sortiment hast, die ich gerne lese.«

Ina warf einen längeren Blick auf das Regal, entdeckte neben den Natursachbüchern eine Vielzahl an Science-Fiction-Romanen. Klassiker von H.G. Wells und Ray Bradbury waren darunter, aber auch neuere Werke von Douglas

Adams. Das war wirklich ein Genre, das sie in ihrem Sortiment sträflich vernachlässigte.

Ein Mann, der Science Fiction liebt … Was sagte das über ihn aus? Natürlich, dass er eine Vorliebe für das Fantastische hatte, für Welten jenseits der unseren. Vielleicht suchte er in den fernen Galaxien und zukünftigen Szenarien einen Ort, an dem die komplizierten Regeln menschlicher Beziehungen einfacher waren.

»Weißt du, was ich glaube, Ina?« Er deutete mit der Gabelspitze auf sie. »Dass du zu viel nachdenkst.«

»Ich würde eben gerne mehr über dich erfahren.« Sie schenkte ihm ein unverrückbares Lächeln und vielleicht funkelten ihre Augen auch ein wenig auffordernd. »Also, wo hast du vorher gelebt? New York? Rio? Tokio?« Sie neigte den Kopf leicht zur Seite und ein spielerisches Lächeln umspielte ihre Lippen.

Er zuckte nur mit den Schultern. »Hier und da. Mit den Jahren bin ich ein wenig rumgekommen.« Er schaufelte sich die Gabel voll und schob sie sich in den Mund. Ganz bestimmt, um nicht mehr sprechen zu müssen.

Sie dachte intensiv über die Natur ihrer Beziehung zu diesem grummeligen Kauz nach. Was war das eigentlich zwischen ihnen? Mit seiner stoischen Art trieb er sie oft zur Verzweiflung. Manchmal so sehr, dass sie ihn am liebsten zum Mond schießen würde. Und dennoch übte er eine gewisse Anziehungskraft auf sie aus.

Trotz der Wochen, die sie nun schon gemeinsam auf dem Hof lebten, wusste sie kaum etwas von ihm. Entsprechend groß waren ihre Erwartungen an diesen Abend. Nicht nur, dass sie womöglich ihre erste gemeinsame Nacht verbringen würden. Sie hoffte, endlich mehr über ihn zu erfahren.

Wieder ließ sie den Blick durch die Hütte schweifen, wusste plötzlich, was hier fehlte. Bilder. Nirgends sah sie Fotos, die in irgendeiner Art auf Svantes Vergangenheit hindeuteten. Als sie sich wieder dem Tisch zuwandte, trafen sich ihre Blicke. Für einen Moment schien er nach Worten zu suchen, schwieg dann jedoch. Also übernahm Ina die Initiative.

»Du bist ein wandelndes Mysterium, weißt du das?«

»Ist das so?« Er hob eine Braue, sein Gesicht war unlesbar.

»Was hast du eigentlich gemacht, bevor du hergekommen bist?«

Svante zögerte, dann lächelte er und wechselte das Thema: »Das ist wirklich ein hervorragendes Bier, nicht wahr?« Er hob seine Flasche und prostete ihr zu. Doch Ina war nicht bereit, sich so leicht abspeisen zu lassen.

»Und wie sieht es mit Liebesbeziehungen aus?«, bohrte sie weiter. »Irgendwelche dramatischen Geschichten, von denen du mir erzählen möchtest?« Sie grinste ihn an. »Meine kennst du ja bereits.«

Er stellte das Glas ab und hob abwehrend die Hände.

Sie betrachtete ihn, wie er dasaß, so ruhig und undurchschaubar. Sie spürte, dass hinter seiner Fassade so viel mehr steckte, doch er war wohl nicht bereit, es mit ihr zu teilen.

Zumindest noch nicht.

Also aßen sie wieder schweigend weiter. Doch nun wirkte die Stille, die sich unaufgefordert zu ihnen an den Tisch gesellt hatte, nicht mehr ganz so vertraut. Und als es Ina mit der Stille entschieden zu still wurde, blickte sie Svante über den Teller hinweg an. Sie wusste, dass das nächste Thema, das sie ansprechen wollte, ein sensibles war. Dennoch musste sie es tun.

»Svante«, begann sie, sich leise räuspernd, »wir müssen uns noch einmal über Viggo unterhalten.«

Ihr Gegenüber hielt in der Bewegung inne, die Gabel noch immer in der Hand, die andere wanderte zur Bierflasche. »Was gibt es da zu besprechen?« Er nahm einen großen Schluck.

Ina zögerte einen Moment, ehe sie fortfuhr. »Ich weiß, es ist ein schwieriges Thema, aber ich habe das Gefühl, dass wir darüber reden sollten … über das, was passiert ist. Über Viggos Tod.« Sie dachte an ihr kürzliches Gespräch mit Lars zurück.

Svante setzte die Flasche ab und sah Ina fest an. »Ich denke nicht, dass es da viel zu besprechen gibt. Viggo hatte einen Herzinfarkt beim Tauchen. Ich war direkt neben ihm, Ina. Ich sah, wie er plötzlich krampfte, und ich … ich konnte nichts tun.« Sein Blick war jetzt in die Ferne gerichtet, als sähe er die Szene vor sich.

»Ich weiß«, antwortete Ina sanft, »aber ich habe das Gefühl, dass es noch mehr gibt. Ich wüsste so gern mehr über das, was wirklich passiert ist. Vielleicht hast du etwas übersehen oder …«

»Übersehen?«, unterbrach Svante sie schrill. »Ich habe alles getan, was ich konnte. Viggo war nicht nur ein guter Taucher, er war mein Freund. Du hast keine Ahnung, wie oft ich mich frage, was ich hätte tun können, um das zu verhindern …« Er schluckte schwer und schüttelte den Kopf. »Er ist wie ein Albtraum, der mich nicht loslässt!« Nun sah er sie direkt an und Ina erkannte den Schmerz in seinen Augen. Sie bereute ihre Frage.

»Ich bin kein Arzt«, sagte er leise. »Aber selbst der sagte, dass es ein tragischer Unfall gewesen wäre.«

»Das weiß ich. Aber war es wirklich nur das? Nur ein Unfall?«

Svante sah auf und blinzelte. »Möchtest du mir irgendetwas Bestimmtes sagen?«

»Nein.« Sie lehnte sich zurück und holte tief Luft. »Ich weiß es doch auch nicht. Ich finde nur, dass …«

»Dass was?«

»Dass es merkwürdig ist.«

Sie schauten sich an. Ohne zu blinzeln.

Dann stand Svante abrupt auf. Die Stuhlbeine kratzten hart über den Holzboden. »Ich habe dir gesagt, was passiert ist. Viggo ist gestorben. Ich war dabei und konnte nichts für ihn tun. Ist das nicht genug?«

Ina sah ihm nach, wie er mit versteinertem Gesicht zum Fenster ging und hinaus in die schimmernde Dunkelheit starrte. Sie wusste, dass sie eine Grenze überschritten hatte. Schließlich waren Viggo und Svante enge Freunde gewesen. Und doch konnte sie das Gefühl nicht abschütteln, dass diese Geschichte ein paar Fragezeichen zu viel hatte. *Dieser plötzliche Herzinfarkt! Und dann das versteckte Schwert …*

»Bitte, Svante.« Auch sie erhob sich und ging auf ihn zu. »Ich behaupte doch nicht, dass du schuld an Viggos Tod wärst, dass du nicht alles in deiner Macht Stehende getan hättest, um ihm zu helfen.« Sie war nun so nah an ihm dran, dass sie nur den Arm ausstrecken musste, um ihn zu berühren. Doch etwas hielt sie zurück. Svante starrte stur geradeaus, in den dunklen Wald hinein, der sich hinter dem Fenster schier ins Unendliche ausbreitete.

Ina wollte noch etwas sagen, doch das Klingeln des Telefons durchbrach die gespannte Stille. Svante warf ihr einen kurzen Blick zu, bevor er zum Apparat ging und abhob.

»Ja?«, sagte er in den Hörer. Sein Blick wanderte wieder aus dem Fenster, fort von Ina. »Aber ja … hm … der bin ich.«

Ina versuchte, aus seinen knappen Antworten schlau zu werden. Wer war wohl am anderen Ende der Leitung? Sie glaubte, eine Frauenstimme vernommen zu haben.

»Einen Augenblick bitte.« Er legte eine Hand auf den Hörer und wandte sich ihr mit einem Ruck zu. »Du musst gehen.«

»Wie bitte?!« Seine Worte trafen sie ins Mark. »Aber Svante, ich …«

Er unterbrach sie mit einer rüden Handbewegung. »Tut mir leid, aber du musst jetzt wirklich gehen.« Er hielt kurz den Hörer hoch, dessen Muschel er mit der einen Hand abdeckte, um zu verhindern, dass die Geräusche nach außen drangen. »Das hier ist wichtig. Wir sehen uns morgen.«

»Aber … ich …« Sie schluckte angestrengt, während sie nach Worten rang. »Ich meine, wir, nun ja …« Ihr Mund schloss sich wie von selbst, als Svante sich einfach von ihr abwandte und zu reden begann. Nicht mit ihr, sondern mit der unbekannten Anruferin.

Sie starrte seinen Rücken an, fühlte sich verwirrt und verletzt zugleich.

»Ja«, sprach er wieder in den Hörer, ohne überhaupt noch Notiz von ihr zu nehmen. »Natürlich habe ich dafür Verständnis und weiß um die Bedeutung. Nein, das stört jetzt ganz und gar nicht.«

Also nahm sie ihre Sachen und verließ die Hütte. Als sie die Tür hinter sich zuzog, fiel sie vielleicht eine Spur zu fest ins Schloss.

Schwedisch für Anfänger – Teil 3

»Sälg intet skinnet, förr än björnen är skjuten.«
Wörtlich: Man sollte das Fell nicht verkaufen, bevor der Bär erschossen wurde.
Bedeutet: Man sollte sich niemals einer Sache zu sicher sein.

6

VORSICHTIGE DOSIERUNGEN

Am nächsten Morgen saß Ina an Ebbas gedecktem Frühstückstisch und fragte sich, warum genau sie hier war. Ihr Widerwille lag nicht an Ebbas Gesellschaft, die sie im Grunde sehr schätzte. Nein, die alte Frau war nicht das Problem. Das Problem war der Mann direkt neben ihr. Als Ebba sie mit einer spontanen Frühstückseinladung überrascht hatte, war Ina nicht klar gewesen, dass sie nicht der einzige Gast sein würde. Entsprechend groß war ihre Überraschung gewesen, als sie Svante mit seinem albernen Grinsen am Tisch hatte sitzen sehen. Für einen Moment hatte sie ernsthaft erwogen, auf dem Absatz kehrtzumachen, aber das wäre Ebba gegenüber äußerst unhöflich gewesen. Sie konnte schließlich am allerwenigsten für das ungehobelte Verhalten dieses Eigenbrötlers. Also hatte sie sich mit zusammengepressten Lippen und einer Miene, die ihre Missbilligung kaum verbarg, am Tisch niedergelassen, ohne Svante auch nur eines Blickes zu würdigen.

Ebba grinste sie und Svante derweil erwartungsfroh an. Ein Umstand, der nicht unbedingt dazu beitrug, dass Ina sich wohler fühlte. Die alte hölzerne Uhr an der Wand tickte leise, während sie sich gegenseitig mit frisch gepresstem Orangensaft zuprosteten.

»Danke, dass ihr so spontan vorbeigekommen seid.« Ebba grinste noch breiter. »Es ist immer schön, so redselige Gesellschaft zu haben.«

»Danke für die Einladung«, sagte Ina nach einem erfrischenden Schluck des wirklich köstlichen Orangensafts. Sie stellte ihr Glas ab, ohne Svante anzuschauen, der sie verstohlen von der Seite musterte. Das spürte sie, ohne hinzusehen. »Wenngleich die Einladung wirklich sehr spontan ausgefallen ist.«

Ebba schmunzelte. »Ich hab euch beide eben gern um mich.« Sie beugte sich nach vorn. »Ganz besonders, weil ich euch etwas zeigen möchte.«

»Wo ist Agneta?«, wollte Svante wissen. Es war eine berechtigte Frage, denn normalerweise trafen sie sich zu viert zum Frühstück. Jedoch nur an den Wochenenden, nicht einfach so mitten in der Woche. Das war schon ein wenig ungewöhnlich, ganz besonders für eine alte Frau wie Ebba, die es überhaupt nicht leiden konnte, von ihren festen Routinen abzuweichen.

Deren schmale Schultern schoben sich nach oben. »Sie muss ja nicht immer dabei sein.« Dass sich ihre Stimme um einige Oktaven senkte, schien auch Svante nicht entgangen zu sein, wie ein weiterer Seitenblick bewies.

Statt ihn zu erwidern, dachte Ina an Agneta. Eigentlich hatte sie sich mit ihr treffen wollen, um sie zu fragen, ob sie bereits etwas von Arnulf Svensson gehört hatte. Denn trotz seiner großspurigen Ankündigung, sich schnellstmöglich auf den Weg zu machen, gab es auch Tage nach ihrem Onlinemeeting keine Spur von ihm, was sie nun doch ein wenig eigentümlich fand. Schließlich hatte er einen äußerst dringlichen Eindruck vermittelt.

Ina spürte Svantes nunmehr bohrenden Blick, doch sie tat ihm noch immer nicht den Gefallen, darauf einzugehen. Dafür war sie zu angefressen wegen seines groben Verhaltens von gestern Abend. Mit unterdrücktem Gähnen musterte sie Ebba und fragte sich, warum sie so gut gelaunt war. An diesem Morgen fiel es Ina besonders schwer, einen klaren Gedanken zu fassen. Sie hatte keine gute Nacht hinter sich. Noch immer war es ihr zu hell und obendrein hatte sich ihr Hund am Fußende des Bettes einen zurechtgeschnarcht. Dazu kam, dass ihre Gedanken unentwegt um diesen verschrobenen Mann gekreist waren, der gerade mit ihr am Tisch saß und sie dümmlich angrinste. Auf alles hatte sie an diesem Morgen Lust, aber ganz bestimmt nicht auf ein gemeinsames Gute-Laune-Frühstück. Aber das konnte Ebba natürlich nicht wissen.

Die alte Frau erhob sich aus ihrem Stuhl, und zwar ziemlich ruckartig. Sie war bereits wieder gut auf den Beinen, obwohl ihr erst kürzlich ein neues Hüftgelenk eingesetzt worden war.

»Ina, Svante«, sagte sie mit einem freudigen Ausdruck in ihrem faltigen, mit Altersflecken besprenkelten Gesicht. »Ich hole nur schnell die Marmelade.« Und dann war sie auch schon aus dem Raum verschwunden und Ina und Svante waren allein.

Sogleich gesellte sie sich wieder zu ihnen, setzte sich ungefragt an den freien Platz: die Stille.

Recht so!, dachte Ina und verschränkte die Arme. Denn dieses Mal konnte es ihr gar nicht still genug sein. Allerdings machte Svante ihr einen Strich durch die Rechnung. Mit einem Räuspern sah er sie an, versuchte sich an einem Lächeln.

»Nett von Ebba, dass sie uns beide zum Frühstück eingeladen hat, nicht wahr?«

»Ja.«

Stille.

Ein die Stille durchbrechendes Räuspern: »Ina, ich …«, begann er, aber sie unterbrach ihn sogleich.

»Du musst dich nicht erklären«, sagte sie kühl. »Es ist in Ordnung.« Dabei sollte ihr Tonfall selbst ihm klarmachen, dass es genau das nicht war.

Svante runzelte die Stirn. »Ich wollte nur sagen, dass es mir leidtut. Für gestern Abend.«

Ina sah ihn einen Moment lang an, dann nickte sie. »Ich hoffe nur, dass es das wert war. Was auch immer du zu tun hattest.« Es brannte ihr auf der Zunge, ihn zu fragen, wer der mysteriöse Anrufer war, der ihren Abend vermasselt hatte. Doch lieber hätte sie sich dieselbige abgebissen, bevor sie sich dazu herabließe.

Noch bevor Svante etwas zu seinen Gunsten hervorbringen konnte, kam Ebba angeschlurft. In den Händen trug sie ein Glas mit einer dunkelroten Marmelade.

»Da bin ich wieder«, rief sie fröhlich und stellte das Glas auf den Tisch. »Und ich habe eine Überraschung für euch!«

Ina und Svante richteten gleichzeitig ihre Blicke auf sie.

»Ich habe nämlich eine neue Marmeladensorte ausprobiert«, verkündete sie stolz. »Moltebeeren mit einem Hauch von Zimt. Ich hoffe, sie schmeckt euch!«

Mit einem Ploppen drehte sie den Deckel auf, reichte das Glas herum und Ina und Svante tauchten nacheinander ihre Messerspitzen ein und kosteten die neue Kreation. Trotz der angespannten Stimmung kam Ina nicht umhin zu lächeln. Ebbas Marmeladen waren immer etwas ganz Besonderes. Und vielleicht war dieses gemeinsame Frühstück genau das, was sie brauchten, um ihre Differenzen beizulegen und einen neuen Tag in dem kleinen Paradies zu beginnen.

»Nein!«, unterbrach Ebba die beiden rüde. Sie schnappte sich zwei Knäckebrotscheiben und beschmierte sie nun selbst mit Marmelade, und zwar äußerst dick. »Ihr müsst sie richtig probieren. Nicht bloß ein bisschen.«

Ina und Svante sahen sich kurz an und zuckten dann gleichzeitig mit den Schultern. Also nahmen sie die reichhaltig mit Marmelade bedeckten Brotscheiben entgegen und bissen hinein.

»So ist es richtig«, befand Ebba. Sie hatte die Hände übereinandergelegt und schaute die beiden erwartungsvoll durch ihre dicken Brillengläser hinweg an. Dann wanderte ihre rechte Hand unter den Tisch und sie brachte aus den Untiefen ihrer Kittelschürze einen Zettel und einen Kugelschreiber zum Vorschein. Sie drückte auf den Knopf des Kulis, ließ ihn über dem Zettel schweben und musterte Ina und Svante eingehend. »Beschreibt mir jede einzelne Nuance, die ihr wahrnehmt. Ich muss jedes noch so kleine Detail wissen!«

Also biss Ina ein besonders großes Stück vom Marmeladenknäckebrot ab. Unversehens schloss sie die Augen. Die süße Beerenmischung, gepaart mit dem subtilen Hauch von etwas Unbekanntem, war einfach göttlich. Sie dachte an Zimt, doch daran erinnerte sie der Geschmack nicht. Er kam ihr würziger vor. Intensiver. Es war eine einzigartige Mischung, unglaublich lecker. Kurz blinzelte sie zu Svante hinüber, der bereits die Hälfte seines Brotes verputzt hatte und mit einem genussvollen Grunzen die Augen schloss. »Die ift gut!«

Ina sah dabei zu, wie mit zwei großen Happen der Rest in seinem Mund verschwand. Er kaute laut, schluckte herunter und spülte mit dem Rest seines Orangensafts nach. »Da hast du dich dieses Mal selbst übertroffen, Ebba. Ich kann mich nicht erinnern, jemals eine solch köstliche Marmelade probiert zu haben.«

»Jaja.« Sie ließ nervös den Kugelschreiber in der Luft kreisen. »Was hast du geschmeckt?«

Svante kniff die Augen zusammen. »Moltebeeren natürlich. Und Zimt.« Er zögerte. »Vielleicht war es Zimt, ich bin mir da nicht so sicher. Aber da war noch etwas anderes …«

»Ja?« Ebba beugte sich ein Stück weit vor, doch Svante zögerte und ließ die Zunge über die Zahnreihen wandern. »Damals, als ich noch ein Kind war …«, begann er zu erzählen. »Da hat meine Oma eine Marmelade gemacht, für die ich getötet hätte.« Er deutete mit dem Finger auf das Glas in der Mitte des Tisches. »Aber die hier ist sogar noch besser.« Dann holte er aus und seine Augen leuchteten vor Begeisterung: »Du hättest die Sommer sehen sollen, die wir hier in meiner Kindheit hatten. Die Sonne schien ununterbrochen und wir verbrachten jeden Tag in den Seen.« Er lachte fröhlich. »Ich erinnere mich an ein Abenteuer nach dem anderen. Wir waren echte Entdecker, durchstreiften die Wälder, erforschten Höhlen und jagten Eichhörnchen.«

Ina wurde von seiner Lebhaftigkeit angesteckt. Sie spürte eine Wärme in ihrer Brust, die sie zum Strahlen brachte, während sie Svantes nostalgischen Erinnerungen lauschte. Dabei erzählte er so locker und mit Esprit, dass sie aus dem Staunen gar nicht mehr herauskam. Sie erkannte diesen Mann überhaupt nicht wieder.

»Mein lieber Svante, du kannst ja richtig fesselnde Geschichten zum Besten geben!« Sie stieß ihm sanft den Ellenbogen in die Seite. »Normalerweise bekomme ich kaum ein Wort aus dir heraus!«

Svante lachte. »Ich fühle mich einfach gut. Es ist so ein toller Morgen. Mit euch … mit dieser Marmelade – und hört nur, wie die Vögel zwitschern!« Er drehte den Kopf zum gekippten Küchenfenster, fuhr dann aber wieder herum und nahm Ebba in Augenschein. »Danke für die Einladung.« Und dann erhob er sich und legte die Hände auf Inas und Ebbas Schultern. »Danke für diese besondere Marmelade«, sagte er noch einmal voller Inbrunst.

Ebba, die das Gespräch mit einem zufriedenen Lächeln verfolgt und dabei fleißig Notizen gemacht hatte, grinste breit. »Ich bin froh, dass ihr sie genießt.« Ihre Stimme senkte sich zu einem nebulösen Flüstern. »Es ist nämlich ein ganz besonderes Rezept.«

»Besonders … in der Tat,« stimmte Ina zu, die nun ebenfalls ihr ganzes Brot verspeist hatte. »Was ist das Geheimnis? Es sind die Moltebeeren, stimmt's?« Ihr Ratefieber war geweckt. »Handelt es sich vielleicht um eine alte Sorte, die längst in Vergessenheit geraten ist und die du in den Wäldern aufgestöbert hast?« Sie jauchzte. »Diese Marmelade ist einfach magisch.«

»Und sie macht durstig.« Svante schnappte sich kurzerhand Inas Glas und trank es in einem Zug aus.

Ebba lachte. »Magisch trifft es ganz gut.« Sie zögerte einen Augenblick, dann sah sie die beiden abwechselnd an. »Ich verrate es euch«, sagte sie. »Das Geheimrezept sind halluzinogene Pilze, die ich untergemischt habe. Es ist eine Marmelade mit berauschender Wirkung.«

Svante verschluckte sich fast am Orangensaft. Ina klopfte ihm rasch auf den Rücken, um seinen Erstickungstod zu verhindern. Immerhin waren seit ihrer Hofankunft vor ein paar Wochen eindeutig genug Menschen gestorben. Sie und Svante warfen sich einen langen, unheilvollen Blick zu, ehe sie gleichzeitig die Köpfe zu Ebba drehten.

»Du hast uns Marmelade mit halluzinogenen Pilzen angedreht?«, platzte es eher erstaunt als wütend aus Ina heraus.

»Ganz genau!« Ebba nickte beflissen. »Und sie ist unglaublich köstlich, das habt ihr selbst gesagt!«

Svante schüttelte den Kopf, aber sein Grinsen verriet, dass er nicht wirklich verärgert war. »Wie damals, als du zum Luciafest Haschischkekse verteilt hast.«

»Aber die Marmelade ist besser«, befand Ebba. Nun war es eindeutig ein stolzes Grinsen, das sich über ihr Gesicht ausbreitete, während sie die Arme vor der Brust verschränkte. »Sie wirkt viel schneller.«

Ina lehnte sich zurück und war nicht mal böse. Vielmehr war sie so gut gelaunt wie schon lange nicht mehr. Sie betrachtete eingehend das Marmeladenglas. »Ich habe mich noch nie so … euphorisch gefühlt.«

Ein Ruck ging durch Ebbas Körper, sie richtete sich auf und schlug mit der flachen Hand auf die Tischplatte. »Unsere Kunden werden uns das neue Produkt aus den Händen reißen, da bin ich sicher!«

»Du meinst …« Inas Augen wurden groß.

»Natürlich meine ich! Nachdem du unsere Kanelbullar an den Polizistenvater vertickert hast, können wir unmöglich mit unserer Cannabisproduktion weitermachen. Das Thema ist verbrannt.« Sie hob einen Zeigefinger und richtete ihn auf Ina. »Dank dir«, sagte sie im vorwurfsvollen Tonfall. Inas Mund schnappte auf, doch Ebba ließ ihr keine Zeit für eine Rechtfertigung. »Sind wir doch mal ehrlich. Manchmal brauchen wir alle etwas Magie im Leben, nicht wahr?« Sie stieß ein herzhaftes Lachen aus. »Ihr hättet mal sehen sollen, mit welch miesepetrigen Gesichtern ihr zu mir gekommen seid. Und jetzt?« Sie grinste die beiden an. »Ihr seid kaum wiederzuerkennen.« Ihr Blick richtete sich nach unten. »Haltet sogar Händchen.«

Ina zog die Hand zurück, von der sie gar nicht mitbekommen hatte, dass sie sich mit Svantes Hand verschränkt hatte.

»Aber illegal ist es dennoch«, mahnte er. »Ihr wisst, wie unser Land zu Drogen steht.«

Ebba ließ ein genervtes Schnauben verlauten. »Ich hatte nicht vor, mich erwischen zu lassen.«

Ina fühlte sich mit einem Mal gar nicht mehr so wohl in ihrer Haut. »Aber … halluzinogene Pilze … Ist das denn nicht gefährlich?«

Nun wedelte Ebba fahrig mit der Hand. »Papperlapapp! Die nehmen Urvölker schon seit Tausenden von Jahren zu sich. Außerdem dosiere ich meine Magic Mushrooms sehr vorsichtig.«

»Was sind das denn überhaupt für Pilze?«, hakte Ina nach, fragte sich aber gleichzeitig, ob sie es wirklich so genau wissen wollte.

»Und wo hast du sie her?« Svante nahm das Glas zur Hand und tauchte tief den Finger hinein, den er sich anschließend genüsslich in den Mund steckte, ehe Ebba Protest einlegen konnte.

»Je weniger ihr wisst, desto besser«, beschloss Ebba.

Dann begann sie zu schreiben. »Lasst uns lieber die Produktion besprechen. Wir brauchen einen Namen und ein hübsches Logo für das Etikett.« Wieder hob sie den Kopf und nahm die beiden ins Visier. »Was denkt ihr, wären dreihundert Kronen pro Glas ein angemessener Preis?«

»Ähm.« Svante räusperte sich umständlich, sagte aber nichts. Und auch Ina, die den Betrag schnell umrechnete – es waren über fünfundzwanzig Euro –, war zu perplex, um etwas auf Ebbas Preisvorstellung zu erwidern.

»Heute Nachmittag treffen wir uns alle im Café«, murmelte Ebba gedankenvoll vor sich hin. »Der neue Bewohner, dieser Tierarzt, kommt nämlich vorbei, um sich allen vorzustellen.« Langsam schob sich ihr Kopf in Svantes Richtung, ihre Hand umfasste das Marmeladenglas und sie grinste schelmisch: »Ob ich zur Feier des Tages die Marmelade mit auf den Tisch stellen soll? Wie damals die Kekse auf dem Luciafest?«

7

APFELTORTEN UND MOLTEBEERMARMELADE

Ein weiteres Mal hatten sich sämtliche Bewohner des Tingsmålahofs im Café versammelt, um das neue Mitglied ihrer Gemeinschaft zu begrüßen. Selbst die drei Archäologen hatten es sich nicht nehmen lassen, anwesend zu sein. Vermutlich lockte sie die Aussicht auf weitere Kostproben von Ebbas Moltebeerschnaps. Auch Ina sah dem Mann erwartungsfroh entgegen, der vor dem Halbkreis stand, den sie gebildet hatten, und geduldig alle Fragen beantwortete, die an ihn herangetragen wurden.

Ina fand, dass er eine angenehme Aura versprühte, und schon bald war sie selbst in ein Gespräch mit ihm vertieft, in dem es um dessen Pläne für Knuts Haus ging, in welches er einziehen würde. Natürlich hatte sie nicht nur mit ihm geredet, sondern ihn auch eingehend gemustert. Geradezu auf den Zahn gefühlt hatte sie ihm. Schließlich lehrte sie die Erfahrung, bei der Auswahl der Nachbarn äußerste Sorgfalt walten zu lassen.

Gustav Lindqvist war ein stattlicher Mann, und sein noch reichlich vorhandenes graues Haar wirkte wild und ungebändigt, was einen interessanten Kontrast zu seinen recht sanften Zügen darstellte. Obwohl er weit über sechzig war, hielt sich die Tiefe seiner Falten in Grenzen, und seine rehbraunen Augen strahlten vor jugendlicher Neugierde. Svante hatte recht: Er war wirklich gut aussehend, und Ina mochte seinen Geruch, der sich mit dem Aroma von Kaffee und Ebbas frisch gebackenen Kanelbullar vermischte. Und er hatte Humor. Vielleicht hatte Ina sich ihm ein wenig zu sehr zugewandt und zu laut über seine Scherze gelacht. Auf jeden Fall bekam sie mit, wie sie von Svante skeptisch beäugt wurde. *Ob er eifersüchtig ist? Schaden würde es ihm nicht.*

Sie war noch immer verschnupft wegen der Abfuhr, die er ihr am Abend zuvor in seiner Hütte erteilt hatte. Wichtiger Anruf hin oder her, so ließ sie sich nicht behandeln. Schon gar nicht von einem Mann. Nach dem gemeinsamen Frühstück hatte er sich mit ihr aussprechen wollen, doch mit klarer werdendem Kopf war sie ihm schnurstracks aus dem Weg gegangen und hatte stattdessen Agneta aufgesucht, in der Hoffnung, dass sie ihr sagen konnte, wann endlich der Kunsthistoriker eintreffen würde. Konnte sie nicht. Aber sie stand wohl in Kontakt mit ihm und die beiden tauschten rege Kurznachrichten aus. Immerhin. Allerdings hatte die Schwedin ebenso wenig Lust wie Svante gehabt, über Viggos Tod zu plaudern. Ina konnte es drehen und wenden, wie sie wollte: Von einem unguten Gefühl in der Magengrube abgesehen, hatte sie nichts, was ihr Aufschluss über Viggos plötzliches Ableben geben konnte.

Sie wandte sich Gustav zu, der ihr gerade etwas von seiner Heimatstadt erzählte, aber Ina hörte ihm gar nicht richtig zu. War es tatsächlich das, wonach es aussah?, fragte sie sich in Gedanken. Ein Herzinfarkt, der Viggo aus dem Leben gerissen hat?

Agneta gesellte sich zu ihnen und lächelte den Gast erwartungsfroh an, der sich gerade von einem der Archäologen erklären lassen musste, wie man alte Keramikscherben perfekt zusammensetzte.

»Würdest du gerne einen Rundgang machen, Gustav? Wir können dir den Hof zeigen.«

Seine rehbraunen Augen funkelten begeistert und er wirkte sichtlich erleichtert.

»Gern!« Er wandte sich Ina und Agneta mit gesenkter Stimme zu. »Ich mag es wirklich nicht, im Mittelpunkt zu stehen, und könnte eine Auszeit von der Verhörrunde vertragen.«

Sie begannen ihren Rundgang an der Hofbäckerei, in der Ebba heute Morgen die Kanelbullar gebacken hatte. Nun lag jedoch ein anderer Geruch in der Luft.

Gustav schloss die Augen und auf seinem Gesicht zeichnete sich ein Lächeln purer Zufriedenheit ab.

»Apfeltorte«, stieß er begeistert aus. »Mein absoluter Lieblingskuchen.«

»Aber leider abgezählt«, nahm Ina ihm sogleich den Wind aus den Segeln. Denn sie wusste von Nils, dass die Torten für die morgige Hoflieferung bestimmt waren. Fünf Apfeltorten – und eine nicht ganz unerhebliche Anzahl an Moltebeer-Marmeladengläsern.

Gustav tätschelte sich den Bauch. »Ist vielleicht besser so.«

Sie spazierten weiter und Agneta machte ihn mit Details zum Leben auf dem Hof vertraut.

»Wie ich dir ja bereits am Telefon erklärt habe, finanziert sich dieser Hof hauptsächlich über die Erzeugnisse, die wir produzieren«, sagte Agneta. »Alle tragen ihren Teil dazu bei. So hat Ashley den Bootsverleih, den Streichelzoo und bietet Schnuppertauchkurse an.«

»Janis und Svante kümmern sich um alle Reparaturen und verkaufen Möbelstücke«, schloss Ina sich der Aufzählung an.

»Meine Schwiegermutter kümmert sich um das Backen und um das Hofcafé«, sprach Agneta weiter. »Und Ina führt den Souvenirladen.«

»Souvenir- und Buchladen«, verbesserte Ina sie. »Dann haben wir noch ein Angelgeschäft und selbst angebautes Gemüse, das wir auf den Wochenmärkten in der Umgebung verkaufen. Außerdem geben alle einen Teil ihrer Rente ab. Eben jeder, was er kann.«

Gustav nickte begeistert. »Genau das habe ich gesucht! Eine Gemeinschaft, in die ich mich einbringen kann und zu der jeder seinen Teil beiträgt. Ehrlich, ich bin tief beeindruckt davon, was ihr da auf die Beine gestellt habt.«

Und das vollkommen zu Recht, wie Ina fand. Sie waren wahrhaft umtriebig. Und doch mussten sie sparsam haushalten, um über die Runden zu kommen.

Sie schlenderten weiter den Weg entlang und Agneta gab Anekdoten und Geschichten aus der Vergangenheit des Hofes preis. Sie beschrieb Gustav, wie sie und Viggo im Laufe der Jahre den alten Bauernhof zu einem Ort gemacht hatten, an dem sich jeder willkommen und zu Hause fühlen konnte. Während ihres ausgedehnten Rundgangs blickte Gustav sich interessiert um. Er stellte Fragen, hörte aufmerksam zu und wirkte von allem äußerst angetan, was Agneta sichtlich gefiel. Vor allem aber schien ihr der Mann zu gefallen.

Ina beobachtete sie ganz genau. Wie zufällig berührte sie ihn beim Sprechen, lachte ein wenig zu laut über dessen Scherze und warf auffallend oft ihr blondes Haar nach hinten. Und dieses ständige Geblinzel.

Der Weg führte sie am Angelladen vorbei, dessen verstaubtes, unaufgeräumtes Schaufenster verschiedene Haken, Netze und Angeln präsentierte. Gustav warf nur einen kurzen Blick in die Auslage, zeigte aber kein großes Interesse am Angelsport, da ihm, wie er sagte, lebendige Tiere lieber seien. Sie hielten auf Inas Souvenirladen zu, der wohl schon mehr nach seinem Geschmack war. Zumindest wurden seine Augen ein wenig größer. »Ihr habt eine eigene Buchhandlung?«

»Und ob!«, erwiderte Ina und reckte stolz das Kinn vor.

»Es ist ein Souvenirladen«, stellte Agneta klar.

»Mit ganz vielen Büchern«, sagte Ina und fügte der Klarheit wegen hinzu: »Und eher weniger Souvenirs.« Sie schaute Gustav an. »Liest du denn?«

Der nickte eifrig. »Aber ja, jedoch hauptsächlich Sachbücher und Fachliteratur.« Er lächelte beinahe entschuldigend.

Während sie weitergingen, unterhielten sie sich. Gustav war in Malmö aufgewachsen und hatte bislang sein ganzes Leben dort verbracht. »Irgendwann hatte ich den Punkt erreicht, an dem ich genug vom Großstadtleben hatte«, erklärte er, die Hände tief in den Hosentaschen vergraben. »All die Menschen, die Hektik und der Trubel.« Er schnaufte. »Mir fehlte zunehmend die Ruhe, die Verbundenheit zur Natur.« Während er sprach, sah er sich ausgiebig um und blieb mit seinem Blick am angrenzenden Wald hängen. Ina bemerkte, wie sich seine Nasenflügel leicht blähten, als er die Luft tief einsog.

»Die gesuchte Ruhe wirst du hier ganz bestimmt finden.«

Agneta, die auffällig dicht neben ihm herschlenderte, nickte verständnisvoll. Es war unverkennbar, dass sie sich von diesem Mann angezogen fühlte. Ina empfand Freude darüber. Es war schön zu sehen, dass ihre Freundin nach den turbulenten Zeiten mit Viggo endlich neuen Möglichkeiten gegenüber aufgeschlossen war.

»Das Stadtleben kann sehr hektisch sein«, stimmte sie zu. »Hier auf dem Land ist es anders. Man nimmt sich mehr Zeit für die Dinge. Die Uhren ticken langsamer.« Sie schaute zu ihm auf. »Und man ist füreinander da.«

Mit einem versonnenen Lächeln auf den Lippen erwiderte Gustav ihren Blick. »Genau das suche ich. Zeit zum Nachdenken, Luft zum Atmen. Endlich wieder die Jahreszeiten erleben und den Wandel der Natur beobachten. Ich möchte meinen Kaffee trinken und dabei Vogelgezwitscher hören statt den Lärm der Autos.«

Agneta wirkte sichtlich ergriffen von seinen Worten. »Ich denke, du wirst dich bei uns wohlfühlen.« Sie strahlte ihn regelrecht an. »Denn Ruhe und die Schönheit der Natur sind genau die Dinge, die unseren Hof ausmachen.«

»Und Bücher«, fügte Ina hinzu.

Agneta überhörte ihren Einwurf. »Wir sind froh, dass du ein Teil davon sein möchtest.«

Gustav nickte dankbar. »Ich freue mich darauf, hier ein neues Kapitel meines Lebens zu beginnen.«

Während sie ihren Weg fortsetzten, konnte Ina förmlich spüren, wie seine Worte ihrer Freundin direkt ins Herz gingen.

»Und das ist unser Streichelzoo«, sagte Agneta schließlich, als sie das Gehege unten am Seeufer in der Nähe von Ashleys Camper erreicht hatten. Ina sah auf das Wasser, das sanft gegen das Seeufer schwappte. In der Ferne zogen ein paar Enten ihre Bahnen, während die Ziegen und Esel hinter der Umzäunung grasten.

Auch Gustav schaute lange auf den See, bis sein Blick sich auf das Gehege richtete. Nach einer Weile stutzte er. »Ihr besitzt ein Alpaka?«

Noch immer hatte Ina sich nicht an dem wunderschönen Tier mit dem flauschigen Fell sattgesehen. Jedoch wirkte es heute noch trauriger als in den Tagen seit seiner Ankunft und stand ein wenig abseits.

»Das ist Elvis«, erklärte sie. »Er ist ebenfalls ein Neuankömmling, wie du.«

»Von einem Veterinär erhoffen wir uns natürlich, dass er sich ganz besonders liebevoll unseren Tieren widmet«, äußerte Agneta, während sie mit scheinbarer Beiläufigkeit ihre Hand auf Gustavs Oberarm platzierte.

Dieser gab ein zustimmendes Räuspern von sich. »Ich bin froh, wenn ich mich hier einbringen darf.« Er richtete den Blick auf das Alpaka und eine nachdenkliche Falte bildete sich auf seiner Stirn. »Es sieht nicht sehr glücklich aus«, sagte er leise, mit einer Stimme voller Mitgefühl. Beinahe kam es Ina so vor, als sähe er nicht nur das Tier an, sondern würde auch dessen Zustand mit tiefem Verständnis erfassen. Wie es eben nur gute Ärzte konnten.

»Du kennst dich mit Alpakas aus?«, fragte Agneta hoffnungsvoll.

»Ein wenig.« Mit einer abwehrenden Bewegung hob er die Hände, als wollte er nicht zu viel versprechen. »In der Stadt hatte ich kaum Kontakt zu den Tieren, aber etwas außerhalb von Malmö gab es eine Alpakafarm.« Ein verträumtes Lächeln breitete sich in seinem Gesicht aus. »Es sind wundervolle Geschöpfe, sehr sozial, aber auch sehr empfindsam.«

»Und äußerst wählerisch, was ihr Zuhause angeht«, sagte

Agneta betrübt. »Denn anscheinend gefällt es ihm bei uns nicht.«

Gustav betrachtete sich das Tier noch eine Weile, dann drehte er den Kopf zu den beiden Frauen. »Das wird wohl daran liegen, dass es allein ist. Alpakas sind Herdentiere. Sie fühlen sich nur wohl, wenn sie in Gesellschaft von ihresgleichen sind. Ein einzelnes Alpaka kann schnell einsam werden. Und dann wird es krank. Vermutlich ist das sein Problem.«

»Du meinst, es braucht weitere Alpakas?«, fasste Ina das Offensichtliche zusammen.

»Wenn ihr möchtet, dass dieses hier glücklich wird«, erwiderte Gustav, »dann braucht es das unbedingt.«

»Dieser Janis!« Agneta grummelte leise vor sich hin. »Schleppt er uns einfach ein Alpaka an, und wir können nun sehen, was wir anstellen, damit es glücklich wird.«

Dass sie sich das Glück dieses Tieres zu ihrer persönlichen Aufgabe gemacht hatte, stand auf einem ganz anderen Blatt. Ina hatte sie beobachtet, wie sie in jeder freien Minute beim Alpaka war und auf es einredete. Es war Agnetas tiefes Bedürfnis, dass sich jeder auf ihrem Hof wohlfühlte. Das bezog auch die Tiere mit ein. Selbst die Hühner, die keine Eier mehr legten, durften ihren Lebensabend hier in Frieden verbringen.

»Eine Alpakaherde.« Ina grinste. »Das klingt doch ganz nett.«

»Nichts da!« Agneta schüttelte entschieden den Kopf und stieß ein leidvolles Seufzen aus. »Wir sind doch kein Zoo!«

8

EIN RELIKT AUS EINER ANDEREN ZEIT

Schnaufend saß Ina auf dem Bettrand in ihrem Schlafzimmer. Während sie Kraft schöpfte, schnüffelte ihr Hund an den samtigen Vorhängen, die ausgebreitet auf dem Bett lagen und seinem Frauchen das Letzte abverlangten. Mit einem schweren Seufzer schaute sie aus dem Fenster, wo die Sonne das smaragdgrüne schwedische Gras vergoldete. Wie malerisch dieser Anblick auch war, die langen Tage und übermäßig kurzen Nächte zermürbten sie. Der Gedanke, dass im Winter das Gegenteil eintreten würde, bot ihr nur einen schwachen Trost. Sie brauchte jetzt Abhilfe. Und wenn ihr dabei niemand zur Hand gehen wollte, musste sie es eben allein schaffen.

»Das werde ich ja wohl noch selbst hinkriegen!«, sprach sie sich Mut zu. Mit neuem Tatendrang sprang sie auf und ignorierte ihre knirschenden Knochen, die gegen die Anstrengung protestierten.

Mit dem alten Hofbus war sie am Morgen in den nächstgelegenen Byggmax-Baumarkt gefahren und hatte sich alles besorgt, was sie für ihr Vorhaben brauchte: eine Gardinenstange, Stangenhalter, Schrauben und natürlich die Gardinen selbst. Es waren herrlich hübsche zitronenengrasfarbene Vorhänge aus einem schweren Samtstoff. Ausgestattet mit einer Trittleiter und einem Schraubenzieher, den sie in ihrer Vorratskammer entdeckt hatte, war sie mit voller Zuversicht ans Werk gegangen. Doch schon bald war sie beim Eindrehen der ersten Schraube in die Wand an die Grenzen ihrer Geduld gestoßen. Da es eine Holzwand war, benötigte sie keine Dübel. So weit, so gut. Allerdings hatte ihr schlichtweg die Kraft gefehlt, die Schraube über Kopf tief genug in das Holz zu treiben.

Aber jetzt war sie bereit, sich dieser Aufgabe ein weiteres Mal zu stellen. Entschlossen kletterte sie wieder auf die Trittleiter, die so aussah, als hätte sie noch mehr Lebensjahre auf dem Buckel als sie selbst. Mit geschätztem Augenmaß wählte sie sorgfältig einen Punkt an der Wand aus, positionierte die Halterung und begann zu schrauben. Schon nach wenigen Umdrehungen meldeten sich die Schmerzen im Arm und in der Schulter zurück. Mit zusammengebissenen Zähnen ignorierte sie das lodernde Brennen ihrer Muskeln und drehte die Schraube beharrlich ins knarzende Holz. Umdrehung um Umdrehung.

Zeus hüpfte derweil aufs Bett und schaute ihr zu. Einem unglücklichen Umstand war es zu verdanken, dass just in diesem Augenblick eine Katze über die Hecke sprang und mit Samtpfoten in ihrem Garten landete.

Zeus war außer sich und bellte sich einen zurecht. Mit Schwung sprang er gegen die Leiter, um sein Territorium vor der Katze zu schützen, was Ina vor Schreck prompt aus dem Gleichgewicht brachte. Mit einem Schrei kippte sie nach hinten und landete auf dem federnden Bett. Noch bevor sie sich sammeln konnte, wurde sie von einer zotteligen Wolke erobert, die enthusiastisch auf sie draufhüpfte und ihr das Gesicht mit der nassen Zunge abschleckte. Das Herz schlug ihr bis zum Hals. Nicht auszudenken, was hätte passieren können, wenn sie das Bett verfehlt hätte. Mit beiden Händen hielt sie den Hund auf Abstand und richtete sich mühsam auf. Ihr Blick ging nach oben, wo nun ein unschönes Loch in der Wand über dem Fenster klaffte. Und weil sie an diesem Nachmittag so gut im Seufzen war, tat sie es noch einmal. Ausgedehnt und schwerfällig.

Schließlich hatte sie genug von der überschwänglichen Zuneigung des Hundes und drückte ihn sanft zurück. »Bleib!«, befahl sie, während sie zur Tür hinausmarschierte. Der warme Sommerwind wehte ihr durchs Haar, als sie den kleinen Kieselweg entlangging, der zu Agneta führte. Die Schwedin wohnte in dem großen roten Haus, das lediglich durch eine üppige Hecke aus wilden Rosen von Inas Bungalow getrennt war. Sie klopfte mit Nachdruck an die Tür, denn Klingeln gab es auf dem Hof nicht. Es dauerte nicht lange, bis Agneta öffnete – in einer weißen Bluse und einem langen Faltenrock, was für einen normalen Wochentag fast schon etwas übertrieben elegant wirkte.

»Oh, du bist es nur.«

»Nur?«, wiederholte Ina. Sie konnte sich nicht helfen, aber ein wenig wirkte ihre Freundin enttäuscht, sie vor der Tür stehen zu sehen. Doch dann verwarf sie den Gedanken. »Mit dem blöden Schraubenzieher bekomme ich die Schrauben einfach nicht in die Wand.« Sie streckte ihr den Übeltäter entgegen. »Svante hatte versprochen, mir zu helfen, aber wie immer ist er zu beschäftigt«, beschwerte sie sich.

Agneta lachte. »Du weißt doch, wie Männer sind, wenn sie etwas im Haus reparieren sollen. Man muss sie hundertmal daran erinnern.« Sie zog die Tür weiter auf. »Warte einen Moment.« Sie drehte sich um und verschwand aus Inas Sichtfeld.

Nach einer Weile kam sie mit einem altmodischen und reichlich verstaubten Werkzeugkasten zurück. »Der hat Viggo gehört«, erklärte sie. »Damit hat er immer alles repariert …« Beim Anblick des Kastens verfielen die beiden Frauen ins Schweigen. Für Ina war es immer wieder aufs Neue ungewöhnlich, mit Dingen aus der Vergangenheit ihrer verstorbenen Affäre konfrontiert zu werden. Wie mochte es da wohl erst Agneta gehen, die mit diesem Mann viele Jahre verheiratet gewesen war?! Vermutlich hatte sie seit langer Zeit keinen Gedanken mehr an das Werkzeug verschwendet. Nun wirkte es, als würden sie die Gefühle übermannen.

Ina wollte den Kasten entgegennehmen, doch da trat Agneta aus dem Türspalt und schloss die Tür hinter sich, worauf Ina sie fragend ansah. »Was hast du vor?«

»Was wohl«, fragte die zurück. »Wir erledigen das gemeinsam. Wäre doch gelacht, wenn wir das nicht ohne die Hilfe von Männern hinbekämen!«

Als sie in Inas Schlafzimmer ankamen, schaute sich Agneta alle Einzelteile ganz genau an.

»Findest du nicht, dass die Schrauben ein wenig zu kurz wirken?« Mit skeptischem Blick inspizierte sie die Stangenhalterung.

Ina winkte ab. »Die werden schon passen.«

»Also schön.« Schulterzuckend öffnete Agneta den Werkzeugkasten und förderte einen ramponiert aussehenden Bohrschrauber zutage.

Ina staunte nicht schlecht, als ihre Freundin mit geübten Griffen den Schraubaufsatz in das Gewinde des Bohrers drehte. Dann nahm sie einen Bleistift, Zollstock und Wasserwaage zur Hand und stieg auf die Trittleiter. Nachdem sie mit dem Lineal die perfekte Höhe ausgemessen und die Lochstelle markiert hatte, schaute sie zufrieden zu Ina herunter.

»Damit sollte es ein Leichtes sein, die Stange gerade an die Wand zu bekommen. Reichst du mir mal bitte den Schrauber?«

»Du hast auf Gustav gehofft, habe ich recht?«, fragte Ina, die ihr die Schraube, eine Halterung und den Bohrschrauber hinhielt. Es war keiner dieser neumodischen Akkubohrer, sondern einer mit Stecker.

Agneta machte sich wortlos ans Werk.

Ina stand direkt unter Agneta und sah zu ihr hoch. Vorhin war ihr aufgefallen, dass es aus ihrem Türspalt verdächtig nach karamellisierten Äpfeln gerochen hatte. Weil ihre Freundin sich Gustavs Lieblingskuchen gemerkt hatte, kombinierte sie. Apfeltorte.

Als der Bohrer verstummte und die erste Halterung fest in der Wand saß, fragte Ina geradeheraus: »Hast du ein Auge auf den Tierarzt geworfen? Ich habe nämlich bemerkt, wie du ihn angesehen hast.«

Agneta wedelte unwirsch mit der Hand. Aber sie errötete leicht, das sah Ina ganz genau. »Ach, hör auf! Er ist zwar ein netter Kerl, aber ich habe keinen Kopf für so was«, erwiderte sie. »Außerdem ist er überhaupt nicht mein Typ.«

»Nein?«, fragte Ina mit hochgezogenen Brauen. »Ein gut situierter Mann im besten Alter mit vollem Haar, hübschem Gesicht und ohne Bierbauch ist nicht dein Typ?«

Agneta antwortete mit einem Schnauben, vielleicht war es auch ein Grunzen. Auf jeden Fall klang es sehr gereizt, was Ina zum Lachen brachte. »Du weißt, es ist nie zu spät für die Liebe! Zumindest sagen sie das in Deutschland.«

»Das sagen sie auch in Schweden.«

Nun war es eindeutig ein Grunzen, das Ina vernahm.

Nach einer kurzen Pause, in der Agneta von der Leiter stieg, um sie neu auszurichten, sagte sie leise: »Weißt du, es ist nicht so einfach … Ich denke immer noch an Viggo. Manchmal berühre ich etwas, was ihm gehört hat, und spüre dabei seine Gegenwart. Ist das nicht verrückt?« Sie blickte auf den Werkzeugkasten, als würden sich auch darin Erinnerungen und unausgesprochene Worte verbergen.

Ina umfasste ihre Hand. »Nein, das ist völlig normal.«

Agneta schüttelte den Kopf, griff nach dem Werkzeug und machte sich an die zweite Befestigung. Ina war beeindruckt, wie schnell und routiniert Agnetas Arbeitsschritte waren. Innerhalb weniger Minuten waren die Halterungen an der Wand angebracht und die Gardinenstange war fixiert.

Mit einem kritischen Blick auf das Ergebnis wechselte sie das Thema. »Ich habe übrigens noch immer nichts von diesem Kunsthistoriker gehört. Er wollte längst hier sein. Und auf meine Kurznachrichten antwortet er auch nicht mehr.«

Ina verzog leicht die Mundwinkel. »Das sollte er allmählich auch. Mir ist gar nicht wohl bei dem Gedanken, dass das Schwert bei uns herumliegt. Ich meine, wenn es wirklich so wertvoll ist …« Dann kam ihr eine Idee. »Warum rufen wir ihn nicht einfach an und fragen ihn?«

Agneta nickte, dann griff sie in die Tasche ihres weiten Rocks und zückte entschlossen das Handy. Sie scrollte sich durch ihre Kontakte, bis sie den gesuchten Eintrag gefunden hatte, und hielt das Telefon so, dass Ina mithören konnte. Es klingelte mehrmals und schließlich sprang die Mailbox an.

Genau in diesem Augenblick segelte die Gardinenstange herab und landete krachend auf dem Boden.

»Die Schrauben waren wohl doch zu kurz«, befand Agneta.

Ina stöhnte nur und war drauf und dran, alles hinzuschmeißen.

»Ist doch keine große Sache«, beschwichtigte sie Agneta. »Viggo hat in seinem Werkzeugkasten bestimmt noch einen Satz Schrauben, die wir stattdessen verwenden können.« Sie wollte sich gerade über den Kasten beugen, als sie in der Bewegung innehielt, einen hastigen Blick auf ihr Handgelenk warf und dann Ina mit riesigen Augen anstarrte. »Ich hab noch den Biskuitboden im Ofen!«

Ohne ein weiteres Wort fuhr sie herum und stürmte hinaus. Keine zwei Sekunden später sah Ina sie am Schlafzimmerfenster vorbeilaufen.

»Also schön.« Sie seufzte den Hund an. »Das schaffe ich jetzt auch allein.«

Sie nahm die heruntergefallene Stange zur Hand und betrachtete die aus der Wand gebrochenen Halteknaufe, aus denen die Schraubenköpfe tatsächlich nur wenige Millimeter herausragten.

»Dann eben längere Schrauben«, wiederholte sie Agnetas Vorschlag und begab sich zum Werkzeugkasten, den sie auf das Bett hob, um ihren Rücken ein wenig zu schonen. Es war ein altes Modell aus Metall. Der Lack war im Laufe der Jahre verblasst und an einigen Stellen abgeblättert. Als Ina den Kasten öffnete, klappte eine mehrstöckige Struktur auseinander. Jede Etage war mit einer Vielzahl von Werkzeugen gefüllt. Die oberste Ebene enthielt Schraubendreher und Zangen verschiedener Größen. Eine Etage tiefer fanden sich mehre Hammer und eine Auswahl an Nägeln in kleinen, beschrifteten Fächern.

»Aber wo sind die Schrauben?« Ina zog den Kasten weiter auseinander, sodass die unterste Etage zum Vorschein kam. Diese beherbergte eine Handsäge, noch größere Schraubendreher und ein Maßband zum Ausrollen. Und da war noch etwas anderes. Beim Durchwühlen bemerkte sie ein verblasstes Stück Papier, das zwischen einem Satz Inbusschlüssel eingeklemmt war. Mit geweckter Neugier zog sie es heraus.

Sie brauchte nicht lange, um zu erkennen, dass es sich bei ihrem Fundstück um eine alte Wanderkarte handelte. Sie war sorgfältig gezeichnet, mit Höhenlinien und Wegmarkierungen. Sie zeigte den Tingsmålahof und die umliegenden Ländereien, einschließlich des angrenzenden Waldes. Einige der Gebäude, die auf der Karte eingezeichnet waren, existierten nicht mehr, woraus Ina schloss, dass es eine ältere Karte sein musste. Aber warum hatte Viggo sie im Werkzeugkasten aufbewahrt? Ihre Finger folgten den Linien der Waldwege, als ihr Blick auf eine Stelle mitten im Wald fiel, die mit einem dicken roten X gekennzeichnet war. Es war eindeutig nachträglich hinzugefügt worden. Vielleicht mit einem Marker.

Ihre Gedanken rasten. Was konnte dieses X bedeuten? War es ein weiteres Geheimnis, das Viggo hinterlassen hatte?

Schwedisch für Anfänger – Teil 4

»Det var inte illa pinkat av en trähäst.«
Wörtlich: Das war nicht schlecht gepinkelt von einem Holzpferd.
Deutsch: Nicht schlecht, Herr Specht!

9

DIE ALTE WANDERKARTE

Die Morgensonne brannte schon heiß auf Inas Rücken, als sie und Svante das Tor des Tingsmålahofs hinter sich ließen. Die Luft roch nach Kiefernnadeln und die Vögel zwitscherten in einem unermüdlichen Chor. Ina hatte ihre Wanderstiefel angezogen und einen Rucksack mit Proviant gepackt. Ebenfalls im Rucksack befand sich die alte Wanderkarte, die sie tags zuvor im Werkzeugkasten gefunden hatte.

Svante schritt fröhlich neben ihr. Ursprünglich hatte sie vorgehabt, allein auf diese Wanderung zu gehen, doch er hatte darauf bestanden, sie zu begleiten. Zuerst hatte sie ablehnen wollen, dann aber eingesehen, dass es klug war, ihn dabeizuhaben. Immerhin kannte er sich in den Wäldern wesentlich besser aus als sie. Er trug eine kurze Hose, ein kariertes Hemd und ein ausgelassenes Grinsen im Gesicht. Ina hingegen war etwas weniger begeistert unterwegs. Kaum hatten sie den Wald erreicht, schienen sich die Stechmücken gegen sie verschworen zu haben. Sie schwirrten um ihren Kopf und stachen sie trotz des Mückensprays, das sie großzügig aufgetragen hatte.

»Verdammte Biester«, fluchte sie.

»Ah, ein bisschen frische Waldluft tut doch gut!«, rief Svante in bester Laune und schien die Plagegeister nicht zu bemerken. Für sie war es schier unergründlich, wie die Schweden mit einer derart unerschütterlichen Ruhe die

Präsenz von Stechmücken akzeptierten. »Danke, dass du mich auf deine Wanderung mitnimmst!«

Ina schleuderte ihm einen grimmigen Blick entgegen. »Apropos frische Luft. Es ist faszinierend, dass du Zeit für einen spontanen Ausflug in den Wald hast, aber keine Zeit, um mir mit der Gardinenstange zu helfen«, sagte sie mit einem leicht vorwurfsvollen Unterton.

»Aber du hast es doch auch allein hinbekommen.« Er schmunzelte in sich hinein. »Bist du denn nicht stolz auf dich?« Nun lachte er herzhaft. »Wenn du möchtest, komme ich gerne mal vorbei, um mir das Ergebnis anzuschauen!«

Ina schnaubte. Ehe sie diesen Mann in ihr Schlafzimmer ließ, musste ihm schon etwas wirklich Originelles einfallen, um sein rüpelhaftes Verhalten bei ihrem ersten Abendessen zu zweit gebührend zu entschuldigen. Sie drehte sich von ihm weg und schlug sich auf den Nacken. Als sie ihre Ausbeute betrachtete, erschrak sie kurz über deren Ausmaße.

»Unfassbar, wie groß die Stechmücken in Schweden sind!«

In einer Hinsicht hatte Svante recht. Sie hatte es allein hinbekommen und das erste Mal seit Langem richtig gut geschlafen. Diesen Erfolg konnten ihr auch die Monster-Moskitos nicht streitig machen.

Sie drangen tiefer in den Wald vor und folgten Wegen, die offensichtlich schon seit einer ganzen Weile nicht mehr genutzt worden waren. Ina freute sich über den Schatten unter den dichten Baumkronen und die damit einhergehende Kühle. Den ersten Teil der Strecke hatte sie sich eingeprägt, um nicht ständig einen Blick auf die Karte werfen zu müssen. Sie hielt es für geschickter, Svante in der Sicherheit eines romantischen Walspaziergangs zu wiegen, anstatt ihm zu offenbaren, dass sie wieder eines von Viggos mysteriösen Geheimnissen aufdecken wollte. In letzter Zeit hatte sie das Gefühl, dass Svante es partout nicht leiden konnte, ständig mit seinem toten Freund konfrontiert zu werden. Schon gar nicht wollte sie noch einmal seine Gefühle verletzen. So folgte er ihr ahnungslos den schmalen Pfad entlang, der sich durch die Baumreihen schlängelte. Hin und wieder ließ sie sich zurückfallen, um einen Blick auf die Karte werfen zu können und sich davon zu überzeugen, dass sie noch auf dem richtigen Weg waren. Sie dankte ihrem Vater dafür, dass er ihr einst das Kartenlesen beigebracht hatte. Allerdings war dies nun schon viele Jahre her, und seit sie die Navigations-App auf ihrem Handy nutzte, gab es kaum noch einen Grund, eine richtige Karte zurate zu ziehen. Da war es bloß gut, dass man manche Dinge einfach nie verlernte. Sie mussten lediglich ein wenig aufgefrischt werden.

»Warum hast du deinen Hund nicht mitgenommen?«, wollte Svante wissen.

»Er hat viel zu kurze Beine für eine ausgedehnte Wanderung.« Sie schloss zu ihm auf und nahm wie selbstverständlich seine Hand. Schweigend liefen sie weiter und gaben sich diesem Moment hin, der tatsächlich ein wenig romantisch war – zumindest so lange, bis Svante plötzlich stehen blieb und hektisch nach vorne deutete.

»Was ist denn das?« Erstaunt zeigte er auf ein großes weißes Etwas, das abseits des Pfades zwischen den Bäumen stand. Da es zum Teil von Zweigen verdeckt war, brauchte Ina einen Moment, um zu verstehen, was sie da sah. Es war ein Wohnmobil.

Aber … mitten im Wald?

Als zöge eine unsichtbare Kraft ihn näher heran, hielt

Svante auf das Wohnmobil zu. Ina folgte ihm. Direkt vor dem Kotflügel blieb er stehen und schaute sich um. »Hier ist ein alter verwitterter Weg«, sagte er nachdenklich, während er sich über den Bart rieb. »Den kannte ich noch gar nicht.«

Er wandte sich wieder dem Wohnmobil zu und reckte den Kopf, um ins Innere blicken zu können.

»Sieht ganz danach aus, als würde es schon eine Weile hier stehen«, sagte Ina. Das einst glänzende Weiß des Fahrzeugs war mit Moos und Schmutz überzogen. Einige der Fenster waren von Zweigen verkratzt und in der Nähe der Eingangstür rankte Efeu empor. Um die Reifen hatte sich Laub angesammelt und der große Spiegel an der Beifahrerseite war mit einem dichten Netz von Spinnweben versehen. Die Reifen waren allerdings in einem guten Zustand. Zumindest waren sie nicht platt.

Svante trat noch näher heran. »Das ist seltsam«, murmelte er. »Wieso sollte jemand solch ein teures Fahrzeug mitten im Wald abstellen und dann vergessen?«

Ina betrachtete den Wagen genauer. Sie kannte das Fabrikat nicht, aber es war ein großes Wohnmobil, bestimmt acht Meter lang und drei Meter hoch. Ein paar Fenster waren mit drapierten Vorhängen versehen, die allesamt zugezogen waren. Sie fragte sich, wie es wohl im Inneren aussah.

»Die Kennzeichen fehlen«, stellte Svante fest. Er kniete nun vor der Front des Campers. »Das wird ja immer merkwürdiger.« Er rappelte sich wieder auf und kratzte das Moos vom Emblem auf der Motorhaube. »Auf jeden Fall ist es ein altes Modell. Vielleicht aus den Achtzigerjahren.«

»Glaubst du, es kann noch fahren?«

Svante zögerte mit seiner Antwort. »Die Reifen sind auf jeden Fall noch intakt.«

Beim Umrunden des Fahrzeugs fiel Ina auf, dass die Rückseite des Wohnmobils mit Aufklebern aus der ganzen Welt bedeckt war. Von Frankreich über Japan bis hin zu Brasilien. Und dann sah sie ihn – einen Aufkleber aus Madison, Wisconsin. Ina lachte auf. »Oh, das ist zu gut, um wahr zu sein!«, rief sie in Svantes Richtung. »Meine Lieblingsbuchserie spielt in Madison, die um den Serienmörder Harvey Buckett. Und hier, mitten im schwedischen Wald, finde ich einen Aufkleber aus dieser Stadt!«

Svante gab ein Brummen von sich.

»Du solltest auch öfter mal einen Thriller lesen«, ermahnte sie ihn. »Oder wenigstens einen Krimi. Nicht nur diese Natur- und Weltraumbücher.«

»Jaja.« Sie hörte seinem Tonfall an, dass er nicht ganz bei der Sache war. Plötzlich stand er neben ihr. »Lass uns doch mal schauen, ob wir nicht hineinkommen.«

Sie sah ihn mit großen Augen an. »Du meinst, wir sollen einbrechen?«

Er grinste sie verschwörerisch an, woraufhin Inas Puls schneller schlug. Denn das klang so ganz und gar nach etwas Verbotenem. Irgendwie gefiel ihr das.

Svante zog einen dünnen Draht aus seiner Tasche und begann geschickt am Schloss der Eingangstür zu hantieren.

»Möchte ich wissen, warum du so etwas mit dir herumträgst?«

»Ein Stück Draht sollte man immer bei sich haben«, sagte er nur. »Für den Fall der Fälle.«

»Und das hier ist so ein Fall?«

»Das hier ist so ein Fall.«

Irgendwie gefiel ihr das nun gar nicht mehr. Eine offen stehende Tür, na schön. Ein gekipptes Fenster, gut. Aber ein richtiger Einbruch? Ging das nicht zu weit? Andererseits machte der Camper nicht den Eindruck, als würde ihn jemand vermissen. Vielmehr wirkte er so, als wäre seit Ewigkeiten keiner mehr hier gewesen. Vielleicht hatte Svante recht und er war mit den Jahren einfach in Vergessenheit geraten. Das kannte man ja von den Scheunenfunden beim Trödeltrupp.

»Mit etwas Glück finden wir im Innern eine Spur zum Besitzer und können ihn daran erinnern, dass er seinen Camper hier abgestellt hat.«

Svantes neuerliches Brummen gab keinen Aufschluss darauf, was er von ihrer Art hielt, ihr Tun zu rechtfertigen.

»Warte, was ist das?« Ina hörte etwas. Ein Rascheln im Unterholz. Sie drehte sich in die Richtung und sah, wie sich Blätter bewegten, als ob sich etwas Großes durch das Dickicht zwängte.

Auch Svante schien es gehört zu haben. Er hielt in der Bewegung inne. Aus dem Augenwinkel bemerkte sie, wie er langsam auf sie zukam und das Unterholz ebenfalls fokussierte.

»Svante«, fragte sie leise. »Was, um Himmels willen, ist das?«

Dann, mit einem lauten Krachen, brach etwas Gewaltiges hervor. Es war riesig, mit mächtigen Pranken und einem dichten, glänzenden Fell. Schwarze Augen fixierten sie.

Das Herz hämmerte hart gegen ihren Brustkorb. Wie ein Specht, der durch die Baumrinde dringen wollte. Ein eisiger Schauer kroch ihren Rücken hinauf, als ihr Hirn endlich erfasste, dass sie einem Bären in freier Wildbahn gegenüberstand – einem Tier, das sie bislang nur aus dem Zoo kannte. Ihr Atem stockte und ihr Mund fühlte sich staubtrocken an.

Mit einem Mal schien die Zeit stillzustehen. Der Bär, der Wald und sie waren in diesem Augenblick eins. Ein Gefühl der Ehrfurcht mischte sich unter ihre Angst, als sie das riesige Tier betrachtete. Es war schön, beinahe kuschelig, eben wie ein überdimensionaler Teddybär. Doch nichts täuschte darüber hinweg, dass sie einem tödlichen Raubtier gegenüberstand.

»Du tust jetzt genau das, was ich dir sage«, hörte sie Svantes flüsternde Stimme ganz dicht an ihrem Ohr. »Wenigstens dieses eine Mal.«

Ina nickte in Zeitlupe.

»Und nimm die Hände runter, der Bär versteht nicht, dass du dich vor ihm ergibst.«

Also nahm Ina die Hände runter, von denen sie gar nicht gewusst hatte, dass sie oben waren.

»Gut.« Svante schien zufrieden mit ihr. »Jetzt gehst du einen Schritt nach hinten, ganz langsam.«

Ina setzte einen Schritt zurück. Vielleicht nicht ganz so langsam.

»Sehr gut. Mach genauso weiter. Ganz leise.«

Der Mann hatte leicht reden. Jede knackende Kiefernnadel unter ihren Füßen dröhnte in ihren Ohren. Ihre Beine zitterten. Und doch entfernte sie sich Schritt für Schritt von dem Bären, der sie beobachtete. Nicht unbedingt aggressiv, aber eindeutig interessiert. Das Tier ließ sie nicht aus den Augen. Sein Blick war durchdringend, fast kam es ihr vor, als könnte es in ihre Seele sehen. Himmel, was tat sie hier!? Durfte man Bären überhaupt in die Augen schauen? Machte sie das nicht aggressiv? Sie wollte Svante fragen, der ebenfalls den Rückzug angetreten hatte, doch es kam kein Ton über ihre Lippen. Vermutlich für immer.

Während sie zurückwichen, beobachtete Ina, wie der Bär den Kopf langsam zur Seite neigte, als ob er ihre Absichten abwägen würde. In diesem Moment spürte sie eine seltsame Verbindung zu diesem uralten Geschöpf des Waldes. Es war, als ob sie in einer sprachlosen Konversation gefangen wären – zwei Wesen, deren Wege sich flüchtig kreuzten.

Der Bär stellte sich auf die Hinterbeine und gab ein tiefes Geräusch von sich, das selbst Svantes Brummen in den Schatten stellte. Ina spürte es bis in die Knochen.

Doch dann ließ der Bär sich wieder auf alle viere sinken, und ebenso plötzlich, wie er erschienen war, wandte er sich ab.

Den Specht in ihrer Brust hatte mittlerweile ein Herzinfarkt ereilt.

Als der Bär zurück in den Wald trottete und sie endlich in sicherer Entfernung waren, lehnte sich Ina an einen Baum und ließ sich erschöpft zu Boden sinken. Tränen des Schocks und der Erleichterung liefen über ihre Wangen. Sie hatte gerade etwas erlebt, was sie nie vergessen würde – die wilde und unberührte Natur in ihrer erhabensten und Furcht einflößendsten Form.

10

BOTEN AUS EINER ANDEREN WELT

Minuten später waren Inas Augen noch immer starr vor Schreck, während Svantes Gesicht eine Mischung aus grenzenloser Erleichterung und purem Staunen zeigte.

»Himmel, ich hätte nie gedacht, dass ich mal einem Bären gegenüberstehen würde!«

Svante atmete hörbar aus. »Ich muss zugeben, ich bin beeindruckt, wie ruhig du geblieben bist.«

»Von wegen! Ich dachte, mein Herz würde stehen bleiben. Hast du gesehen, wie groß er war?«

Er zögerte einen Moment, doch dann lächelte er und sagte: »Weißt du, Ina, ich bin froh, dass ich das mit dir erleben durfte. Es gibt nicht viele Menschen, mit denen ich solche Momente teilen möchte.«

Sie spürte, wie ihr die Hitze in die Wangen schoss. Vor Aufregung und vor Erleichterung … und noch etwas anderem. Sie griff nach seiner Hand. »Es ist seltsam, welche Wendungen das Leben manchmal nimmt. Hier bin ich, weit weg von zu Hause, und treffe auf diese ungehobelte, wüste Kreatur – und dann auch noch auf einen Bären …« Sie zwinkerte ihm neckend zu, wurde aber sogleich wieder ernst. »Gott, war das beängstigend.« Allein bei dem Gedanken an das gerade Erlebte marschierte eine Armee Gänse über ihre Haut. Und doch bekam sie das Grinsen nicht aus dem Gesicht. Sie schaute Svante voller Begeisterung an. »Es war wunderschön, findest du nicht? Solch ein mächtiges Geschöpf.«

»Ja, das war es.« Er brummte seine Zustimmung. »Wusstest du, dass mein Großvater immer sagte, Bären seien Boten aus einer anderen Welt? Er glaubte, sie könnten uns etwas Wichtiges mitteilen.«

»Vielleicht wollte dieser Bär uns sagen, dass wir vorsichtig sein sollen.« Einmal mehr schaute sie sich um. »Oder dass wir hier im Wald nicht allein sind.«

Svante sah sie auf eine ganz merkwürdige Weise an. Das gefiel ihr. »Vielleicht wollte der Bär mir aber auch sagen, dass ich mich nicht länger von dir an der Nase herumführen lassen soll.«

Auf einmal gefiel ihr sein Blick ganz und gar nicht mehr.

»Du schleppst mich aus einem bestimmten Grund quer durch den Wald«, sagte er schließlich, die Augen zu schmalen Schlitzen verengt. »Glaubst du, ich hätte nicht bemerkt, wie du ständig in der Tasche herumgewühlt und auf diese Karte geschaut hast?«

Sie biss sich auf die Unterlippe, während sie ihn mit ihrem treuesten Hundeblick bedachte. Es war kein schönes Gefühl, auf frischer Tat ertappt worden zu sein.

»Bist du sauer?«

Schweigend hielt er ihrem Blick stand, dann streckte er die Hand aus und winkte fordernd.

Ina verstand. Und so wühlte sie ein weiteres Mal in der Tasche und händigte ihm die Karte aus.

»Ich habe sie in Viggos Werkzeugkasten gefunden«, erklärte sie, ohne dass er sie dazu aufgefordert hätte. »Sie war zwischen den Inbusschlüsseln versteckt. Dieses rote X markiert einen Ort hier im Wald, und ich … ich muss einfach wissen, was es damit auf sich hat.«

Sie hatte mit so gut wie jeder Reaktion gerechnet, doch Svante zeigte ihr schlichtweg gar keine. Abwechselnd schaute er auf die Karte und ins Dickicht hinein. »Allzu weit dürften wir von dieser Markierung nicht mehr entfernt sein.« Er klopfte ihr lobend auf die Schulter. »Du bist eine gute Kartenleserin.«

Sie freute sich tatsächlich über das Kompliment. Aber mehr noch freute sie sich, als er aufstand, ihr die Hand reichte und sie mit nach oben zog. »Dann lass uns diese Stelle mal suchen.«

Das leise Rauschen der Blätter im Wind schien sie auf ihrem weiteren Weg zu begleiten. Schon nach kurzer Zeit hatte Svante den schmalen Pfad verlassen und sie suchten sich einen Weg quer durch das Unterholz. Unablässig beobachtete Ina die unmittelbare Umgebung – aus Angst, der Bär könnte wiederauftauchen. Svante ging voraus, mit der Karte in der Hand. Doch schon bald blieb er auf einer Anhöhe stehen und wartete darauf, dass Ina zu ihm aufschloss.

»Dort vorne muss es sein.« Er hatte den Finger ausgestreckt und deutete auf eine Stelle, die von großen, mit Moos bewachsenen Steinen umgeben war. Mächtige, in die Höhe ragende Kiefern umstanden das Gelände, als wären sie die stummen Beschützer dieses Ortes. Die Stelle, auf die er zeigte, hob sich deutlich vom Waldboden ab, beinahe wie ein unnatürlich gleichmäßiger Hügel.

Wieder vertiefte sich sein Blick in die Karte. Ina tat es ihm gleich, und schon bald hatte auch sie keinen Zweifel mehr daran, dass sie den markierten Ort erreicht hatten.

Was ihre Augen einfingen, war kein unberührtes Stück Natur. Sie glaubte Spuren menschlicher Einwirkung zu erkennen, wenngleich dies vor langer, langer Zeit geschehen sein musste.

»Was ist das?«, fragte sie ihn. Svante setzte sich jedoch ohne eine Erwiderung in Bewegung und steuerte zielstrebig die Steinformation an. Ina folgte ihm.

»Ich glaube, ich habe da so eine Vermutung«, murmelte er, als er direkt vor der Stelle stand. »Das könnte ein Grabhügel sein. Die Anordnung der Steine … etwas in der Art habe ich schon einmal gesehen.«

Ina sah ihn an, fassungslos und überrascht zugleich. Doch seine Stimme ließ keinen Zweifel zu, dass er sich mit seiner Vermutung sicher war. Also schaute sie sich alles ganz genau an. Der Hügel selbst war von einer kreisförmigen Anordnung großer Steine umgeben. Dass es sich hier um eine Mischung aus natürlichen und menschengemachten Elementen handelte, stand für sie außer Frage. Sie erkannte eine Felsformation, doch offensichtlich waren weitere Steine der Größe und Form nach sorgfältig ausgewählt und platziert worden. Zudem glaubte sie, einige verwitterte Symbole oder Markierungen zu erkennen. Runen, dachte Ina. Wie die auf dem Schwert!

Und auf einmal schien alles einen Sinn zu ergeben. Aufgeregt blickte sie sich nach allen Seiten um. Einer der größeren Steine war nicht nur mit Moos, sondern auch mit Efeu bewachsen, der in dichten Ranken von der Oberseite herabhing. Wie ein natürlicher Vorhang.

Svante trat an sie heran. »Siehst du das auch? Diese Ranken verdecken etwas.«

Gemeinsam traten sie näher. Er schob die Efeublätter

vorsichtig zur Seite. Auf dem Boden entdeckten sie die Überreste von verrottetem Eisen.

Die Scharniere einer Tür!

Dahinter kam eine kleine Öffnung zum Vorschein, die groß genug war, um hindurchzukriechen.

»Wenn das wirklich ein Grab ist«, sagte sie langsam, »dann sollte es doch verschlossen sein.« Sie warf Svante einen sorgenvollen Blick zu. »Oder nicht?«

Svante runzelte die Stirn. »Das war es auch bestimmt. Vielleicht mit einer Holztür. Die ist aber im Laufe der Jahrhunderte verwittert.«

Ina ging in die Hocke, ignorierte einmal mehr ihre Arthrose und leuchtete mit der Taschenlampenfunktion ihres Handys in die schwarze Öffnung. Für eine Sekunde setzte ihr Atem aus. Svante lag richtig mit seiner Vermutung. Im Inneren sah sie tatsächlich einen Raum, verkleidet mit Ziegeln und einer gewölbten Decke. Der Boden war ebenfalls mit Steinen ausgelegt. Sie erkannte aufgemalte Wappen an den Wänden. In der rechten Ecke war eine kleine Nische mit einem steinernen Kreuz in den Fels eingelassen – wie eine Gebetsecke. Sie erfasste all die Einzelheiten in einem flüchtigen Moment, bevor ihr Blick unweigerlich zum zentralen Element des Raumes gezogen wurde: einem steinernen Sarg, dessen Grabplatte zur Seite gerückt und schräg auf dem Boden abgelegt worden war. Sie leuchtete hinein, hielt den Atem an. Der Lichtkegel offenbarte die Überreste eines menschlichen Skeletts. Umgeben von zerfallenen Teilen einer Rüstung, lag der Schädel neben einem stark verwitterten Stahlhelm, der von Rost überzogen war.

»Das muss ein Rittergrab sein«, sprach Svante Inas Gedanken aus.

Das Skelett selbst wirkte weitgehend intakt und der Schädel schien sie mit leeren Augenhöhlen anzustarren. Nur einen Herzschlag später zog ein übler Geruch durch die Luft.

Inas Schnüffeln war unüberhörbar. »Das riecht nicht nach alten Knochen und Staub.« Sie wandte sich Svante zu. »Das riecht … frisch.«

Verständnislos sah er sie an, rümpfte dann aber auch die Nase, als er den Geruch ebenfalls wahrzunehmen schien. Er verzog angewidert das Gesicht. »Ein totes Tier«, meinte er. »Vielleicht hat es sich dort hineinverirrt und nicht mehr rausgefunden.«

Durch den Mund atmend, leuchtete sie die Kammer ab, kroch ein Stück weiter hinein und sah sich ausgiebig um. Grünes Moos und kleine Farnpflanzen hatten sich in den Ritzen und Winkeln der steinernen Wände festgesetzt. Um das Skelett herum waren verschiedene Artefakte verstreut. Sie sah einen verwitterten Schild, dessen Wappen kaum noch erkennbar war. Zwischen den aus dem Boden ragenden Wurzeln erspähte sie Fragmente von farblosem Stoff, die wohl einst zur Kleidung des Ritters gehört hatten.

Jedoch war weit und breit kein totes Tier auszumachen. Sie blickte hinter das Skelett und bemerkte zunächst nur einen undeutlichen Schatten in einer abgelegenen Ecke der Grabkammer. Als sie näher trat, erkannte sie die Umrisse einer menschlichen Gestalt. Mit jedem Schritt wurden weitere Details deutlicher. Doch erst als sie direkt davorstand, erkannte sie die schreckliche Wahrheit: Vor ihr lag eine frisch aussehende Leiche. Ein eisiger Schauer durchfuhr sie. Ihre Hände klammerten sich fester um das Handy.

»Was siehst du?«, hörte sie Svante hinter sich, doch Ina war nicht imstande zu antworten.

Sie starrte auf den leblosen Körper. Es war die Leiche eines betagten Mannes, die halb gegen die Wand lehnte – fast so, als befände er sich in einem tiefen Schlaf. Doch als sie das Gesicht genauer betrachtete, bemerkte sie, dass die Haut eine ungewöhnliche grau-bläuliche Färbung angenommen hatte. Eine Hand lag auf der Brust, die andere hing schlaff herab. Um seinen linken Arm befand sich eine Armbanduhr mit einem ledergebundenen Band. Ihr fiel auf, dass die Uhr noch tickte. Eines war ihr sofort klar: Allzu lang lag diese Leiche noch nicht in dem Grab.

»Was siehst du?«, fragte Svante erneut.

Was sollte sie darauf erwidern? Sie verstand ja selbst nicht, was ihre Augen sahen. Es war schier unfassbar.

Da hockte sie nun, inmitten einer uralten Grabkammer, und starrte in das doppelte Gesicht des Todes. In was war sie da bloß wieder hineingeraten?

Schwedisch für Anfänger – Teil 5

»Den enes död är den andres bröd.«
Wörtlich: Des einen Tod, ist des anderen (Knäcke-)brot.
Bedeutet: Des einen Freud ist des anderen Leid.

11
GESUMME UND GEPIKSE

Das Grab war ein dunkler, steinerner Schlund, der von den vielen Scheinwerfern in einen surrealen Schauplatz verwandelt wurde. Sosehr das künstliche Licht Lars in den Augen schmerzte, sie waren notwendig, um jedes Detail aufzudecken.

Auf den ersten Blick sah der alte Mann friedlich aus, wie ein Reisender, der sich zum Schlafen hingesetzt hatte, aber nicht mehr aufgewacht war. Doch die Tatsache, dass er in einem Rittergrab lag, entzog ihm jede Aura von Friedlichkeit und Normalität. Lars achtete bewusst nicht auf die schroffen Einzelheiten, sondern richtete den Blick auf das übergeordnete Bild, das sie formten. Denn in seinen Augen war jeder Tatort ein Bild. Ein Gemälde aus menschlichen Emotionen, Entscheidungen und Tragödien, in dem jeder Pinselstrich eine Bedeutung, eine Geschichte hatte, ein Geheimnis. Er suchte nicht nur nach dem Offensichtlichen, sondern grub tiefer. Und hin und wieder, in dieser unorthodoxen Art der Betrachtung, kam ihm die Eingebung, oder er fand den versteckten Hinweis, der ihm half, ein Rätsel zu lösen.

Er betrachtete die Hände des Mannes, gekrümmt und hart, als wären sie aus Stein gemeißelt. Sie waren zu Fäusten geballt, ein weiterer Umstand, der klarmachte, dass er nicht friedlich eingeschlafen war. Im grellen Schein der Strahler wirkten die weißen Haare des Toten fast wie Seidenfäden, während die Falten im Gesicht scharf hervorgehoben wurden. Fliegen summten um den Leichnam herum, unbeeindruckt von dem Drama, das sich in diesem Grab vermutlich abgespielt hatte.

Das dunkle Rätsel des Todes hatte ihn wieder einmal heimgesucht.

Seine Kollegen von der Spurensicherung bewegten sich behutsam durch den gewölbten Raum, als wären sie Teil einer Choreografie. Sie nahmen Maß, machten Fotos, dokumentierten jede noch so kleine Einzelheit.

Benne drängte sich an ihm vorbei und klappte seinen Ausrüstungskoffer direkt neben dem Toten auf. In der ausgeleuchteten Umgebung wirkte der Rechtsmediziner in seinem weißen Overall ungewöhnlich blass, noch blasser, als er ohnehin schon war. Ob es daraus resultierte, dass er einfach zu viele Leichen im Lauf seiner Karriere gesehen hatte? Auf keinen Fall wollte Lars den Job mit ihm tauschen. Obwohl Benne erst in den Vierzigern war, hatte er die Ausstrahlung eines alten Mannes.

»Kann ich irgendwie helfen?«, fragte Lars pflichtschuldig.

»Du kannst aus dem Licht gehen«, sagte Benne, ohne zu ihm aufzusehen. Behutsam hielt er den Kopf des Verstorbenen und wendete ihn sanft zu sich hin.

Lars atmete angestrengt durch den Mund, denn damit gab der Rechtsmediziner einen äußerst unschönen Anblick preis, in dem Maden eine gewisse Rolle spielten.

Er hatte genug gesehen. Außerdem stand er nur im Weg. Daher wandte er sich von seinen Kollegen ab und verließ die Grabstätte, in der es eindeutig einen Toten zu viel gab. Begleitet von einem Gefühl der Erleichterung, drängte er sich durch die schmale Öffnung ins Freie, wo er gierig nach Frischluft schnappte und bereits von zwei älteren Herrschaften beäugt wurde.

Er wandte sich der Frau zu und musterte sie eindringlich. »Und du sagst, du kennst diesen Mann?« Für sein Empfinden war die Deutsche auffallend häufig involviert, wenn es um den Fund von Toten ging. Neben ihr stand Svante, der schützend einen Arm um sie gelegt hatte. Doch vor wem wollte er sie schützen, etwa vor ihm?

»Er kommt aus Strömsund und heißt Arnulf Svensson«, informierte ihn Ina mit einem kurzen Zögern in der Stimme. »Oder hieß? Was wäre in dem Fall der richtige Terminus?«

Lars schrieb sich den Namen und die Stadt auf. Strömsund lag weit entfernt von Småland. »Woher kanntest du ihn?«

Ina blieb stumm. Zwar nur für einen Augenblick, aber lange genug, dass es ihn aufhorchen ließ.

»Er ist ein Freund deines Vaters«, sagte sie schließlich.

Nun sah er sie noch eindringlicher an.

»Arnulf Svensson ist, ich meine, war Kunsthistoriker. Dein Vater hat ihn uns als Kontakt vermittelt, weil wir mehr über die Suche der Archäologen in Erfahrung bringen wollten.«

»Wer ist *wir?*«

»Agneta und ich.«

»Und welche Archäologen?«

Ehe sie ihm antworten konnte, winkte er fahrig ab, da er sich wieder an die Männer erinnerte, die ihnen beim Hundetraining entgegengekommen waren.

»Und was hat er gesagt?«

»Wer?« Sie sah ihn verständnislos an. »Dein Vater?«

»Nein, der Kunsthistoriker.«

»Oh.« Ina lächelte verkrampft und wandte sich kurz Svante zu, der jedoch noch immer stur Lars fixierte.

»Nun, nichts hat er gesagt.«

»Dafür, dass er nichts gesagt hat, hat er aber einen weiten Weg auf sich genommen«, entgegnete Lars.

»Nun ja.« Sie blinzelte ihn an, wirkte vielleicht ein wenig verlegen.

»Das hast du doch gesagt, nicht wahr? Dass er aus dem Norden kommt.«

Aus dem Blinzeln wurde ein stechender Blick, sie verschränkte sogar die Arme vor der Brust. »Wird das hier ein Verhör?«

Typische Abwehrhaltung, dachte Lars. Doch er sparte sich eine Erwiderung. »Was habt ihr beide überhaupt hier draußen verloren?«, fragte er weiter.

»Wir waren wandern«, meldete sich nun Svante zu Wort.

»Wandern.« Lars machte sich eine Notiz.

Ina summte zustimmend. »Ein gemütlicher Spaziergang durch den Wald zu zweit.«

Lars sah von seinem Block auf. »Und dabei trefft ihr zufällig auf ein altes Rittergrab, in dem eine recht frische Leiche liegt.«

Wieder nickten beide.

Gedankenverloren kratzte er sich mit dem Stift über das juckende Ohrläppchen. Er fand, dass das schon ein beträchtlicher Zufall war. Er wollte eine weitere Frage stellen, als es hinter ihm raschelte.

»So frisch ist die Leiche gar nicht mehr.« Benne kam gebückt aus der hell erleuchteten Grabstätte und nestelte sich die Gummihandschuhe von den Fingern. »Anhand des Entwicklungsstadiums der Maden können wir davon ausgehen, dass er schon ein paar Tage tot ist.«

»Wie viele Tage denn genau?«, wollte Ina wissen, woraufhin Lars ein leises Zischen von sich gab. Dann aber nickte er seinem Kollegen zu, weil er diese Antwort ebenfalls hören wollte. Benne wedelte abschätzend mit der rechten Hand, über der noch halb der Gummihandschuh hing. Lars konnte sich ein Schmunzeln nicht verkneifen. Seit er mit ihm zusammenarbeitete, hatte er beobachtet, wie ungelenk der Rechtsmediziner sich mit den Einweghandschuhen anstellte. Und das, wo sie doch zu seiner täglichen Ausrüstung gehörten. Einmal darauf angesprochen, hatte Benne ihm erklärt, es läge daran, dass er unter extrem schwitzigen Händen litt.

»Zwei Tage. Mindestens. Ganz genau kann ich es dir sagen, wenn wir ihn abtransportiert haben und ich ihn ausführlicher untersucht habe.«

Die Art der Untersuchung wollte Lars sich lieber nicht vorstellen. Dafür hatte er heute eindeutig zu wenig gegessen. Er hob den Kopf und rieb sich mit dem Stift über den Nacken. Obwohl die Bäume die Sonnenstrahlen abschirmten, herrschte eine gedämpfte Hitze, und überall herum summten und schwirrten Fliegen. Ebenso ungern wollte er sich vorstellen, wie viele von diesen Plagegeistern ihre Geburt auf diesem armen Tropf erlebt hatten.

»Und woran ist er gestorben?«

»Na, er wurde erschlagen«, antwortete Ina anstelle des Rechtsmediziners, woraufhin Lars und auch Benne sich in ihre Richtung drehten. »Das vermute ich zumindest.« Sie hob entschuldigend die Arme. »Zumindest deutet doch diese klaffende Wunde am Hinterkopf darauf hin.«

»Hast du die Leiche etwa angefasst?« Lars blinzelte sie mahnend an, worauf sie rasch den Kopf schüttelte.

»So gut wie überhaupt nicht.«

»Aber es stimmt.« Benne vollführte eine ausholende Geste. »Es sieht so aus, als ob unser Opfer eine Perforation des Schädels erlitten hätte, die auf eine stumpfe Gewalteinwirkung hinweist.« Er zeigte auf seinen eigenen Hinterkopf. »Vermutlich ein schwerer Schlag auf den okzipitalen Bereich, der eine Fraktur des Schädelknochens verursacht hat, die mit hoher Wahrscheinlichkeit zum sofortigen Tod geführt hat.«

Lars hob die Brauen. »Erschlagen also?«

»Mit ziemlicher Sicherheit«, bestätigte Benne.

»Sag ich doch«, kam es prompt von der Deutschen, die sich jedoch sogleich auf die Lippen biss.

Der Rechtsmediziner sprach über sie hinweg: »Die Wunde weist eine Verletzung auf, die typischerweise durch einen Schlag oder Sturz verursacht wird. Da es aber oberflächlich betrachtet sonst keine weiteren Verletzungen gibt, können wir einen Sturz wohl ausschließen.«

Lars machte sich Notizen, ließ dabei die Fachwörter aus und sah dann nachdenklich von seinem Block auf. Das alles kam ihm doch sehr bekannt vor. Vor ein paar Wochen war es eine Scheune gewesen.

Jetzt dieser mysteriöse Ort …

Er sah wieder in die grell ausgeleuchtete Graböffnung. »Ein merkwürdiger Ort, um jemanden umzubringen.« Er suchte Bennes Blick. »Findest du nicht?«

Dieser reagierte mit einem gleichgültig anmutenden Schulterzucken.

»Erschlagen also«, sagte Lars noch einmal mehr zu sich selbst. »Aber warum?«

Mit einem Flappen riss der Rechtsmediziner den linken Handschuh von seinen Fingern. »Es ist dein Job, das herauszufinden.«

Lars lehnte sich gegen einen alten, knorrigen Baumstamm und betrachtete seinen Kollegen, ohne ihn wirklich anzusehen. Zu beschäftigt war er mit seinen Gedanken. »Habt ihr schon eine Ahnung, womit er erschlagen wurde?«

Benne rieb sich das Kinn und verstaute dann die Gummihandschuhe in seinen Taschen. »Nun, das ist der springende Punkt, nicht wahr? Wir können mit Sicherheit sagen, dass es eine stumpfe Kraft war. Aber ohne die Tatwaffe oder andere Beweise wie Materialspuren in der Wunde ist es schwer zu sagen, was genau es war.« Er machte eine Pause und sah zu Lars' Verwunderung die Deutsche an, als wartete er auf ihre Bestätigung. Doch die blieb stumm. Ausnahmsweise mal.

»Ich würde jedoch spekulieren«, sprach der Rechtsmediziner weiter, »dass es etwas Schweres gewesen sein muss, vielleicht ein Hammer oder etwas Ähnliches. Das Schädeltrauma deutet auf einen gewaltigen Schlag hin.«

Lars nickte und machte sich zumindest eine gedankliche Notiz. Ein Hammer, das könnte eine Reihe von Möglichkeiten eröffnen. Er musste es genauer wissen: »Könnte es ein gewöhnlicher Hammer aus dem Baumarkt gewesen sein?«, fragte er. »Einer in der Art, wie ihn jeder zu Hause hat? Oder etwas ... Spezifischeres?«

Benne lachte verhalten. »Das kann ich dir hier und jetzt nicht mit Sicherheit sagen. Aber ich lehne mich mal so weit aus dem Fenster, dass es kein gewöhnlicher Hammer war. Die Wunde ist ... einzigartig.«

»Inwiefern?«, fragten Lars und Ina gleichzeitig.

»Insofern, dass ich so etwas noch nie gesehen habe.«

Bennes Blick verfing sich in den Baumkronen, als könnte er dort die Wunde noch einmal ganz genau sehen. »Die Knochenfraktur unterscheidet sich grundlegend von Brüchen, die man bei einem Unfall oder einem Schlag mit einem herkömmlichen Hammer erwarten würde. Es zeigt sich ein ungewöhnliches Muster, eine Art von ungleichmäßiger Einwölbung, die auf einen Gegenstand mit einer komplexen Struktur hinweist.«

Lars sah ihn fragend an, doch Benne wirkte nicht so, als könnte er es für einen Laien besser erklären. Kapitulierend ließ er die Hände sinken. »Auf jeden Fall war eine gewaltige Kraft dahinter. Und sie wurde gezielt eingesetzt.«

»Um zu töten«, schlussfolgerte Lars und wurde sogleich von seinem Kollegen bestätigt.

»Ganz genau.«

Lars' Gedanken kreisten um den potenziellen Täter. Es erforderte ein hohes Maß an Kaltblütigkeit, jemanden mit derart brutalen Schlägen zu töten. Im Gegensatz zum Abdrücken eines Abzugs, was Distanz beinhaltete und blitzschnell geschehen konnte, war das Erschlagen eine unmittelbarere physische Handlung, die eine gewisse Nähe zum Opfer erzwang. Diese Tat war brutal und sie war persönlich. »Aber wo ist die Tatwaffe?«

Kopfschüttelnd räusperte Benne sich. »In der Grabkammer gibt es nichts, was zu der Art der Verletzung passen würde.«

»Und auch hier draußen haben wir nichts gefunden«, sagte Ina. »Also muss der Täter sie mitgenommen haben.«

Lars drehte sich bewusst von ihr weg. Er traute ihr zu, dass sie bereits jeden Winkel durchstöbert hatte. Obwohl er es missbilligte, wie sie sich in die polizeiliche Untersuchung einmischte, konnte er nicht leugnen, dass sie oft effektiv war. Er würde trotzdem ein ernstes Wörtchen mit ihr reden müssen.

Zuerst einmal musste er sich mit dem Opfer auseinandersetzen. Warum hatte es jemanden aus dem weiten Strömsund in diesen Wald verschlagen? Warum hatte er sterben müssen? Und warum überhaupt war er ausgerechnet in diesem Grab? Das waren eindeutig zu viele Fragen für einen viel zu heißen Nachmittag.

Sein Blick richtete sich auf Ina und Svante. Er wurde das Gefühl nicht los, dass die beiden etwas verschwiegen.

»Ihr wart also wandern und habt dabei einfach so dieses Rittergrab entdeckt.« Er machte sich gar nicht erst die Mühe, seine Ungläubigkeit zu verbergen.

»Ganz recht«, gab Ina entschieden von sich. Fast schon trotzig reckte sie ihm das Kinn entgegen. »Wir haben sogar einen Bären gesehen.«

Den ihr mir nun versucht aufzubinden.

»Dann fasse ich mal zusammen.« Er machte einen Schritt auf die beiden zu. »Ihr wandert munter mehrere Kilometer quer durch den Wald und stoßt dabei zufällig auf ein Rittergrab, in dem sich zufällig eine Leiche befindet, mit der du – noch zufälliger – erst kürzlich Kontakt gehabt hast, um mehr über die Arbeiten der Archäologen herauszufinden.«

Ina nickte entschlossen. »Ganz genau so war es, nicht wahr, Svante?«

»Exakt so ist es gewesen!«

Lars schnaubte. Das stank doch zum Himmel. »Ihr habt das Grab nicht zufällig entdeckt.« Er hatte genug von diesem Schmierentheater. »Ihr habt danach gesucht.«

Er sah ihrem Gesichtsausdruck an, dass er ins Schwarze

getroffen hatte. »Ebenso wie dieser Svensson, der, nachdem er es gefunden hatte, dort eines gewaltsamen Todes gestorben ist.« Genau in diesem Augenblick trugen zwei seiner Kollegen den Toten aus der Grabkammer.

»Vielleicht ja«, platzte Ina in die betretene Stille hinein, »vielleicht nein.« Die Hände hatte sie nunmehr in die Hüften gestemmt.

»Erzähl ihm von der Karte«, forderte Svante sie auf.

»Welche Karte?« Lars trat einen weiteren Schritt auf sie zu und bemerkte, wie sie seinem Blick auswich. »Ina«, sagte er mahnend. Noch immer schaute sie ihn nicht an. Dafür griff Svante in den Rucksack, der vor ihren Füßen stand, nestelte darin herum und fischte ein Stück Papier heraus, das er Lars hinhielt.

»Diese hier.«

Er betrachtete die Karte aufmerksam. Es war eine Wanderkarte, vielleicht ein wenig alt. Er erkannte eine Markierung, die mit einem dicken roten Stift, nun ja, markiert worden war. Unschlüssig betrachtete er die Einzelheiten. Er war nicht gut im Kartenlesen, wozu gab es schließlich Navigationssysteme. Aber ein wenig konnte er es doch, was er seinem Vater zu verdanken hatte, der sich früher einen Spaß daraus gemacht hatte, ihn im Wald mit einer Landkarte abzusetzen, damit er den nächstgelegenen See finden konnte, an dem Ove mit seinen Angeln auf ihn wartete. »Weil es den Blick für die Natur schult«, hatte er die Stimme seines Vaters im Ohr. Die Todesängste, die er als Kind dabei ausgestanden hatte, weil er sich gefragt hatte, was wäre, wenn er sich verlaufen würde, hatte er für sich behalten. Ob das der Beginn des gespaltenen Verhältnisses zwischen ihm und Ove gewesen war?

Zögernd nahm er den Blick von der Karte und schaute Svante forschend an. »Ist die Markierung etwa …«

»Die Grabstätte«, beendete dieser den Satz. »Ganz genau hierhin hat uns diese Markierung geführt.«

»Ich habe sie in Viggos Werkzeugkasten gefunden«, erklärte Ina zögerlich. »Als ich die Gardinenstange anbringen wollte, weil sich sonst niemand dazu bereit erklärt hatte.«

Lars bemerkte, wie sie ihrem Begleiter einen missmutigen Blick zuwarf. »Da habe ich jedenfalls diese Karte entdeckt.« Sie schnippte mit den Fingern dagegen. »Deshalb sind wir hier.« Sie fixierte ihn scharf. »Jetzt weißt du's.«

Darüber dachte Lars nach, ein Umstand, der ihm in der Hitze und mit all dem Gesumme und Gepikse um ihn herum nicht leichtfiel.

»Und du glaubst, dass es die Karte von Viggo war?«

Svante zog die Nase hoch. »Zumindest war es sein Werkzeugkasten.«

Ina nahm ihm die Karte aus der Hand und stellte sich so dicht vor ihn, dass Lars gar nicht anders konnte, als ihr in die Augen zu schauen. »Das muss doch etwas zu bedeuten haben«, sagte sie ernst. »Erst diese Markierung und dann der tote Svensson, der augenscheinlich erschlagen wurde.«

»Nicht nur augenscheinlich«, mischte Benne sich ein. »Er wurde ganz sicher totgeschlagen.«

»Lars.« Ina sah ihn nun so fordernd an, dass er hart schluckte. Ihre Stimme senkte sich zu einem drängenden Flüstern. »Gib endlich zu, dass Viggos Tod in irgendeiner Weise im Zusammenhang mit alldem stehen muss. Es war kein Herzinfarkt, den er beim Tauchen erlitt.«

Unbeirrt starrte sie ihn an. Eine Mücke verirrte sich auf ihrer Stirn, doch das nahm sie gar nicht zur Kenntnis.

Er wollte die Mücke von ihr wegfegen, doch der energische Tonfall hielt ihn davon ab. »Viggos Tod ist der Schlüssel zu allem.« Sie holte tief Luft und presste den Atem langsam wieder aus, als kosteten die folgenden Worte sie unendlich viel Kraft. »Viggo wurde ermordet, dessen bin ich mir nunmehr absolut sicher.« Die Mücke flog davon und hinterließ einen kleinen roten Punkt auf ihrer Stirn.

»Und ich weiß, dass du es auch nicht mehr leugnen kannst, Lars. Gib es zu!«

Er wusste nur noch eins: Er wollte so schnell wie möglich aus dem Wald. Diese Stechmücken waren ja nicht mehr auszuhalten.

12

UNVERHOFFTER BESUCH

Die Hände fest auf dem Schoß verankert, starrte Ina durch das Fenster des Polizeiwagens. Kiefern zogen draußen vorbei und das Licht des Nachmittags tanzte durch die Zweige. Sie waren auf einem holprigen Feldweg in Richtung des Tingsmålahofes unterwegs. Ina fand es unheimlich nett von Lars, dass er sich angeboten hatte, sie nach Hause zu fahren. Weniger nett war es, dass er die Autofahrt nutzte, um sein Verhör fortzusetzen.

»Erzähle es mir noch einmal«, forderte er. Kurz drehte er sich zu ihr, um ihr in die Augen schauen zu können. Neben ihm saß Svante, der ungehalten vor sich hin brummte.

»Das hat sie doch nun schon mehrmals getan.«

»Trotzdem.« Lars zeigte sich von dem Einwand unbeeindruckt. »Ich möchte es noch einmal hören.«

Also tat Ina ihm den Gefallen, erzählte nunmehr zum dritten Mal davon, wie sie Arnulf Svensson kürzlich online kennengelernt hatte und wie sie sich über archäologische Ausgrabungen austauschten. In dieser Hinsicht gab sie bereitwillig Auskunft. Dafür berichtete sie nur das Nötigste von Oves Dazutun. Sie verspürte keine Lust, ihn mehr als nötig in diese Sache hineinzuziehen. Das Verhältnis zwischen Lars und seinem Vater war schon angespannt genug, da musste sie nicht noch Öl ins Feuer gießen. Als sie alles gesagt hatte, war sie froh, nichts mehr sagen zu müssen.

Zu sehr war sie mit ihren eigenen Gedanken beschäftigt. Arnulfs Tod ließ sie wahrlich nicht kalt. Was auch immer der Grund für diese schreckliche Tat gewesen sein musste, ein ungutes Gefühl nagte an ihr, dass all dies im Zusammenhang mit Viggo stand. Warum sonst sollte Arnulf angereist sein, wenn nicht, um das Schwert zu begutachten? Aber warum hatte er sich nicht bei ihnen gemeldet? Was hatte ihn aufgehalten? Wurde er womöglich in eine Falle gelockt und …

Sie schluckte. Selbst den Gedanken wollte sie nicht zu Ende denken. Wieder schob sich das Bild dieser schrecklichen Kopfverletzung in ihr Gedächtnis. Wie grausam es doch war, an solch einem unheimlichen, abgelegenen Ort sterben zu müssen.

Lars stellte noch mehr Fragen, doch in Gedanken war sie weit weg, verloren in Erinnerungen an den alten Kunsthistoriker, der versprochen hatte, sich schnellstmöglich auf den Weg zu ihnen zu machen.

Nun, er hatte Wort gehalten. Er war gekommen.

Und jetzt war er tot.

Aber warum?

Was hatte er mitten im Wald in diesem Rittergrab zu suchen gehabt? Vor allem: War es das Grab, aus dem Viggo das Schwert geborgen hatte? Die Wahrscheinlichkeit war in ihren Augen hoch. Dort lag immerhin ein Ritter mit einem Schild, aber ohne Schwert. Doch wie war Arnulf auf dieses Grab aufmerksam geworden? Und wie hatte er es gefunden?

Unruhe ergriff sie. In der Enge des Autos spürte sie eine latente Anspannung, als würde der Tod des Historikers wie eine unausgesprochene Anklage durch den Innenraum schweben. Und dann war da noch die Sache mit dem

Schwert, die sie Lars verschwiegen. Ina rutschte unruhig im Sitz umher. Ihr gefiel es nicht, ihn zu hintergehen. Selbst Svante war für seine Verhältnisse ungewöhnlich still. Seine Hand, mit der er den Halteknauf umfasste, war so fest geballt, dass die Knöchel weiß hervortraten.

Lars drehte sich noch einmal zu ihr um. Ganz kurz nur, und es ging mit einem leidvollen Kopfschütteln einher.»Sooft ich diese Geschichte höre«, sagte er, »gefällt mir das nicht. Das gefällt mir ganz und gar nicht.«

Ina seufzte und hoffte, dass es Antwort genug war.

»Und dass mein Vater mir nichts von diesem Treffen erzählt hat.« Er hob die Mütze an und strich sich mit der Hand durch die Haare. Dabei behielt er sie im Rückspiegel im Auge. Zum Leidwesen der Achsaufhängung übersah er dabei ein tiefes Schlagloch. Ina zog die Schultern hoch.

»Vielleicht hielt Ove es nicht für wichtig.«

»Pah! Sonst erzählt er mir auch alle unwichtigen Dinge«, hielt Lars dagegen. »Ob es mich interessiert oder nicht. Dennoch …«

Auf dieses »dennoch« ließ er eine ganze Weile lang nichts mehr folgen, dafür richtete er den Blick wieder auf den Weg. In der Ferne sah Ina die vertrauten Dächer des Hofs. Der Anblick entspannte sie ein wenig, gleich war sie zu Hause, und damit sollte diese Ausfragerei ein Ende haben. Aber noch war sie ihm ausgeliefert.

»Ihr trefft euch online mit einem Kunsthistoriker«, holte Lars weiter aus. »Und wenige Tage später müssen wir seine Leiche aus einem alten Rittergrab bergen, das ihr beide aufgrund eines Hinweises von Viggo gefunden habt.«

»Merkwürdig, nicht wahr?« Ina nickte in den Spiegel hinein und sah, wie sich die Augen des Polizisten zu schmalen

Schlitzen zusammenzogen. Nun durfte er Viggos Ableben nicht länger ignorieren, sagte sie sich. Er musste die Zusammenhänge erkennen. Vor allem sollte er jetzt endlich die Initiative ergreifen, um dem Rätsel auf den Grund zu gehen. Doch er tat ihr den Gefallen nicht und Ina wollte Viggos Tod auch nicht zur Sprache bringen, da Svante bestimmt wieder arg ungehalten reagieren würde.

Dann eben Schweigen. Sie konnte es kaum erwarten, endlich wieder auf dem Hof zu sein und sich in ihre Zuflucht zu stürzen, um den Schatten des Todes abzuschütteln. Es waren ihr erheblich zu viele Erlebnisse für einen Waldspaziergang. Erst der Bär, dann Arnulf. Innerlich schauderte sie und wollte lieber nicht an die kommende Nacht denken, an die Träume, in denen ihr Unterbewusstsein ganz bestimmt beide Erlebnisse verarbeiten würde.

Sie passierten das Ranchtor, und mit Blick auf die mit Wildblumen umsäumte unbefestigte Straße, die zu den Häusern und bis hinunter zum See führte, versuchte Ina die bedrückenden Gedanken abzuschütteln. Es war ein wundervoll vertrauter Anblick. Und doch wieder nicht. Etwas war anders. Und dieses »anders« war ein kompakter anthrazitgrauer Campingbus mit deutschem Nummernschild, der vor Agnetas und Ebbas Haus parkte. Inas Augen weiteten sich vor Überraschung. Nun drehte Svante sich zu ihr um, sagte nichts, schaute sie nur verdutzt an.

Lars brachte den Streifenwagen direkt vor dem Camper zum Stehen und sie stiegen aus. Inas Schritte knirschten auf dem Kies, während ihr Blick unweigerlich den Camper fixierte.

Svante trat neben sie: »Erwartest du Besuch?«

Sie lachte unsicher, weil sie kurz darüber nachdachte, ob

ihre alte Nachbarin Renate doch noch über ihren Schatten gesprungen war, um zu schauen, was sie so in Schweden trieb. Ein abwegiger Gedanke.

Und da öffnete sich die seitliche Schiebetür des Campers und eine junge Frau trat heraus. Sie hielt geradewegs auf sie zu.

Ina spürte, wie ihr die Luft wegblieb. Ihr Herz setzte einen Schlag aus und dann noch einen. Sie konnte es nicht fassen. Da stand sie: die Person, die sie seit Jahren nicht mehr hatte sehen wollen und von der sie nie erwartet hätte, ihr so unvermittelt wiederzubegegnen. Schon gar nicht an diesem Ort.

Paula!

Sie breitete die Arme aus, ließ sie wieder fallen. Strahlte vor Freude, hörte aber damit auf, als sie in das ernste Gesicht blickte, während Paula sich ihr näherte. Letztlich kam sie in einer Armlänge Entfernung vor ihr zum Stehen und hob die Hand, um die Sonne abzuschirmen. »Hallo, Mutter.«

Paula – ihre Paula! – stand direkt vor ihr. Sie wirkte reifer, stärker, als Ina sie zuletzt gesehen hatte. Ihr Blick spiegelte eine neu gewonnene Entschlossenheit wider, die Ina bislang nicht an ihr gekannt hatte. Trotz dieser sichtbaren Veränderungen war sie unverkennbar ihre Tochter, mit denselben sanften Gesichtszügen, die ihr so vertraut waren. Sie meinte zu spüren, wie sich hinter Paulas äußerer Verwandlung eine tiefe innere Entwicklung verbarg, die sie gleichermaßen erstaunte und beängstigte. Und da wurde Ina bewusst, wie lange es tatsächlich her war, seit sie sich das letzte Mal gesehen hatten. Ihre Tochter trug das Haar mittlerweile etwas kürzer und die ehemals fuchsrote Färbung war nun einem satten Braun gewichen. Ihre hellen Augen waren die gleichen, die Ina jeden Morgen im Spiegel sah. Paulas Haltung war aufrecht, ihr Körper straff. Sie hatte früher gerne Sport gemacht und anscheinend tat sie das noch immer. Wenngleich Ina sorgenvoll erkannte, dass sie viel zu dünn war, beinahe ausgehungert.

Inas Blick fiel auf das Lederbändchen um dem Hals ihrer Tochter. Ein kleiner Silberdelfin baumelte daran. Das rührte sie, weil sie ihr die Kette in einem anderen Leben aus einem Urlaub mitgebracht hatte. Dieser Anblick war ein weiterer Hauch von Vertrautheit.

Trotz dieser Veränderungen, die sie an ihrer Tochter bemerkte, sah sie immer noch das kleine Mädchen, das sie großgezogen hatte. In der Art, wie Paula den Kopf leicht schräg hielt, wenn sie über etwas nachdachte, wie sie die Lippen zusammenpresste, wenn sie nervös war. Und das war sie eindeutig.

Nicht nur sie. Ein gekrächztes »Du« war alles, was Ina über die Lippen brachte. Sie starrte ihre Tochter an, als hätte sie ein Alien vor sich.

»Ich«, entgegnete Paula und dann zeigte sich wenigstens der Anflug eines Lächelns auf ihrem Gesicht. Sie breitete präsentierend die Arme aus. »Überraschung.«

»Die ist dir gelungen.«

Erst jetzt nahm Ina den Camper wirklich wahr. Und auch Paula lenkte ihren Blick darauf. »Ich dachte, ich bleibe für ein paar Tage«, sagte sie. In ihrer Stimme erkannte Ina den Anflug von Unbehagen. »Ich hoffe, das ist kein Problem.«

Ina schüttelte eifrig den Kopf. »Nein! Natürlich nicht! Im Gegenteil, das ist …«

Schön war das Wort, das ihr nicht über die Lippen kommen wollte. Denn vor allem war es merkwürdig. Da war diese Distanz, die sich über die Jahre zwischen ihnen aufgebaut hatte und sich nicht so einfach überbrücken ließ. Sie trat einen halben Schritt näher, um Paula intensiv betrachten zu können. Es war deshalb merkwürdig, weil sie seit über zwei Jahren nichts von ihrer Tochter gehört hatte. Nicht ein Lebenszeichen. Auf keine einzige ihrer Nachrichten hatte Paula reagiert. Und nun stand sie hier vor ihr. In Schweden. Auf dem Tingsmålahof. Als wäre nichts geschehen. Ina verspürte auch keine wirkliche Freude über das unverhoffte Wiedersehen mit dem wichtigsten Menschen in ihrem Leben. Eher war es Wut. Doch die schluckte sie tapfer hinunter. Sie hatte so viele Fragen und alle wollten sie gleichzeitig aus ihrem Mund. Das führte zu einer Art Stau, sodass sie stumm wie ein Fisch blieb. Schlichtweg sprachlos war sie, nickte nur, unfähig, die richtigen Worte zu finden.

Svante, der sich bisher im Hintergrund gehalten hatte, trat vor. Sein Blick ging zwischen Mutter und Tochter hin und her. »Ich bin Svante.« Er streckte die Hand aus. »Es ist schön, dich kennenzulernen, Paula. Ich habe schon viel von dir gehört.«

Ina sah ihn überrascht an, weil er diese Worte auf Deutsch sprach. Zwar nicht ganz akzentfrei und ein wenig holprig betont, aber klar verständlich. Er hatte ihr nie erzählt, dass er so ein gutes Deutsch sprach.

Paula ergriff seine Hand, und Ina sah, wie sie ihm ein aufrichtiges Lächeln schenkte. »Mich freut es auch, Svante.«

»Du bist also Inas Tochter.« Lars hatte die Mütze vom Kopf gezogen und nickte Paula zu. Auch er sprach sie auf Deutsch an. Ina wusste zwar, dass viele Schweden Deutsch in der Schule lernten, dennoch war es ungewohnt, ihre Heimatsprache aus den Mündern der beiden zu hören. Bislang hatten sich weder Svante noch Lars die Mühe gemacht, auf Deutsch mit ihr zu reden. Wozu auch, gab Ina sich die Antwort im nächsten Augenblick selbst. Schließlich war ihr Schwedisch gut genug, sodass es zu keinen Sprachbarrieren kam.

Paula sah ihn aufmerksam an, wandte sich dann aber Ina zu. »Ein Polizist?«, fragte sie in amüsiertem Tonfall. »Was hast du angestellt?«

Ohne es zu wollen, begann Ina zu erzählen. Plötzlich purzelten die Worte aus ihr heraus. So teilte sie ihrer Tochter die Neuigkeiten vom Fund des Toten im Wald mit, von der Identität des alten Mannes und den offenen Fragen, die sein Ableben umgaben. Paulas Gesicht wurde blass, ihre Augen weiteten sich vor Schock. Während Ina ihre Tochter beobachtete, bemerkte sie, dass Lars Paula ebenfalls ansah – auf eine Art und Weise, die sie stutzen ließ. Sein Blick verweilte auf ihrem Gesicht, er neigte den Kopf, um sie besser zu hören, und ein kaum wahrnehmbares Lächeln zeigte sich in seinen sonst so ernsten Zügen. Ja, er lächelte wirklich. Etwas, was sie noch nicht oft in seinem Gesicht gesehen hatte. Und dieser Blick! Ina kannte ihn nur zu gut. Darin stand der gleiche Ausdruck, den auch Svante an den Tag legte, wenn er dachte, sie würde es nicht bemerken. Es war der Blick eines Mannes, der mehr als nur freundliches Interesse hegte.

Etwas in ihr zog sich zusammen. Ihre Tochter war erwachsen und konnte ihre eigenen Entscheidungen treffen, aber trotzdem … *Lars*?

Schwedisch für Anfänger – Teil 6

»Lägga rabarber på något.«
Wörtlich: Rhabarber auf etwas legen.
Bedeutet: Sich etwas unter den Nagel reißen.

13

EIN VERDÄCHTIG KLEINER MITWISSERKREIS

Der Duft von Ebbas Wallenbergare – einem traditionellen schwedischen Hackfleischgericht mit einer atemberaubend köstlichen Soße aus Preiselbeeren und Erbsen – füllte das Hofcafé und sorgte bei den Anwesenden für begeistertes Raunen. Mitten in dem gemütlichen Durcheinander wurde Paula vorgestellt. Jeder Bewohner hieß sie persönlich willkommen. Ina beobachtete ihre Tochter genau, wie sie scheinbar mühelos auf das Geplänkel und die freundliche Aufnahme einging. In spielender Leichtigkeit wechselten die Gespräche vom Deutschen ins Englische, und zu Inas Erstaunen beherrschte ihre Tochter sogar ein paar Brocken Schwedisch – wo auch immer sie die aufgeschnappt hatte. Andererseits war sie stets dabei gewesen, wenn Ina sich die alten Astrid-Lindgren-Filme im Original mit deutschen Untertiteln angeschaut hatte, um die Sprache zu lernen. Vermutlich hatte ihre damals noch kleine Tochter so einiges dabei aufgeschnappt. Für einen Moment schwelgte sie in Erinnerungen an jene sorglose Zeit, als Paula noch ein Kind gewesen war und die Herausforderungen der Erziehung ebenso überschaubar schienen. Sie dachte an den Nachmittag zurück, an dem sie gemeinsam im Garten auf Schmetterlingssuche gegangen waren und Paula zum ersten

Mal festgestellt hatte, wie verletzlich Schmetterlingsflügel waren, was sie zutiefst bestürzt hatte. Ina hatte ihre Tochter stundenlang trösten müssen, weil Paula unbeabsichtigt einem so zarten Geschöpf Schaden zugefügt hatte. Dann schüttelte sie sich, um die Gedanken zu vertreiben. Da war ihre Tochter nun schon seit Stunden auf dem Hof, und sie hatte noch immer nicht die Zeit gefunden, ausführlich mit ihr zu reden. Es war nicht so, dass sie sich nicht über ihre Anwesenheit freute, doch nach wie vor wusste sie nicht, warum Paula überhaupt hier war. Und jetzt stand sie da, im Hofcafé mit all den Menschen, die Ina ans Herz gewachsen waren und ihr einen Empfang bescherten, als wäre sie eine von ihnen. Ein wenig erfüllte Ina das mit Stolz. Überhaupt war Paula wie ein Hufeisen in Beschlag genommen worden, als Ebba und Agneta spitzbekommen hatten, wer sich da als unverhoffter Besuch angekündigt hatte. Ebbas Idee war es auch, ihr zu Ehren einen spontanen Empfang abzuhalten. Vermutlich nur, damit sie wieder ihren Moltebeerschnaps unter die Leute bekam. Ina hatte sich gegen diesen Empfang ausgesprochen, wollte ihre Tochter erst einmal ankommen lassen, doch Paula war Feuer und Flamme und brannte geradezu darauf, alle kennenzulernen.

Zu Beginn standen sie ungezwungen beisammen, stießen mit Sekt, Bier, Schnaps und selbst gemachter Limonade an. Ina freute sich darüber, wie ungezwungen ihre Tochter mit allen ins Gespräch kam. Wenngleich sie noch immer ein wenig verschnupft war. Sie hatte ihr angeboten, zu ihr in den Ferienbungalow zu ziehen, doch Paula zog es vor, für die unbestimmte Zeit, die sie bleiben würde, in ihrem Camper zu wohnen, den sie obendrein noch recht weit von ihrem Bungalow entfernt geparkt hatte. Fast hatte Ina das Gefühl, dass ihre Tochter absichtlich einen Standort gewählt hatte, der so weit wie möglich von ihr weg war. Sie musterte sie von der Seite, während sie die herrlich saure Zitronenlimonade durch den Strohhalm zog.

Warum bist du hier?

In einem Anflug leidenschaftlicher Naivität hatte sie geglaubt, dass es Paula genauso ergangen sei wie ihr selbst. Dass sie ihre Mutter vermisste. Dagegen sprach jedoch das auffallend distanzierte Verhalten. Keine Umarmung, kein herzliches Wort, kein Nichts. Dafür aber diese Blicke, die Ina nicht einordnen konnte. Sie wirkten beinahe vorwurfsvoll und … nachtragend.

All das ging ihr durch den Kopf, während sie in der Mitte des Raums an der Seite ihrer Tochter stand und den kleinen Grüppchen um sie herum lauschte. Manche warfen verstohlene Blicke in ihre Richtung. Ina hatte absolutes Verständnis dafür. Die meisten hatten, wenn überhaupt, dann nur vage von ihrer Tochter gehört. Sicherlich fragten sie sich, wie ihre Beziehung zueinander aussah.

Ha! Ina lachte innerlich. Als hätte sie selbst eine Antwort darauf. Schließlich wurde das Gemurmel durch ein Klirren unterbrochen.

»Lasst uns zusammenkommen und essen«, sagte Ebba, die am Kopfende der langen Tafel stand und ein Messer und ein Sektglas in der Hand hielt. Ihre durchsetzungsstarke Stimme bewirkte, dass alle Folge leisteten und sich sogleich am gedeckten Tisch einfanden.

Ebba wartete, bis der letzte Stuhl besetzt war. Mit einem kurzen Räuspern sicherte sie sich erneut die Aufmerksamkeit aller.

»Zu Ehren unseres Gastes aus Deutschland«, begann sie,

»mögen wir sie in unserer Mitte willkommen heißen. Auf dein Wohl, Paula. Skål!«

Sämtliche Gesichter waren auf Paula gerichtet, als alle Anwesenden ihre Gläser erhoben und Ebbas Trinkspruch erwiderten.

Ina zögerte mit dem Trinken, sah stattdessen zu, wie ihre Tochter den Moltebeerschnaps runterkippte, ohne auch nur eine Miene zu verziehen. Von ihr hatte sie das nicht.

Sie kam nicht umhin, Paula intensiv zu mustern. Ihre Tochter fiel auf. Für ihren Einstand inmitten der Hofbewohner hatte sie sich ordentlich zurechtgemacht. Sie trug ein recht freizügiges grasgrünes Sommerkleid, das einige Tätowierungen offenbarte, die Ina überhaupt nicht kannte. Natürlich hatte sie Paula nicht darauf angesprochen und hoffte, dass ihr Gesicht nicht zu schockiert gewirkt hatte, als sie sich ihr in dieser Aufmachung präsentiert hatte. Auf jeden Fall passte sie optisch sehr gut zu Janis, der neben ihr saß und sich mit ihr angeregt auf Englisch unterhielt. Ina musterte sie ständig von der Seite und schaffte es einfach nicht aus ihrer Mutterrolle. Was wohl in Paula vorging? Sie hatte nicht den Eindruck, dass Janis ihr Typ war. Es fehlte der Glanz in den Augen, wie Ina ihn heute Nachmittag bemerkt hatte, als Lars vor ihrer Tochter stand. War ihr das recht, diese Flirterei mit dem Polizisten? Hatte sie überhaupt ein Recht darauf, sich zu fragen, ob ihr das recht war? Immerhin war ihre Tochter eine erwachsene Frau von einunddreißig Jahren. Himmel, in ihrem Alter war Ina längst verheiratet gewesen und hatte sich mit ihrem Buchladen, dem »Bücherwürmchen«, selbstständig gemacht. Das war auch eine Sache, die sie ein wenig kränkte. Zu gerne hätte sie ihrer Tochter das Souvenirlädchen gezeigt, doch Paula hatte nicht gewollt. Sie hatte vorgegeben, zu müde von der anstrengenden Reise zu sein, und sich lieber ausgeruht. Ina hatte natürlich sofort durchschaut, dass das eine Ausrede war.

Nun ja …

Ebba, Agneta und Ashley teilten die Teller aus. Das Wallenbergare roch exzellent, aber so recht wollte sich bei Ina der Hunger nicht einstellen. Dafür war ihr Magen zu sehr in Aufruhr aufgrund der vielen Erlebnisse, von denen die Begegnung mit dem Bären im Nachhinein noch die harmloseste war. Ein verrückter Tag war das. Ihr gegenüber saß Svante, der seinen Teller ebenfalls noch nicht angerührt hatte. Ob auch er an Arnulf Svensson dachte? Immerhin hatte der erschlagene Historiker wirklich keinen schönen Anblick abgegeben – und ein wenig erinnerte sie das Hack auf ihrem Teller mit dem roten Marmeladenklecks an dessen Hinterkopf.

Ebba stand wieder am Kopfende des Tisches und wartete geduldig, bis alle Teller ausgeteilt waren. Mit einem kurzen Räuspern lenkte sie ein weiteres Mal die Aufmerksamkeit auf sich: »Ich habe das Rezept ein wenig verfeinert«, sagte sie über die vielen Köpfe hinweg. »Anstatt der Preiselbeermarmelade gibt es nun meine neu kreierte Moltebeermarmelade.«

Dabei zwinkerte sie erst Svante, dann Ina auffallend unauffällig zu. Ina schaute Svante kurz an und sie legten gleichzeitig ihr Besteck zur Seite.

»Was hat sie gesagt?«, fragte ihre Tochter neugierig.

»Dass die Marmelade nicht mehr gut ist«, sagte Ina und da hatte sie auch schon eine Serviette zur Hand und wischte den Klecks vom Teller ihrer Tochter. Den bösen Blick, den sie sich von Ebba einfing, steckte sie weg. Ganz bestimmt würde sie nicht zulassen, dass die Alte ihre Tochter in einen pilzsüchtigen Drogenjunkie verwandelte.

Die drei Archäologen, die in direkter Nähe zu Ina und Svante saßen, hatten überhaupt kein Problem damit, sich das Essen schmecken zu lassen. Ina lauschte ihnen, wie sie sich zwischen den Gabeln voll Hackfleisch, das sie genussvoll in sich hineinschaufelten, angeregt unterhielten. Die Leiche, die in dem mysteriösen Grab entdeckt worden war, bestimmte das zentrale Thema des Abends. Die Archäologen, die bereits versucht hatten, einen ersten Eindruck vor Ort zu bekommen, strahlten regelrecht vor Begeisterung. Zwar waren sie rasch wieder davongescheucht worden, doch konnten sie es kaum erwarten, das Grab zu untersuchen, sobald die Polizei den Tatort freigab.

Ina hörte, wie sie sich darüber ausließen, dass es sich womöglich um die letzte Ruhestätte eines bedeutenden Ritters handeln könne. Die Spekulationen, die sie anstellten, ließen die Nebengespräche am Tisch mehr und mehr verstummen. Schließlich lauschten alle den drei Männern. Ina und Agneta warfen sich unheilvolle Blicke zu.

»Nach unseren Recherchen muss es sich um das Grab des ersten Ritters des damaligen Königs handeln«, sagte Olle, der Älteste der drei Archäologen. »Alles ist genau so, wie es die Überlieferungen sagen.« Nickend ließ er den Blick über seine Zuhörer schweifen und strich sich dabei permanent über den ergrauten Ziegenbart.

Der Mann neben ihm, dessen Name Ina partout nicht einfallen wollte, schloss sich dem Nicken an. »Weil er einst den Sohn des Königs gerettet hat.«

»Genau«, bestätigte Olle. »Und dafür hat er das Reichsschwert übergeben bekommen. Die Überlieferungen sind da eindeutig. Aber wir sollten auch die neuesten Forschungen von Professor Jarl berücksichtigen, dessen Arbeiten oft ein anderes Licht auf solche mittelalterlichen Überlieferungen werfen.«

Sein Sitznachbar fügte hinzu: »Und nicht zu vergessen die jüngsten archäologischen Funde, die einige dieser Überlieferungen infrage stellen.«

Ina schluckte angestrengt. Sie vermied es, einen der Männer anzuschauen. Stattdessen musterte sie den vor ihr stehenden Teller, was dazu führte, dass ihr ein wenig flau wurde, weil an Essen überhaupt nicht mehr zu denken war.

Der namenlose Archäologe neben Svante, ein Mann mit wettergegerbter Haut und einem ständigen Blinzeln in den Augen, wog den Kopf. »Das könnte eine unglaubliche Entdeckung sein.«

»Aber wo ist dann das Schwert?«, fragte Alvar. »Laut Polizei war keines im Grab vorzufinden.«

Olle zuckte mit den Schultern. »Vielleicht haben sie nicht richtig nachgeschaut.«

»Das wird dann unsere Aufgabe sein«, erwiderte der Mann neben Svante. Darauf stießen die drei an.

Ina wurde das Gefühl nicht los, dass ihre Suche ergebnislos verlaufen würde.

»Ich bin mir sicher, dass es sich hier um den bedeutendsten Fund handelt, seit in Birka die erste Kirche Nordeuropas gefunden wurde«, sagte Alvar, der gerade dabei war, seine Gabel in die Marmelade zu tunken. Olle klopfte ihm auf die Schulter und hob den Bierkrug.

»Wer hätte gedacht, dass unser Professor wirklich recht behalten sollte.« Er nahm einem großen Schluck und ächzte. »Da waren all unsere Mühen doch nicht umsonst.«

Vermutlich sahen die drei sich bereits eine Stufe weiter oben auf der Karriereleiter.

Während Ina das Gespräch der beiden Männer verfolgte, spürte sie eine Hand auf ihrer Schulter. Sie gehörte Agneta, die sie wortlos aufforderte mitzukommen. Sie gingen hinaus auf die Terrasse, die einen Ausblick auf den teilweise im Schatten liegenden See bot. Die Oberfläche reflektierte das zarte Dämmerlicht, das den Himmel durchzog. Sie standen dicht nebeneinander. Agneta hatte sich ans Holzgeländer gelehnt und schwieg. Irgendwann drehte sie den Kopf zu Ina.

»Deine Tochter also.«

Ina nickte. »So sieht es aus.«

»Das ist schön.«

Ina verzog das Gesicht zu einem Lächeln, wenngleich es sich ein wenig verkrampft anfühlte. »Ja. Irgendwie … ist es das.«

Agneta verfiel wieder in Schweigen, doch schon nach zwei Atemzügen platzte es aus ihr heraus: »Du weißt, was ihr da im Wald gefunden habt, du und Svante.«

Ina glaubte, einen leicht vorwurfsvollen Unterton herauszuhören, vermutlich, weil ihre Freundin sich außen vor gelassen fühlte.

»Nun ja. Ich schätze schon.«

Bevor Agneta weitersprach, sah sie sich nach allen Seiten um. Aus der offen stehenden Verandatür drang das Durcheinander der Stimmen und vermischte sich mit dem Quaken der Frösche, die sich unten am See im Schilf versteckt hielten. Anhand der Wortfetzen, die es nach draußen schafften, erkannte Ina, dass es im Café um dasselbe Thema ging.

»Das Schwert muss aus diesem Grab stammen.« Agneta

sah Ina ernst an, die Stimme hatte sie zu einem Flüstern gesenkt.

»Das sehe ich auch so.«

»Dann muss Viggo dieses Grab gefunden und das Schwert dort rausgenommen haben.«

Ina nickte. Auf denselben Gedanken war auch sie gekommen. »Deshalb der Vermerk auf der versteckten Wanderkarte.«

Agneta rückte ein Stück näher an sie heran. »Bestätigt das nicht endgültig unseren Verdacht?«, fragte sie noch leiser. »Dass dieses Schwert das Reichsschwert sein muss?«

»Die Bestätigung hätte ich mir von dem Kunsthistoriker erhofft«, gab Ina sarkastisch von sich. »Aber der ist ja jetzt tot.« Sie holte tief Luft, ohne Agneta aus den Augen zu lassen. »Wie Viggo.«

Diese sah sie mit einem erschrockenen Ausdruck an, in dem sich tiefe Trauer widerspiegelte.

Ina war versucht, den Arm um sie zu legen, aber etwas hielt sie zurück. Egal, wie gut sie mittlerweile befreundet waren: Sie fühlte sich nicht berechtigt, diese Frau über den Verlust ihres Mannes hinwegzutrösten. Immerhin war sie diejenige, die eine Affäre mit ihm gehabt hatte. Dass sie damals nichts von seiner Ehe gewusst hatte, änderte nichts an der komplexen moralischen Lage.

Nach einer Weile schüttelte Agneta sich, als hätte sie ein eisiger Luftzug gestreift. »Wie kann Arnulf Svensson tot sein? Unmittelbar vor unserer Haustür?« Ihr Blick richtete sich wieder auf Ina. Fragend und auch ein wenig verzweifelt. Ina glaubte, neben der Verzweiflung eine Spur Angst zu erkennen. »Könnte es sein, dass auch wir in Gefahr sind?«, fragte Agneta dann auch.

»Ich weiß es nicht.« Aber Arnulf Svensson war es definitiv gewesen, daran gab es nichts zu rütteln.

»Und du glaubst wirklich, dass all das im Zusammenhang mit Viggos Tod stehen könnte?«, fragte sie weiter.

»Mehr denn je.«

»Aber warum war Arnulf am Grab und nicht bei uns, wie er es versprochen hatte? Wenn es ihm um das Schwert ging, hätte er doch sofort zu uns kommen müssen.«

Ina seufzte. Darüber hatte sie ebenfalls lange gegrübelt, ohne eine Antwort darauf zu finden. »Es scheint beinahe so«, sagte sie nachdenklich, »als wäre er abgelenkt worden. Als hätte man ihn bewusst daran gehindert, zu uns zu kommen.«

Agneta beäugte sie skeptisch. »Und ihn stattdessen hinaus in den Wald geführt?«

Ina nickte.

»Zum Rittergrab?«

Ina nickte einmal mehr.

»Um ihn dort zu töten? Wie kommst du denn darauf? Das ist doch verrückt.«

»Und ob es das ist. Dennoch könnte es sich genauso zugetragen haben.«

Das schien ihre Freundin erst einmal verdauen zu müssen. Sie umklammerte das Geländer und richtete den Blick in die Ferne, weit über den See hinaus, in den dahinterliegenden Wald hinein. Dort, wo irgendwo verborgen in der Tiefe das Rittergrab lag. Und ein neugieriger Bär umherstreifte.

Ina sah Agneta tief ein- und langsam wieder ausatmen, dann fragte sie: »Wer wusste, dass der Kunsthistoriker zum Hof kommen wollte? Wer hätte ein Motiv gehabt, ihn zu töten?«

»Jemand, der auch von dem Schwert weiß«, sagte Ina, ohne groß darüber nachzudenken.

Die beiden Frauen sahen sich an. Der Kreis der Mitwissenden war verdächtig klein – und durch Arnulfs Tod war er sogar noch weiter geschrumpft.

»Ove«, sagten sie unisono, schüttelten aber gleichzeitig die Köpfe. Arnulf war ein Freund von Lars' Vater gewesen, und Ina wollte sich gar nicht erst ausmalen, wie der die Nachricht von dessen Tod aufgefasst hatte.

»Abgesehen von uns und ihm weiß doch niemand von dem Schwertfund«, sagte Agneta.

Ina wollte ihr zustimmen, hielt dann aber inne. Da war ein Gedanke, der sich ohne ihr Zutun nach vorne drängte. Ihr Blick war stoisch auf den See gerichtet, den sie gar nicht wirklich sah. Langsam drehte sie sich zu Agneta um. »Und wenn es jemand war, der zwar wusste, dass Viggo das Schwert gefunden hatte, aber nicht, wo er es versteckt hielt?«

Ihre Freundin sah sie an, erst verständnislos, dann mit immer größer werdenden Augen. »Du meinst …?«

Ina winkte ab. »Gar nichts meine ich. Bloß könnte es doch einen Grund gegeben haben, warum Viggo das Schwert so sorgsam versteckt hatte. Und das vielleicht sogar …«

»Erst kurz vor seinem Tod«, beendete Agneta den Satz für sie.

14
DIE LETZTE ANLAUFSTELLE

Zeus hüpfte munter durch das Unterholz, während Ina und Paula nebeneinander herschlenderten, eingehüllt in eine kühle, ungemütliche Stille. Es war Inas Idee gewesen, einen kleinen Spaziergang durch den angrenzenden Wald zu machen, der zur Blockhütte führte, in der sie vor noch nicht allzu langer Zeit mit Agneta ein weiteres Geheimversteck von Viggo entdeckt hatte. Damals, so erinnerte sie sich, war es auch ein befremdlicher Spaziergang gewesen. Sie war gerade erst auf dem Hof angekommen, als Agneta darauf bestanden hatte, damit sie sich besser kennenlernten. Die Witwe und die Affäre. So unglaublich lange her schien Ina das mittlerweile, dabei waren erst wenige Wochen vergangen. Was seitdem alles passiert war! Viele schreckliche Dinge, aber noch mehr Gutes. Sie hatte ein neues Zuhause und in ihrer einstigen Nebenbuhlerin eine aufrichtige Freundin gefunden, wie sie es sich immer gewünscht hatte. Vielleicht erhoffte sie sich, dass etwas Magie in diesem Waldstück lag, der zu einem kleinen See und schließlich, vorbei an einer verborgenen Lichtung mit liebevoll gezüchteten Hanfpflanzen, zur alten Jagdhütte führte.

Vielleicht, so dachte sie sich, wird diese Magie auch dieses Mal wieder funktionieren und dafür sorgen, dass wir es schaffen, uns anzunähern. Oder wenigstens vernünftig miteinander zu sprechen. Oder überhaupt miteinander zu reden.

Doch anscheinend hatten die magischen Waldwegwichtel heute ihren freien Tag. Dennoch gab Ina die Hoffnung nicht auf. Sie holte Anlauf mit einem Seufzer, setzte zum Sprechen an, brach aber wieder ab, weil ihr partout nichts einfallen wollte. Wo sollte man nach zwei Jahren Funkstille anknüpfen? Jeder Satz schien eine Bürde zu sein.

»Du warst also am Bodensee?«, fragte sie schließlich, die Augen auf den moosigen Pfad gerichtet.

Paula nickte mit verschlossener Miene. »Ja.«

Immerhin. Das waren schon mal zwei Buchstaben. Jetzt bloß nicht nachlassen.

Fieberhaft dachte Ina nach. »Und warum?«

Schweigen. Brütendes, zermürbendes Schweigen, begleitet vom Geraschel ihrer Schritte und einer im Dickicht schnüffelnden Hundenase.

»Es gab da einen Mann …« Paulas Stimme brach, dann schüttelte sie den Kopf.

Ina wollte ihre Hand greifen, ließ es aber bleiben.

Sie sah, wie Paula auf ihrer Unterlippe herumkaute, mit den Worten zu ringen schien.

»Wir haben uns auf Lovoo kennengelernt.«

Ina sah sie verwirrt an, unterließ es aber nachzufragen, was es damit auf sich hatte, weil sie den Redefluss nicht unterbrechen wollte.

Ein versonnenes Lächeln umspielte Paulas Lippen, die für Inas Geschmack viel zu dunkel geschminkt waren. »Es hat sofort gefunkt zwischen Leo und mir.« Sie hob das Kinn und ihr Blick verlor sich in den Baumkronen. »Es hat einfach gepasst zwischen uns. So sehr, dass ich alles habe stehen und liegen lassen und zu ihm gezogen bin.« Sie hielt inne und wandte sich Ina zu. Das Lächeln war wie fortgewischt. »Wie außerordentlich dumm und naiv von mir, nicht wahr?«

»Nun ja, also …« Dieses Verhalten kam Ina vage bekannt vor.

»Leo betreibt in Meersburg eine kleine Tauchschule und konnte dort dringend jemanden brauchen, der ihm zur Hand geht und sich um das Geschäftliche kümmert.« Sie stieß ein erbittertes Schnauben aus. »Da war mein abgebrochenes BWL-Studium endlich doch zu etwas gut.«

Ina dachte leidvoll an die Zeit zurück, als Paula ihr den Studienabbruch gebeichtet hatte. Einfach so, ohne ein Wort der Erklärung hatte sie die Karten auf den Tisch gelegt und sie vor vollendete Tatsachen gestellt. Das war selbst für ihren bodenständigen und grundsoliden Ex-Mann ein echter Schock gewesen.

»Eine Weile war alles gut zwischen uns«, sprach sie weiter. »Die Tauchschule lief immer besser und gerade in der Ferienzeit konnten wir uns vor Buchungen kaum retten.«

»Das klingt toll.« Ina lächelte.

»Das war es auch«, pflichtete Paula ihr bei. »Zumindest so lange, bis ich kapiert habe, dass er mich mit einer Tauchschülerin betrogen hat.«

»Oh.«

Ina spürte einen Stich in ihrem Herzen. »Paula …«, begann sie, aber ihre Tochter schnitt ihr das Wort ab.

»Ich weiß, Mutter. Ich hätte nicht einfach so hier auftauchen sollen. Aber ich wusste nicht, wohin mit mir«, gestand sie, ihre Stimme nun kaum mehr als ein Flüstern. »Vater ist mit seiner Freundin auf einer Rundreise durch die Canadian Rockies, und all meine Freundinnen sind verheiratet, haben

Kinder. Da ist kein Platz für mich.« Sie seufzte. »Ich habe echt lange überlegt, wo ich sonst hätte hingehen können, aber …« Das »aber« hing ziemlich schwer in der Luft. Paula zuckte mit den Schultern. »Ich weiß ja auch nicht, aber hier bin ich halt.«

Ina blieb stehen und schaute ihre Tochter an. Die Erkenntnis, dass sie für Paula nur die letzte Anlaufstelle war, traf sie wie ein Hieb in die Magengrube. »Ich war die Letzte auf deiner Liste?«

Paula schwieg.

Inas Herz krampfte sich zusammen. Dass sie in all den Jahren nicht gewusst hatte, was ihre Tochter trieb, dass sie eine Weile nur noch über die Handynummer mit ihr verbunden war und sie schließlich überhaupt nicht mehr zu sprechen bekam, das schmerzte bereits. Nun aber zu erfahren, dass sie die allerallerletzte Adresse war, an die ihre Tochter sich in der Not wandte, tat unfassbar weh.

Paula setzte den Weg fort, schlenderte nahezu leichtfüßig neben ihr her. Unbekümmert erklärte sie: »Zum Glück hast du mir eine Nachricht auf der Mailbox hinterlassen, mitsamt Adresse.«

Ich habe dir Hunderte Nachrichten hinterlassen! Ina rang sich ein Lächeln ab. Gefühlte Stunden ihres Lebens hatte sie auf diese Mailbox gesprochen. Ob ihre Tochter sie wenigstens alle abgehört hatte? Sie hoffte es, denn bislang hatte Paula ihr keine andere Möglichkeit gelassen, sich ihr zu erklären.

»Und bevor du fragst, Mutter. Ich weiß selbst nicht, wie es weitergehen soll.«

Nun setzte Ina ihren Plan in die Tat um und ergriff Paulas Hand. Sie zog sie nicht weg, erwiderte aber auch nicht den Druck.

»Das spielt fürs Erste überhaupt keine Rolle«, stellte sie klar. »Wichtig ist, dass du hier bist und zunächst einmal bleibst. Und zwar, solange du willst.« Sie schenkte ihrer Tochter ein liebevolles, aufrichtiges Lächeln. Eine Geste, die ebenso unerwidert blieb. Dafür entdeckte sie eine tiefe Traurigkeit in Paulas Augen, die ihr so vertraut vorkam. Als sie von Viggos Tod erfahren hatte, hatte es ihr auch kurzzeitig den Boden unter den Füßen weggerissen. Gut, Paulas Freund war nicht tot, aber vermutlich kam er für sie diesem Umstand doch empfindlich nahe.

»Ich bin froh, dass du hier bist«, sagte Ina.

Ohne eine Miene zu verziehen, zog Paula die Hand weg, wandte sich ab und ging weiter, die Schultern steif vor Anspannung. Zeus blieb an Inas Seite und blickte sie mit seinen treuen Augen an. Doch Ina konnte nur stumm ihrer Tochter nachschauen, die einfach weiterging, ohne sich noch einmal umzudrehen. Die Stiche in ihrem Herzen waren kaum zu ertragen.

Schwedisch für Anfänger – Teil 7

»Upp som en sol, ner som en pannkaka.«
Wörtlich: Hoch wie die Sonne,
runter wie ein Pfannkuchen.
Bedeutet: Hochmut kommt vor dem Fall!

15

VIELLEICHT WAR ES EIN WASCHBÄR

Trotz all der Dinge, die passiert waren, schlief Ina den Schlaf der Gerechten. Zumindest so lange, bis ein fremdes Geräusch die Stille der Nacht durchbrach und sie aufschrecken ließ. Ruckartig riss sie die Augen auf und war umgeben von vollkommener Dunkelheit. Ihr Herz begann zu rasen. Sie lauschte angestrengt. Zunächst war da nichts. War es doch bloß ein Konstrukt ihrer Träume? Aber dann hörte sie es wieder. Ein kalter Schauer lief ihr über den Rücken. Die Enge in ihrer Brust verstärkte sich. Ihre Sinne waren aufs Äußerste gespannt, als sie, flach atmend, in die Dunkelheit starrte und dabei die neuen, lichtundurchlässigen Vorhänge verfluchte.

Das Geräusch war wieder da. Oder immer noch. Doch Ina konnte es nicht so recht einordnen. Es klang wie ein Kratzen, dicht gefolgt von einem leisen Rascheln. Ihr kleiner Hund, der am Fußende des Bettes lag, hob sogleich den Kopf und gab ein immer lauter werdendes Knurren von sich.

»Pst, Zeus! Still!«

Zeus gehorchte, was sowohl sie als auch den Hund selbst überraschte.

Ina rutschte aus dem Bett und ertastete sich den Weg zu

den Vorhängen, die sie zur Seite schob. Mondlicht drang durch das Fenster und erleuchtete den Raum in einem sanften Blau, das sich wie ein schimmernder Farbfilter über alles legte. Zeus, der ihr gefolgt war, drückte sich fest gegen ihr Bein. Er war noch immer mit einem grimmigen Knurren beschäftigt.

»Also doch keine Einbildung«, flüsterte Ina sich selbst zu. »Du hast es auch gehört.«

Wieder lauschte sie angestrengt in die Stille hinein, vernahm jedoch kein weiteres Geräusch.

Aber da war eindeutig etwas gewesen und es kam aus dem Flur.

Vielleicht Waschbären?, fragte sie sich und hatte sich damit die Erklärung bereits selbst geliefert. Was sonst sollte mitten in der Nacht solch einen Lärm veranstalten? Auf jeden Fall wollte sie Gewissheit. Sonst würde sie kein Auge mehr zutun. Also umrundete sie das Bett bis zur Tür, setzte einen Fuß vor den anderen, dicht gefolgt von Zeus, der prompt wüst zu bellen begann.

Ina erschrak zu Tode, als sie eine Gestalt im Flur erblickte, die ihr mit einem grellen Licht direkt ins Gesicht leuchtete.

»Nicht erschrecken, ich bin's, Mutter!« Das Licht richtete sich nach unten, auf den Dielenboden. »Hast du das auch gehört?«, flüsterte Paula. Ihre Stimme vibrierte vor Anspannung. »Was war das?«

»Ich weiß es nicht.« Ina wischte sich den Angstschweiß von der Stirn, während sie tief durchatmete, um ihren Puls zu beruhigen. »Aber es hat mich aufgeweckt.« Sie blinzelte sich die grellen Sterne aus den Augen. »Kam es womöglich von draußen?«

Paula schüttelte den Kopf. »Ich habe eindeutig Schritte im Flur gehört. Erst dachte ich, dass du es wärst, aber dann habe ich dich weiter schnarchen hören.«

»Ich schnarche nicht!«, flüsterte Ina ihr wüst entgegen. »Und überhaupt, was machst du in meinem Bungalow!?«

»Hunger«, sagte ihre Tochter nur und hielt zum Beweis eine angebrochene Toastpackung und ein Glas Moltebeermarmelade hoch.

Ina trat auf sie zu und nahm ihr das Glas aus der Hand. »Nicht die Marmelade«, sagte sie. »Die ist nicht mehr gut.« Sie stellte sie auf dem Sideboard ab.

»Ich war jedenfalls gerade in der Küche und hab deinen Kühlschrank geplündert, als ich ein Geräusch gehört habe. Wie gesagt, erst dachte ich, dass du es wärst, also wollte ich nachsehen, habe die Tür zu deinem Schlafzimmer aufgezogen und dann dein Schnarchen gehört.«

»Ich schnarche nicht!«, entgegnete Ina.

»Wie auch immer.« Paula winkte unwirsch ab und brachte damit die Toasttüte zum Rascheln. »Dann hörte ich dieses Geräusch aus dem Badezimmer.« Kaum war sie fertig mit ihrer Ausführung, richtete sich ihr Blick auf die verschlossene Tür, die zum Bad führte.

»Du meinst …?«, fragte Ina jetzt im Flüsterton.

Paula nickte.

So standen sie beide still im Flur, lauschten und schauten auf die geschlossene Badezimmertür. Der schwache Lichtschein von Paulas Handytaschenlampe warf unheimliche Schatten in den Korridor. Zeus' aufgestellte Ohren zuckten in Richtung der Tür.

»Das Geräusch kam eindeutig von dadrinnen«, beharrte Paula leise.

»Vielleicht ist ein Regal von der Wand gekracht?«, mutmaßte Ina ebenso leise. Sie sagte es mehr aus Hoffnung, weniger als ernsthafte Vermutung. Aber ihre Tochter schüttelte vehement den Kopf.

»Ich habe eindeutig Schritte gehört! Von einem Menschen.«

Das ließ Inas Mutpegel nicht unbedingt ansteigen.

»Was jetzt?«, fragte Paula. »Sehen wir nach?« Sie streckte die Hand aus, um nach der Klinke zu greifen, doch Ina hielt sie zurück.

»Vielleicht ist er noch dadrinnen«, erwiderte sie, wobei sie sich nicht sicher war, ob das eine Beruhigung oder eine zusätzliche Beunruhigung darstellte. Es gab wohl nur eine Möglichkeit, das herauszufinden.

Sie sah sich suchend um und schnappte sich einen Pantoffel, der unter dem Sideboard hervorlugte. Diesen hob sie an, bereit, schonungslos zuzuschlagen.

Paula zog indes eine Braue hoch, zuckte aber kommentarlos mit den Schultern. In stummem Einverständnis hielt sie die Handytaschenlampe höher, sodass sie direkt auf die Tür zeigte. Ina näherte sich langsam, legte die linke Hand vorsichtig auf den Türgriff. Nach einem kurzen Blick zu ihrer Tochter, die ihr mit einem resoluten Nicken Mut machte, riss sie die Tür auf.

Ein kalter Windzug traf sie mitten ins Gesicht. Das Badezimmer war leer, aber das Fenster stand sperrangelweit offen. Sie schaltete das Licht ein und sah den leichten Gardinenstoff im Wind tanzen, was ihr einen riesigen Schreck versetzte, weil sie im ersten Moment dachte, es wäre ein Mensch. Als sich ihre Nerven wieder beruhigten, reichte ein kurzer Blick aus, um festzustellen, dass das Fenster nicht mehr ganz heil war. Zumindest waren die Schäden am Holzrahmen unübersehbar. Gemeinsam schoben sie sich durch die Tür und sahen sich ausgiebig um.

»Hier ist tatsächlich eingebrochen worden«, sagte Ina weniger ängstlich als erstaunt. Wirklich erleichtert war sie, dass der Eindringling nicht mehr im Badezimmer war. Fast schon gewohnheitsmäßig achtete sie auf jeden Schritt und jede Berührung, um bloß keine Spuren zu verwischen.

Paula schaltete das Badezimmerlicht ein. Sie schmunzelte. »Aber was sollte es hier schon zu stehlen geben?«

Ina lachte nun ebenfalls leise vor sich hin. »Nun, der alte Föhn, den ich aus Deutschland mitgebracht habe, hat noch eine Leistung von dreitausendsechshundert Watt«, scherzte sie. »So was bekommt man heutzutage überhaupt nicht mehr!« Doch plötzlich erstarb ihr Lachen, weil sie ein eisiger Gedanke durchfuhr: *Wer sagt denn, dass der Einbrecher etwas aus dem Badezimmer stehlen wollte?*

Ohne ein weiteres Wort zu verlieren, fuhr sie herum und eilte ins Wohnzimmer. Dort knipste sie den Lichtschalter an und umrundete den Esstisch. Sie stand nun direkt vor dem Kamin, während ihr Blick den verräterischen Ruß auf dem Boden fixierte.

»Das darf nicht wahr sein!« Sie schaffte es nicht, ein Stöhnen zu unterdrücken. Hastig schob sie die Hand in die Kaminöffnung. Sie tastete die Innenwand ab, doch ihre Finger griffen ins Leere.

»Nein, nein, nein!«

»Was machst du denn da?« Paula war ihr gefolgt und stand nun unmittelbar hinter ihr.

»Es ist weg!« Ina zog ihre rußbedeckte Hand aus dem Kamin und sah in das irritierte Gesicht ihrer Tochter.

»Was ist weg?«

»Das Schwert!«

»Was denn für ein Schwert?«

Ina nahm ihrer Tochter das Smartphone aus der Hand.

»He, was machst du?«

»Was wohl«, gab Ina prompt zurück. »Ich rufe Lars an.«

16
KEIN GEWÖHNLICHER EINBRECHER

»Warum genau musstest du jetzt mitkommen?«, raunte er seinem Vater zu, während sie sich dem Bungalow näherten.

»Weil ich sowieso noch wach war«, sagte Ove mit einem Schulterzucken. »Und ich wollte sehen, was hier los ist. Immerhin ist Ina auch meine Freundin.«

Lars warf ihm einen prüfenden Blick zu und konnte nicht übersehen, wie fit sein Vater trotz der unchristlichen Uhrzeit war. Das bunte Paisleymuster seines Schlafanzugs schimmerte unter dem halb geöffneten Morgenmantel. Ob es stimmt?, dachte er. Brauchen alte Menschen wirklich weniger Schlaf?

»Warte ab, bis du in meinen Jahren bist«, meinte Ove, als hätte er seinen Gedanken aufgefangen. »Dann wirst du verstehen, wie unruhig die Nächte werden können.«

»Vielleicht solltest du deine ausgedehnten Mittagsschläfchen verkürzen«, entgegnete Lars kopfschüttelnd.

Er schob sich an seinem Vater vorbei und klopfte an die Tür. Als diese sich öffnete und er Paula sah, schoss ihm die Hitze ins Gesicht. Fast instinktiv griff er nach seinem Haar, um die Strähnen zu glätten, die sich in alle Richtungen kräuselten. Immerhin hatte Inas Anruf ihn direkt aus dem Schlaf gerissen.

»Ich, ähm«, stammelte er unbeholfen vor sich hin und kratzte seine spärlichen Reste an Deutschkenntnissen zusammen. »Deine Mutter?«

Lars beglückwünschte sich selbst. *Spitze, Mann. Selbst in den unerwartetsten Situationen weißt du, wie man rhetorisch punkten kann!* Das war nicht mal ein ganzer Satz gewesen. Er schlug sich gedanklich auf den Hinterkopf. Da hatte sich der Deutsch-Leistungskurs ja wirklich gelohnt.

Die junge Frau trat zu Seite und gab die Sicht auf eine reichlich aufgelöst wirkende Ina frei.

»Hallo, Lars«, sagte diese grüßend, blinzelte dann aber an ihm vorbei. »Du hast deinen Vater mitgebracht?«

»Das war leider nicht zu verhindern.«

Sie ließ die beiden eintreten. Als Ove auf ihrer Höhe war, fielen die beiden sich in aller Vertrautheit um den Hals.

»Schau mal«, sagte Ina, als sie sich wieder voneinander lösten. »Das ist meine Tochter, Paula.«

Derweil scharwenzelte der Hund um Lars' Beine herum und machte Anstalten, an ihm hochzuspringen, doch er gebot ihm mit einer resoluten Handbewegung Einhalt. Sogleich versteckte der Hund sich hinter den Beinen seines Frauchens. Recht so.

»Weshalb bin ich hier?«, lenkte Lars das Gespräch zurück auf den Grund, warum er mitten in der Nacht aus dem Schlaf gerissen worden war.

»Weil bei uns eingebrochen wurde«, erwiderte Paula anstelle ihrer Mutter.

Lars sah Ina durchdringend an. »Warum hast du dann nicht die Polizei verständigt?«

Sie starrte ihn entrüstet an. »Aber das habe ich doch!«

»Ich meine, die diensthabende Polizei.« Er fuhr sich angestrengt über das Gesicht und fühlte sich schlagartig noch müder als ohnehin schon. »Warum hast du nicht die 112 angerufen?«

»Ich, na, weil …« Ina ruderte mit den Armen. »Ich habe doch deine direkte Nummer.« Sie wandte sich an seinen Vater. »Außerdem ist es eine etwas, sagen wir, delikate Angelegenheit.« Während sie sprach, sah sie nicht ihn an, sondern den Alten.

Passend dazu verfinsterte sich die Miene seines Vaters.

Lars witterte Verrat. »Was meinst du damit?«

Ina stieß ein tiefes Seufzen aus.

»Warum bin ich hier?«, fragte er ein weiteres Mal, jetzt energischer. »Was ist der wahre Grund dafür, dass du mich mitten in der Nacht auf den Hof bestellst?« Er sah sich aufmerksam um, ließ den Blick durch den hell erleuchteten Flur schweifen. Er hatte Mühe, seine Wut im Zaum zu halten, denn er hasste es, wenn er aus dem Schlaf gerissen wurde. Und noch mehr hasste er es, wenn Menschen, denen er vertraute, mit wichtigen Informationen hinter dem Berg hielten. Allerdings wollte er mit seiner ruppigen Art nicht Paula vor den Kopf stoßen. Sie konnte ja nichts für das Verhalten ihrer Mutter. »Du hast von einem Eindringling gesprochen. War es dieser Svante?«

»Was? Nein!«

Ina begann zu erzählen: von Geräuschen, dem Einbruch und dem offenen Badezimmerfenster. Lars hörte aufmerksam zu und versuchte, das Bild des Geschehens zusammenzusetzen. Das Gespräch führte sie ins Wohnzimmer, wo sie nun zu viert mitsamt Hund vor dem offenen Kamin standen.

»Und was wurde nun gestohlen?«, fragte Lars, als Ina mit ihrer Erzählung zum Ende gekommen war, ohne wirklich etwas erzählt zu haben. Erst im Schein des Wohnzimmerlichts fiel ihm auf, dass eine ihrer Hände rußverfärbt war. Er musterte den Kamin, versuchte seinerseits logische Schlüsse daraus zu ziehen.

Ina hingegen zögerte mit ihrer Antwort, sah Ove an und sagte schließlich: »Das Schwert.«

»Ein Schwert?«, fragte Lars verblüfft.

»Etwa *das* Schwert?«, fuhr Ove neben ihm auf.

Lars schaute seinen Vater verwundert an und glaubte, blankes Entsetzen in dessen Blick zu lesen. Er starrte Ina regelrecht an, die ebenso bis ins Mark erschüttert zu sein schien.

»Leider ja.« Sie senkte das Kinn, und Lars hörte, wie Ove einen erstickten Laut von sich gab.

»Ich glaube, wir müssen dir etwas erklären.« Langsam hob Ina den Kopf und sah ihm in die Augen.

»Ja«, sagte Lars. »Das glaube ich auch.«

»Fein!« Paula rieb sich die Hände. »Ich mache dann mal Kaffee.« Sie verabschiedete sich mit einer schwungvollen Drehung in die Küche. Derweil trat sein Vater an Inas Seite, als wollte er ihr Schützenhilfe geben.

»Setz dich, mein Sohn«, sagte er und Lars tat wie geheißen. »Wir werden dir alles erklären.«

Ina begann mit fester Stimme zu sprechen: »Vor einer Weile haben Agneta und ich in der abgebrannten Scheune etwas Unglaubliches entdeckt.« Sie machte eine kurze Pause, als wollte sie sichergehen, dass er ihr auch zuhörte. »Und zwar ein altes Schwert, aber nicht irgendein Schwert, sondern ein heiliges Schwert.«

»Ein Reichsschwert«, fügte sein Vater brummend hinzu und riss das Gespräch auch gleich an sich: »Dieses Schwert ist ein Symbol der königlichen Macht, ein Insignium, das bei der Krönung des ersten Königs von Schweden eine entscheidende Rolle gespielt haben könnte – stellt sie doch eine tiefe Verbundenheit zwischen Monarchie und Kirche dar …«

Lars hörte zu, ohne die beiden zu unterbrechen. Und als alles gesagt war, saß er immer noch still und stumm da. Dabei umklammerte er eine dampfende Tasse Kaffee, ohne zu wissen, wie sie in seine Hand gelangt war. Er nippte daran. Der Kaffee war stark genug, um die letzten Reste der Müdigkeit aus seinen Knochen zu verbannen. Das war gut und wichtig, denn für diese Geschichte, den die beiden ihm auftischten, brauchte er einen wachen Verstand.

»Wir konnten dir das nicht vorher erzählen.« Sein Vater hob beschwichtigend die Hände. »Wir mussten erst wissen, ob wir mit unserer Vermutung recht behielten.«

»Denn sonst hättest du darauf gepocht, dass wir das Schwert den offiziellen Behörden übergeben«, warf Ina ein.

»Natürlich hätte ich das!«

»Aber dafür ist es nun ohnehin zu spät.« Sie seufzte ein weiteres Mal. »Denn jetzt ist das Schwert weg, und wir werden nie erfahren, ob es wirklich das sagenumwobene Reichschwert war.«

Lars stellte die Tasse auf den Wohnzimmertisch ab. Etwas zu heftig, sodass er ein wenig davon verschüttete und das handbestickte Platzdeckchen einsaute. Sofort war Inas Tochter zur Stelle und wischte mit einem Taschentuch die Feuchtigkeit auf.

»Wenn das alles stimmt, was ihr mir da erzählt …«

»Natürlich stimmt es!«, erboste sein Vater sich.

Lars beachtete ihn gar nicht. »Dann wäre dieser Fund wohl enorm wertvoll?«

»Natürlich wäre er das!«

Ina lehnte sich nach vorn. Sie schloss die Augen für einen Moment.

»Dann muss das Schwert unbedingt dem Königshaus übergeben werden.«

»Natürlich muss es das«, stimmte sein Vater zu. »Aber dafür hätten wir doch erst mal wissen müssen, ob es auch das Schwert ist, von dem wir glauben, dass es das ist.«

»Deshalb haben wir doch Arnulf Svensson kontaktiert«, warf Ina ein.

Lars nickte, hörte aber ebenso schnell wieder damit auf. Er schüttelte den Kopf und riss gleichzeitig die Augen auf. »Der Kunsthistoriker«, sagte er mit heiserer Stimme. »Er war hier, um sich das Schwert anzuschauen.«

Sowohl sein Vater als auch Ina nickten.

»Und nun ist er tot.« Er räusperte sich den Belag von seinem Kehlkopf. »Erschlagen«, setzte er hinzu. »Wegen des Schwerts.«

Sein Vater hob die Hände. »Das wissen wir nicht, Lars.«

»Aber es liegt doch auf der Hand«, sagte Ina, die fahrig mit ihren Händen herumwedelte, als wollte sie irgendetwas verscheuchen.

Lars schwieg. Das waren eindeutig zu viele Informationen für diesen unsäglich frühen Morgen. Sein Blick legte sich auf Paula, die mit verschränkten Armen im Türrahmen zur Küche stand und herzhaft gähnte. Ihm fiel auf, wie ebenmäßig ihre Zähne waren. Er würde sie gerne einmal zu einer Fika einladen. Kurz trafen sich ihre Blicke. Sie lächelte entschuldigend und schlug sich die Hand auf den Mund. Er fragte sich, wie viel Schwedisch sie verstand, um diesem Gespräch folgen zu können. Hoffentlich nicht viel, dachte er.

Denn er fühlte sich wie ein Idiot, weil er von ihrer Mutter und seinem Vater derart getäuscht worden war.

Er richtete sich auf. »Ich könnte euch beide sofort verhaften«, sagte er. »Weil ihr in einem Mordfall wichtige Indizien unterschlagen habt.«

»Was denn für Indizien?« Ina sah ihn mit zusammengezogenen Brauen an.

»Na, das Schwert!«

»Von dem wir doch gar nicht wissen, ob es wirklich das Reichsschwert ist«, sagte sein Vater.

»Aber ein Mann ist deswegen erschlagen worden.«

»Auch das wissen wir nicht.« Sein Vater schüttelte stoisch den Kopf. Wie er es immer tat, wenn er seine Belehrungen von sich gab.

»Aber Viggo«, mischte Ina sich ein. »Der weilt auch nicht mehr unter uns. Und vielleicht war das Schwert der Grund für seinen plötzlichen Tod.«

Bitte, nicht schon wieder Viggo, dachte Lars. Er wollte sie daran erinnern, dass es ein Herzinfarkt gewesen war, der ihn das Leben gekostet hatte. Aber ebenso schnell schloss er den Mund wieder. Was wusste er denn schon?

In seinem Kopf tobte ein Wirbelsturm.

Paula lächelte ihn an und er lächelte reflexartig zurück. »Noch einen Kaffee?« Sie griff nach der Kanne und trat näher an ihn heran.

Er nickte. Bei diesem Lächeln hätte er wahrscheinlich allem zugestimmt, selbst wenn sie ihn darum gebeten hätte, in einem Tutu durch den Wald zu tanzen.

»Alles der Reihe nach«, entschied er und konzentrierte sich wieder auf seine Aufgabe. Er stand auf und begab sich in den Flur. Ina und sein Vater folgten ihm auf dem Fuße.

»Wo willst du denn jetzt wieder hin?«

Er ließ die Frage seines Vaters unbeantwortet. Schlimm genug, dass er hier war. Schlimm genug, dass er ihm das mit dem Schwert verheimlicht hatte. Schlimm genug, dass er mit der Deutschen unter einer Decke steckte.

Im Badezimmer streifte er sich Einweghandschuhe über und schaute sich suchend um. Das Fenster, das sperrangelweit offen stand, schien auf den ersten Blick einfach aufgehebelt worden zu sein. Er bemerkte sogleich die stümperhaften Spuren, die der Täter hinterlassen hatte. Akribisch betrachtete er den Fensterrahmen von beiden Seiten. Für ihn sah es so aus, als hätte man mehrfach versucht, den Fensterriegel zu knacken, bevor er schließlich aufgesprungen war. Vermutlich war so der Krach entstanden, der Ina geweckt hatte. Auf der Waschmaschine stand eine angebrochene Toastpackung, was ihn zwar verwunderte, wofür er jedoch nur ein müdes Schulterzucken übrighatte. Stirnrunzelnd begutachtete er jeden Zentimeter des Fensters. Die groben Kratzspuren und die abgeplatzten Stücke des Holzrahmens zeigten deutlich, dass hier kein Profi am Werk gewesen war. Vielmehr kam es ihm vor, als hätte jemand, der noch nie irgendwo eingebrochen war, dieses Fenster als Übungsobjekt genutzt.

Er trat aus dem Badezimmer und inspizierte den Flur. Sein Blick fiel auf das Sideboard, vor dem ein einzelner Pantoffel lag. Die Schubladen waren allesamt verschlossen.

Und das machte ihn nachdenklich. Der Eindringling schien zielgerichtet vorgegangen zu sein. Der Bungalow wies keinerlei Anzeichen einer typischen Suche nach Wertgegenständen auf. Keine aufgerissenen Schubladen, keine umgestoßenen Möbel. Während seiner Dienstzeit hatte er zahlreiche Einbruchsfälle erlebt, bei denen der Tatort immer von Chaos und Unordnung gezeichnet war. Doch das war hier nicht der Fall.

Weil der Dieb eine klare Vorstellung davon hatte, wo er das Gesuchte finden konnte.

Sein Blick wanderte nachdenklich durch den Flur, bevor er zurück ins Wohnzimmer ging und seinen Fokus auf den Kamin richtete.

»Und?«, fragten Ina und Ove gleichzeitig, als er sich ihnen zuwandte.

»Nun ja.« Lars rieb sich die Augen. »Für mich deutet alles darauf hin, dass der Eindringling wusste, wo er zu suchen hatte. Und damit dürfte klar sein, dass er es eindeutig auf dieses Schwert abgesehen hatte.«

»Aber das kann nicht sein«, sagte Ina sofort. »Niemand wusste von dem Versteck. Außer mir und Agneta.« Lars wollte etwas sagen, doch sie fuhr ihm sogleich über den Mund. »Komm ja nicht auf die Idee, sie zu beschuldigen. Das hast du schon einmal getan.«

Lars dachte mit Unbehagen daran zurück, als er sie vor den Augen aller Hofbewohner zu Unrecht in eine missliche Lage gebracht hatte.

Er sah Ina aufmerksam an. »Sonst wusste niemand davon?«

Ihr Kopf bewegte sich beharrlich von links nach rechts.

»Definitiv muss der Dieb jemand gewesen sein, der um den geschichtlichen Wert des Schwertes wusste«, mischte sich sein Vater ein. »Auf dem freien Markt ist solch ein Objekt unmöglich zu verkaufen.«

Lars blinzelte ihn an. »Und was ist deine Schlussfolgerung daraus?«

Sein Vater ließ sich Zeit mit einer Antwort. Er musterte den Kamin und steckte sich einen Finger ins Ohr. Als er ihn wieder zum Vorschein brachte, betrachtete er die Spitze und wischte sie an seinem Morgenmantel ab. Lars rollte mit den Augen.

»Wenn du mich fragst, Sohn«, begann Ove langsam. »Dann solltest du nach jemandem mit großem Kunstverständnis und einschlägigen Kenntnissen in Waffenkunde sowie der Geschichte unseres Landes Ausschau halten. Wir suchen keinen gewöhnlichen Einbrecher.«

Ohne es zu wollen, nickte Lars. Der stümperhafte Einbruch ließ keinesfalls auf einen Profi schließen.

Sein Vater senkte den Kopf und wirkte mit einem Mal sichtlich erschöpft, von jetzt auf gleich um Jahre gealtert.

»Nicht auszudenken, wenn der Täter wirklich damit entwischt«, sagte er leise. »Es würde mich nicht wundern, wenn es dann für immer in einer privaten Sammlung verschwinden würde.«

Ina reckte entschlossen das Kinn. »Dann sollten wir genau das verhindern!«

Lars nahm seinen Block zur Hand und machte es sich wieder auf der Couch bequem. Paula brachte ihm einen neuen Kaffee und setzte sich ihm direkt gegenüber. Sie zwinkerte ihn auf eine unbestimmte Art an, die Lars eindeutig nervös machte.

»Also, ihr beiden.« Er nahm seinen Vater und Ina ins Visier. »Noch mal der Reihe nach. Wer weiß alles von diesem Reichsschwert? Wo genau habt ihr es gefunden? Ich muss alles wissen!«

Schwedisch für Anfänger – Teil 8

»Nära skjuter ingen hare.«
Wörtlich: Nähe erschießt keinen Hasen.
Bedeutet: Knapp vorbei ist auch daneben.

17

JEDER HAT SEINE AUFGABE

Die morgendlichen Sonnenstrahlen kitzelten Inas Nasenspitze, als sie sich mit Paula und Agneta auf der Terrasse des Hofcafés niederließ. Sie spürte die Müdigkeit in den Knochen, aber an Schlaf war nach dem Einbruch nicht mehr zu denken gewesen. Zu sehr hatten sie die Ereignisse der Nacht aufgewühlt. Paula setzte sich neben sie und Agneta ihr direkt gegenüber. Während sie die Getränke und Kuchenstücke vom Tablett verteilte, drehte Paula den Sonnenschirm so, dass er ihnen Schatten spendete. Ina hörte das Kichern der Kinder vom Nachbartisch, die mit ihren Eltern zu Gast auf dem Hof waren. Vermutlich würden sie gleich nach der Stärkung zu einer Wanderung in den Wald aufbrechen oder den hofeigenen Streichelzoo besuchen.

»Also!« Agneta sah sie scharf an. »Wer könnte ein Interesse daran haben, dieses Schwert zu stehlen?«

Ina hielt ihrem Blick stand, schaute dann aber rüber zu ihrer Tochter, die nachdenklich in ein saftig aussehendes Stück Ostkaka biss.

Natürlich hatte sie ihrer Freundin alles haarklein erzählt. Kaum hatten Lars und Ove den Hof verlassen, war sie zu Agneta rübergelaufen und hatte sie mit wildem Geklopfe aus dem Bett und vor die Tür geholt.

Und nun sah sie, wie Agneta zusammenzuckte. Es schüttelte sie, als wäre ihr ein eiskalter Schauer über den Rücken gelaufen.

»Weißt du eigentlich, in welcher Gefahr du dich befunden hast?«, platzte es aus ihr heraus. »Du könntest jetzt tot sein. Immerhin sollten wir wohl davon ausgehen, dass Arnulf wegen dieses Schwertes sein Leben lassen musste.«

»Das wissen wir doch gar nicht.« Während Ina das sagte, rollte sie innerlich mit den Augen. Himmel, sie klang schon wie Ove. Dabei war es doch offensichtlich, wenn man eins und eins zusammenzählte. »Außerdem ist ja nichts passiert.« Sie setzte ein Lächeln auf, das sich jedoch unangenehm verkrampft anfühlte.

Agneta schüttelte bloß den Kopf. »Ich meine es ernst. Wer weiß, welch ein Mensch hinter diesem Schwert her ist. Augenscheinlich ist es jemand, der vor nichts zurückschreckt.«

Um Agnetas forschendem Blick zu entkommen, spießte Ina sich einen Happen Käsekuchen mitsamt Blaubeere auf die Gabel, ließ sie jedoch in der Luft schweben. Sie sah flüchtig hinüber zu den Gästen. Die Eltern lachten und plauderten unbefangen, während ihre Kleinen begeistert an ihren Gläsern mit selbst gemachter Zitronenlimonade nippten. Die heitere Atmosphäre des Cafés bildete einen heftigen Kontrast zu den düsteren Gedanken, die sich in ihrem Kopf tummelten. Allein die Vorstellung, dass bei ihr eingebrochen worden war, ließ ein Gefühl der Verletzlichkeit in ihr aufsteigen.

Natürlich war sie überzeugt davon, dass sowohl Arnulf als auch Viggo wegen des Schwertes hatten sterben müssen. Und da erst begriff sie, was Agneta hatte sagen wollen: Was, wenn sie dem Eindringling im Weg gestanden hätte. *Oder schlimmer noch, wenn Paula …*

Schwert hin oder her, Ina war unsagbar erleichtert, dass dieser Einbruch so glimpflich abgelaufen war.

Dem Schicksal dankbar, wandte sie sich ihrer Tochter zu und lächelte sie an.

»Alles in Ordnung mit dir?« Paula hatte die Brauen so sehr nach oben gezogen, dass sie beinahe unter ihrem Pony verschwanden. »Hast du einen Schlaganfall oder warum siehst du mich so komisch an?«

Ina schaute wieder weg und widmete sich dem Kuchenstück. Sie liebte deutschen Käsekuchen, aber die schwedische Variante, die Nils gebacken hatte, war auch nicht von schlechten Eltern. Während der deutsche Käsekuchen sie an Sonntage bei Oma erinnerte, brachte der Ostkaka sie in ein verschneites Waldhaus, wo der Duft von angerösteten Mandeln in der Luft hing. Beide hatten absolut etwas für sich!

Und dann zuckte sie vor Schreck zusammen, weil ein Kind hinter ihr hysterisch zu kreischen begann.

»Mama, guck mal, das lustige Schaf!«

Paula drehte sich zu dem Kind. »Das ist kein Schaf«, sagte sie in wirklich gutem Schwedisch. »Das ist ein Alpaka!«

Sowohl Agneta als auch Ina sahen sie mehr als überrascht an.

»Was denn«, sagte diese wieder auf Deutsch. »Glaubt ihr, ich komme nach Schweden, ohne nicht wenigstens ein bisschen was von der Sprache gelernt zu haben? Was ja nicht heißt, dass ich gleich damit angeben muss.« Mit einem genervt klingenden Stöhnen fegte Paula sich die Haare aus der Stirn. »Wie viele dieser unsäglichen Astrid-Lindgren-Verfilmungen habe ich mir als Kind auf Schwedisch anschauen müssen?«, gab sie in vorwurfsvollem Tonfall von sich. »Da ist schon ein wenig hängen geblieben.«

Agneta grinste sie freudig an. »Das erklärt den Dialekt.«

»Hallo, ihr drei!« Hinter dem Alpakahals kam Ashleys Kopf zum Vorschein. Sie winkte und strahlte dabei über beide Ohren. »Ich gehe mit Elvis Gassi.«

Tatsächlich führte sie das Tier an der Leine direkt am Café vorbei. »Ich glaube, es gefällt ihm.«

Elvis hob den Kopf und begann zu schnüffeln. Vermutlich roch er den Käsekuchen. Er trug ein buntes Halfter und machte mit seinen flauschigen Ohren und der neugierigen Miene jedes Kind im Café auf sich aufmerksam. Fast wie auf Kommando sprangen die Kleinen von ihren Plätzen auf. Sie eilten zu Ashley und umkreisten das Tier. Die Amerikanerin lachte und zeigte einem kleinen Jungen, wie man das Alpaka streichelte.

»Ich habe nachgedacht«, brachte Ina das Gespräch zurück zu seinem Ursprung. »Ich glaube, dass Ove recht hat. Er vertritt die Meinung, dass der Dieb jemand sein muss, der sich mit historischen Dingen auskennt und nicht nur kunstbewandert ist, sondern auch ein allumfassendes Wissen über Waffenkunde besitzt.«

»Ein Kunstsammler also«, schätzte Agneta.

»Oder ein Antiquitätenhändler.« Sie dachte an das, was Lars vermutete – dass es unmöglich ein erfahrener Dieb gewesen sein könnte, weil er bei dem Einbruch äußerst stümperhaft vorgegangen war. Aber machte das den Umstand in irgendeiner Weise besser?

»Es sieht so flauschig aus«, hörte sie eines der Kinder sagen.

»Beißt es auch wirklich nicht?«, fragte ein anderes.

»Überhaupt nicht.« Ashley lachte. »Allerhöchstens spuckt es.«

Quiekend sprangen die Kinder mehrere Schritte zurück.

Ina beobachtete ihre Tochter, die die Szenerie fasziniert verfolgte. Ihr gefiel der verträumte Ausdruck in Paulas Gesicht. Schon als Kind hatte sie Tiere über alles geliebt, und eine ganze Weile hatte Ina die Hoffnung gehegt, dass ihre Tochter einen Beruf im Veterinärbereich einschlagen würde. Stattdessen war es ein BWL-Studium geworden. Wie bei ihrem Vater.

»Vielleicht müssen wir den Kreis der möglichen Diebe etwas erweitern.« Agneta hatte sich weit über den Tisch gebeugt und die Stimme zu einem geheimnisvollen Flüstern gesenkt. Dabei drehte sie sich auffällig unauffällig zu allen Seiten um.

Wieder setzte Ina die Gabel ab. »Was meinst du damit?«

»Svante«, sagte Agneta.

»Svante?! Du glaubst doch nicht etwa, dass …«

»Nein«, fiel Agneta ihr sogleich ins Wort. »Aber ich habe mit ihm gesprochen.«

»Und?«, fragte Ina ein wenig gereizt, weil sie ihr jedes einzelne Wort aus der Nase ziehen musste.

»Nun ja …« Wieder druckste sie herum. »Er hat sich wohl verplappert.« Ina blickte auf ihren Teller und dann zu Agneta, die sich gerade ein Stück des krümeligen Kuchenbodens in den Mund schob. Während sie kaute, sah sie kurz über die Schulter, als würde sie sich vergewissern wollen, dass niemand zuhörte.

»Neulich hat er wohl einen flapsigen Kommentar bei Gustavs Vorstellungsrunde gemacht.«

Ina hatte Mühe, Agneta zu verstehen, weil sie mit vollem

Mund sprach. Unaufgefordert hielt sie ihr das Limonadenglas hin, das diese auch brav ergriff und sich damit die Kuchenreste aus dem Mund spülte. »In seiner unbedarften Art hat er den Archäologen gegenüber ein paar Einzelheiten fallen lassen.«

Inas Augen weiteten sich erstaunt. »Er hat was?«

»Nun, er erwähnte diesem Olle gegenüber den Fund eines alten Schwertes.«

Ina hielt augenblicklich die Luft an. Dass Svante etwas aufgeschnappt hatte, war wohl unvermeidlich gewesen, dafür hingen sie einfach zu dicht aufeinander. Doch nie hatte er den Eindruck erweckt, als hätte er ein besonderes Interesse an ihrem Scheunenfund gehabt.

»Ich habe es mitbekommen«, erzählte ihre Freundin weiter. »Und ihn direkt angestupst, aber da hatte das Thema unter den drei Männern bereits die Runde gemacht.«

»Was genau hat er denn gesagt?«

»Nicht viel«, wiegelte Agneta sogleich ab. »Die Archäologen haben darüber gestritten, ob es wirklich einen Beweis für die kirchliche Krönung des Königs gebe oder es bloß ein Gerücht sei. Da hatte Svante gesagt, dass er etwas von dem Fund eines alten Ritterschwertes in der Nähe des Hofes gehört habe.«

»Das war aber ganz schön viel dafür, dass es nicht viel war«, fand Ina und spürte selbst, dass sie reichlich zerknirscht dreinschaute. Sie hatte allen Grund dazu. Schließlich musste sie Svante stets jedes einzelne Wort aus der Nase ziehen, während er den Archäologen gegenüber nichts Besseres zu tun hatte, als ihnen brühwarm und ausführlich vom Schwert zu erzählen.

»Vielleicht haben sie ihre Schlüsse daraus gezogen …«

Agneta zuckte mit den Schultern, mehr war dazu erst mal nicht zu sagen. Ina aber fragte sich, ob die drei vor oder nach Svennsons Tod davon erfahren hatten.

Sie legte ihre Gabel beiseite. Der Appetit war ihr endgültig vergangen.

»Das bringt tatsächlich die Archäologen ins Spiel. Wenn sie von dem Schwert wissen, wer sagt dann, dass sie es nicht auch haben wollen?«

Agneta nickte bedächtig. »Das dachte ich mir auch.«

»Ich verstehe immer nur Schwert«, kam es von Paula. »Isst du deinen Kuchen nicht mehr?«

Ehe sie verneinen konnte, hatte ihre Tochter sich den Teller schon geangelt.

Agneta betrachtete sie eine Weile. »Gefällt es dir denn bei uns, Paula?«

»Es ist schön hier.« Sie nickte, schaute dann kurz Ina an. »Ich kann verstehen, dass du alles im Stich gelassen hast, um dich hier niederzulassen.«

»Also hör mal!« Ina blies die Backen auf. »Gar nichts habe ich im Stich gelassen.«

»So?« Paula hielt ihrem Blick eisern stand. »Und was ist mit der Wohnung und deinem Buchladen?« Ohne sie aus den Augen zu lassen, blies sie sich eine Strähne aus der Stirn. »Aber das ist ja wieder mal typisch für dich.« Demonstrativ schob Paula den Teller von sich und verschränkte die Arme. »Du läufst ja gerne weg, wenn es ungemütlich wird.«

Ina atmete tief ein und suchte fieberhaft nach ihrer inneren Gelassenheit. Sie fühlte sich vollkommen überrannt von dem jähen Gefühlsausbruch ihrer Tochter.

»Das war bei Papa damals auch so!«

Ina schaute unangenehm berührt zu Agneta, die ihr beschwichtigend zulächelte.

»Menschen trennen sich nun einmal«, sagte sie, um einen sachlichen Tonfall bemüht. »Ich habe immer versucht, für dich da zu sein, Paula. Ich wollte unsere Beziehung aufrechterhalten, aber du hast es mir schwer gemacht und ständig abgeblockt. Und irgendwann hast du dich überhaupt nicht mehr gemeldet.«

»Weil du alles, woran ich geglaubt habe, verraten hast.« Sie sah ihr trotzig entgegen. »Ich weiß von der Affäre, Mama, die du all die Jahre lang versucht hast geheim zu halten. Der Seitensprung, mit dem du deine Ehe zerstört hast. Und jetzt hast du dich aus dem Staub gemacht und sämtliche Brücken hinter dir abgebrochen. Du bist geflohen!«

»Ich bin nicht geflohen«, erwiderte Ina, die immer mehr Mühe hatte, sachlich zu bleiben, denn ihre Tochter traf damit einen wunden Punkt. Natürlich hatte sie mit ihrer Langzeitaffäre ihre Ehe aufs Spiel gesetzt. Aber ohne diese Auszeiten mit Viggo hätte ihre Ehe womöglich niemals so lange gehalten. »Ich brauchte einen Neuanfang. Ich bin zu jung, um ein Leben allein zu führen. Und du warst nicht mehr da.«

Paula schnaufte so sehr, dass sie damit ein paar Kuchenkrümel vom Teller fegte.

In das erdrückende Schweigen hinein, das auf das Schnaufen folgte, meldete sich Agneta zu Wort: »Ihr beide habt ein Recht auf eure Gefühle. Aber es ist auch an der Zeit, nach vorne zu schauen und zu versuchen, die Brücke zwischen euch wieder aufzubauen.«

Der Trotz stand ihrer Tochter noch immer ins Gesicht geschrieben. Dennoch war Ina dankbar für Agnetas rührende Worte – ausgerechnet aus dem Mund der Frau, mit dessen Mann Ina diese verbotene Affäre gehabt hatte. Sie gab sich einen Ruck. Zögerlich streckte sie die Hand aus und legte sie auf Paulas.

»Ich wollte immer für dich da sein, das musst du mir glauben.« Ihre Tochter zog die Hand weg und versetzte Ina damit einen tiefen Stich. Doch sie bemühte sich, sich nichts anmerken zu lassen, und setzte ein warmes Lächeln auf. »Jetzt bist du hier«, sagte sie. »Und wir können über alles reden.«

»Bleib, solange du möchtest«, schlug Agneta vor. »Du bist herzlich willkommen.«

Paula nickte kaum sichtbar.

Wenigstens etwas, fand Ina. Sie beobachtete ihre Tochter eine Weile, wusste aber nicht, was sie noch sagen sollte. Das Schweigen zermürbte sie, und wieder war es Agneta, die es durchbrach.

»Paula, vielleicht würde dir eine Aufgabe guttun.« Sie sah über den Tisch hinweg, hinunter zu dem Weg, auf dem die Kinder noch immer damit beschäftigt waren, ihre Streicheleinheiten an das Alpaka zu verteilen. »Vielleicht könntest du Ashley im Streichelzoo aushelfen.«

Ina stimmte begeistert zu: »Das wäre doch die ideale Beschäftigung für dich!«

Ihre Tochter stieß ein sarkastisches Lachen aus. »Ich und all die Kinder? Glaubst du ernsthaft, das wäre eine gute Idee, Mama?«

Ina war verblüfft von der heftigen Reaktion. »Es war bloß ein Vorschlag. Bestimmt würde es dir helfen, dich hier einzuleben und ein wenig abzulenken.«

»Wovor sollte ich mich denn ablenken?«

Ina sah ihre Tochter lange an, versuchte, aus ihrem Blick schlau zu werden. Etwas tief Verletztes lag darin. Es war mehr als eindeutig, dass dieser Leo aus Meersburg ihr das Herz gebrochen hatte. Ina kannte sich mit dem Gefühl aus. Wenn es auch wenig gab, was sie und ihre Tochter noch verband, dann war es dieser Herzschmerz.

»Außerdem werde ich doch gar nicht lange bleiben.« Sie schob die Unterlippe nach vorn, aber ihr Tonfall war längst nicht mehr so trotzig.

»Jeder auf dem Hof hat seine Aufgabe«, sagte Agneta. »Da spielt es keine Rolle, wie lange jemand bleibt.«

18
MORD IM AFFEKT

Lars' Schritte hallten durch den langen, schmal beleuchteten Korridor des rechtsmedizinischen Instituts in Växjö. Es war eine befremdlich-sterile Atmosphäre, eine, die das Atmen erschwerte. Zumal die Luft durchzogen war von einem beinahe metallischen Geruch, der immer wieder leicht in seiner Nase stach. Ohne Weiteres konnte er sich vom Fleck weg eintausend bessere Orte auf dieser Welt vorstellen, an denen er an diesem Morgen lieber wäre. Auf einem See mit einer Angel zum Beispiel. Oder noch lieber im Bett, um endlich seiner ausgeprägten Müdigkeit Herr zu werden. Der fehlende Schlaf steckte ihm tief in den Knochen. Als er den Tingsmålahof nach der Aufnahme des Diebstahls wieder verlassen hatte, war es bereits zu spät gewesen, um sich noch einmal aufs Ohr zu hauen. Also hatte er seinen Vater in der gemeinsamen Wohnung abgesetzt und war direkt zur Wache gefahren, um den lästigen Papierkram hinter sich zu bringen. Dort hatte er auch sofort die Spurensicherung für Inas Bungalow beauftragt, insbesondere für die Bereiche Bad und Kamin. Jeden Winkel des Tatorts wollte er untersucht haben. In seinem anschließenden Bericht hatte er offengelassen, welche Bedeutung das gestohlene Schwert womöglich hatte. So war er recht schnell mit allem fertig gewesen. Der Plan war, dafür früher seinen Dienst zu beenden. Doch diesen Plan hatte ein ausgebüxtes Rennpferd gründlich durchkreuzt. So wurden es auch am Nachmittag ein paar Überstunden mehr. Und das ausgerechnet an dem Tag, an dem sein Vater mit dem Wocheneinkauf auf ihn gewartet hatte. Natürlich hatten sie sich fürchterlich gestritten. Sein Vater war wütend, weil er zu spät zum Einkauf kam, und Lars war wütend, weil sein Vater ihm nichts von diesem Schwert erzählt hatte. Immerhin war das der augenscheinliche Grund, warum Arnulf Svensson überhaupt zum Hof gekommen war. Und nun war ebendieser Arnulf der Grund, warum Lars schon wieder viel zu früh aus dem Bett musste, um die einstündige Autofahrt nach Växjö auf sich zu nehmen.

Er blieb vor einer schweren grauen Tür stehen, auf der ein Schild mit der Aufschrift *Obduktion* prangte. Mit einem tiefen Atemzug sammelte er sich. Es war nie einfach, sich auf solche Momente vorzubereiten, auch wenn er sie schon unzählige Male zu seinen Zeiten als Großstadtpolizist in Stockholm durchlebt hatte.

Er klopfte kurz und trat ein.

Das grelle Licht schlug ihm so arg entgegen, dass er heftig dagegen anblinzelte. Er klappte den Kragen seiner Uniformjacke hoch, denn es war kalt in diesem bis zur Decke mit weißen Kacheln ausgekleideten Raum. Zur zusätzlichen Unbehaglichkeit trug ein bedrohlich glänzender Edelstahl-Obduktionstisch bei, der in der Mitte stand. Darauf zeichnete sich die Silhouette eines menschlichen Körpers ab, komplett verhüllt, sodass sogar das Gesicht verborgen war. Trotzdem war Lars sich bewusst, wer unter dem Tuch steckte.

Direkt daneben stand Benne, gekleidet in einen weißen Kittel, mit blauen Handschuhen und einer klobigen Schutzbrille, die seine Augen vergrößerte.

»Danke, dass du so schnell kommen konntest«, begann er, während Lars auf ihn zutrat. Er streckte ihm die Hand hin, zog sie aber gleich wieder zurück, vermutlich, weil er sich darüber bewusst wurde, dass er Gummihandschuhe trug. »Wir haben hier einige interessante Entdeckungen gemacht.«

»Die Brieftasche wäre schon einmal ein guter Anfang«, schlug Lars vor.

»Bedauere, die hat er nicht bei sich getragen. Aber seine Identität konnten wir dennoch zweifelsfrei feststellen.«

»Autoschlüssel?«

Benne verneinte wieder.

Das war merkwürdig. Denn von seinen Kollegen aus Strömsund wusste Lars mittlerweile, dass Arnulf Svensson einen alten Land Rover besaß, der aber nirgends auffindbar war.

»Gut.« Lars versuchte, sich die Enttäuschung nicht anmerken zu lassen. »Was habt ihr sonst?«

Der Rechtsmediziner streifte sich die Handschuhe ab und warf sie zielsicher in den offen stehenden Klappmülleimer.

»Nun«, begann er langsam, »was wir hier haben, ist eine ungefähre Ahnung von dem, was die Tatwaffe sein könnte, mit der Arnulf Svensson erschlagen wurde.«

Lars trat näher heran, als Benne vorsichtig das Tuch beiseiteschob, welches den Kopf des Kunsthistorikers bedeckte. Die offenbarte Verletzung brachte selbst Lars für einen Moment zum Stocken. Ein großes, brutales Loch klaffte am Hinterkopf des Toten. Die Haut darum herum war stark verfärbt. Schon im Rittergrab hatte diese Verletzung schlimm ausgesehen, doch in der sterilen Umgebung des Autopsieraums nahm sie eine noch entsetzlichere Dimension an.

»So etwas habe ich in meiner gesamten Laufbahn noch nicht gesehen«, murmelte Benne, während er mit einer kleinen Lampe jedes Detail beleuchtete. »Es ist überhaupt nicht vergleichbar mit den üblichen Wunden, die durch Schlagwaffen hervorgerufen werden. Die Intensität und das Muster der Verletzung sind, nun, sie sind ungewöhnlich.« Er hob den Kopf und sah Lars mit den übergroßen Augen ernst an. Dieser schluckte trocken und zwang sich dazu, wieder auf die beleuchtete Stelle zu schauen. Er verstand, was sein Kollege meinte.

»Aufgrund des ungewöhnlichen Fundorts und der Art dieser Wunde habe ich Dr. Lindberg hinzugezogen. Er ist ein Spezialist für historische Verletzungen. Und tatsächlich – so etwas hat er nicht zum ersten Mal gesehen. Er kennt derartige Verwundungen von Schädeln, die bei mittelalterlichen Ritterschlachten gefunden wurden.«

Lars spürte den Druck hinter der Stirn, während er versuchte, das gerade Gehörte zu verarbeiten. Ganz erschloss sich ihm dieser Sachverhalt nicht. Er lächelte unsicher.

»Nun gut«, sagte er. »Aber ich glaube nicht, dass unser Opfer an einer Ritterschlacht teilgenommen hat.«

»Vielleicht ja doch«, sagte Benne, ohne ein Anzeichen von Belustigung in seiner Stimme erkennen zu lassen. »Dr. Lindbergs erster und stärkster Verdacht: ein Kriegshammer.«

Auf Lars' fragenden Blick hin wurde er konkreter: »Es ist eine mittelalterliche Waffe, die speziell dazu entworfen wurde, Rüstungen zu durchbrechen und tödliche Wunden zuzufügen.«

»Um Schädel einzuschlagen.« Lars fuhr sich angestrengt über das Gesicht.

»Auch das«, bestätigte Benne. Er drehte sich vom Obduktionstisch weg und steuerte zielstrebig den Schreibtisch an, auf dem ein Computerbildschirm stand. Durch ein kurzes Rütteln an der Maus schickte er den Bildschirmschoner in den Ruhezustand und enthüllte das Foto einer brachial aussehenden Waffe.

Ungeduldig winkte er Lars zu sich. »Das hier«, erklärte er mit einem Fingerzeig auf den Bildschirm, »ist ein Kriegshammer.«

Lars trat näher heran und beugte sich vor, um das Bild genauer zu betrachten. Der Gegenstand auf dem Foto hatte einen langen, robusten Schaft, vermutlich aus Eichenholz. Der Hammerkopf selbst war aus dunklem Metall, die eine Seite flach und breit, während die gegenüberliegende Seite in eine gefährlich aussehende, dornartige Spitze auslief. Lars war beeindruckt von dem Anblick. Er fand, dass diese Waffe sowohl eine gewisse Eleganz als auch eine unfassbare Brutalität vermittelte.

»Ihr seid euch sicher, dass etwas Derartiges die Tatwaffe gewesen sein könnte?«

Bennes Blick war noch immer fest auf das Bild gerichtet, aber er nickte. »Zu neunzig Prozent«, antwortete er mit der Klarheit und Präzision, die für ihn typisch war. »Die Verletzungen, die Form und die Intensität des Schlages, alles passt zu dieser Art von Waffe. Es ist zwar eine ungewöhnliche Tatwaffe, aber die Indizien sprechen für sich.« Seine Miene verfinsterte sich. »Ganz besonders in Anbetracht des außergewöhnlichen Fundortes. Vermutlich war ein Kriegshammer Teil der Grabbeigabe des Ritters.«

Während Lars den Bildschirm weiterhin fixierte, überschlugen sich seine Gedanken. In seiner Ausbildung hatte man ihm immer wieder beigebracht, wie entscheidend es war, die Tatwaffe ausfindig zu machen. Denn sie war oftmals der Schlüssel, der direkt zum Täter führte. Aber dieser Fall war anders. Ein Kriegshammer als Mordwaffe in der heutigen Zeit? Das war mehr als ungewöhnlich. Seine Stirn legte sich in Falten, als er Benne anschaute.

»Du glaubst wirklich, dieser Kriegshammer hätte eine Grabbeigabe gewesen sein können? Und der Täter hat ihn lediglich entwendet, um …«, er zögerte einen Moment, »um diese schreckliche Tat auszuführen?«

»Angesichts des Fundorts ist das doch wohl eine durchaus plausible Theorie«, antwortete der Rechtsmediziner, ohne zu zögern. »Mein Kollege hat mir bestätigt, dass solche Waffen den Verstorbenen in ihrem nächsten Leben schützen und seinen bedeutenden Status als Kämpfer untermauern sollten.«

Erst das Schwert, dann der Kriegshammer. Hinter Lars' Stirn ratterten die Zahnräder.

Benne fixierte Lars. »Was denkst du?«, fragte er schließlich. »Was ist deine Theorie dazu?«

Lars wandte den Blick vom Obduktionstisch ab. »Wer auch immer der Täter war, es ist nicht auszuschließen, dass Arnulf Svensson nicht vorsätzlich ermordet wurde. Es könnte ein Mord im Affekt gewesen sein, bei dem der Täter einfach die sich ihm bietende Waffe genutzt hat.«

Er ließ einen Moment verstreichen, bevor er hinzufügte: »Es wäre nicht das erste Mal, dass jemand in der Hitze des Augenblicks etwas tut, was er später bereut. Und wenn du bedenkst, wo der Mord stattfand – in einem alten Rittergrab, umgeben von Artefakten und Geheimnissen –, könnte Svensson dort auf etwas gestoßen sein, das er nicht hätte finden sollen.«

Er dachte an das Schwert und fragte sich gleichermaßen, wie es zu alldem passte. Da es sich zum Zeitpunkt der Tötung laut der Spurensicherung nicht im Grab befunden hatte, konnte es wohl kaum der Grund für den Mord sein. *Oder?*

Er dachte an das Rittergrab zurück, an den Fundort der Leiche, die nun vor ihm auf dem Obduktionstisch lag. »Hast du etwas entdeckt, alter Mann, was nicht für deine Augen bestimmt war?« Dann wandte er sich Benne zu. »Da stellt sich uns bloß die Frage: Wo ist die Waffe jetzt?«

Schwedisch für Anfänger – Teil 9

»Finns de hjärterum finns det stjärterum.«
Wörtlich: Wenn Platz im Herzen ist,
gibt es auch Platz für den Popo.
Bedeutet: Platz ist in der kleinsten Hütte.

19

VIELLEICHT, VIELLEICHT, VIELLEICHT …

Ina lehnte sich an den grob gezimmerten Holzzaun des Streichelzoos und beobachtete ihre Tochter bei der Arbeit. Sie war noch immer überrascht darüber, dass Paula wirklich den Vorschlag angenommen hatte und Ashley bei den Tieren zur Hand ging. Obwohl Paula aus allen Poren schwitzte, zeichnete sich ein Grinsen auf ihrem Gesicht ab. Zum ersten Mal, seit sie auf dem Hof angekommen war, wirkte sie glücklich. Und das trotz der anstrengenden Arbeit. Gerade schaufelte sie den Mist der Esel und Ziegen in eine Schubkarre und wurde umschwirrt von Mücken, was sie jedoch genauso wenig zu stören schien wie der strenge Geruch. Für Ina war es ein faszinierender Anblick, als ob sie eine völlig neue Person betrachten würde. Früher hatte Paula stets makellose modische Outfits getragen. Ihre Haare waren immer perfekt gestylt gewesen. Nun aber steckten Paulas Füße in schmutzigen moosgrünen Gummistiefeln, die sie sich von Agneta ausgeliehen hatte, und ein paar rebellische Strähnen klebten in ihrem Gesicht, während das restliche Haar zu einem unordentlichen Zopf geflochten war. Das letzte Mal hatte sie ihre Tochter so ausgelassen erlebt, als sie gemeinsam die kleine Gartenfläche hinter dem Mietshaus in ein Gemüsebeet verwandelt hatten. Damals war Paula neun.

Ein wenig abseits, fast als ob es die Szene in aller Ruhe betrachten wollte, stand das Alpaka. Es zupfte an den grünen Grashalmen und beäugte sie und Paula mit einem misstrauischen, aber auch neugierigen Blick.

»Du machst das wirklich gut«, bemerkte Ashley, die mit zwei Taucherflaschen am Stall vorbeikam.

Paula lachte. »Ich schaufele Mist«, erwiderte sie gut gelaunt. »Das ist keine Atomwissenschaft.«

»Aber du hilfst mir damit ungemein.« Ashley stellte die Flaschen ab, wischte sich mit dem Handrücken den Schweiß von der Stirn und setzte einen fragenden Blick auf. »Deine Mutter hat mir erzählt, dass du eine Weile in einer Tauchschule gearbeitet hast?«

Paulas Lachen erstarb. »Ja.« Sagte sie knapp. »Mein Ex-Freund betreibt eine am Bodensee.«

»Und du kannst tauchen?«

Ein knappes Nicken. »In Deutschland habe ich sogar eine Ausbildung zur Tauchlehrerin gemacht.«

»Das trifft sich gut.« Ashleys Lächeln wurde noch eine Spur breiter. »Wie wäre es, wenn du mir auch bei meinen Tauchstunden zur Hand gehen würdest?« Sie richtete den Blick kurz auf den See. »Ich könnte wirklich Hilfe gebrauchen. Es werden immer mehr Gäste, die Lust auf einen Schnuppertauchkurs haben. Allein morgen haben sich drei Gruppen angemeldet.«

Ina sah ihrer Tochter an, dass sie mit sich rang, nachdenklich auf den See blickte und einen inneren Kampf ausfocht. Vermutlich dachte sie an ihre gescheiterte Beziehung. Und doch schien ihre lebensfrohe Seite zu gewinnen.

»Ich glaube, das würde ich unwahrscheinlich gerne, Ashley.«

Die beiden grinsten sich an und Ina grinste noch mehr. Es tat gut zu sehen, wie ihre Tochter sich einbrachte. Ashley hob die Flaschen wieder an und setzte ihren Weg hinunter zum See fort.

»Sehr gut«, sagte sie über die Schulter hinweg. »Die vollen Schubkarren kannst du hinten am Waldrand leeren. Immer dem Geruch und den Fliegen nach.«

Paula schaufelte weiter. »Sie ist nett.«

Ina nickte zustimmend. »Und ob sie das ist. Aber gewöhne dich nicht zu sehr an Ashley. Sie ist nur auf der Durchreise.« Ina musste schmunzeln, weil ihre Tochter sie verdutzt anglotzte. Also fügte sie erklärend hinzu: »Seit zwei Jahren ist sie das.«

Paula hielt im Schaufeln inne und streckte das Kreuz durch. »Ich habe nachgedacht, Mama.« Sie ließ die Schaufel fallen und gesellte sich zu Ina, lehnte sich gegen den Zaun und stützte die Arme darauf ab. Eine schwere Note von Stallgeruch umgab sie, als sie sich zu ihr drehte. »Der Einbrecher muss jemand gewesen sein, der genau wusste, wo er das Schwert finden würde. So viel ist selbst mir klar. Es war also jemand, der dein Haus und vielleicht auch dich gut kennt.« Sie strich sich die widerspenstigen Haarsträhnen aus dem Gesicht und blickte sie fest an.

Ina schüttelte den Kopf. Diese Gedanken hatte sie natürlich auch schon gehabt, doch führten sie zu nichts.

»Nur Agneta und ich wussten von dem Versteck. Nicht einmal Svante war eingeweiht.«

Paula runzelte die Stirn. »Aber wie kann jemand einfach so in dein Haus eindringen und dann wieder verschwinden, ohne eine Spur zu hinterlassen?«

Ina musste lachen, denn exakt diese Frage hatte sie vorhin Lars am Telefon gestellt. Sie erzählte ihrer Tochter von dem Gespräch. »Lars hat erwähnt, dass er tatsächlich Fußabdrücke im Gras nahe dem Badezimmerfenster entdeckt hat, doch diese führten schnurstracks zur Straße und endeten dort spurlos.«

»Und dann?«, fragte ihre Tochter weiter. »Ist der Täter zu Fuß geflüchtet? Oder mit einem Auto?«

Ina zuckte die Achseln. Ein wegfahrendes Auto hätten sie beide wohl gehört. Es sei denn, der Täter hätte es weiter weg geparkt.

»Und wie will er den Dieb nun finden?«

Auch darauf wusste Ina keine Antwort.

Paula holte Luft. »Mir gefällt das nicht«, sagte sie. »Da wirst du mitten in der Nacht überfallen. In deinem eigenen Haus, an diesem wirklich idyllischen Flecken Erde.« Sie schaute in Richtung des Sees. »Ich kenne mich zwar nicht mit der Aufklärungsrate von Diebstählen in Schweden aus, aber ein Gefühl sagt mir, dass die Wahrscheinlichkeit, den Täter zu finden, äußerst gering sein dürfte. Ich meine, wenn die Polizei nicht mal einen Anhaltspunkt hat.«

Ina wusste da kaum mehr als ihre Tochter, was ihre neue Heimat anging. In einem Ratgeber hatte sie jedoch einmal gelesen, dass die Aufklärungsrate bei Wohnungseinbrüchen in Deutschland unter zwanzig Prozent lag. Das waren alles andere als rosige Aussichten.

»Und dennoch verlässt du dich auf Lars?« Paula sah sie forschend an.

»Er ist ein fähiger Polizist.« Aus irgendeinem Grund hatte sie das dringende Bedürfnis, Lars vor ihrer Tochter nicht schlecht dastehen zu lassen. Immerhin hatte er ihr schon einmal das Leben gerettet. Das schmierte sie Paula natürlich nicht aufs Brot, sie musste sich schließlich nicht noch mehr Sorgen um sie machen.

»Und überhaupt«, sie sah Paula von der Seite an. »Was bleibt uns denn anderes übrig, als auf die Polizei zu hoffen?«

Ihre Tochter klopfte sich den Dreck von der Hose.

»Sie werden wohl eine Fahndung ausschreiben«, sprach Ina weiter. »Nach dem Schwert.«

Paula prustete drauflos. »Und du glaubst, das wird etwas bringen?«

Davon ging Ina nicht aus, aber sie wollte die Hoffnung nicht aufgeben. An jeden noch so kleinen Strohhalm würde sie sich klammern, um herauszufinden, wer das Schwert gestohlen hatte. Vom Dieb würde bestimmt eine Spur zu Arnulfs Mörder führen. Sofern es sich nicht sogar um ein und dieselbe Person handelte.

»Wir haben sehr detaillierte Fotos des Schwertes«, erklärte sie ihrer Tochter. »Zudem ist Ove im Besitz einer originalgetreuen Nachbildung. Sie sieht dem Schwert, das aus dem Versteck gestohlen wurde, zum Verwechseln ähnlich.« Sie erzählte ihr, dass Ove es neulich mitgebracht hatte, um es mit dem vermeintlichen Original abzugleichen. Paula hörte ihr gebannt zu, sie war sichtlich fasziniert von diesem Thema.

»Warum wurde denn überhaupt eine Nachbildung des Schwertes hergestellt?«

Also erzählte ihr Ina von der Theorie, was es mit diesem Schwert auf sich haben könnte. Von den jahrhundertealten Überlieferungen, den Zeichnungen dieses Artefakts, das ein großes Mysterium unter Historikern war. Es existierten zwar Abbildungen und schriftliche Erwähnungen, aber das eigentliche Schwert fehlte, was höchst ungewöhnlich war. Nicht mal eine Spur gab es. Sie erläuterte ihrer Tochter ebenfalls die Tragweite dieses Fundes.

»Das Schwert würde den ultimativen Beweis erbringen, dass Schwedens erster König tatsächlich von der Kirche gekrönt wurde.«

»Und wem bringt diese Erkenntnis etwas?«, erkundigte sich Paula.

Ina schmunzelte, weil sie genau diese Frage bereits Ove gestellt hatte.

»Ein solcher Fund würde Licht auf eine bisher unklare Episode der schwedischen Geschichte werfen«, entgegnete sie. »Und das wiederum könnte das Verständnis der Entwicklung von Staat und Kirche in diesem Land vertiefen.« Es waren Oves Worte, nicht ihre. »Für Historiker und Archäologen wäre der Fund eines solchen Beweisstücks ein bedeutender Meilenstein«, erklärte sie es nun mit ihren eigenen Worten. »Ungefähr so, als würde man in Deutschland einen eindeutigen Anhaltspunkt auf den Nibelungenhort finden.«

»Hm«, machte Paula. »Dann verstehe ich, warum es gestohlen wurde. Aber ich kapiere nicht, wie ihr so ein wertvolles Stück einfach für euch behalten konntet.«

»Das haben wir doch gar nicht getan!«, echauffierte Ina sich. »Wir wollten es an die schwedische Königsfamilie übergeben … sobald die Echtheit bestätigt worden wäre.«

»Von diesem Kunsthistoriker.«

Ina nickte.

»Der inzwischen tot ist.«

»Nun … ja.«

Paula sah sie lange und eindringlich an. »Das gefällt mir nicht, Mama.«

»Mir doch auch nicht.« Das war eine absolute Untertreibung. Es ängstigte sie sogar regelrecht.

»Ich glaube, es braucht keinen weiteren Beweis mehr«, sagte Paula. »Nach allem, was du mir erzählst, liegt es doch auf der Hand, dass ihr auf etwas äußerst Kostbares gestoßen seid. Wenn sogar Menschen dafür sterben mussten ...«

»Wir wissen noch nicht, ob Arnulfs Tod wirklich mit dem Schwert in Verbindung steht.«

»Ist klar.« Paula lachte verhalten. »Bestimmt war es purer Zufall, dass der Fachmann, der die Echtheit dieses Fundstücks bezeugen sollte, tot in eurem angrenzenden Wald gefunden wurde. In einem Rittergrab, wohlgemerkt.« Sie neigte den Kopf und beäugte Ina abschätzig. »Zufälligerweise von dir.«

Ina schluckte angestrengt, weil sie sich selbst eingestehen musste, dass das eine Art von Zufall war, die wohl nicht jedem gefiel. Und das, wo Lars so schnell dabei war, unschuldige Menschen in Untersuchungshaft zu nehmen.

Insgeheim wünschte sie sich, diesen Verschlag in der abgebrannten Scheune niemals gefunden zu haben. Wie einfach ihr Leben dann wäre – ohne Schwert und ohne Zweifel an Viggos Ableben.

»Wie gut war denn diese Nachbildung?«, hakte Paula nach. Ihrem Gesichtsausdruck nach schien ihr plötzlich eine Idee gekommen zu sein.

»Sie war erstaunlich detailliert«, erklärte Ina. »Wenn du die Replik neben das echte Schwert legen würdest, könntest du kaum einen Unterschied feststellen.«

Ihre Tochter bedachte sie mit einem unergründlichen Blick. Dann blitzte etwas in ihren Augen auf. »Mama ... vielleicht habe ich da eine Idee.«

Ina war ganz Ohr.

»Was wäre, wenn wir dem Dieb weismachen könnten, dass er nicht das echte Schwert, sondern lediglich die Fälschung erwischt hat? Die Nachbildung?«

Ina sah sie erst verständnislos, dann immer aufmerksamer an. Auf einmal verspürte sie eine fiebrige Unruhe. Vielleicht war diese Idee gar nicht schlecht.

»Du meinst …«, begann sie zögernd.

Paula schlug ihre Faust in die offene Handfläche. »Wir stellen dem Dieb eine Falle«, sagte sie im Brustton der Überzeugung. »Sofern wir davon ausgehen können, dass er sich noch in der Nähe befindet.« Sie holte tief Luft. »Und ich glaube, das können wir, immerhin muss er sich ausgekannt haben. Zumindest wusste er, wo er zu suchen hatte.«

Dieser Gedanke bereitete Ina Unbehagen. Ihr gefiel die Vorstellung überhaupt nicht, dass die Person, die bei ihr eingebrochen war, jemand sein könnte, den sie womöglich kannte. Sie musterte ihre Tochter, die jetzt schwieg. Doch Ina sah ihr an, dass es hinter ihrer Stirn ratterte.

Das Alpaka näherte sich den beiden bis auf eine Handlänge Abstand, hob den Kopf und schnupperte.

»Eine Falle«, wiederholte Ina langsam.

»Ganz genau.« Paula nickte so entschieden, dass ihr Zopf sich ein Stück weiter auflöste.

»Wir müssen an die Öffentlichkeit, damit der Dieb erfährt, dass er das falsche Schwert gestohlen hat.«

Ina kniff die Augen zusammen. »Wie sollen wir das anstellen?«

Elvis war nun so nah, dass Ina nur die Hand ausstrecken musste, um ihn zu streicheln. Doch sie zögerte, wollte nicht zu forsch vorgehen. Vorsichtig schnupperte das Tier an ihr.

Paula warf die Hände in die Luft. »Das weiß ich doch auch nicht.«

Wieder gaben sie sich einem brütenden Schweigen hin, dann meinte Paula: »Es muss irgendetwas sein, mit dem wir die Aufmerksamkeit von Geschichtsinteressierten erlangen könnten.«

»Und was soll das sein?«, fragte Ina und gab sich im nächsten Moment die Antwort selbst: »Eine Lesung!« Sie schrie es förmlich aus – derart laut, dass das Alpaka zusammenzuckte und mit einem Satz das Weite suchte.

»Wir veranstalten eine Lesung«, sprach Ina leiser weiter, obwohl das Tier längst davongaloppiert war. »Und zwar mit Ove. Als Highlight des Abends werden wir das vermeintliche echte Reichsschwert präsentieren.«

Sie sah ihre Tochter nach Zustimmung heischend an. Paula nickte bedächtig.

»Das könnte funktionieren.«

»Der Dieb soll denken, er hätte das falsche Schwert gestohlen.«

»Damit locken wir ihn aus der Reserve.« Paula zeigte ihrer Mutter ein diabolisches Grinsen. Doch dann wirkte sie plötzlich unsicher. »Glaubst du wirklich, das könnte funktionieren? Auf jeden Fall sollten wir den Polizisten verständigen. Mir wäre wohler, wenn er mit dabei wäre.«

»Ich weiß es nicht, ob es klappen wird.« Ina verzog das Gesicht. »Aber einen besseren Plan haben wir wohl nicht.« Sie dachte über ihr Vorhaben nach, es war gespickt mit vielen Wenn und Aber. Voraussetzung war, dass der Dieb tatsächlich noch in der Nähe und nicht längst über alle Berge war. Obendrein musste sie hoffen, dass er nicht Profi genug war, um zu erkennen, ob seine Beute echt oder falsch war.

Eine kleine Hoffnung hatte sie. Lars hatte bemerkt, dass er äußerst stümperhaft zu Werke gegangen war. Vielleicht traf diese Amateurhaftigkeit auch auf seine Fähigkeiten als Kunstkenner zu.

Vielleicht. Vielleicht, vielleicht …

Normalerweise hätte sie eine Nacht darüber geschlafen und geschaut, ob ihr diese Idee auch am nächsten Tag noch gefiel. Doch was war in diesen merkwürdigen Zeiten schon normal? Mit dem Gefühl, dass ihr die Zeit durch die Finger rann, wollte sie am liebsten sofort Klarheit schaffen – und das bedeutete, dass ihr Stargast bei der Lesung involviert werden musste. Sie griff nach dem Telefon und wählte Lars' Nummer, der beim ersten Klingeln abnahm, aber reichlich verdutzt wirkte, weil sie nicht ihn, sondern seinen Vater sprechen wollte. Was wiederum ein Problem war, da die beiden gerade auf dem Sprung waren und Ove bereits im Auto saß.

Und wenn schon, dachte Ina. Dann muss der Prophet eben mal wieder zum Berg hinauf.

Sie beendete das Gespräch und grinste ihre Tochter an, während sie an ihr hinabsah und sie beschnupperte.

»Zieh dich um und trag ein Deo auf«, sagte sie mit gerümpfter Nase. »Wir beide fahren einkaufen.«

Schwedisch für Anfänger - Teil 10

»Pengar kan köpa en fin hund, men bara vänskap kan få den att vifta på svansen.«
Wörtlich: Mit Geld kann man einen schönen Hund kaufen, aber nur Freundschaft bringt ihn dazu, mit dem Schwanz zu wedeln.
Bedeutet: Was nützt einem alles Geld der Welt, wenn man doch im Herzen arm ist?

20

GLAUBEN IST NICHT WISSEN

Ina umklammerte fest den Halteknauf, während Paula ihren Kleinbus schwungvoll auf den Parkplatz vor dem Supermarkt in Värnamo steuerte. Inas Fuß zuckte unwillkürlich auf der imaginären Bremse. Hinter sich hörte sie das Geschirr in den Regalen scheppern. »Liebe Güte, Paula! Muss das denn so rasant gehen? Es ist nur ein Parkplatz!«

»Entspann dich, Mama, ich hab doch alles im Griff.« Mit einem letzten herzstoppenden Schlenker stellte sie sich direkt neben Lars' Streifenwagen, der zwei Parkplätze in Beschlag nahm.

Ina stieß ein stilles Stoßgebet gen Himmel, als Paula den Schlüssel umdrehte und damit den Motor ersterben ließ. Mit noch immer flatternden Nerven schnippte sie ihrer Tochter eine Zehnkronenmünze zu. »Du besorgst einen Wagen, wir treffen uns im Eingangsbereich.«

Ohne eine Antwort abzuwarten, stieg Ina aus dem Camper. Zeitgleich mit ihrer Tochter warf sie die Tür zu.

An diesem Nachmittag war die Hölle los. Der Parkplatz war voller Menschen, die leere Einkaufswagen in den Markt schoben und mit gut gefüllten herauskamen.

»Und das muss jetzt wirklich so dringend sein?«, fragte Paula, als sie mit einem erbeuteten Wagen zu ihr aufschloss.

»Hättest du ihn nicht einfach anrufen können oder warten, bis er wieder zu Hause ist?«

»Nein. Nein und nein«, beantwortete Ina pflichtgemäß all ihre Fragen. Sie standen nun direkt im Eingangsbereich und Ina ließ den Blick auf der Suche nach Lars und seinem Vater in alle Richtungen schweifen. »Manche Dinge erledigt man besser persönlich.«

Überall waren Menschen, die sich durch die Regalreihen schoben. Die Kassierer versuchten, den Ansturm an Kunden so schnell wie möglich abzuarbeiten, wobei ihre Hände in einer fast automatischen Bewegung über die Scanner flogen. Danach ging es um einiges gemächlicher zu. Ina war einmal mehr darüber erstaunt, welch stoische Gelassenheit die Schweden beim Einkauf an den Tag legten. Zunächst wurde bezahlt und dann erst wurden die Einkäufe in aller Seelenruhe in die Tüten verstaut. *In Deutschland wäre das undenkbar!*

Trotz aller Bedächtigkeit überforderte der Trubel an Menschen ihre Synapsen. Nach all den Wochen in der Einöde war sie einen derartigen Tumult überhaupt nicht mehr gewohnt. Kurz glaubte sie, dass sie Lars und Ove in dem Gedränge niemals finden würde, doch dann sah sie die beiden in der Obstabteilung stehen und streiten.

»Himmel, Paps, du weißt doch noch nicht mal, was das ist. Warum sollten wir das Ding dann kaufen?!«

Während Ina und Paula sich auf die beiden Streithähne zubewegten, reckte Lars seinem Vater ein seltsam geformtes Stück Obst entgegen. Vielleicht war es auch ein Gemüse. Ina hatte keinen Schimmer.

»Natürlich weiß ich, was das ist«, erwiderte Ove sofort und setzte sich die Brille auf die Nase, die an einer neonfarbenen Schnur um seinen Hals baumelte. Er beugte sich vor zum Regal und las das kleine Schild. »Das ist eine Ch…, Che…, Cherimoya.«

»Herrgott! Du kannst es ja kaum aussprechen.«

Ove richtete sich empört auf. »Weil die Schrift auf dem Schild aber auch verdammt klein ist!«

Lars stieß ein beherztes »Ha!« aus. »Also gibst du zu, dass du keine Ahnung hattest, was du da in den Händen hast.«

»Hatte ich wohl! Eine Che… Cheri…«

»Lass gut sein, Paps!« Lars schnaubte wie ein Walross. »Die kommt mir auf jeden Fall nicht in den Einkaufswagen.«

»Von wegen! Das ist *mein* Einkaufswagen.« Ove rüttelte an selbigem. »Schließlich steckt *mein* Zehnkronenstück in dem Schlitz!«

»Den kannst du dir meinetwegen sonst wohin stecken, du … Ina!«

Lars musste sie aus dem Augenwinkel erspäht haben. Er fuhr ruckartig herum und klatschte sich ein angestrengtes Grinsen ins Gesicht. In einer fließenden Bewegung sah er an Ina vorbei. »Paula!«

Ihre Tochter beäugte er entscheidend länger und auch das Lächeln wirkte gar nicht mehr so angestrengt-künstlich. »Hübsche Gummistiefel«, säuselte er.

Ina warf ihrer Tochter einen tadelnden Seitenblick zu. »Hab ich dir nicht gesagt, du sollst dich umziehen?« Dann schnüffelte sie demonstrativ an ihren Achseln. »Wenigstens hast du meinen Ratschlag in Sachen Deo befolgt.«

»Ich war gerade bei den Tieren«, wandte Paula sich an Lars und vollführte eine Geste, die vor allem sie selbst präsentierte.

»Tiere sind toll«, sagte Ove, der den Moment der Unachtsamkeit seines Sohnes schamlos ausnutzte, um drei weitere dieser exotischen Früchte in den Einkaufswagen zu schmuggeln. Er versteckte sie unter zwei XXL-Tetra Paks Blaubeersuppe.

»Schön, euch zu sehen.« Er winkte ihnen freudig zu und setzte die Brille ab, die nun bei jeder Bewegung genau über seinem Bauchansatz auf und ab wippte. »Was ein Zufall, euch beim Einkaufen zu treffen.«

»Kein Zufall«, stellte Ina klar. Sie nahm Lars blinzelnd in Augenschein. »Hat dein Sohn dir denn nicht erzählt, dass ich dich sprechen wollte?«

»Ich wollte es ihm erzählen«, mischte Lars sich sofort ein. »Aber da meinte der feine Herr ja unbedingt, meine Radiosender verstellen zu müssen, und …« Er senkte schuldbewusst den Kopf. »Da hab ich es vergessen.«

Ina winkte ab. »Macht ja nichts.«

»Und?«, fragte Ove, der nun direkt vor ihr stand.

»Was – ›und‹?«

»Na, was wolltest du denn von mir?«

»Oh! Ja genau. Ich möchte dich einladen«, sagte sie geradeheraus.

»Einladen?« Ove strahlte. »Na, das ist ja wunderbar.« Er warf einen Blick zu seinem Sohn, der nicht minder überrascht dreinschaute. »Und wohin willst du mich einladen?«

»In meinen Buchla… Ich meine, in meinen Souvenirladen.«

Ove strahlte noch immer, allerdings mischte sich zunehmend Verständnislosigkeit in seine Züge.

»Oooookay«, sagte er lang gezogen und schaffte es, dieses eine Wort wie eine Frage klingen zu lassen.

Ina nickte energisch. »Nämlich zu einer Lesung.«

Ove rieb sich die Hände. »Das ist ja wirklich wunderbar. Ich war schon seit Ewigkeiten nicht mehr auf einer kulturellen Veranstaltung.« Wieder ein Blick zu seinem Sohn. »Meine sozialen Kontakte beschränken sich zunehmend auf Menschen, die es vorziehen, die Abende vor dem Fernseher zu verbringen.«

»Weil ich arbeiten gehe und abends eben müde bin«, rechtfertigte Lars sich eine Spur zu laut.

Ove überhörte seinen Einwand. Neugierig konzentrierte er sich auf Ina. »Wer liest denn?«

»Na, du!«

Das war der Moment, in dem die Gesichtszüge des alten Mannes endgültig den Kampf gegen die Schwerkraft aufzugeben schienen.

»Ich?«, fragte er verdattert.

»Mein Vater?«, fragte Lars noch verdatterter.

»Ganz genau!« Ina machte der Verdatterung der beiden einen gründlichen Strich durch die Rechnung. Sie bedachte sie abwechselnd mit einem resoluten Lächeln. Und dann erzählte sie ihnen zwischen Tomaten, Gurken, Apfelsinen und allerlei exotischen Früchten, die genauso gut von einem fremden Planeten hätten stammen können, von Paulas Idee und dem daraus entstandenen Plan.

Die beiden lauschten konzentriert. Sogar Lars konnte den Blick nicht von ihr nehmen, während er die Cherimoyas einzeln aus dem Einkaufswagen fischte und sie zurück ins Obstregal legte.

Als Ina mit Erklären fertig war, schnappte sie nach Luft und haspelte ein aufgeregtes »Und, Ove? Was meinst du dazu?«

Ove meinte nichts. Zumindest sagte er nichts.

Lars hingegen hatte eine sehr deutliche Meinung. »Das ist eine dämliche Idee. Ich kann mir beim besten Willen nicht vorstellen, dass der Täter sich wirklich blicken lässt. Und wenn doch, was glaubst du, was er tun wird – das Schwert noch einmal stehlen?«

»Vielleicht«, erwiderte Ina.

»Und ob es wirklich eine gute Idee ist, damit an die Öffentlichkeit zu gehen?« Er rieb sich das Kinn. »Ich weiß nicht.«

»Aber du weißt, wie gering die Chance ist, den Täter überhaupt aufzuspüren.«

»Hast du eine bessere Idee?«, fragte Paula ihn auf den Kopf zu.

Anscheinend hatte er keine, da er ziemlich stumm blieb.

»Ich mache es«, sagte, nein, rief Ove. »Ich werde eine Lesung halten!« In sein von Falten durchzogenes Gesicht stahl sich ein freches Grinsen. »Das habe ich seit Jahren nicht mehr gemacht! Ich glaube, das könnte mir gefallen.«

»Und überhaupt.« Lars schnaubte. »Wie soll der vermeintliche Dieb denn darauf aufmerksam werden?«

»Wir werden die Werbetrommel rühren«, erklärte Paula. »Flyer, eine Ankündigung im Radio, die regionalen Internetseiten. Tageszeitungen.«

Ina sah ihre Tochter begeistert an. »Das volle Programm«, stimmte sie zu. Und wenn einer ein Händchen dafür hatte, dann war sie es. Unzählige Lesungen hatte sie in ihrem Bücherwürmchen veranstaltet, die ausnahmslos gut besucht gewesen waren. Wenn ihr das in Potsdam gelang, dann doch erst recht in der Einöde von Småland, wo es sonst kaum eine kulturelle Unterhaltung gab.

»Du liest«, sagte Ina, »und wir werden das Publikum im Auge behalten. Im Anschluss werden wir dafür sorgen, dass der Dieb seine Gelegenheit erhält, das Schwert ein weiteres Mal zu stehlen, sodass wir ihn dieses Mal auf frischer Tat ertappen.«

Lars wirkte noch immer nicht begeistert. Er nahm Ove eine weitere Cherimoya aus der Hand, ehe sie den Weg in den Einkaufswagen finden konnte. »Ich glaube, das führt zu nichts.«

Ina zwinkerte ihm zu: »Glauben ist nicht wissen.«

»Aber eines sage ich dir.« Oves fester Blick richtete sich mitsamt erhobenem Zeigefinger auf sie. »Ich bin nicht billig!«

21
DIESE VERFLUCHTE NEUGIERDE

Ina und Agneta saßen auf den Stufen der hölzernen Veranda vor Ashleys Trailer, die einen malerischen Blick auf den kleinen Steg und das dunkle Wasser bot. Der Himmel war mit dichten grauen Wolken bedeckt und verhieß Regen, aber zum jetzigen Zeitpunkt blieb es noch trocken. Ein recht zäher Wind war aufgekommen und sorgte dafür, dass die am Steg befestigten Tretboote hin und her schaukelten.

Ashley war gerade dabei, mit Paula am Ufer des Sees die Grundlagen der Tauchausrüstung auf Schwedisch durchzugehen. Sie hatte bereits Flaschen, Flossen, Atemregler und Bleiwesten vor sich ausgelegt. Allesamt Dinge, die auch Ina schon am Leib gehabt hatte, als sie sich zu einem Schnuppertauchkurs hatte überreden lassen. Es war beruhigend zu wissen, dass sie sich nicht erneut damit befassen musste.

Ina war überrascht, wie problemlos ihre Tochter inzwischen mit der schwedischen Sprache zurechtkam. Natürlich kam es ihr dabei zugute, dass ein großer Teil der Schweden Deutsch sprach. Auf einer Homepage für Auswanderungswillige hatte sie aufgeschnappt, dass ein Viertel der Schweden problemlos imstande war, sich auf Deutsch zu verständigen. Ebenso viele Schweden waren laut dieser Website der Meinung, dass Königin Sylvias Schwedisch nach über vierzig Jahren vielleicht ein kleines bisschen mehr schwedisch klingen könnte.

Agneta rutschte ein Stück näher zu Ina: »Es ist erstaunlich, wie Paula sich macht, nicht wahr?«

Ina nickte, während sie weiterhin ihre Tochter im Augenschein hatte.

»Ich bin auch überrascht, wie sie sich bei uns schlägt. Und ich denke, dass diese neue Aufgabe mit Ashley sehr gut für sie sein könnte.«

Agneta lächelte sie an. »Sie hat dein offenes Wesen.«

Darauf wusste Ina nichts zu erwidern. Ihr kam es so vor, als würde sie Paula überhaupt nicht wiedererkennen. Früher hatten sie beide sicherlich Ähnlichkeiten in ihrem Wesen gehabt, doch nach den langen Jahren der Funkstille wirkte ihre eigene Tochter nun merkwürdig fremd und zugleich so reif und erwachsen. Nie hatte sie sich die Frage gestellt, ob ihre Tochter Charakterzüge wie die ihr eigene Offenheit zwischenzeitlich von ihr übernommen haben könnte. Und da dachte sie an Svante, der alles andere als ein offenes Wesen hatte. Dieser Mann trieb sie in den Wahnsinn mit seiner brummigen, wortkargen Art. Noch immer hatten sie nicht die Aussprache gesucht. Der vermasselte Abend in seiner Hütte stand wie ein unüberwindbares Hindernis zwischen ihnen.

Nachdenklich stützte sie das Kinn in den Händen ab. Agneta tat es ihr gleich, und Ina bemerkte, dass ihre Freundin sie dabei nicht aus den Augen ließ.

»Alles in Ordnung?«, fragte Agneta schließlich.

Ina verzog die Lippen und gab ein svantiges Brummen von sich. »Männer«, sagte sie nur. »Seit dem Abendessen in seiner Hütte ist alles anders zwischen uns.«

»Was ist denn passiert?«

Ina atmete tief durch. Eigentlich hatte sie keine Lust, darüber zu sprechen. Weder mit Agneta noch mit jemand anderem. Über ihre Gefühle zu reden fiel ihr schwer, das war schon immer so gewesen. Aber ihre Freundin hatte eine Art an sich, die sie dazu bewegte, sich ihr zu öffnen.

»Es war ein wunderschöner Abend«, begann sie. »Das Feuer im Kamin knisterte, das Essen war köstlich und die Atmosphäre zwischen uns … Nun, es lag etwas in der Luft, wenn du verstehst.« Sie machte eine kurze Pause, als sie die Erinnerungen durchlebte. »Doch dann klingelte sein Telefon. Und während des Gesprächs hat er sich völlig verändert. Plötzlich war er so … distanziert. Regelrecht abweisend hat er sich mir gegenüber verhalten. Und dann …« Sie schluckte schwer. »Dann hat er mich gebeten zu gehen.« Sie sah Agneta fest in die Augen. »Ohne eine Erklärung! Seitdem weicht er mir ständig aus, wenn ich das Telefonat auch nur erwähne. Außerdem verhält er sich seit Tagen, nun ja, recht seltsam.« Sie schlug die Augen nieder. »Ich denke, er hat was mit einer anderen Frau.«

Agneta sah sie sichtlich betroffen an. »Das glaubst du wirklich?«

Ina spielte nervös mit dem Saum ihrer Strickjacke. »Ich weiß nicht. Vielleicht bin ich ja paranoid und bilde es mir nur ein. Aber ich glaube, da war eine weibliche Stimme am anderen Ende der Leitung … Außerdem verhält er sich so merkwürdig.«

Ihre Freundin nahm ihre Hand, lächelte leicht. »Wir beide wissen, wie kompliziert Beziehungen sein können.« Ihre Miene verdunkelte sich ein wenig. »Ich kenne Svante seit sehr vielen Jahren«, sagte sie. »Obwohl Menschen sich ändern können, glaube ich nicht, dass er eine Affäre hat.«

Ina sah sie fragend an. »Warum bist du dir da so sicher?«

Agneta stieß einen lang gezogenen Seufzer aus. »Weil Svante nicht der Typ dafür ist. Das passt einfach nicht zu ihm. Er ist eine ehrliche Haut.« Sie schüttelte den Kopf. »Es muss etwas anderes sein, was er vor dir geheim halten will.«

»Aber was?«

Diese verfluchte Neugierde.

»Ich weiß es nicht.« Agneta lachte auf. »Ich glaube auch nicht, dass ich dir dabei helfen kann. Das musst du schon selbst herausfinden.«

Ina brummelte leise vor sich hin. »Mir kommt es so vor, als wäre Svante genauso ein Geheimniskrämer wie Viggo.«

»Männer eben«, stimmte Agneta zu, woraufhin beide loskicherten.

»Und du und Gustav?«, wollte Ina wissen.

Ihre Freundin sah sie verdutzt an. »Was soll mit Gustav und mir sein?«

Anstelle einer Antwort zog Ina demonstrativ eine Braue hoch. Doch ihre Freundin wich ihrem Blick aus und bückte sich nach vorn, um ein Bonbonpapier aufzuheben, das der Wind auf die Veranda geweht hatte. Sie steckte es sich in die Tasche.

»Ich mag ihn«, gab sie unumwunden zu. »Gustav scheint ein feiner Kerl zu sein.« Sie hob einen Finger, wedelte damit vor Inas Nase herum. »Nicht mehr. Nicht weniger.«

Ihr Blick verlor sich ein weiteres Mal ans Seeufer. »Zudem glaube ich nicht, dass er sich sonderlich wohl bei uns fühlt.«

Ina sah sie überrascht an. »Wie kommst du denn darauf?«

»Nun, weil er es mir gesagt hat.« Agneta seufzte. »Er meinte, dass es ihm hier bei uns zwar sehr gut gefiele, er aber nicht weiß, ob er wirklich dauerhaft für die Einsamkeit auf diesem Hof geschaffen sei.«

»Wie schade.«

Agneta nickte zustimmend. Beide verloren sich in ihren Gedanken.

Ina sah dabei zu, wie Paula sich von Ashley die Sauerstoffflasche anlegen ließ. Agneta schien diese Szenerie ebenfalls interessiert zu beobachten, doch dann wandte sie sich ihr mit einem Ruck zu.

»Hat Lars sich bei dir gemeldet? Gibt es etwas Neues wegen des Schwertes?«

Ina schüttelte den Kopf. »Bisher leider nicht. Keine Spur, kein Nichts.« Sie war sich gar nicht so sicher, ob Lars sich überhaupt bei ihr melden würde. Bislang hatte sie ihn stets aufsuchen und ihm die Würmer aus der Nase ziehen müssen. Sie musste unbedingt ein ernstes Wort mit ihm über die jeweiligen Rollen in ihrem Ermittlerteam sprechen.

Agneta stieß ein leises Schnauben aus.

»Ich glaube nicht, dass wir uns in dieser Hinsicht länger auf die Polizei verlassen können.« Ina schüttelte erneut den Kopf. »Wir müssen selbst aktiv werden.« Sie holte einen Flyer aus der Tasche ihrer Strickjacke und reichte ihn Agneta. »Paula und ich haben gestern Abend überlegt, wie wir den Dieb aus der Reserve locken könnten, und kamen da auf eine Idee.«

Agneta überflog die Zeilen auf dem Flyer, dann blickte sie auf: »Ihr wollt eine Lesung mit Ove veranstalten?« Sie sah Ina mit gerunzelter Stirn an, ehe sie sich wieder auf den Flyer konzentrierte und laut vorlas: »›… der aus seinen historischen Kunstsachbüchern rezitiert. Eine besondere Präsentation an diesem Abend wird die Enthüllung einer königlichen Reliquie sein, die in den nahen Wäldern gefunden wurde …‹«

Inas Blick richtete sich ebenfalls auf den Flyer, an dessen Seite ihre Tochter ein Foto des originalen Schwerts eingebaut hatte. Ina war nicht wenig stolz darüber, dass Paula solch ein grafisches Know-how an den Tag gelegt hatte, als es um die Gestaltung ging.

Bevor Agneta etwas dazu sagen konnte, erklärte Ina ihr in allen Einzelheiten den Plan, den sie und ihre Tochter gefasst hatten, um den vermeintlichen Dieb aus der Reserve zu locken. »Und nach der Lesung werden wir alle Gäste ins Café einladen und das Schwert an Ort und Stelle lassen, scheinbar unbeaufsichtigt.«

Agneta nickte. »Damit der Dieb das Schwert noch einmal stehlen kann.«

»Ganz genau! Wenn der Dieb nicht längst über alle Berge ist, wird er zur Lesung kommen«, sagte sie mit einer Selbstsicherheit, die nur so von ihren Stimmbändern tropfte. »Er wird sich davon überzeugen wollen, ob er wirklich das richtige Schwert gestohlen hat.«

»Und wenn er nicht kommt?« Agneta wirkte nicht ganz so überzeugt, wie Ina es sich erhofft hatte. Doch über diese Frage hatte sie ebenfalls nachgedacht.

»Dann wird es trotzdem seine Runde machen«, erklärte sie. »Er wird davon erfahren! Wenn nicht auf der Lesung, dann unmittelbar danach, weil sich das Publikmachen dieses Fundes wie ein Lauffeuer in der Kunst- und Historikerszene verbreiten wird.« Sie holte tief Luft. »Zumindest ist Ove fest davon überzeugt.« Sie versuchte, aus Agnetas Blick schlau zu werden. Besonders begeistert sah sie nicht aus. Ob sie sauer war, weil Ina all dies ohne sie geplant hatte? Aber es hatte doch schnell gehen müssen und da hatten sie und Paula sich als effektives Team erwiesen.

»Ich weiß nicht«, sagte Agneta nach einer Weile. »Es könnte gefährlich werden. Denk nur an Arnulf.«

Es verging kaum ein Moment, an dem Ina nicht an diesen Mann dachte. Das Bild, wie sie und Svante ihn im Rittergrab vorgefunden haben, würde ihr bestimmt nie wieder aus dem Kopf gehen.

»Das ist die einzige Möglichkeit, endlich die Wahrheit zu erfahren«, sagte sie in resolutem Tonfall. »Ganz bestimmt führt uns der Dieb auch zum Mörder von Arnulf.«

Und zu Viggos Mörder, fügte sie ihren Gedanken hinzu. Denn davon war sie mehr denn je überzeugt. Das Schwert war der Grund, warum ihre große Liebe hatte sterben müssen. Womöglich würde sie nie einen Beweis dafür finden. Aber tief in ihrem Herzen spürte sie, dass es so war.

Agneta vertiefte sich weiter in den Flyer. »Schon am kommenden Sonntag?«, fragte sie erstaunt.

Ina nickte. »Je schneller, desto besser! Wir dürfen dem Dieb keine Zeit zum Denken lassen.«

Agneta wirkte noch immer nicht überzeugt. Sie kniff die Augen zusammen. »Du möchtest die Lesung in deinem Laden durchführen?«

Ein weiteres entschiedenes Nicken. »Warum nicht? Eine Buchhandlung ist doch der perfekte Rahmen für eine Lesung.«

Ihre Freundin musterte sie ernst. »Bloß, dass es keine Buchhandlung ist, sondern ein Souvenirlädchen.«

»Ach, papperlapapp!« Ina winkte ungeduldig ab. Sie hatte wirklich keine Lust, sich mit solch nichtigen Wortklaubereien zu befassen.

22

EIN BESONDERER ORT FÜR EINEN BESONDEREN ANLASS

Der Holzboden knarrte leise, als die letzten Gäste Platz nahmen. Ina schaute sich um, sichtlich beeindruckt von der großen Resonanz. Wie so oft in den letzten Minuten richtete sich ihr Blick auf den Tisch auf dem Podium, auf dem sich die Konturen eines rechteckigen Gegenstands unter einem violetten Samttuch abzeichneten. Es weckte bereits die Neugier der Gäste, aber noch behielt es sein Geheimnis für sich.

Ein leises Gemurmel ging durch den Raum, als Ina sich langsam von der hinteren Ecke des Ladens zur kleinen, provisorisch hergerichteten Bühne vorarbeitete und sich direkt vor den abgedeckten Tisch stellte. Zunehmend wurde es stiller, bis nur noch einzelnes Gehüstel zu vernehmen war.

Ina wartete, bis Stille einkehrte. Dabei hätte sie am liebsten mitgehustet, so nervös war sie. Einige Sekunden lang blickte sie in die Runde, nahm jedes Gesicht in sich auf und versuchte, die Stimmung der Gäste einzuschätzen. War der Dieb unter ihnen? Es waren so viele fremde Gesichter unter den Anwesenden. Grob überschlagen waren es an die achtzig Leute, die sich in ihrem Souvenirladen eingefunden hatten. Fast alle Hofbewohner waren anwesend, sogar die Archäologen waren da, und sie erkannte viele Stammgäste, die regelmäßig den Hof besuchten. Einige wirkten neugierig, andere erwartungsvoll, und wieder andere schienen nur aus Höflichkeit gekommen zu sein. Doch sie alle hatten Inas ungeteilte Aufmerksamkeit. Denn vielleicht befand sich unter ihnen der Dieb des Schwertes, der es gewagt hatte, mitten in der Nacht in ihr Haus einzubrechen.

»Meine lieben Gäste«, begann sie mit klarer, fester Stimme. Sie spürte ein Flattern in ihrer Magengrube, war voll und ganz in ihrem Element. Erinnerungen an die vergangenen Leseabende in ihrem Bücherwürmchen drängten sich urplötzlich in ihr Bewusstsein. Genau in diesem Augenblick wurde ihr klar, wie sehr ihr diese Momente fehlten, als sie noch Buchhändlerin gewesen war und regelmäßige Lesungen in ihrem Laden veranstaltet hatte. Ganz von allein gingen ihre Mundwinkel nach oben und ein Strahlen überzog ihr Gesicht.

»Es freut mich außerordentlich, euch heute Abend hier auf dem Tingsmålahof begrüßen zu dürfen.« Sie breitete die Arme aus. »Ein besonderer Ort für einen besonderen Anlass.«

Darauf ließ sie eine kurze Pause folgen, damit ihre Worte wirken konnten: »Als kleine Buchhandlung, ich meine, als kleiner Souvenirladen …« Vereinzeltes Lachen drang aus dem Publikum. Kurz suchte sie Agnetas Blick und zwinkerte ihr neckisch zu. Zu ihrer Beruhigung lächelte diese zurück. »… ist es uns eine Ehre«, griff sie den Faden wieder auf, »eine derart spannende Persönlichkeit für eine Lesung gewinnen zu können, die wohl sämtliche Herzen aller Kunst- und Geschichtsliebhaber höherschlagen lassen dürfte.« Sie verkündete Oves Namen, doch der ging bereits im Applaus unter. Als dieser verebbte, fuhr sie fort: »Die Geschichte dieses Landes ist reich und vielfältig. Und heute Abend haben wir die Ehre, einen Kenner bei uns zu haben, der uns in die tiefste schwedische Geschichte eintauchen lassen wird.«

Während sie weitersprach, richtete sich ihr Blick unablässig auf das violette Tuch. »Als besonderes Highlight des Abends werden wir ein Exponat zum ersten Mal der Öffentlichkeit präsentieren, das für viele Kunst- und Historienkenner von außerordentlichem Interesse sein dürfte.«

Sie nahm die drei Archäologen in der ersten Reihe in den Fokus, die gebannt an ihren Lippen hingen. Bereits im Vorfeld hatte sie einen wahren Spagat vollziehen müssen, um ihnen aus dem Weg zu gehen. Der Flyer für die Lesung, auf dem ein altertümliches Schwert abgebildet war, hatte sicherlich etliche Fragen aufgeworfen.

Vorne an der Seite stand Lars, dessen bloße Anwesenheit sie enorm beruhigte. Sie war froh, ihn in den Plan eingeweiht zu haben. Es tat einfach gut, ihn für alle Eventualitäten vor Ort zu haben.

Sie vollführte eine kleine Verbeugung – als Signal, dass ihre Eröffnungsrede zu Ende war. »Und nun, ohne weitere Umschweife, übergebe ich das Wort an Ove.«

Ein herzlicher Applaus begleitete Ina, als sie die Bühne verließ und der Stargast ihre Stelle einnahm. Der erste Lesungsabend in ihrem Souvenirladen hatte begonnen.

Ove nahm auf dem samtigen Plüsch-Ohrensessel Platz, der neben dem Tisch stand, räusperte sich und legte mit seinem Programm los: »Im Herzen Schwedens, im prunkvollen Königspalast von Stockholm, liegt eine Sammlung von Schätzen, die die Geschichte des Landes erzählt. Juwelen, Ringe, Diademe … Aber nicht alle Stücke haben es dorthin geschafft. Manche sind über die Jahrhunderte hinweg verschollen. Und eines dieser Stücke ist besonders faszinierend …«

Ina lauschte den Worten. Und doch zwang sie sich dazu, sich nicht zu sehr davon einlullen zu lassen. Schließlich fand diese Lesung aus einem besonderen Grund statt. Immer wieder streifte ihr Blick die Zuschauer, verstohlen schaute sie sich ihre Gäste ganz genau an. Tatsächlich waren ein paar Gestalten darunter, die derart verwegen aussahen, dass sie ihnen alles zutrauen würde. Natürlich war das oberflächlich gedacht. Aber irgendwo musste sie doch anfangen. Kurz blieb ihr Blick an Gustav hängen. Er saß direkt neben Agneta in einer der vorderen Reihen. Etwa ein Drittel der Anwesenden hatte sie noch nie zuvor gesehen. Mit Oves Hilfe war der Flyer an alle Menschen in der Umgebung verteilt worden, für die Kunst, Geschichte und Waffenkunde interessante Themen waren: Antiquitätenhändler, Geschichtsprofessoren, Galeristen, Kuratoren – eben alles, was die Region hergab.

In den letzten Tagen hatten sie die Werbetrommel kräftig gerührt und jedem von der Lesung erzählt, der auch nur im Ansatz etwas mit dem Hof zu tun hatte. Sicherlich führte das zu einem gewissen Streuverlust, aber mit jedem verteilten Flyer wuchs eben die Chance, dass der Dieb Wind von dieser Aktion bekam. Dank Agnetas Kontakten war sogar ein regionaler Radiosender auf die Lesung angesprungen und hatte im Rahmen eines Kulturbeitrags darüber berichtet. Ina war erstaunt, wie populär Ove in der Szene war.

Dieser erhob sich schließlich von seinem Sitz, rückte sich die Brille zurecht und sagte: »Dieses Stück, von dem ich spreche, ist ein besonderes Symbol der königlichen Macht. Lange wusste man nicht, ob es wirklich existiert.« Er machte eine dramatische Pause, bevor er das violette Samttuch anhob, um den rechteckigen Gegenstand darunter zu enthüllen. Eine Glasvitrine, die Svante und Janis erst heute Morgen zusammengebastelt hatten. Auf den ersten Blick wirkte es wie ein auf dem Kopf stehendes Aquarium, die Vorderseite jedoch war mit Scharnieren versehen, sodass man sie aufklappen konnte. Um einen Eindruck von hoher Wertigkeit zu erzeugen, hatten die beiden an der Frontseite ein massives Vorhängeschloss angebracht. Schließlich sollten alle Besucher davon ausgehen, dass es sich um das echte Schwert handelte, das sich in der Vitrine befand, die aus gewöhnlichem Fensterglas gefertigt war.

Als Ove das Tuch gänzlich wegzog, ging ein erregtes Raunen durch die Menge. Für Ina war die Spannung im Raum förmlich zu greifen. Sie hoffte inständig, dass ihr Plan funktionieren würde, der Dieb sich inmitten der Gäste befand und sich irgendwie zu erkennen geben würde.

Während Ove weiter über die historische Bedeutung des Schwertes sprach, ließ sie den Blick jetzt wie ein Scharfschütze über die Menge schweifen. Sie suchte nach einem Zeichen, einem verräterischen Verhalten, irgendetwas, was auf den Dieb hindeuten könnte.

Es war kein leichtes Unterfangen, da es ziemlich unruhig im Publikum wurde. Allem Anschein nach hatte die Offenbarung den Effekt erzielt, den sie sich gewünscht hatte. Sie entdeckte Paula, die etwas abseits an der Seite stand, bewaffnet mit ihrem Handy, und vorgab, die Lesung aufzuzeichnen. In Wahrheit aber hatten sie abgesprochen, dass sie vorwiegend das Publikum filmte.

Inas Blick blieb an einem bärtigen Mann mit Brille hängen, der sich allein deshalb deutlich von der Menge abhob, weil er buchstäblich entgeistert nach vorn schaute. Er war groß und trug ein gut sitzendes dunkles Jackett mit goldenen Verzierungen. In seiner Hand hielt er ein Smartphone, an dem ein spezielles Zusatzobjektiv angebracht war und mit dem er eifrig Fotos mit Blitzlicht machte. Dann nahm er das Telefon in beide Hände und tippte wild darauf herum. Nur wenig später hielt er es sich ans Ohr, erhob sich von seinem Sitz und zog sich in eine ruhigere Ecke des Raumes zurück. Beim Aufstehen entpuppte sich das Jackett als ein extravaganter Gehrock.

Ina näherte sich ihm so unauffällig wie nur möglich. Er hatte sich die Nische neben dem zur Seite gerückten Postkartenständer ausgesucht und sich von der Bühne abgewandt.

Wer bist du?

Sie vernahm ein Ziehen in der Magengrube. Ziemlich sicher hatte er das Schwert fotografiert und diese Fotos an jemanden geschickt, mit dem er sich nun angeregt unterhielt. Sie bemühte sich, das Gespräch zu belauschen, aber Ove hatte die Lesung inzwischen beendet und das Publikum zu Fragen aufgefordert. Das Stimmengewirr um sie herum war so laut, dass sie kaum ein Wort verstand. Also näherte sie sich ihm noch ein weiteres Stück – bis sie so dicht neben ihm stand, dass er sie missmutig musterte, sich von ihr abwandte und sich eine andere Ecke suchte.

Großartig gemacht, Ina, beglückwünschte sie sich selbst für ihr stümperhaftes Ermittlerverhalten. An dir ist eine zweite Miss Marple verloren gegangen.

Enttäuscht trat sie zu Svante, der in der Nähe stand und

ebenfalls aufmerksam die Gäste beobachtete. »Kennst du den Mann dort drüben?«, flüsterte sie ihm ins Ohr und nickte in Richtung des Fremden.

Während er ihrem Blick folgte, zogen sich seine Brauen zusammen. »Der mit der Hornbrille und dem Bart?«, murmelte er. »Das ist Sören Bergman. Ein Kunsthändler aus Värnamo. Warum fragst du?«

Ina zögerte einen Moment, bevor sie antwortete. »Er verhält sich … merkwürdig. Ich habe ein seltsames Gefühl bei ihm.« Allerdings war sie sich selbst nicht sehr sicher, was ihre Gefühlswelt betraf. Vielleicht klammerte sie sich auch nur an jeden sich bietenden Strohhalm. Wenn er ein Kunsthändler war, hatte er ein begründetes Interesse an dieser Enthüllung.

Aber dieser Gesichtsausdruck.

Sie musste mit ihm sprechen, mehr über ihn erfahren. Noch eine Weile schaute sie ihm beim Telefonieren zu. Als er das Gespräch beendete und das Handy wegsteckte, schien ihre Chance gekommen zu sein. Sie war gerade im Begriff, auf den Mann zuzugehen, als sie plötzlich etwas an ihrer Schulter spürte. Überrascht drehte sie sich um und blickte in das ernste Gesicht von Olle, einem der Archäologen.

»Warum hast du uns nichts von diesem Schwert erzählt?«, fragte er, die Stirn in tiefe Falten gelegt. Selbst seine Stimme klang vorwurfsvoll.

Ina war einen Moment sprachlos, absolut unvorbereitet auf diese plötzliche Konfrontation. »Ich … ich dachte, es wäre sicherer, es geheim zu halten«, stotterte sie.

»Aber du weißt doch genau, wie lange wir nach solch einem Beweis suchen!«

Sein Kollege Alvar kam hinzu und sah Ina nicht minder

vorwurfsvoll an. »Ihr könnt solch einen Fund doch nicht für euch behalten! Das Schwert gehört in die Hände von Fachmännern. Wie uns!«

Olle nickte bestätigend. »Ihr habt uns hintergangen und uns dieses bedeutende Stück schwedischer Geschichte vorenthalten!« Sein Zorn war nun unüberhörbar.

Ina schnaufte, sie konnte den beiden schlecht verraten, dass es genau das nicht war, sondern eben eine Nachbildung.

»Ich kann das alles erklären«, sagte sie, ohne auch nur irgendetwas zu erklären. »Aber nicht jetzt. Später.« Ohne eine Erwiderung abzuwarten, drehte sie sich um. Doch der mysteriöse Mann war fort, wie vom Erdboden verschluckt.

23

EINE EHRENVOLLE ZURÜCKHALTUNG

Ina war tatsächlich etwas nervös, als Paulas Kleinbus direkt vor dem Antiquitätenladen in Värnamo hielt. Das tat er vielleicht ein wenig zu ruckartig, denn ihr Oberkörper schwang nach vorne, wodurch ihr Körper gefährlich nah an das Armaturenbrett kam.

Unbekümmert drehte Paula den Zündschlüssel herum und sah sie forschend an. »Bist du sicher, dass du das alleine machen willst? Ich könnte mit dir reingehen.«

Ina schüttelte den Kopf. »Was soll mir denn schon zustoßen?«, fragte sie leichtfertig zurück. »Glaub mir, die Autofahrt hierhin war gefährlicher als alles, was mich dadrinnen erwarten könnte.«

Dennoch schaute sie etwas unsicher zu dem Gebäude hinüber, dessen Fensterfront mit allen möglichen Möbeln und Gemälden weniger geschmückt, sondern richtiggehend zugestellt war.

Sie zog die Tür auf, kletterte von ihrem Sitz und schenkte ihrer Tochter ein warmes Lächeln, ehe sie die Tür wieder zufallen ließ. Paula ließ sogleich das Seitenfenster herunter. »Ich bin irgendwo in der Nähe«, rief sie. »Wenn etwas sein sollte, ruf an, ja?«

Ina versprach es.

Eine Weile schaute sie ihrer Tochter hinterher, die sich auf die Suche nach einem Parkplatz für ihr kleines Campingmobil machte. Dies würde kein leichtes Unterfangen werden, denn Sören Bergmans Antiquitätenhandel lag mitten in der Innenstadt von Värnamo, umgeben von modernen Geschäften, einem Café, einem Pizzalieferanten und viel zu wenigen Parkplätzen.

Mit dem Aufziehen der Tür erklang ein leises Klingeln direkt über ihr. Beim Eintreten wurde sie von einer Mischung aus altem Holz, Staub und dem intensiven Geruch von Möbelpolitur begrüßt. Überall um sie herum stand, hing und lag antikes Gerümpel. Von Gemälden und Kronleuchtern über rustikale Möbelstücke bis hin zu kleinen Kuriositäten aus vergangenen Zeiten – der proppenvolle Laden schien alles zu bieten.

Ein älterer Mann mit einem gepflegten grauen Bart und einer Hornbrille trat aus dem Hinterzimmer. Sein Blick fiel sofort auf Ina.

»Guten Tag. Kann ich dir behilflich sein?«, fragte er mit einem freundlichen Lächeln.

Ina erkannte ihn sofort wieder. Es war diese mysteriöse Erscheinung bei der gestrigen Lesung. Zu ihrer Überraschung trug er trotz der sommerlichen Temperaturen einen Mantel, der ihm fast bis zu den Knöcheln reichte. Er war von einem tiefen Blau mit hohen Schulterklappen und glänzenden goldenen Knöpfen. Es war nicht der Gehrock, den er auf der Lesung getragen hatte, aber eine modische Ähnlichkeit war durchaus erkennbar.

Sie erwiderte das Lächeln.

»Ich schaue mich nur um«, sagte sie in feinstem Schwedisch.

»Aber gerne doch.« Er wollte sich wieder abwenden, schien es sich dann aber doch anders zu überlegen. Interessiert beäugte er sie, als wäre sie ein putziges Rentier, das sich versehentlich in seinen Laden verirrt hatte.

»Entschuldigung«, begann er, »aber haben wir uns nicht gestern Abend gesehen? Bei der Lesung?«

Inas Herz klopfte schneller. Sie hatte damit gerechnet, dass er sie wiedererkennen würde, aber nicht, dass es so schnell vonstattenginge.

»Ja, das stimmt«, sagte sie. »Ich habe die Veranstaltung organisiert.«

Der Mann lächelte, doch ein undeutbares Funkeln lag in seinen Augen. Zumindest bildete Ina sich ein, eines darin zu sehen. Auf jeden Fall hatte er einen ausgeprägten Silberblick.

»Welch ein Zufall«, sagte er. »Dass wir uns gleich zwei Tage hintereinander über den Weg laufen.«

»Nun, ja, Zufall.« Sie stieg in das unverfängliche Lachen ein. Aber dann wurde sie augenblicklich ernst. »Vielleicht ist es das aber auch nicht.« Sie war ein wenig verwirrt darüber, dass die Hornbrille schief auf seiner Nase saß und damit die Symmetrie des gesamten Gesichts verrückt war. Sie widerstand dem Drang, ihm die Brille gerade zu rücken.

Nun neigte er auch noch den Kopf gefährlich zur Seite.

»Du machst mich neugierig.«

Ina räusperte sich und legte sich die nächsten Worte in ihrem Kopf zurecht. »Ich habe mitbekommen, dass du ein reges Interesse gezeigt hast.«

»An der Lesung?« Die Augen hinter der Brille verengten sich.

»Nicht nur«, erwiderte Ina und wieder flackerte etwas in

seinem Blick auf. »Das Schwert.« Mehr sagte sie nicht, nur diese beiden Worte.

»Das angebliche Reichsschwert«, verdeutlichte er.

Ina nickte. »Genau das.«

Der Silberblick schien noch intensiver zu werden. »Natürlich interessiert es mich«, sagte er. »Das Schwert gehört zum schwedischen Kulturerbe. Es hat einen unschätzbaren Wert.« Er machte eine kurze Pause und fügte dann geradezu pflichtschuldig hinzu: »Historisch und kulturell, versteht sich.«

Ina stieß ein gespieltes Seufzen aus. »Und wie sich das versteht, Herr Bergman.« Sie nahm tief Luft, ohne ihn aus den Augen zu lassen. »Genau deshalb möchte ich, dass es in die richtigen Hände kommt.«

Bergman lehnte sich gegen ein Regal, das vollgepackt war mit Folianten. »In die Hände unseres Königs, meinst du.«

Sie schenkte ihm ein zustimmendes Lächeln. »Das versteht sich von selbst.« Schlagartig wurde ihre Miene ernst. »Oder … womöglich auch nicht?«

Mit verschränkten Armen betrachtete er sie. »Verstehe ich dich richtig?«, fragte er. »Möchtest du mir dieses Schwert zum Kauf anbieten?«

Ina zuckte mit den Achseln. »Und wenn es so wäre?«

Er musterte sie, nicht mehr wie ein niedliches Rentier, sondern eher wie ein lästiges Insekt, von dem er noch nicht wusste, ob er es ignorieren oder totschlagen sollte. »Glaubst du wirklich, dass ich so leichtfertig handeln würde? Wenn es tatsächlich das echte Reichsschwert ist, dann gehört es zurück ins Königshaus und nicht in einen Antiquitätenladen. Was denkst du, was mir droht, wenn jemand davon erfahren würde.«

»Und wenn niemand davon erfährt?«, fragte Ina mit gespielter Lockerheit zurück. Sie versuchte, aus diesem Mann schlau zu werden. Trotz seines nahezu anklagenden Tonfalls hatte er etwas an sich, was sie schlechthin als verschlagen bezeichnen würde. Doch so recht bekam sie nicht zu fassen, woran es lag. Weder an seinem Blick noch an dem fast schon aristokratischen Kleidungsstil, der ebenso aus der Zeit gefallen schien wie er selbst mitsamt seinem Laden. Und doch hatte sie das Gefühl, als würde nicht sie ihn, sondern er sie an der Nase herumführen. Aber sie hatte ihn gestern beobachtet, hatte sein Interesse an dem Schwert, die Fotos und das hastig geführte Telefonat bemerkt.

Ohne die Miene zu verziehen, fuhr sie fort. »Ich verstehe deine ehrenvolle Zurückhaltung. Aber ich dachte, vielleicht kannst du mir helfen … den richtigen Weg für das Schwert zu finden.«

»Den richtigen Weg?« Staubgraue Brauen kamen über dem Rand seiner Hornbrille zum Vorschein.

»Natürlich gehört es in die Hände des Königs. Andererseits wäre es doch wirklich tragisch, wenn solch ein beeindruckendes Stück Kulturgeschichte für immer hinter den Türen des Schlosses verschwinden würde, meinst du nicht?« Sie war um einen bedauernden Tonfall bemüht. »Unsichtbar und unerreichbar für diejenigen, die seine wahre Bedeutung zu schätzen wissen. Denkst du nicht, es könnte … sagen wir, eine alternative Lösung geben?« Ihre Worte waren gezuckert mit einer versteckten Botschaft. Zumindest hoffte sie, dass dieser Mann sie so aufnahm. Wenn er auch nur halb so verschlagen war, wie sie annahm …

Nun war er es, der sie nachdenklich ansah. »Womöglich«,

begann er zögernd, »könnte ich da jemanden kennen. Aber zuerst müssen wir sicher sein, dass es authentisch ist.«

»Natürlich ist es das!«, erwiderte Ina prompt.

»Davon muss ich mich selbst überzeugen.«

»Du hast es doch gestern gesehen.«

Er stieß ein süffisantes Lachen aus. »Ich habe gar nichts gesehen«, sagte er. »Außer etwas, das wie ein altes Schwert aussah und hinter einer Glasvitrine verborgen war. Aber woher weiß ich, dass es wirklich das echte Schwert ist?«

Ina musterte ihn scharf. Genau das würde der echte Dieb ihres Schwertes wohl auch wissen wollen. Und doch kamen ihr Zweifel. Sah Bergman wie ein Dieb aus? Und überhaupt: Was hatte sie sich von diesem Treffen erhofft? Wie sollte sie diesem Mann auf den Zahn fühlen und herausfinden, dass er der gesuchte Dieb war? Wenn er es war, ließ er es nicht erkennen. Im Gegenteil, er schien ein wachsendes Interesse daran zu haben, es zu erwerben, um es wieder zu verkaufen.

»Darüber hinaus muss natürlich der Preis stimmen.«

Ina trat einen Schritt auf ihn zu, ohne ihn aus den Augen zu lassen.

»Was wäre dir ein solches Objekt denn wert?«

Er nagte an seiner Unterlippe. Doch er gab ihr nicht die Antwort, auf die sie gewartet hatte. Stattdessen fragte er sie geradeheraus: »Warum bist du wirklich hier?«

Ina sog die Luft ein. Etwas in den Zügen des Mannes hatte sich verändert. Aus dem eben noch herauszulesenden Interesse war beinahe so etwas wie Abneigung zu erkennen.

»Na, das sagte ich doch.« Sie versuchte, ihre Gelassenheit wiederzufinden, spürte aber selbst, dass sie daran scheiterte.

Er stieß sich vom Regal ab und straffte sich. »Ich weiß, wer du bist.« Nun baute er sich regelrecht vor ihr auf. Ina schluckte. Der Mann war groß. Ob es womöglich doch keine so clevere Idee gewesen war, ihn alleine aufzusuchen?

»Natürlich weißt du das.« Sie schaffte es nicht, die Unsicherheit aus ihrem Ton zu verbannen. »Wir haben uns gestern gesehen.«

»Das meine ich nicht.« Er bedachte sie mit einem süffisanten Grinsen. »Du bist die Frau, von der Viggo mir erzählt hat«, sagte er. »Seine Affäre aus Deutschland.«

Ina war sprachlos. Wie ferngesteuert wanderte ihre Hand zum Hals, kratzte nervös daran herum. Ihre Lippen öffneten sich, um ihm eine spontane Erwiderung entgegenzuschmettern. Doch das einzig Spontane war ihre Sprachlosigkeit.

Er musterte sie mit einem unergründlichen Blick. Die stechenden Augen ruhten so beharrlich auf ihr, dass Ina das Gefühl hatte, er könnte direkt in ihre Seele schauen.

»Weißt du, Viggo hat mir von dir erzählt«, sagte er nach einer Weile des Starrens.

Ina bemerkte, dass ihr Mund noch immer offen stand, also schloss sie ihn und räusperte sich. »Du kanntest Viggo?«

Er nickte. »Wir waren … Geschäftspartner.«

Ina fiel auf, dass er das letzte Wort seltsam betonte. Andererseits kam ihr in dieser Situation alles seltsam vor. Die Wände des Antiquitätenhandels schienen bedrohlich nah an sie heranzurücken. Wie diese Müllpresse in *Krieg der Sterne*, dem Weltraumfilm, in den ihr Ex-Mann so vernarrt gewesen war.

Bergman kam einen Schritt näher. »Er hat sogar ziemlich oft von dir gesprochen.« Ohne den Blick von ihr zu nehmen, holte er zu einem weiteren verbalen Schlag aus: »Von der Deutschen, die seine *Leidenschaft* für Kunst teilte.«

Ihr gefiel nicht, wie er das Wort Leidenschaft betonte. Am liebsten hätte sie ihm dafür die Augen ausgekratzt.

Ina zwang sich zur Ruhe und musterte ihn. Ihr war klar, dass er sie aus der Reserve locken wollte. Aber nicht mit ihr! Innerlich schüttelte sie den Kopf. Mit einer derart zwielichtigen Gestalt wie diesem zu groß geratenen Möchtegern-Napoleon hätte Viggo niemals über ihre Affäre geplaudert.

Oder doch?

Ihre Selbstsicherheit kam mächtig ins Wanken. Zumindest traf Bergman mit seinen Worten ins Schwarze. Sie blinzelte nervös, doch dann rief sie sich zur Räson. Sie hatte eine Mission hier. Sie reckte das Kinn und schaffte es endlich, ihre Hand vom Hals zu nehmen. »Also möchtest du das Schwert nicht kaufen?«

Kaum merklich zogen sich seine Mundwinkel nach unten. »So spannend es auch ist, liebe Ina. Solch ein Objekt ließe sich niemals verkaufen.«

»Dennoch … Du wirktest gestern Abend äußerst interessiert.«

»Weil Viggo mir davon erzählt hat.«

Ina starrte ihn entsetzt an.

»Du musst wissen, dass er meine Vorliebe für die schwedische Geschichte teilte. Wir stießen immer wieder auf Objekte, deren Herkunft mit dem Königshaus in Verbindung stand.« Er lächelte. »Viggo war stets ein guter Abnehmer für meine ganz besonderen Stücke.«

Und da fiel es ihr wie Schuppen von den Augen. »Die Halskette«, stieß sie aus. »Die königliche Halskette, die Viggo seiner Frau besorgt hat«, redete sie weiter. »Er hat sie von dir. Du hast sie ihm verkauft.« Mahnend hob sie die Hand und deutete mit dem Finger auf ihn, was ihn nun noch mehr zu belustigen schien. Als wäre es nicht ihr Zeigefinger, sondern eine Pistole, hob er die Hände auf Schulterhöhe. »Vielleicht ja, vielleicht nein.«

»Du warst sein Kontaktmann.« Ina wusste, dass es besser wäre, nichts weiter zu sagen, aber sie konnte nicht anders. Endlich wurde ihr klar, wen sie vor sich hatte. Den Mann, mit dem Viggo seine fragwürdigen Kunstgeschäfte abgewickelt hatte. Agneta und sie hatten lange darüber nachgedacht, wie Viggo in den Besitz dieser Halskette gelangt war. Ove hatte beim Mittsommerfest herausgefunden, dass das Schmuckstück ursprünglich aus dem Inventar des schwedischen Königshauses stammte und vor einiger Zeit entwendet worden war. Viggo aber hatte seiner Frau gegenüber behauptet, das Stück auf einem Antiquitätenmarkt gekauft zu haben. In Wahrheit, da war Ina sich sicher, hatte er die Kette von Sören Bergman erworben.

Was wusste er über Viggos Aktivitäten? Er stand vor ihr, ohne eine Gefühlsregung erkennen zu lassen. Ihr lag die Frage auf der Zunge, wie er an diese Kette gekommen war. Doch gleichzeitig wusste sie, dass sie sich die Spucke sparen konnte. Sie hatte genug davon, um den heißen Brei herumzureden. Dieser Mann wusste Dinge über Viggo, die ihr helfen konnten, das große Ganze besser zu verstehen. Also stellte sie ihm die Frage, die sich ihr geradezu aufdrängte. »Wie kam Viggo an das Schwert? Was hat er dir erzählt?«

Seine Züge wurden ernst und sein Blick war stechend. Ina glaubte schon, dass er gar nichts mehr sagen würde, aber er kratzte sich nachdenklich am Kinn und meinte schließlich: »Ich weiß es nicht. Er hat mir nur erzählt, dass er endlich gefunden hätte, wonach er so lange gesucht habe.« Er zögerte. »Mehr musste er auch gar nicht sagen. Denn jeder, der Viggo näher kannte, wusste, welcher Suche er sich verschrieben hatte, nicht wahr?«

»Die Suche nach dem Reichsschwert«, sagte Ina tonlos.

Sören Bergman nickte einmal mehr. »Viggo war sehr gut darin, Dinge aufzuspüren. Als ich von der Lesung erfuhr und den Flyer mit dem Schwert in Händen hielt, wollte ich mich mit eigenen Augen davon überzeugen, dass sich dieses Schwert in eurem Besitz befindet.«

»Und?«, fragte Ina zurück. »Bist du nun überzeugt?«

Bergman beugte sich zu ihr. Er war nun so dicht vor ihr, dass sie seinen Atem wahrnahm. Zu ihrer Überraschung roch er nach Eukalyptus.

»Wo hatte er es die ganze Zeit über versteckt?«

Ina zuckte zurück, presste die Zähne fest aufeinander. Ohnehin waren ihr bereits viel zu viele Worte aus dem Mund gepurzelt. Und mit einem Mal verstand sie. Sie war diesem Typen auf den Leim gegangen.

»Er hat dir gar nicht gesagt, dass ich seine Affäre war. Das hast du dir zurechtgesponnen.«

Er zuckte mit den Schultern. »Es ist doch mehr als naheliegend. Regelrecht geschwärmt hat er von dieser Deutschen, mit der er die aufregendsten Museen Europas besucht hat. Und dann ist er tot und urplötzlich taucht eine hübsche Frau aus Deutschland auf.« Er zwinkerte sie an. »Da braucht es keine Kristallkugel, um das Offensichtliche zu erkennen.«

Dazu sagte Ina nichts. Sie fühlte sich äußerst unwohl in seiner Nähe. Und vielleicht auch ein wenig geschmeichelt, weil er ihr ein Kompliment gemacht hatte. Sie entschloss sich dazu, Vorsicht walten zu lassen. Wenn wirklich davon auszugehen war, dass Viggo die gestohlene Kette von diesem Mann erhalten hatte, war ihm alles zuzutrauen. Auch das Stehlen des Schwertes. Vielleicht sogar der Mord an Arnulf Svensson. Es wurde Zeit, den Rückzug anzutreten.

»Sören Bergman.« Sie streckte ihm die Hand entgegen. »Es war ein aufschlussreiches Kennenlernen.« Kaum hatten ihre Hände sich berührt, ließ sie seine auch schon wieder los und drehte sich von ihm weg. Sie ging ohne weitere Erklärung und öffnete die Ladentür. Als das Glöckchen über ihr ertönte, zuckte sie unwillkürlich vor Schreck zusammen.

Schwedisch für Anfänger – Teil 11

»Smaken är som baken, delad.«
Wörtlich: Geschmack ist wie der Hintern: gespalten.
Bedeutet: Über Geschmack lässt sich nicht streiten.

24

NICHT WILLKOMMEN!

Die Tropfen des gerade beendeten Regenschauers perlten noch immer von den Dächern, als Ina gemeinsam mit Paula und Zeus den Bungalow verließ. Das nasse Gras klammerte sich an ihre Gummistiefel, während sie versuchte, Zeus dazu zu bringen, endlich sein Geschäft auf der Wiese hinter dem Haus zu verrichten. Das feuchte Wetter zog ihre Stimmung noch ein Stück herunter.

Der Hund hüpfte derweil munter von einer Pfütze zur nächsten und schien den Spaß seines Lebens zu haben. Doch der eigentliche Grund für ihren Spaziergang, nämlich dass er sich erleichtern sollte, war ihm offenbar entgangen.

»Du hättest ihm nichts von Ebbas eingelegten Heringen geben sollen«, ermahnte sie ihre Tochter zum wiederholten Male. »Jetzt hat er Verstopfung.«

Entsprechend genervt fiel Paulas Reaktion aus. »Ich habe mich doch schon dafür entschuldigt. Aber wie sonst hätte ich der Völlerei dieser Frau entkommen können!?« Sie schüttelte sich. »Hering! Igitt! Ich hasse Fisch!«

Ina schmunzelte. Dass ihre Tochter keinen Fisch mochte, wusste sie natürlich. Nicht mal Fischstäbchen bekam sie herunter. So war sie schon als Kind gewesen. Aber das konnte Ebba ja nicht wissen. Als sie zum gemeinsamen Abendessen eingeladen hatte, war Ina sehr erfreut gewesen, dass die Abendrunde nicht nur um Gustav, sondern auch um ihre Tochter erweitert worden war. Und wohlerzogen wie Paula nun mal war, hatte sie selbst beim aufgetischten Inglagd Sill gute Miene zum fischigen Spiel gemacht. Tapfer hatte sie die gekochten Kartoffeln verputzt, die eingelegten Heringe aber vom Knäckebrot gekratzt und in unbedachten Momenten unterhalb des Tisches an Zeus verfüttert. Und damit hatte sie erst aufgehört, als Ina sie auf frischer Tat ertappt hatte, weil der kleine Hund einen Rülpser von sich gegeben hatte, welcher eindeutig nicht von dieser Welt gewesen war. Der Fischgeruch aus seinem Maul hatte ihre Tochter endgültig überführt. Nur sie und der Hund wussten wohl, wie viele Heringshappen er bis dahin schon verputzt hatte. Und das bei seinem nervösen Magen.

»Du hättest Ebba sagen können, dass du keinen Fisch magst.«

»Ja klar!« Paula schnaufte laut. »Hast du ihr Gesicht gesehen, als Ashley die Zwiebeln zur Seite geschoben hat? Als wäre es ein persönlicher Affront.«

»Nun ja«, räumte Ina ein. »Ebba ist vielleicht ein wenig speziell.« Sie musste grinsen. Sosehr sie die gemeinsamen Essen mit Ebba, Agneta, Ashley und Svante schätzte, jeden unangetasteten Bissen empfand Viggos Mutter in der Tat als Beleidigung ihrer Kochkünste.

»Und was hat sie ständig mit dieser Moltebeermarmelade?« Paula schüttelte sich. »Zu eingelegtem Hering. Igitt!«

»Nun ja, immerhin Gustav hat sie geschmeckt.« Ina schmunzelte bei dem Gedanken an die gestrige Begebenheit. Nach reiflicher Überlegung hatte der ehemalige Tierarzt beschlossen, auf dem Hof zu bleiben. Besonders Agneta hatte Ina die Freude darüber angesehen. Aber auch sie selbst war froh um seinen Entschluss. Sie war nach wie vor überzeugt, dass er genau die richtige Ergänzung für den Hof darstellte.

Und doch musste sie mit Ebba endlich ein ernstes Wörtchen reden. Es konnte nicht angehen, dass sie ihre mit Magic Mushrooms versetzte Marmelade jedem unterjubelte. »Für die positive Grundstimmung auf dem Hof«, hatte Ina Ebbas Stimme im Ohr, als sie sie neulich im Hofcafé bei Gustavs Begrüßung zur Rede gestellt hatte. Zumindest das war ihr gelungen. Mit dem Genuss der Marmelade waren die meisten Hofbewohner tatsächlich viel ausgelassener und heiterer geworden. Aber hier ging es schließlich um ihre Tochter, die sie vor den Drogen schützen musste. Eigentlich hatte sie gestern bereits ein Wort darüber verlieren wollen, aber ihr hatte noch immer das Gespräch mit Sören Bergman nachgehangen. Auch nachdem sie eine Nacht darüber geschlafen hatte, wollte sie nicht so recht schlau daraus werden. Es war zum Verzweifeln. Statt dass ihr der Leseabend Klarheit verschafft hätte, waren nur noch mehr Fragen aufgetaucht. All diese Ungereimtheiten! Sie wusste gar nicht, wo sie anfangen sollte.

Um eine Ablenkung bemüht, stupste sie Paula an. »Erzähl mir von deiner Zeit am Bodensee.«

»Da gibt es nichts zu erzählen.«

»Aber du warst einige Jahre dort. Du wirst doch etwas zu erzählen haben.«

»Nein.«

Gut, dann nicht.

Still und stumm wie eingelegte Heringe setzten sie ihren Weg über die Wiese fort. Das Gras war an manchen Stellen so hoch, dass Zeus halb darin verschwand. Aus Angst vor

Zecken rief Ina ihn zurück und lotste ihn wieder zum Wegesrand. Die Stille zwischen ihr und Paula wurde nur vom Knirschen der kleinen Steinchen unter ihren Gummistiefelsohlen unterbrochen. Ina startete einen zweiten Versuch, sich zu unterhalten. »Was wirst du tun, wenn du zurück nach Deutschland gehst?«

»Weiß ich noch nicht.«

Sie warf ihrer Tochter einen missbilligenden Blick zu. »Du musst doch einen Plan haben!«

»Hab ich aber nicht!«, kam es schnippisch zurück.

»Du bist noch so jung, irgendetwas musst du doch vorhaben.«

Abrupt blieb Paula stehen und schaute Ina mit düsterem Blick an. »Was wird das hier, ein Verhör?«

»Ich mein ja bloß.«

»Was glaubst du?«, fuhr ihre Tochter sie an. »Dass du dich nach all den Jahren, in denen du nicht für mich da warst, plötzlich in mein Leben einmischen kannst?«

»Ich war immer für dich da«, rechtfertigte Ina sich. »Du warst es, die mich nicht mehr in ihr Leben gelassen hat.«

»Weil du Papa im Stich gelassen hast. Du hast unsere Familie kaputtgemacht!«

Ina riss den Mund auf, doch wieder war sie sprachlos. Dafür, dass sie eigentlich alles andere als auf den Mund gefallen war, geschah ihr das in den letzten Tagen entschieden zu oft.

»Weder habe ich dich noch die Familie im Stich gelassen.« Sie bemühte sich um einen ruhigen Tonfall, hörte aber selbst, dass ihr das gründlich misslang. »Was hätte ich denn tun sollen? Ich habe deinen Vater einfach nicht mehr geliebt.«

Nicht zum ersten Mal fragte sie sich, ob sie das je getan hatte. Aber darüber wollte sie nicht mit ihrer Tochter sprechen. Fakt war, dass sie dieser Beziehung nie eine richtige Chance gegeben hatte, weil Viggo immer in ihrem Herzen gewesen war. Ihre heimliche, Jahrzehnte überdauernde Affäre. Natürlich war es ihrem Mann gegenüber unfair gewesen. Vielleicht auch ihrer Tochter gegenüber. So viele Male hatte Ina versucht, die Beziehung zu Viggo endgültig zu beenden. Aber die Anziehung zu diesem Mann war für sie unwiderstehlich gewesen, so wie Licht für Motten. Oft hatte sie sich gefragt, ob ihr Ex-Mann etwas geahnt hatte. Zumindest hatte er nicht allzu überrascht gewirkt, als sie nach all den Jahren die Trennung gewollt hatte und kurz darauf aus der gemeinsamen Wohnung ausgezogen war. Paula hatte bei ihrem Vater bleiben wollen, was Ina damals einen schmerzhaften Stich versetzt hatte. Aber sie hatte kurz vor der Volljährigkeit gestanden und war immer ein Papakind gewesen.

Ina fasste nach ihrer Hand und drückte sie fest. »Lass es mich wiedergutmachen, ja?« Tief schaute sie ihr in die Augen. Paula hielt dem Blick ganze zwei Sekunden stand, dann löste sie sich aus der Handumklammerung und ging schnurstracks weiter.

»Da gibt es nichts wiedergutzumachen.«

Ina seufzte schicksalsergeben. Mit zwei schnellen Schritten schloss sie zu ihrer Tochter auf und wieder schlenderten sie mucksmäuschenstill nebeneinanderher.

»Du hast recht«, sagte Ina schließlich. »Da gibt es nichts zu korrigieren. Die Trennung war eine Sache zwischen deinem Vater und mir. Immerhin haben wir es geschafft, uns die ganze Zeit über wie Erwachsene zu verhalten. Es gab weder einen Rosenkrieg noch haben wir dir Probleme beschert.«

Paula sah sie mit ausdrucksloser Miene an. Das animierte Ina zum Weitersprechen: »Es war uns beiden sehr wichtig, dass wir das so hinbekommen«, fuhr sie fort. »Wir wollten nicht, dass du unter unserem Drama leidest.« Sie zwang sich zu einem mitfühlenden Lächeln. »Ich weiß, es war nicht leicht für dich, das alles zu verstehen oder zu akzeptieren, aber die Entscheidung war letztlich die beste für deinen Vater und mich.«

Ina schaute noch einmal in Paulas Augen, die ihr so vertraut waren wie kaum etwas anderes auf dieser Welt. »Ich hoffe, du kannst das eines Tages verstehen. Aber bis dahin müssen wir das Beste aus dieser Situation machen. Ich liebe dich und das wird sich nie ändern. Dein Vater liebt dich ebenso. Wir sind nur zwei Menschen, die sich im Laufe der Zeit verändert haben. Es wäre nicht gut gewesen, weiterhin so zu tun, als wäre alles in Ordnung.«

Paula nickte und war im Begriff weiterzugehen, doch dann blieb sie wieder stehen und drehte sich mit einem Ruck zu Ina um. »Weißt du, das wirklich Schlimme an alledem ist, dass du eine Affäre hattest. Du hast nicht nur deine Ehe in den Sand gesetzt, du hast unsere ganze Familie zerstört. Und das nur, weil du dich zu einem anderen Mann hingezogen gefühlt hast. Wie egoistisch kann man eigentlich sein?«

Ina glaubte zu spüren, wie ihr jede Farbe aus dem Gesicht wich. »Paula … das war komplizierter, als du denkst. Gefühle sind nicht immer einfach zu kontrollieren.«

»Kompliziert? Einfach zu kontrollieren? Du hattest eine Verantwortung, Mama! Du hast uns alle im Stich gelassen!«

»Wenn du glaubst, dass es mir leichtgefallen wäre, dann täuschst du dich gewaltig. Ich habe auch gelitten, aber …«

»Aber nichts! Du bist diejenige, die Papa betrogen hat. Du trägst die Schuld und niemand sonst.«

Ina war, als hätte man ihr den Boden unter den Füßen weggezogen. Die Worte ihrer Tochter trafen sie hart. Eifrig blinzelte sie die Tränen weg, die ihr in die Augen stiegen. »Ich habe Fehler gemacht, das weiß ich. Ich bin nicht stolz darauf. Aber ich kann die Zeit nicht zurückdrehen.«

Paula schüttelte den Kopf. »Nein, das kannst du nicht. Und genau deshalb müssen wir jetzt alle mit den Konsequenzen leben.« Sie schnaufte, hob die Hände, um sie im nächsten Moment wieder fallen zu lassen. Dann stapfte sie weiter den Weg entlang und ließ ihre Mutter allein zurück.

Ina blieb noch eine Weile stehen, krampfhaft bemüht, mit diesem plötzlichen Gefühlsausbruch klarzukommen. Erst als Zeus vor ihr herumhüpfte und bellte, riss sie sich aus ihrer Lethargie und hetzte Paula hinterher, die immerhin den Anstand hatte, an der Wegkreuzung auf sie zu warten.

Es begann wieder leicht zu nieseln, das war gut, denn so vermischte der Regen sich mit ihren Tränen. Es wäre besser umzukehren, doch Ina wollte erst den Weg zurück in den Bungalow antreten, wenn Zeus erfolgreich gewesen war. Mit den Blähungen, die er seit dem Essen hatte, war es unerträglich, sich mit ihm in einem Raum aufzuhalten. Vielleicht sollte sie sich von Svante eine kleine Hundehütte für den Vorgarten zimmern lassen.

Wieder gingen sie schweigend nebeneinanderher, doch die Mauer der Stille zwischen ihnen vermittelte eine unmissverständliche Botschaft. Ihre Tochter wirkte zutiefst unglücklich. Ina glaubte sogar den wahren Grund dafür zu kennen. Bei all den Vorwürfen, die sie ihr gerade an den Kopf geknallt hatte, war das Offensichtliche unausgesprochen geblieben. Paula schien überzeugt davon, sie hätte durch die gescheiterte Ehe ihrer Eltern ein unauslöschliches Stigma vererbt bekommen, das auch sie daran hindern würde, jemals eine glückliche Partnerschaft zu führen. Vielleicht lag sogar etwas Wahres in diesem Gedanken.

Hinter sich hörte Ina das gedämpfte Rauschen eines sich nähernden Autos. Als sie sich umdrehte und im Reflex ihre Tochter an den Wegesrand schob, sah sie einen großen schwarzen Wagen mit monströs wuchtigem Kühlergrill, der in Schrittgeschwindigkeit auf sie zusteuerte.

»Was für ein Schlitten«, raunte Paula sichtlich beeindruckt. »So einen großen Volvo habe ich noch nie gesehen!«

Ina nickte zustimmend, hielt dann aber in der Bewegung inne, als ihr die beiden Wimpel links und rechts an den Kotflügeln ins Auge sprangen. Sie erkannte ein goldenes Kreuz auf blauem Hintergrund.

»Du liebe Güte«, stieß sie heiser aus. »Der Wagen kommt direkt vom Königshaus.«

Paula lachte heiser. »Im Ernst jetzt? Glaubst du, die haben sich verfahren?«

Ina schwieg, schüttelte dann aber den Kopf. »Ebba«, sagte sie nur. »Es stimmt also doch.«

»Ebba?« Paula sah sie verständnislos an. »Was soll stimmen?«

Ina war so arg in ihre Gedanken vertieft, dass sie kaum auf die Frage ihrer Tochter eingehen konnte. Bei jeder sich bietenden Gelegenheit hatte die alte Frau behauptet, sie sei mit dem schwedischen Königshaus verbandelt und unterhalte enge Beziehungen. Ina hatte dies stets mit einer gehörigen Portion Skepsis betrachtet. Selbst Agneta hatte sich nie dazu geäußert. Aber die Limousine … die Wimpel … All das brachte ihr Weltbild arg ins Wanken.

»Sie werden ihretwegen hier sein«, erwiderte sie mit erstickter Stimme. Dabei konnte sie es selbst nicht glauben. Voller Neugier fragte sie sich, wer wohl im Innern des Wagens saß. Vielleicht lag es daran, dass sie das Schicksal des schwedischen Königshauses seit Jahrzehnten in den Wartezimmern aller möglichen Arztpraxen verfolgt hatte, aber der Anblick dieser Limousine mit dem königlichen Emblem ließ ihr Herz vor Aufregung schneller schlagen.

Als der Wagen an ihnen vorbeifuhr, erblickte Ina einen Chauffeur in einer dunklen Uniform. Er nickte ihnen kurz zu, richtete dann aber seinen Blick wieder auf die Straße.

Die getönten hinteren Scheiben verbargen die Insassen vor neugierigen Passanten. Automatisch begann sie zu winken, doch als ihr auffiel, dass sie in der Manier der Queen winkte, senkte sie die Hand wieder. Und dann hielt der Wagen nur wenige Meter vor ihnen an. Als Ina und Paula zu ihm aufschlossen, senkte sich das Seitenfenster der Fahrertür.

»Entschuldigung«, sagte der Mann hinter dem Steuer in einem formellen Tonfall. »Ich suche nach …«

Ina nickte verstehend. »Ebba wohnt dort drüben!« Ihre Hand schoss in die besagte Richtung. »Das Haus mit den Rosen im Vorgarten. Aber ihr müsst fest klopfen, sie hört nicht mehr gut.«

Der Mann sah sie zweifelnd an. »Welche Ebba?«, fragte er verwirrt zurück, blickte kurz in den Rückspiegel. »Wir möchten zu keiner Ebba«, erklärte er, ohne auch nur die

Tonlage zu verändern. »Wir suchen das Haus des Grafen.« Er räusperte sich leise, während er seine Chauffeursmütze akkurat zurechtrückte. Ina konnte nicht umhin, seine makellosen weißen Handschuhe zu bemerken. »Graf Svante Foster von Skåne.«

Ina starrte ihn an. »Graf? Skåne?? Svante???«

Wieder siegte die Schwerkraft über ihren Unterkiefer. Sie lehnte sich vorsichtig nach vorne, um an dem Chauffeur vorbeizuschauen und einen Blick in den hinteren Teil des Wagens werfen zu können. Ihre Neugier wurde jedoch von einer dunkel getönten Trennscheibe direkt hinter den Vordersitzen gebremst. Der Chauffeur schob sich in ihr Gesichtsfeld. »Kennst du den Grafen?«

»Nein«, sagte sie matt. »Anscheinend nicht.« Dann nickte sie und schüttelte den Kopf, vielleicht auch umgekehrt. »Ich kenne einen Svante«, sagte sie. »Aber ich bin mir nicht sicher, ob er der Mann ist, zu dem ihr wollt.«

Unter der Schirmmütze breitete sich ein gut gelauntes Lächeln aus. »Ich bin sicher, dass er genau der Mann ist, zu dem wir wollen.«

Ina, die diese seltsame Situation noch immer verdauen musste, stammelte: »Seine Hütte ist am Waldrand dort drüben.« Sie zeigte in die Richtung und bemerkte, dass ihre Finger ein wenig zitterten.

Ohne eine Erwiderung oder ein Dankeschön setzte der Chauffeur den Wagen wieder in Bewegung. Ihre Neugier war nicht mehr zu bremsen. Sie setzte dem Wagen nach. Doch Paula hielt sie zurück. »Mama! Was hast du vor?«

»Was wohl?« Sie zerrte sich von ihr los. »Ich will wissen, was da vor sich geht.« Sie pfiff nach Zeus, dessen Schwanzspitze aus dem Gras emporragte. »Du sorgst derweil dafür, dass der Hund sein Geschäft erledigt.« Ohne eine Erwiderung ihrer Tochter abzuwarten, folgte sie der Limousine in sicherem Abstand und scheute sich nicht davor zurück, die Vorgärten der umliegenden Häuser als Schleichweg zu verwenden. Als sie kurz hinter dem Wagen Svantes Hütte erreichte, beobachtete sie, wie der Chauffeur ausstieg und die hintere Tür öffnete. Ein mittelalter grausträhniger Mann, den sie als höchst vornehm gekleidet beschreiben würde, stieg aus. Er trug einen Anzug, der so perfekt saß, dass er zweifellos maßgeschneidert sein musste. Selbst in dem grauen Licht des wolkenbedeckten Himmels strahlte der Stoff eine gewisse Eleganz aus. In seiner Hand führte er einen Gehstock mit einem goldenen Knauf.

Er bewegte sich auf die Holzhütte zu und klopfte mit dem Knauf gegen die Tür. Kurz darauf erschien Svante im Türspalt und ließ den vornehmen Herrn ohne jedes Zögern eintreten.

Ina wollte sich der Hütte nähern, um etwas von dem Gespräch mitzubekommen. Aber sie hatte die Rechnung ohne den Chauffeur gemacht, denn der bezog direkt vor der Tür Stellung. Sie versuchte, um ihn herumzuschleichen, an eines der Fenster zu gelangen. Doch dank ihrer Nervosität stellte sie sich so ungeschickt an, dass ihr Vorhaben nicht unbemerkt blieb. Als der Chauffeur sie entdeckte, bedachte er sie mit einem derart scharfen Blick, dass Ina schwer schlucken musste.

»Hallo.« Sie räusperte sie sich. »Ich wollte nur …«

Mit einem kaum merklichen Heben der Brauen machte er ihr unmissverständlich klar, dass sie sich von der Hütte fernhalten sollte. Sie war hier nicht willkommen.

Das kam ihr fast schon vertraut vor.

25
DER GRAF VON SKÅNE

»Wer war das?«

»Das geht dich überhaupt nichts an, Ina.«

Sie rieb sich die Fingerknöchel, weil sie so arg gegen die Tür geklopft hatte, dass diese nun wehtaten. Ein wenig war sie stolz auf sich. Ganze fünf Minuten hatte sie es geschafft, sich zurückzuhalten, nachdem die Limousine mitsamt ihren illustren Insassen wieder vom Hof abgedüst war. Gut, fünf Minuten waren nicht gerade die Welt und ebenso schnell verflog der Anflug von Stolz. Tatsächlich verabscheute sie sich bereits im nächsten Moment für ihre Neugierde. Im Nachhinein hätte sie sich lieber die Zunge abgebissen, als Svante mit dieser Frage zu konfrontieren. Doch jetzt, nach seiner Antwort, war ihr eher danach zumute, ihm den Kopf abzureißen. Sie war sogar im Begriff, die Hände auszustrecken, um sie um seinen Hals zu legen, doch dieser Kerl besaß die Frechheit, sich einfach umzudrehen und von der Tür zu verschwinden.

»Also wirklich!« Ina wischte sich die nassen Strähnen aus dem Gesicht und stapfte ihm entrüstet hinterher.

Ohne sie auch nur anzusehen, bewegte er sich auf die Garderobe zu, streifte sich eine wattierte Weste über und nahm einen Hut in Tarnfleckoptik vom Haken, den er sich aufsetzte. Der Hut hatte eine breite umlaufende Krempe und verlieh seinem Träger ein reichlich dämliches Aussehen. Der dicke Kordelzug, den Svante sich um das Kinn zog, machte sein Erscheinungsbild nicht besser.

Von der Garderobe marschierte er zur Vorratskammer und holte von dort einen länglichen Kasten. Damit stapfte er wortlos an ihr vorbei und hielt auf den Kamin zu, wo er sich eine der angelehnten Ruten schnappte.

»Was wird das?«, fragte sie bissig.

»Wonach sieht es aus?«, fragte er zurück. »Ich gehe angeln. Bei leichtem Regen beißen sie am besten.«

Ohne ein weiteres Wort verließ er die Hütte. Ina verharrte noch einen Moment an Ort und Stelle und stemmte erbost die Fäuste in die Hüften. Bloß war niemand mehr da, der diese empörte Geste hätte wahrnehmen können. Also ließ sie die Hände sinken und folgte ihm.

»Und was wird das jetzt?«, fragte er über die Schulter hinweg.

»Was wohl?« Ina schnaubte. »Ich komme mit!«

Svante blieb stehen, drehte sich langsam zu ihr um und bedachte sie mit einem ernsten Blick. »Das halte ich für keine gute Idee.«

»Warum nicht?«

»Weil Fische Stille mögen«, sagte er. »Du bist nicht still, Ina. Immerzu redest du.«

»Das ist ja wohl die Höhe.« Wie von selbst ballten sich ihre Hände zu Fäusten und fanden den Weg zurück zu ihren Hüften.

»Ich meine das nicht böse.« Er hob beschwichtigend die Hände und hätte ihr dabei um ein Haar die Spitze der Angelrute ins Auge gerammt, wenn Ina nicht geistesgegenwärtig den Kopf zurückgezogen hätte. »Es gibt da gerade vieles, worüber ich nachdenken muss«, sagte er. »Und das kann ich am besten, wenn ich Ruhe habe.« Nun hielt er die Rute hoch. »Beim Angeln.«

»Schön!« Sie war selbst überrascht darüber, wie schnippisch dieses eine Wort über ihre Lippen kam. »Ich kann auch ein wenig Ruhe brauchen, also werde ich dich begleiten.«

Er sah sie an.

Ina sah zurück.

Es war ein stummes Augengefecht, das sie durch technisches K.o. in der ersten Runde gewann. Svante brummte, drehte sich um. Das verstand Ina als Einladung, sich ihm anzuschließen. Und das tat sie dann auch. In einem gewissen Abstand folgte sie ihm, lief an seinem Wildgarten vorbei, hinein in den Wald, der direkt hinter seiner Hütte begann. Die Nadeln der Kiefern raschelten unter ihren Schritten. Nach wenigen Minuten des Schweigemarschs öffnete sich der Wald und gab den Blick auf einen idyllischen See frei. Das Ufer war zum Großteil von grünem Schilf umsäumt, das leise im Wind raschelte. Zwischen den Schilfhalmen erkannte Ina die Spitze eines kleinen Ruderbootes, das halb versunken im Wasser lag. Sie kannte diesen See. Vor einigen Wochen war sie mit Agneta hier gewesen, als ein Regenguss sie aufgescheucht hatte, sodass sie in Viggos Waldhütte Unterschlupf gesucht hatten. Aber damals hatten sie einen anderen Weg eingeschlagen. Dieser Schleichpfad war ihr neu.

Svante ließ sich auf einem kleinen sandigen Fleck am Ufer nieder. Er begann, seine Angel vorzubereiten, wählte einen glitzernden Köder aus seiner Box, befestigte ihn am Haken und warf die Schnur mit einem geschickten Schwung ins Wasser.

Ina setzte sich zu ihm in den Sand und beobachtete ihn. Zwar sah er mit seinem Anglerhut immer noch reichlich dämlich aus, aber gleichermaßen war sie fasziniert von der Ruhe und dem Einklang, den er mit seiner Umgebung zu haben schien. Das sanfte Plätschern des Wassers und das leise Zwitschern der Vögel bildeten die perfekte Kulisse für diesen friedlich-stillen Moment. Sogar der Regen hatte merklich nachgelassen. Ina spürte ihn nicht mal mehr auf der Haut, sah nur noch die feinen Spritzer, die sanft auf der Oberfläche des Sees auftrafen. Das war wirklich schön. Natürlich und idyllisch still. Allerdings musste sie sich schon bald eingestehen, dass Stille wirklich nicht ihre Stärke war.

»Können wir jetzt reden?«, fragte sie.

»Wir angeln.« Er sah sie nicht an. »Da wird nicht geredet.«

»Du angelst«, stellte sie klar. »Ich schaue dir nur dabei zu.«

Er holte so tief Luft, dass sich sein Brustkorb hob.

»Du verheimlichst etwas vor mir und ich möchte wissen, was.«

Und vor allem, warum, schoss sie in Gedanken hinterher.

Kurz ruckte sein Kopf in ihre Richtung. Sein Blick war ruhig, doch seine Finger spielten mit der Angelschnur. War er etwa nervös?

»Es ist nicht so einfach, Ina.«

»Es ist nie einfach«, hielt sie dagegen. »Weder Beziehungen noch das Leben.« Sie verstummte, weil ihr selbst klar wurde, dass sie wie ein Kneipenphilosoph klang. Sie schaltete zwei Gänge zurück und bemühte sich um eine ausgeglichene Stimmlage.

»Verstehe doch bitte, dass ich neugierig bin. Schließlich bist du mir nicht einerlei.«

Wieder drehte er den Kopf zur Seite. Er sah sie intensiv an. Ina musste sich ein Grinsen verkneifen, weil er einfach zu dämlich unter dieser Krempe aussah. Wenn sie jetzt aber lauthals loslachte, käme das bestimmt nicht gut an.

»Was wollte der Limousinenmann von dir?«, fragte sie geradeheraus.

Svante kratzte sich den Nacken, blinzelte sie an. »Du willst es wirklich wissen?«

Sie nickte.

Er brummte.

»Also gut, dann werde ich es dir erzählen.« Doch bevor er das tat, holte er die Schnur ein, um sie ein weiteres Mal im hohen Bogen in den See zu werfen.

»Der Mann, der mich besuchen kam, heißt Rasmus Nordahl«, sagte er. »Er ist der Hofmarschall des königlichen Haushalts.« Nachdem er das gesagt hatte, presste er die Lippen so fest aufeinander, dass sie nicht mehr waren als ein dünner Strich.

Ina wartete. Und wartete. Wenn er wirklich glaubte, dass damit alles erklärt wäre, überschätzte er sie gewaltig.

»Hofmarschall«, wiederholte sie zur Sicherheit, um ihm ein Zeichen zu geben, dass sie die erste Information aufgenommen hatte und es weitergehen konnte. Der Vorsicht halber fügte sie noch hinzu: »Der Hofmarschall des königlichen Haushalts.«

Svante brummte zustimmend.

»Und was wollte der Hofmarschall des königlichen Haushalts von dir?« Mit einer drängenden Geste ermutigte sie ihn zum Weitersprechen.

»Er hat mir eine Einladung zukommen lassen.«

»Aha«, gab Ina von sich, ohne auch nur das Geringste

zu verstehen. »Der königliche Hofmarschall hat dich eingeladen.«

»Ganz genau.«

»Zu was? Zu einem Fest? Einer Taufe? Einer Bar-Mitzwa?! Herrje! Muss ich dir denn jedes Wort aus der Nase ziehen?«

Svante tat in diesem Moment das denkbar Unklügste, was er nur tun konnte. Er begann herzhaft zu lachen und stachelte Inas Wut damit noch mehr an.

»Ganz ruhig, ich erzähle es dir ja.« Er nahm eine Hand von der Angel und streichelte ihre Finger, weil er wohl mitbekam, wie es zornig in ihren Augen funkelte. Er fixierte den Horizont und meinte dann: »Ich wurde zur Jubiläumsfeier der Ritter des Polaris-Ordens eingeladen. Die Feier findet in der Nähe von Göteborg statt, und ich … nun, ich soll dort eine Rede halten.« Er sah sie wieder an. »So, jetzt weißt du's.«

Gar nichts wusste sie!

Sie runzelte die Stirn. »Warum ausgerechnet du?« Ihre Augen durchbohrten ihn. »Was hat ein Mann wie du mit einem Ritterorden zu tun und wieso sollst du ausgerechnet bei ihrer Jubiläumsfeier reden? Und wieso hat der Chauffeur dich als Graf von Skåne tituliert?«

»Das weißt du?«, fragte er erstaunt zurück. Er hob die Angel an und drehte an der Kurbel, um die Schnur einzuholen.

»Warum du?«, fragte Ina noch einmal lautstark und vielleicht ein wenig zu schrill über das Gekurbel hinweg.

Svante hielt in der Bewegung inne, brummte erst und seufzte dann.

»Mein Großvater«, begann er so leise, dass Ina sich

anstrengen musste, ihn zu verstehen. Denn just in diesem Augenblick quakten zwei Frösche im Schilf. »Er war einst Träger dieses Ordens.« Der Satz hing in der Luft, bevor er weitersprach: »Er war sogar die letzte Person, die diese besondere Auszeichnung vom schwedischen König verliehen bekam.« Er schaute sie abwägend an, als wollte er ergründen, was seine Worte in ihr auslösten.

Ina fühlte sich genötigt, darauf etwas zu erwidern. Also sagte sie: »Etwa *der* schwedische König?«

»Wie viele schwedische Könige, glaubst du, gibt es denn?«

Als Antwort zeigte sie ihm, dass auch sie brummen konnte.

»Da ich sein letzter Nachkomme bin, hält das Jubiläumskomitee es für eine gute Idee, dass ich in Großvaters Namen eine Rede halte.«

»Bitte … Svante!« Ina hob kapitulierend die Hände. »Ich verstehe überhaupt nichts mehr. Können wir nicht einfach noch mal von vorne beginnen?«, bat sie flehend. »Wer bist du?«

Svante sah sie lange an. Und trotz dieser Krempe, die tief in seiner Stirn hing, legte er einen intensiven Blick an den Tag, der ihr eine wohlige Gänsehaut bescherte. Er hatte unglaublich tiefgründige Augen, in denen sie zu versinken drohte.

»Also schön«, sagte er. »Von Anfang an.« Er legte die Angel beiseite, setzte sich aufrecht hin, vermied es aber, Ina anzuschauen. »Ich bin der Sohn der ältesten Schwester von Carl Gustav.«

»Dem König«, hakte Ina sicherheitshalber nach. »Von Schweden.«

»Genau dem.« Auf Svantes Gesicht zeigte sich ein leichtes Grinsen.

»Du bist verwandt mit dem König von Schweden.«

»Bitte, Ina. Soll ich dir nun alles erzählen oder willst du mir ständig dazwischenquasseln?«

Sie presste die Lippen zusammen, strich mit den Fingern darüber und versenkte einen imaginären Schlüssel im See.

Svante nickte zufrieden.

»Deshalb also hat der Chauffeur dich Graf genannt«, platzte es doch wieder aus ihr heraus. Sie säuselte ein entschuldigendes »Sooooorry!«.

Svante rollte die Augen. »Nein, deshalb nicht«, sagte er. »Meine Mutter hat einen britischen Geschäftsmann geheiratet und dessen Namen angenommen. Deshalb heiße ich mit Nachnamen Foster.«

Ina nickte eifrig und verbiss sich jedes weitere Wort. Wenn dieser Mann endlich mal von alleine sprach, sollte sie ihn wirklich nicht ausbremsen.

»Meine Geschwister tragen keinen königlichen Titel, weil es keine ebenbürtige Ehe war«, erklärte er weiter, »sondern eine Ehe zwischen einer adeligen und einer bürgerlichen Person.« Er beäugte sie. »Kannst du mir so weit folgen?«

Sie nickte, sagte aber: »Nein.«

»Nein?«

»Der Chauffeur hat dich Graf genannt«, sagte sie. »Graf von Skåne. Das ist ein adeliger Titel.«

»Das ist wahr.« Svante lächelte wohlwollend. »Damals, bei unserem Abendessen in der Hütte, hast du mich gefragt, was ich in der Vergangenheit gemacht habe, du erinnerst dich?«

»Natürlich tue ich das!«

»Nun, ich spreche nicht gerne darüber.« Er senkte den Kopf. »Weil ich es mittlerweile überhaupt nicht mehr mit meinen Idealen verbinden kann.« Er seufzte lange. So lange, dass Ina ihn am liebsten angestupst hätte.

»Ich war bei der Verteidigungsmacht, dem Militär«, sprach er endlich weiter. »Sogar bei den Högvakten, der Königlichen Ehrengarde.«

Das glaubte sie ihm sofort. Der Mann hatte trotz seines Alters noch immer eine beachtliche Statur.

»Diesen Weg hatte ich meinem Großvater mütterlicherseits zu verdanken.«

»Dem letzten Träger des Polaris-Ordens.«

Er grinste sie anerkennend an. »Du bist eine gute Zuhörerin.«

Ina verstand noch nicht so ganz, worauf er hinauswollte. Wenigstens musste sie ihn dieses Mal nicht drängen fortzufahren.

»Ich habe diesen Titel von meinem Onkel erhalten, aufgrund meiner außerordentlichen militärischen Dienste.«

»Der König ist dein Onkel«, gab Ina leise von sich und wunderte sich selbst darüber, wie befremdlich das in ihren Ohren klang.

»So sieht es aus.«

Sie hatte Mühe, all diese Informationen auf die Reihe zu kriegen.

»Welche Dienste waren es denn genau?«

Er hob die Hand. »Darauf komme ich jetzt, damit du endlich Ruhe gibst mit deinen Fragen.« Er zwinkerte sie spitzbübisch an, wurde aber sogleich wieder ernst. »Im Grunde habe ich von den Lorbeeren meines Großvaters profitiert. Und nur auf sein Drängen hin wurde mir dieser Grafentitel verliehen, weil …« Sein Blick verlor sich im See.

Ina legte eine Hand auf seine Schulter.

»Was hast du getan, Svante?«

»Nun ja.« Er brummte. »Ich habe meinem Onkel wohl das Leben gerettet.« Langsam drehte er den Kopf zu ihr und sah sie forschend an. Dann sagte er: »Es ist wirklich schon eine ganze Weile her. In der Ehrengarde war ich Teil eines Teams, das für die Sicherheit des Königs verantwortlich war. Da gab es eine Veranstaltung in einem weitläufigen Park mit Zehntausenden Zuschauern. Kurz vor der Ankunft meines Onkels bemerkte ich eine verdächtige Person. Sie trug einen Rucksack, der mir für diese Veranstaltung, nun, überdimensioniert erschien. Gemeinsam mit meinen Kollegen fischten wir ihn aus der Menge und stellten nach einer kurzen Durchsuchung fest, dass sich im Rucksack ein Gewirr aus Drähten und einem Zünder befand.« Er machte eine kurze Pause. »Und Sprengstoff.«

Ina schluckte. »Ein Bombenattentäter!«

Svante brachte ein zustimmendes Brummen hervor. »Der Verdächtige wurde sofort festgenommen und der König über die vereitelte Bedrohung informiert.« Nun seufzte er. »Die Presse hat sich natürlich sofort darauf gestürzt, dass es ein Neffe des Königs war, der diesen Anschlag vereitelte.« Er unterdrückte ein Gähnen, als würde ihn diese Geschichte zutiefst langweilen.

Doch Ina hing an seinen Lippen, vollkommen fasziniert von dieser neuen Erkenntnis. Da hatte sie tatsächlich den Neffen des Königs, der in einer abgelegenen Hütte auf einem Aussiedlerhof für Senioren wohnte, kennen- und vielleicht auch lieben gelernt.

»Mein Opa drängte schließlich darauf, dass ich öffentlich belobigt werden sollte«, sprach er weiter. »Und so wurde mir von meinem Onkel der Titel ›Graf von Skåne‹ verliehen, weil ich womöglich das Leben des Königs und vieler unschuldiger Menschen gerettet hatte.« Er machte Gänsefüßchen in der Luft: »Für mein mutiges Eingreifen und als außergewöhnlicher Akt der Loyalität und des Heldentums.« Er lachte. »So steht es zumindest auf der Urkunde.« Er lehnte sich zurück und schloss seine Erzählung mit einem lang gezogenen Brummen ab – als hätten ihn all diese Worte eine Menge Kraft gekostet.

Ina starrte ihn fassungslos an. »Graf von Skåne«, wiederholte sie langsam.

»Weil die Veranstaltung in dieser Region stattgefunden hat«, erklärte er. »Und ich eben dort den Anschlag vereitelt habe.«

»Und dann hast du deiner königlichen Familie den Rücken gekehrt?«

Er wedelte mit der Hand. »Ich habe nie richtig dazugehört. Das war nichts für mich.« Er senkte das Kinn. »Umso schlimmer, dass ich nun eine Rede bei dieser Veranstaltung halten soll.« Er sah sie mit großen Augen an. »Kannst du dir vorstellen, wie ich vor einer riesigen Menschenmenge rede?«

»Nun ja.«

»Ich will das nicht«, sagte er. »Ich möchte damit überhaupt nichts zu tun haben. Aber ich bin es ihm schuldig, verstehst du? Meinem Großvater. Ihm hat diese Auszeichnung viel bedeutet. *Ich* habe ihm viel bedeutet. Er war stets das, was mein Vater nie für mich sein konnte.«

Seine Mundwinkel begannen zu zucken. Plötzlich

rutschte die Angel durch den Sand. Svante fuhr herum, ergriff sie und drehte an der Kurbel. »Ich schulde es ihm«, schob er noch einmal hinterher, drehte und drehte. So lange, bis der Angelhaken ohne Köder aus dem See auftauchte. »Er war stolz darauf, ein Polaris-Hüter zu sein. Du musst wissen, es handelte sich um einen altehrwürdigen Orden, der seine Ursprünge in der Ritterzeit hatte. Sie waren die Wächter des königlichen Throns, die Hüter von Geheimnissen und Traditionen.«

»Wenn er eine solche Auszeichnung erhielt, muss dein Großvater wahrhaft Großes geleistet haben.«

»Nun, er war nicht ganz daran unbeteiligt, dass Schweden im Ersten Weltkrieg seine Neutralität bewahrte.« Er sah sie eindringlich an. »In Zeiten des Krieges können Männer wahrhaft Großes leisten, um ihr Land zu schützen.«

Unwillkürlich schob sich seine Unterlippe nach vorn. Eine Weile schien es, als hinge er seinen Gedanken nach. Doch dann: »Der Hüterorden wurde danach nicht mehr verliehen. Aber über die Jahre hat sich ein Kult darum gebildet, eine fast fanatische Verehrung, die mir zutiefst missfällt.«

»Wie eine Art Studentenverbindung?«, mutmaßte Ina.

»In etwa. Ja.« Er kratzte sich am Bart. »Im Grunde will ich überhaupt nicht damit in Verbindung gebracht werden. Und bloß, weil ich der Enkel meines Großvaters und von adeliger Abstammung bin, soll ich nun dort auftauchen.« Er räusperte sich. »Ich und eine Rede. Ich weiß gar nicht, was ich dort sagen soll.«

»Aber du glaubst, es deinem Großvater schuldig zu sein.«

»Ich will das nicht!« Seine Mundwinkel zuckten. »Ich hab ihnen schon neulich am Telefon gesagt, dass sie nicht mit mir rechnen können.«

Ina nickte versonnen, hielt dann aber jäh inne. »Moment mal.« Sie musterte ihn. »War es etwa dieses ominöse Telefonat, als du mich zum Essen in deine Hütte eingeladen hast?«

»Ganz genau.«

Dann war es wohl doch keine weibliche Stimme gewesen. Ina war so erbost und erleichtert zugleich, dass sie ihm fest auf den Arm schlug.

»Warum hast du denn nichts gesagt«, fuhr sie ihn an. »All die Zeit dachte ich, da gäbe es eine andere Frau, die du vor mir geheim hältst.«

Er glotzte sie völlig entgeistert an. »Eine andere Frau?« Lachend warf er den Kopf in den Nacken. »Was soll ich denn mit einer anderen Frau? Ich bekomme dich ja kaum gebändigt!«

Ina lachte auch, weil die Erleichterung jeglichen Zorn überwog.

Svante legte den Arm um sie und drückte sie fest an sich. »Dachtest du wirklich, dass ich was mit einer anderen …«

»Nein«, fiel Ina ihm ins Wort. »Keineswegs!«

»Allerdings erklärt das dein merkwürdiges Verhalten mir gegenüber.«

Sie wollte ihm keine Vorwürfe machen und noch weniger Belehrungen darüber kassieren, wer sich hier wem gegenüber merkwürdig verhalten hatte.

Als sie sich wieder voneinander lösten, war es für sie, als hätte sich die ganze Anspannung, die seit Tagen zwischen ihnen geherrscht hatte, endlich aufgelöst.

»Dennoch … eine Rede«, sagte er brummig. »Dass ich mich wirklich dazu habe breitschlagen lassen. Ich weiß doch gar nicht, was ich dort erzählen soll.«

»Zum Beispiel all die Dinge, die dir an diesem Orden

missfallen«, schlug Ina vor. »Genau das könntest du bei deiner Rede klarstellen.«

Er holte weiter die Leine ein, befestigte einen Köder am Haken und setzte zum Wurf an.

»Ich werde eine Begleitung brauchen«, sagte er über den Wurf hinweg. Dann richtete sich sein Blick auf sie, forschend und unsicher. »Hättest du Lust, mich auf Schloss Tjolöholm zu begleiten?«

Auch wenn sie es sich fest vorgenommen hatte, hatte Ina das Gefühl, das jetzt aus ihrem tiefsten Inneren herausfuhr, nicht im Griff. Es war ein derart euphorischer Schrei, dass in den nächsten Tagen wohl kein einziger Fisch mehr anbeißen würde.

Schwedisch für Anfänger – Teil 12

»Vara ute och cykla.«
Wörtlich: Draußen sein und Fahrrad fahren.
Bedeutet: Auf dem falschen Dampfer sein.

26
EIN NAMENSVETTER

Als Lars den Wanderparkplatz erreichte, sah er bereits den Streifenwagen und den Transporter der Spurensicherung. Sie standen neben einem beigefarbenen Land Rover, der bestimmt schon dreißig Jahre auf dem Buckel hatte.

Mit gedrosseltem Tempo parkte er seinen Volvo hinter dem Polizeiauto seiner Kollegen und stieg aus. Die Luft war mit einer spürbaren Feuchtigkeit durchtränkt und zwischen den Bäumen lagen Nebelschwaden wie eingebettete Wolken.

Sein Kollege Rasmus kam mit einem ernsten, aber freundlichen Gesicht auf ihn zu.

»Hej, Lars. Schöner Ort, nicht wahr? Schade, dass wir nicht zum Wandern hier sind.«

»Ja, wirklich schade.« Lars nickte knapp. Ihm stand nicht der Sinn nach unverfänglichem Small Talk. »Was haben wir?«

Rasmus seufzte. »Ein Wanderpärchen hat heute Morgen bei der Wache angerufen. Ihnen ist dieser Wagen schon vor ein paar Tagen aufgefallen.« Er zeigte auf den Land Rover, dessen Türen sowie Motorhaube und Heckklappe allesamt offen standen. »Sie haben sich Sorgen gemacht, dass vielleicht ein Wanderer im Wald verunglückt sein könnte.«

»Sehr aufmerksame Menschen«, bemerkte Lars. Es war nicht das erste Mal in seiner Polizeilaufbahn, dass ein länger abgestellter Wagen auf einen Unfall oder einen Suizid hinwies. Er blickte sich um und nahm die Atmosphäre des Ortes in sich auf. Es herrschte ein seltsamer Kontrast: zum einen die natürliche Schönheit des umgebenden Waldes, zum anderen der verlassene Wagen, der Rätsel aufgab. Ein leiser Wind wehte durch die Bäume und irgendwo in der Ferne war das Klopfen eines Spechts zu hören. Für einen Moment fühlte es sich fast friedlich an, wäre da nicht die Präsenz seiner Kollegen von der Spurensicherung in ihren weißen Overalls gewesen, die niemals etwas Gutes verhießen.

Rasmus rieb sich den Nacken, wobei ihm die Schirmmütze tiefer in die Stirn rutschte. Das schien ihn nicht zu stören, denn er rückte sie nicht gerade.

»Tja, beim Abgleich des Kennzeichens haben wir dann festgestellt, dass der Wagen auf einen gewissen Arnulf Svensson zugelassen ist.«

Svensson! Damit wäre zumindest das Rätsel um den Verbleib des Land Rovers gelöst. Lars wusste bereits von seinen Kollegen in Strömsund, dass Svensson einen solchen Wagen besessen hatte, der jedoch unauffindbar gewesen war.

Bis jetzt.

Eine seltsame Unruhe ergriff ihn. Er kannte sich nicht sonderlich gut in dieser Gegend aus, würde aber mit dem Teufel wetten, dass dieser Wanderparkplatz nicht allzu weit von dem Rittergrab entfernt lag. Gemeinsam mit Rasmus ging er auf den Land Rover zu, der unter einem Baum stand und bereits Anzeichen von Verwitterung zeigte. Nüsse und Blätter lagen auf der Motorhaube und Vogeldreck hatte Spuren auf dem Dach und den Seitenspiegeln hinterlassen. Es wirkte, als hätte die Natur bereits damit begonnen, das Fahrzeug in ihre Obhut zu nehmen.

Um ihn herum wuselten seine Kollegen. Ein Techniker in einem weißen Overall und mit Handschuhen hing halb in der Fahrertür und fotografierte akribisch den Innenraum. Eine weitere Person, ebenfalls in voller Schutzmontur, nahm gerade Proben vom Beifahrersitz.

Lars beobachtete das Geschehen einen Moment, ehe er den Blick wieder auf Rasmus richtete. »Schon was entdeckt?«

Dieser sog scharf die Luft ein. »Das haben wir in der Tat. Genau deshalb haben wir dich gerufen.«

Er ließ sich von einem Kollegen einen durchsichtigen Plastikbeutel aushändigen, in dem Lars offiziell aussehende Dokumente erkannte. Pässe. Sogar mehrere davon.

»Was ist das?«

»Gefälschte Papiere«, erklärte Rasmus und wirkte ein wenig stolz, als wäre er höchstpersönlich für diesen Fund verantwortlich. »Sie lagen im Handschuhfach.«

Lars wollte nach dem Beutel greifen, fing sich dabei aber einen mahnenden Blick von einem Overall-Träger ein. Also zog er die Hand wieder zurück. »Die müssen noch zur Auswertung«, erklärte Rasmus knapp und überreichte den Beutel seinem Kollegen, der ihn in einem Koffer verstaute. Sogleich sprach Rasmus weiter: »Folgendes haben wir herausgefunden. Es scheint, als ob Arnulf Joppe Svensson, wie sein voller Name lautet, nicht nur Kunsthistoriker und Waffenkundler war. Anhand der gefundenen gefälschten Dokumente haben die Kollegen auf die Schnelle ein paar internationale Akten durchstöbert und einige ziemlich interessante Dinge herausgefunden.«

Lars rieb sich die Schläfe. »Erzähl mir alles.«

Und das tat Rasmus. »Es scheint, dass Svensson vor mehr als einem Jahrzehnt in mehreren europäischen Ländern wegen Diebstahls archäologischer Artefakte angeklagt wurde. Unter anderem in Frankreich und Griechenland. Es ist erstaunlich, dass das nicht früher entdeckt wurde, aber er hatte wohl ziemlich geschickt unter falschem Namen agiert und war bis zu dem Zeitpunkt immer durch die Maschen des Gesetzes geschlüpft.«

»So etwas wie Grabraub also?« Lars verengte die Augen.

»In etwa.« Rasmus lachte. »Stell dir eine Art Indiana-Jones-Verschnitt vor. In jüngeren Jahren hatte er sich wohl darauf spezialisiert, altertümliche Gräber leer zu räumen und die dort gefundenen Grabbeigaben zu verhökern. Alte Vasen, Schmuck, Münzen …«

»Schwerter«, führte Lars die Liste weiter.

»Vermutlich auch das«, bestätigte Rasmus. »In Schweden stand er mal vor Gericht, weil er die Aushebung eines Wikingergrabs ohne Genehmigung durchgeführt hatte. Er kam aber mit einem blauen Auge davon.«

Lars spürte ein ungutes Gefühl im Magen. Woher hatte sein Vater den Mann gekannt?

»Bist du sicher, dass es derselbe Svensson ist? Könnte es nicht einfach nur ein Namensvetter sein? Allzu selten ist der Name nicht.«

Rasmus schüttelte den Kopf: »Ausgeschlossen, die Kollegen haben Fotos und Fingerabdrücke verglichen. Es ist definitiv unser Mann.«

Lars versuchte, die ganzen Informationen zu verarbeiten. Es wurde zunehmend verrückter. Doch sein Kollege ließ ihm nicht die nötige Zeit dafür.

»Aber das ist noch nicht alles.«

Er deutete mit einer Kopfbewegung zum Kofferraum des Geländewagens. »Komm mal mit.«

Lars folgte ihm, und als er unmittelbar vor dem Heck stand, wurde ihm klar, was sein Kollege meinte. In der Mitte des Kofferraums lag eine aufgeklappte Tasche, eine von der Art, wie Ärzte sie bei Hausbesuchen mit sich trugen. Und darin – ein ganzer Batzen Banknoten.

Sein Herz schlug schneller. Bargeld in dieser Höhe veränderte das ganze Bild des Falles.

»Was zum Teufel ist hier los?«, murmelte er mehr zu sich selbst.

Rasmus zuckte mit den Schultern. »Das ist die Frage, nicht wahr? Das Geld macht die Sache eindeutig komplizierter.« Auch er verlor sich im Anblick der vielen Geldscheine. »Du musst sie nicht nachzählen«, sagte er leise. »Das haben wir bereits getan, es sind zweihunderttausend Kronen.«

Eine merkwürdige Summe, überlegte Lars. Nicht genug, um sich davon ein nagelneues Auto zu kaufen, aber zu viel, um es sorglos durch die Gegend zu kutschieren.

»Und darüber hinaus?« Lars konnte den Blick nicht von dem Geld abwenden. »Sein Portemonnaie? Sein Handy? Die Autoschlüssel?«

Rasmus schüttelte den Kopf. »Wir haben nichts davon im Wagen gefunden.«

Lars runzelte die Stirn. »Aber irgendwo müssen diese Sachen doch sein. Sie können sich wohl schlecht in Luft aufgelöst haben.«

27

DIE GRÖSSTE ROCK-'N'-ROLL-BAND DES STREICHELZOOS

Paula spürte das Ziehen in ihren Armen und die dicken Schweißperlen, die sich einen Weg über ihre Stirn bahnten. Körperlich voll ausgelaugt, stand sie da und betrachtete mit Ashley das Ergebnis ihrer Arbeit. Dank der Zaunerweiterung bot der Streichelzoo nun genügend Platz für seine neuen Bewohner.

Sie strich sich eine widerspenstige Haarsträhne aus dem Gesicht und beobachtete, wie Gustav sich an der Rampe des Pferdetransporters zu schaffen machte, bis diese knarrend herunterklappte. In freudiger Erwartung hielt sie den Atem an. Ashley klatschte begeistert in die Hände, als das erste Alpaka mit flauschigem Fell in der Luke erschien. Vorsichtig setzte es einen Huf nach dem anderen auf die Rampe. Dabei schaute es sich mit flatternden Wimpern um, während es die neue Umgebung in sich aufnahm. Gustav sprach beruhigende Worte, strich immer wieder über das dichte Fell und führte das Tier am Halfter die restliche Rampe hinunter.

Paula hörte die leisen »Mmmh«-Geräusche der anderen Alpakas im Inneren des Transporters. Und dann zeigten sie ihre Köpfe, folgten neugierig dem ersten Tier. Ihre langen, flauschigen Hälse reckten sich und die Nasenlöcher blähten sich vom intensiven Schnuppern.

»Das ist so aufregend«, stieß Ashley neben ihr aus.

Auch Paula war begeistert. »Sie sind wunderschön!«

Wie eine winzige Karawane entstiegen sie dem Transporter. Erst das schneeweiße Alpaka, dann eines mit sandfarbenem Fell und schließlich eines in einem dunkleren Braunton. Alle drei hatten diesen charakteristischen Vorwitz in den Augen, mit dem sie sich umsahen. Und ihre spitzen Ohren zuckten bei jedem neuen Geräusch.

Elvis beobachtete die Ankunft seiner Artgenossen mit großem Interesse. Er zögerte eine Weile, näherte sich ihnen dann aber mit langsamen Schritten an. Neugierig reckte er den Hals und beschnupperte die Neuankömmlinge.

Paula hielt vor Anspannung die Luft an.

Es war eine vorsichtige Begegnung, die von ungestümem Schnauben und leichten Berührungen geprägt war. Immer wieder näherten sich die Tiere an und stoben dann auseinander. Nach einer Weile schienen die Alpakas zu dem Entschluss gekommen zu sein, dass sie sich alle mochten.

Was dann folgte, ließ Paulas Herz höherschlagen. Die vier begannen plötzlich in spielerischen Sprints über die Wiese zu galoppieren, als wollten sie sich gegenseitig übertrumpfen. Es war wunderbar zu sehen, wie sie mit fliegenden Haarschöpfen über das Grün hüpften, sich gegenseitig neckten und herumtollten.

Sogleich fühlte sie sich von der leichten und fröhlichen Stimmung der Tiere angesteckt.

Gustav näherte sich ihr, ließ dabei die Tiere aber nicht aus dem Blick. In seinen Zügen lag Zufriedenheit. »Das scheint doch ganz gut geklappt zu haben.« Lächelnd klopfte er sich den Staub von den Händen.

»Und du hast die Tiere wirklich umsonst bekommen?«, wollte Paula wissen.

Er nickte. »Sie kommen von einem Hof, den ich als Tierarzt früher oft besucht habe. Das Besitzerpärchen ist schon recht betagt und schafft es einfach nicht mehr, sich um alle Tiere zu kümmern.«

Sie war dankbar dafür, dass er sich die Mühe machte, Deutsch mit ihr zu sprechen. Überhaupt war sie äußerst angetan davon, wie jeder auf diesem Hof bemüht war, nett zu ihr zu sein. Dabei hätte Gustav genauso gut auf Schwedisch mit ihr reden können. Sie verstand die Sprache größtenteils, bloß mit dem Sprechen tat sie sich schwer. *Noch* …

Paula hatte schon immer ein ausgesprochenes Sprachtalent gehabt und mit jedem Tag ging ihr diese, mit dem Deutschen verwandte, Sprache leichter von den Lippen.

»Es war den beiden wichtig, dass die Tiere es gut haben. Ich denke, es ist eine Win-win-Situation für alle. Elvis bekommt Gesellschaft und die ursprünglichen Besitzer wissen ihre Tiere gut versorgt.«

»Sie sind bei uns in den allerbesten Händen«, versicherte Ashley, die den Blick gar nicht mehr von den Alpakas abwenden konnte.

»Auf jeden Fall bin ich sicher, dass Elvis nun glücklicher sein wird. Alpakas brauchen ihre Artgenossen.«

»Wie wir Menschen.« Paula nickte gedankenvoll. »Wie heißen sie denn?«, wollte sie wissen, doch Gustav zuckte nur mit den Achseln.

»Das habe ich vergessen zu fragen. Vielleicht haben sie keine Namen.«

Paula sah ihn alarmiert an. »Aber das geht doch nicht!«

»Dann müssen wir ihnen eben Namen geben«, befand Ashley. »Also, wie lauten die Vorschläge?«

Paula zog die Stirn kraus, dachte angestrengt nach. »Da wir schon einen Elvis haben«, murmelte sie, »sollten wir vielleicht in dem Stil weitermachen.«

Ashley musterte sie: »Du meinst, nach Musiklegenden?«

Gustav grinste: »Das wäre doch mal etwas! Ein Streichelzoo voller Rockstars.«

»Genau das meine ich!«, entgegnete Paula. »Rock 'n' roll im Streichelzoo! Was haltet ihr von Roy, so wie Roy Orbison? Der Name würde doch wunderbar zu dem Tier mit dem dunklen Fell passen.«

Ashley quiekte vergnügt. »Oh, das gefällt mir! Und wie wäre es mit Buddy für den dort mit den weißen Flecken um die Augen? Buddy Holly trug ja immer diese markanten Brillen. Das passt doch irgendwie.«

Gustav zeigte auf das letzte Alpaka: »Dann sollte dieser Junge hier Chuck heißen. Wie Chuck Berry.«

Paula war begeistert: »Roy, Buddy und Chuck … Das klingt fantastisch! Ich glaube, Elvis wird sich gut mit seinen neuen Bandmitgliedern verstehen.«

Die Alpakas hatten derweil das Fangenspiel beendet und grasten nun friedlich, wobei sie ab und an die Köpfe hoben und neugierig in die Runde schauten.

Mit dem Blick auf die Tiere vernahm Paula plötzlich hinter sich ein leises Rascheln. Ein angenehm kühler Windhauch, der ihr den Schweiß an den Armen trocknete, trug das Geräusch zu ihnen herüber. Sie drehte sich um und erkannte die drei Archäologen, die aus dem dichten Wald traten. Sie hatten schwere Rucksäcke geschultert und sahen erschöpft aus.

Ashley hob die Hand und winkte ihnen: »Na, hattet ihr einen erfolgreichen Tag?«

Die drei nickten kurz zu ihr rüber, und einer von ihnen, der einen langen Ziegenbart trug, murmelte: »Es war … interessant.«

»Wir haben neue Hofbewohner.« Ashley vollführte eine präsentierende Geste. »Schaut doch nur, sind sie nicht niedlich?«

»Ja, sehr schön«, entgegnete der am ältesten aussehende Mann, von dem Paula glaubte, dass er Olle hieß. Doch ein richtiges Interesse schien keiner von ihnen an den Alpakas zu haben.

Paula stutzte. Sie hatte die drei Männer als aufgeschlossene Gesellen kennengelernt, die stets in Plauderlaune waren, Scherze machten und gerne einen zur Brust nahmen. Sie derart zugeknöpft zu erleben verwunderte sie. Dazu spürte sie eine gewisse Distanz in ihrer Haltung. Sie sah, dass einer der Archäologen einen langen, schmalen Gegenstand in den Händen hielt und sich so von ihnen wegdrehte, als wollte er ihn verbergen. Er war mit einem groben Leinentuch umwickelt. Die Form dieses Gegenstands ließ Paulas Gedanken sofort in eine ganz bestimmte Richtung schweifen.

In gebührendem Abstand zogen die drei an ihnen vorbei und hielten auf direktem Weg auf ihre Unterkunft zu.

»Was haben die es denn so eilig?«, murmelte Ashley neben ihr.

Paula zuckte nachdenklich mit den Schultern, bevor sie sich wieder den Alpakas zuwandte. Eines der Tiere gab gerade ein lustiges Fiepen von sich, was auch sie zum Lachen brachte. Aber tief in ihr brodelte weiterhin die Neugier.

Dieser mysteriöse Gegenstand, den sie bei sich trugen, erweckte einen Verdacht in ihr.

»Seltsame Burschen«, meinte Ashley noch, dann wandte sie sich Gustav zu und half ihm dabei, die Rampe des Pferdetransporters hochzuklappen und sicher zu verriegeln.

Schwedisch für Anfänger – Teil 13

»Döm inte hunden efter pälsen.«
Wörtlich: Beurteile den Hund nicht nach seinem Fell.
Bedeutet: Man sollte sich nicht von Äußerlichkeiten blenden lassen.

28
WAS KÜMMERT DA NOCH DIE FRISUR?

»Ich fühle mich absolut unpassend gekleidet!«

»Unsinn, du siehst umwerfend aus!«

Ina musterte sich eingehend, konnte aber die Begeisterung, die sie vom Gesicht ihrer Tochter ablas, nicht so recht nachvollziehen.

Sie stand im vollen Licht ihres Schlafzimmers, den Körper eingehüllt in ein smaragdgrünes Abendkleid, das ihre Figur überaus vorteilhaft betonte. Alles daran gefiel ihr, selbst das Dekolleté war nicht zu tief ausgeschnitten, ließ jedoch genügend Raum, um einen Hauch ihrer sonnengebräunten Haut und das funkelnde Diamantencollier zu zeigen. Das Schmuckstück war eine Leihgabe von Agneta, und sie wollte gar nicht erst wissen, wie viel Geld da um ihren Hals hing. Zumindest hatte Agneta ihr versichert, dass es nicht aus dem gestohlenen Fundus des Königshauses stammte und sie keinen Ärger zu erwarten hätte, wenn man sie damit sah. Ina konnte ihr nur vertrauen.

Mit einem prüfenden Blick zupfte sie die Ärmel zurecht.

»Halt doch mal still, Mutter«, murmelte Paula konzentriert, während sie die letzten Haarnadeln setzte, damit Inas Hochsteckfrisur nicht bei der ersten Windböe in sich zusammenfiel.

Sie betrachtete sich weiter im Spiegel und fühlte das Kribbeln der Nervosität in ihrem Bauch.

»Meinst du wirklich, das ist nicht zu dick aufgetragen?«, fragte sie unsicher und zupfte am Dekolleté herum, das ihr nun doch etwas zu weit ausgeschnitten vorkam.

Paula trat einen Schritt zurück und sah sie liebevoll an. »Du siehst atemberaubend aus, Mama. Wirklich königlich. Perfekt für diesen Anlass.«

Ina zog behutsam die feinen Stofffalten ihres Kleides glatt. Sie mochte die wohlwollenden Worte ihrer Tochter und glaubte allmählich selbst, dass sie gar nicht mal so übel in ihrem Dress aussah. Auch gefiel ihr, wie Paula sie geschminkt hatte. Nicht zu übertrieben, aber doch so, dass die Vorzüge ihres Gesichts perfekt zur Geltung kamen. Besonders ihre Augen strahlten. Mit dem kunstvollen Lidstrich und dem sanften Lidschatten wirkten sie geradezu geheimnisvoll.

Paula stieß ein unbestimmtes Lachen aus, während sie die letzte Spange in der Frisur versteckte. »Du hättest das heute sehen sollen«, sagte sie. »Es ist wirklich erstaunlich, wie sehr sich Elvis verändert hat, seit die anderen Alpakas angekommen sind. Er scheint so viel glücklicher und ausgelassener zu sein.«

Auch Ina schmunzelte. Es gefiel ihr, wie sehr ihre Tochter in der Arbeit mit den Tieren aufging. Richtiggehend zugänglich war sie seitdem geworden.

Doch dann wechselte Paulas Mimik schlagartig. Ihre Augen wurden schmaler und ein nachdenklicher Ausdruck breitete sich auf ihrem Gesicht aus. Ina erkannte diesen Blick sofort. So sah sie selbst auch aus, wenn sie über etwas nachgrübelte, was sie einfach nicht losließ.

»Was hast du?«, fragte sie.

Paula seufzte und begann zögerlich: »Ich weiß, es klingt vielleicht albern, aber als die Alpakas heute Morgen ankamen, habe ich die Archäologen gesehen. Sie kamen gerade aus dem Wald und … sie verhielten sich wirklich seltsam.« Sie betrachtete Ina durch den Spiegel hinweg. »Eigentlich wollte ich dir das schon längst erzählen, aber die Alpakas …«

Inas Stirn legte sich in Falten. »Inwiefern verhielten sie sich seltsam?«

Paula zögerte einen Moment, bevor sie fortfuhr: »Einer von ihnen hatte etwas bei sich, etwas Längliches, und er schien es vor uns verbergen zu wollen. Leider konnte ich nicht genau erkennen, was es war, aber … für mich hatte es die Form eines Schwertes.«

»Bitte was?!«

Inas Gedanken wirbelten im rasenden Tempo durcheinander. »Bist du dir sicher?«

»Nein.« Paula schüttelte zunächst den Kopf, nickte dann aber. »Vielleicht bin ich es doch.«

Bevor Ina etwas dazu sagen konnte, hallte ein energisches Klopfen durch das Haus. Zeus bellte und sie beide zuckten erschrocken zusammen.

»Das wird wohl deine Begleitung sein!« Paula schlug die Hände zusammen. »Wie romantisch. Meine Mutter wird zu ihrem Ball abgeholt.«

Inas Puls beschleunigte sich.

»Los«, forderte Paula. »Mach ihm schon auf!« Sie umfasste ihre Schultern und drehte sie in Richtung der Schlafzimmertür. Dann gab sie ihr einen Klaps auf den Hintern und Ina setzte sich wie ferngesteuert in Bewegung. Auf dem

Weg durch den Flur atmete sie mehrere Male tief ein und aus, versuchte, ihren Herzschlag zu beruhigen. Vor der Tür blieb sie stehen, schloss für einen kurzen Moment die Augen und legte die Hand auf die Klinke. Als sie die Tür aufzog und gleichzeitig die Augen öffnete, verschlug es ihr die Sprache. Buchstäblich.

Unmittelbar vor ihr stand Svante. Und auch wieder nicht. Zumindest war die Person vor der Tür in keiner Weise mit der Svante-Version vergleichbar, die sie bislang gekannt hatte.

Sie blinzelte mehrmals, als müsste sie eine Illusion vertreiben. Doch das Bild, das sich ihr bot, blieb gleich. Der Svante, den sie kannte – der raue, naturliebende Holzfällerverschnitt, mit seinen wilden grauen Haaren, dem typischen Flanellhemd und dem buschigen Vollbart –, schien verschwunden zu sein. An seiner Stelle stand ein stattlicher Herr, der in einem makellosen dunklen Anzug steckte.

Seine Haare waren nun zurückgekämmt. Der Vollbart war sorgfältig gestutzt und gab seinem Gesicht eine gewisse Schärfe, die sie nie zuvor an ihm bemerkt hatte. Doch was sie am meisten überraschte, war das prächtige Emblem auf seiner Brust. Es war ein Orden in Form eines Sterns, der kunstvoll in Blau und Gelb, den Farben der schwedischen Flagge, gehalten war. Die einzelnen Zacken des Sterns strahlten in einem glänzenden Gold, und in der Mitte war ein saphirblauer Stein eingebettet, der das restliche Sonnenlicht des Tages reflektierte.

Ina schluckte schwer. »Svante?«, flüsterte sie fast ungläubig. Sie schaute ihm in die Augen, versuchte, in ihnen den vertrauten Freund zu erkennen. Sie meinte, einen Funken von Stolz in seinem Blick zu lesen – aber auch eine gewisse

Unsicherheit. Es schien, als wollte er herausfinden, ob ihr diese Version seiner selbst gefiel.

Er wollte etwas sagen, schloss aber sogleich wieder den Mund und musterte sie eingehend.

»Du«, begann er, verstummte und räusperte sich umständlich. »Du siehst fantastisch aus.«

Ina konnte sich ein Lächeln nicht verkneifen.

»Ich hätte beinahe das Gleiche von dir gesagt«, erwiderte sie mit einem Zwinkern. »Ich meine, ich habe dich kaum wiedererkannt. Du siehst … erhaben aus. Und dieser Orden!« Sofort war ihr klar, dass es sich hierbei um den Polaris-Orden seines Großvaters handeln musste. Er machte sich an Svantes Brust außerordentlich gut, verlieh ihm etwas wahrhaft Aristokratisches. Und da wurde ihr wieder klar, dass dieser Mann genau das war – ein Aristokrat.

»Bist du bereit?« Er reichte ihr den Arm, sodass sie sich elegant bei ihm einhaken konnte.

Als sie den Bungalow verließ, blickte sie hoffnungsvoll auf die Straße hinaus, erwartete den Anblick einer glänzenden Limousine mit den königlichen Wimpeln, die an den Kotflügeln flatterten. Doch da war nichts. Kein Auto stand auf der Straße vor dem Haus. Sie stutzte, wollte etwas sagen, doch ein Dröhnen in der Luft ließ jedes Wort ersterben. Es wurde mit jedem Augenblick lauter und durchdringender. Ein plötzlich aufkommender Sturm riss an ihrem Kleid und fegte das Laub von den Bäumen. Inas aufwendige Frisur, an der Paula so lange gearbeitet hatte, wurde binnen Sekunden ruiniert. Locken, Strähnen und Haarnadeln lösten sich und flogen wild um ihr Gesicht. Der Schatten eines herannahenden Helikopters legte sich auf sie. Wie ein gigantischer Raubvogel tauchte er über den Bäumen auf und setzte zur Landung auf der großen Wiese hinter ihrem Haus an. Svante zog sie mit sich, rief ihr irgendetwas zu, was bei dem Lärm jedoch unmöglich zu verstehen war.

Erst als der Helikopter mit einem letzten kraftvollen Ruck auf dem Boden landete, wurde ihr das Ausmaß dieser Überraschung bewusst. Sie würden nicht in einer luxuriösen Limousine zum Jubiläum chauffiert werden. Nein, stattdessen sollten sie den Weg dorthin in diesem beeindruckenden Fluggerät zurücklegen.

Wie aufregend! Ihr Herz hämmerte wild. Was kümmerte sie da noch ihre Frisur?

29

RITTER DES POLARIS-ORDENS

Als ihre Füße wieder festen Boden berührten, stockte Ina der Atem. Direkt vor ihr erhob sich das Tjolöholms Slott, und es kam ihr vor, als hätte der Helikopter sie nicht südlich von Göteborg abgesetzt, sondern sogleich in eine andere Zeit verfrachtet. Schon der erste Blick auf das am Ufer gelegene Schloss hatte sie während der Landung mit einer tiefen, fast ehrfürchtigen Bewunderung erfüllt. Es lag eingebettet in eine von Felswänden geschützte Mulde und erinnerte sie an eine Austernperle.

Nun aber unmittelbar davorzustehen, machte sie schlichtweg sprachlos.

Sie war vollkommen überwältigt, vergaß alles andere um sich herum – selbst den lärmenden Hubschrauber in ihrem Rücken, der ihre Frisur endgültig vernichtete.

»Schön, nicht wahr?«, schrie Svante ihr entgegen. Zumindest glaubte sie, dass er das sagte. Das Dröhnen der Rotoren übertönte jeden anderen Laut. Er nahm sie an die Hand und führte sie weg vom Hubschrauber, hin zum Haupteingang des Schlosses, das im sanften Zwielicht der schwedischen Sommernacht in einen mystischen blauen Schein gehüllt war. Rasch richtete Ina ihr Haar, so gut es eben ging. Das gesamte Schlosspersonal schien aufmarschiert zu sein, um sie zu begrüßen und wie ein Königspaar zu hofieren. Ein Mann in einer makellosen Uniform mit goldfarbenen Knöpfen schritt voran, gefolgt von einer Reihe weiterer Angestellter, die in feinste Livree gekleidet waren.

Ina schaffte es kaum, ihre Überraschung zu verbergen, als sie bemerkte, wie sehr das Personal Svante umschwärmte. Und es blieb nicht bei den Angestellten. Zahlreiche Gäste, die sich in den Fluren und Salons des Schlosses aufhielten, wandten sich ihnen zu und betrachteten Svante mit großen Augen. Geflüster und Getuschel erfüllten die Luft. Er selbst schien die Aufmerksamkeit mit einer Mischung aus Unbehagen und Resignation zu ertragen. Ina spürte förmlich, dass er sich in dieser prunkvollen Umgebung und unter den prüfenden Blicken all der überaus vornehm gekleideten Menschen nicht wohlfühlte. Sie legte sanft eine Hand auf seinen Arm und flüsterte ihm aufmunternde Worte zu. Doch auch sie konnte ihre Nervosität nicht unterdrücken.

»Wer sind denn all diese Menschen?« Sie trat auf die Zehenspitzen, um dicht an sein Ohr zu kommen.

»Hauptsächlich Mitglieder und Freunde des Ordens«, erwiderte Svante ebenso flüsternd. »Mit deren Begleitungen. Es ist ein recht großer Orden.«

»Aber warum schauen sie dich so aufmerksam an?«

Svante schüttelte den Kopf. »Sie schauen nicht mich an, sondern dich.« Er lächelte. »Sieh doch nur, wie wundervoll du aussiehst.«

Ina grinste verschmitzt zurück. Sie freute sich über das unverhoffte Kompliment, wenngleich es nicht der Wahrheit entsprach.

»Nein, Svante, sie meinen dich.«

»Sie meinen nicht wirklich mich«, hielt er dagegen, während der sich auf die Brust tippte. »Sie bewundern den Orden. Und sie wissen um die Bedeutung meines Großvaters, der ein Ehrenmitglied der Polaris-Ritter war.« Er stieß ein lang gezogenes Schnaufen auf. »Außerdem wissen sie wohl von meiner Zugehörigkeit zum Königshaus.«

Ina war wie gebannt. Sie stammte aus einer Kultur, in der die Aristokratie keine Rolle mehr spielte. Doch in Schweden war das Königshaus allgegenwärtig. Aus dieser Sichtweise betrachtet, war es daher kaum überraschend, dass Svante in den Augen der Royalisten eine Art Berühmtheit war. Diese Vorstellung hatte durchaus ihren Reiz für sie. Selbstbewusst hakte sie sich bei ihm unter, als wollte sie der Welt verkünden: Er ist mein – und nur mein!

»Danke!« Sie schenkte ihm ein glückseliges Lächeln, das noch breiter wurde, als er sie verwundert anblickte. »Danke? Wofür?«

»Dafür, dass ich deine Begleitung sein darf.«

Während der Mann mit der Goldknopf-Uniform sie durch den monumentalen Schlosseingang führte, wurde Ina von der Magie dieses Ortes in Beschlag genommen. Sie verzweifelte schier an dem Versuch, die Fülle von Details aufzunehmen, die sich vor ihr ausbreiteten. Es fühlte sich an, als beträte sie eine andere Welt – eben eine aus Märchen und Legenden. Schon bald erreichten sie eine große Halle, in der riesige Kristallleuchter von der Decke hingen, so groß und funkelnd, dass es ihr ein weiteres Mal den Atem raubte.

»Der Ballsaal«, verkündete der Uniformierte.

Das Licht brach sich in unzähligen Facetten und tauchte alles um sie herum in ein funkelndes Lichtermeer. Mit den Rängen und den elegant geschwungenen Balkonen erinnerte Ina dieser Saal eher an ein opulentes Theater. Nun fühlte sie sich wirklich wie eine Prinzessin, die in ein Märchenschloss getreten war. Sie konnte kaum glauben, dass solch ein Ort noch existierte. An der Hand von Svante schien sie zu schweben und für einen Moment vergaß sie alle Sorgen und ließ sich von der zeitlosen Schönheit dieses Schlosses verzaubern.

Der Ballsaal war voller Gäste, die das Parkett regelrecht bevölkerten. Wo sie nur hinschaute, sah sie Männer in vornehmen Anzügen und Frauen in prachtvollen Abendkleidern. Es war ein Schaulauf der Eleganz und Extravaganz. An Svantes Seite tauchte sie ein in ein Meer von Samt, Seide und Satin, das in allen erdenklichen Farben schillerte. Nunmehr hatte Ina das Gefühl, sogar ein wenig underdressed zu sein. Als würde Svante ihre plötzliche Unsicherheit bemerken, verstärkte er den Griff seiner Hand und schenkte ihr ein souveränes Lächeln. »Du siehst zauberhaft aus.«

Ihr wurde warm ums Herz. Und doch war sie völlig überwältigt von all den Eindrücken und den vielen Menschen um sie herum. Sie schätzte, dass mehrere Hundert Gäste anwesend waren. Der sanfte Klang von Violinen drang an ihr Ohr. Als sie den Blick in die Richtung wandte, von der die Melodie kam, sah sie Musiker auf einem Podium sitzen, die mit ihren weiß gelockten Perücken und burgunderroten Samtjacketts direkt aus einem Gemälde der Renaissance entsprungen zu sein schienen.

Ehe sie alles um sich herum wirklich erfassen konnte, traten sie einem imposanten Herrn mit breiten Schultern und ausladendem Bauch entgegen, dessen Präsenz eine beinahe greifbare Energie ausstrahlte.

»Herzog Hendrik Aminoff von Västergötland«, verkündete der Goldknopf feierlich.

Der Herzog strahlte eine Mischung aus Autorität und leiser Melancholie aus, die Ina sofort fesselte. Er trug eine maßgeschneiderte Robe und an seinem Finger blitzte ein auffälliger Siegelring.

»Svante«, grüßte er mit einer warmen, tiefen Stimme. »Lange ist es her!«

Svante erwiderte den Gruß ebenso herzlich: »Hendrik.«

In einer eleganten Drehung wandte er sich Ina zu. Seine Bewegungen waren anmutig und voller Würde, als er ihre Hand ergriff und einen Handkuss andeutete. Dabei verbeugte er sich sogar vor ihr. Ina war verzaubert.

»Madame«, begann er respektvoll. »Willkommen auf Schloss Tjolöholm. Ich hoffe, die Reise war nicht allzu beschwerlich?«

»Iwo!« Ina winkte mit der freien Hand ab. »Wir sind mit einem Hubschrauber geflogen.« Sie gluckste aufgeregt und spürte zugleich, wie sich ihre Wangen röteten. Himmel, was redete sie da bloß!?

Der Herzog fixierte sie kurz mit einem durchdringenden Blick, lächelte dann aber wohlwollend. »Ich fürchte, ich muss Svante für einen Moment entführen. Wir haben noch einige wichtige Details bezüglich des heutigen Programmablaufs zu besprechen.«

Ina nickte verständnisvoll und ließ ihre Begleitung mit einem ermutigenden Lächeln ziehen.

Doch kaum, dass er weg war, überkam sie ein Gefühl der Verlorenheit. Umgeben von so vielen fremden Menschen, fühlte sie sich plötzlich seltsam allein. Unschlüssig blickte sie sich um und ihre Unsicherheit wuchs mit jeder Sekunde. Selten hatte sie sich so fehl am Platze gefühlt.

Gerade als sie überlegte, ob es unhöflich wäre, sich

einfach zurückzuziehen, schritt ein Kellner mit einem Tablett heran, auf dem er mehrere langstielige Gläser balancierte.

»Champagner, Madame?«, fragte er mit einem zuvorkommenden Lächeln.

»Oh, ja, unbedingt!« Sie ergriff ein Glas und stürzte den Champagner in einem Zug runter. Der Alkohol prickelte in ihrer Kehle, breitete sich wärmend in ihrer Magengegend aus und ließ ihre Nerven etwas ruhiger werden.

Bevor der Ober sich weiterbewegen konnte, griff sie schnell nach einem zweiten Glas.

Mit neuem Selbstbewusstsein schlenderte sie durch die Menge, entspannte sich mit jedem weiteren Schluck. Und da erst wurde ihr bewusst, dass sie schon Wochen in der Einöde Smålands verbrachte, tagein und tagaus umgeben von denselben Menschen. Bislang hatte ihr das nichts ausgemacht, doch nun, inmitten all dieser neuen Eindrücke, durchflutete sie der Rausch der Sehnsucht. Immer schon war sie ein Stadtmensch gewesen. Umso mehr verwunderte es sie, wie gut sie mit dem schwedischen Hinterland klarkam, ohne den Trubel zu vermissen. Das änderte aber nichts daran, dass sie genau diesen jetzt in vollen Zügen genoss. Nicht nur das: Einige der Herren bemerkten sie, als sie vorbeiging. Sie warfen ihr kurze anerkennende Blicke zu, flirteten sogar mit ihr. Ina zeigte sich unbeeindruckt, insgeheim aber gefiel es ihr. Es war lange her, dass sie das letzte Mal derart umworben worden war.

Während sie sich mit zunehmender Sicherheit durch den Saal bewegte, wurde ihre Aufmerksamkeit von einer vertrauten Melodie eingefangen. Sie liebte sie, aber deren Name wollte ihr partout nicht einfallen. Gebannt steuerte sie das kleine Orchester an, schloss die Augen und ließ sich von der Musik umhüllen. Nach einer Weile sah sie wieder auf und ließ den Blick langsam durch den Ballsaal gleiten. Als Kind hatte sie immer davon geträumt, wie eine Prinzessin auf solch einer Veranstaltung zugegen zu sein. Nun, sechzig Jahre später, war sie es. Wenn das kein Grund zum Glücklichsein war. *Unglaublich, was das Leben alles bereithält, wenn man sich nur darauf einlässt!*

Sie betrachtete die umstehenden Frauen in ihren atemberaubenden Roben und den kunstvollen Hochsteckfrisuren. Fast instinktiv fuhr sie ordnend durch ihre zerzausten Haare. *Und wenn schon,* dachte sie unbekümmert. *Dafür hat mein Prinz mich mit einem Hubschrauber abgeholt!*

Ihre Aufmerksamkeit wurde von einer Gruppe besonders lebhaft plaudernder Gäste abgelenkt. Sie schenkte ihnen nur einen kurzen Blick, wollte sich wieder abwenden. Aber etwas ließ sie innehalten. Denn unter den vielen Gesichtern schien ihr eines seltsam vertraut. Sie blinzelte, unsicher, ob sie ihren Augen trauen konnte. Das Lächeln, die Haltung, sogar die Art, wie er sprach – all das erinnerte sie stark an jemanden, den sie zu kennen glaubte. War das möglich?

Ihr Herzschlag beschleunigte sich, als sie realisierte, wer dieser Mann war: Gustav, der Tierarzt.

Konnte er das wirklich sein? Ein letzter Restzweifel blieb, denn er war ebenso vornehm in einen schwarzen Smoking gekleidet wie all die anderen Gäste um ihn herum. Auch trug er das Haar anders als üblich. Es war zu einem akkuraten Seitenscheitel gezogen und nicht so wild und ungeordnet, wie sie es eigentlich an ihm kannte.

So unwahrscheinlich es auch war, Ina war sich zunehmend sicher, ihren neuen Nachbarn vor sich zu haben. Und das freute sie. Endlich ein bekanntes Gesicht inmitten der fremden Menschen.

Sie überlegte, ob sie zu ihm gehen sollte, um ihn zu grüßen. Er schien jedoch sehr in das Gespräch mit den Männern vertieft zu sein. Doch das war nicht das Einzige, was sie davon abhielt. Warum war er hier? Wie hatte er in diesen erlauchten Kreis Einlass gefunden?

Gerade als sie den Entschluss gefasst hatte, auf ihn zuzugehen, spürte sie eine sanfte Berührung an ihrer Schulter. Überrascht drehte sie sich um und blickte in das Gesicht eines älteren Herrn. Er hatte ein charmantes Lächeln auf den Lippen, aber seine Augen funkelten beinahe anzüglich.

»Was macht solch eine bezaubernde Dame allein auf einer so prachtvollen Feier?«, fragte er in einem übertriebenen Tonfall.

Ina lächelte verkniffen. »Ich genieße einfach ganz für mich allein die Musik und die Atmosphäre.«

»Die Musik ist wahrlich entzückend.« Er vollführte eine präsentierende Geste in Richtung des Orchesters – beinahe so, als wäre er der Dirigent. »Das ist das ›Air‹ aus der dritten Orchestersuite von Johann Sebastian Bach. Ein Meisterwerk, nicht wahr?«

Bach. Das war es!

Der Mann musterte sie ausgiebig, und Ina wusste gar nicht, wohin mit ihrem Blick. Viel zu dicht stand er neben ihr – so nahe, dass sie jede grobe Pore auf seiner Nasenspitze sah.

Auf einmal wurde sein Lächeln doppeldeutig. Er beugte sich nach vorn, als wollte er ihr ein Geheimnis zuraunen. »Bist du wirklich ganz alleine hier?«

Ina wich unbehaglich zurück. »Ich, ähm …«

»Nein, ist sie nicht!«

Ein großer Schatten trat an ihre Seite. Ein düsteres Brummen verriet Ina, dass Svante sich genähert hatte.

»Es wäre ratsam, wenn du dich von hier entfernen würdest.«

Der Mann schaute von Ina zu Svante, sein Gesicht wurde blasser. Und noch blasser, als er den Orden an dessen Brust bemerkte. »Natürlich, Graf«, murmelte er und wandte sich ohne ein weiteres Wort ab.

Wenngleich sie froh über sein Auftauchen war, schaute sie Svante mahnend an. »Du musst nicht meinen Retter spielen. Ich kann mich durchaus selbst verteidigen.«

»Das weiß ich«, erwiderte er sanft. »Aber ich konnte nicht einfach zusehen, wie dieser Mann dich belästigt. Es tut mir leid, wenn ich übergriffig geworden bin.«

»Schon vergeben.«

Er nahm ihr das leere Champagnerglas aus der Hand und stellte es auf das Tablett, das ein Kellner gerade an ihnen vorbeitrug. Ina streckte im Reflex die Hand aus, zog sie aber wieder zurück. Vermutlich war es besser, wenn sie sich mit dem Alkohol ein wenig zurückhielt.

»Du wirst es nicht glauben, wen ich gerade hier gesehen habe«, flüsterte sie aufgeregt und suchte mit ihrem Blick die umstehenden Gäste ab. Sie stellte sich auf die Zehenspitzen, in der Hoffnung, Gustav zu erspähen, aber sie sah ihn nirgends mehr.

Nanu?

»Wen denn?«, fragte Svante neugierig, während er ihrem Blick folgte.

Noch bevor Ina antworten konnte, ertönte ein tiefer Gong, der sämtliche Gespräche abrupt verstummen ließ. Aller Augen wanderten nach oben, als ein heller Scheinwerfer einen der Balkone ins Rampenlicht rückte. Dort stand Herzog Hendrik Aminoff. Die schimmernden Strahlen des Scheinwerfers verliehen ihm eine fast überirdische Erscheinung.

»Meine verehrten Schwestern und Brüder«, begann er mit seiner tiefen Stimme, die durch den Saal hallte. »Es ist mir eine Ehre und zugleich ein Privileg, heute Abend hier zu stehen, um das Jubiläum des Polaris-Ordens gemeinsam mit euch zu feiern …«

Ina schaffte es nicht, sich auf die Worte des Herzogs zu konzentrieren. Immer wieder schweifte ihr Blick auf der Suche nach Gustav durch die Reihen. Wo war er hin? Eben hatte sie ihn doch gesehen, inmitten der elegant gekleideten Männer. Jetzt war er wie vom Erdboden verschluckt. Und das ausgerechnet bei der Rede des Gastgebers? Ihre Nasenspitze kribbelte. Für sie lag da etwas in der Luft, das sie nicht so recht einordnen konnte. Sie stieg erneut auf die Zehenspitzen und flüsterte in Svantes Ohr: »Entschuldige, ich müsste mal kurz wohin«, murmelte sie.

»Aber … jetzt?« Er bedachte sie mit einem überraschten, ja, fast entsetzten Blick, aber ehe er etwas erwidern konnte, hatte sie sich auch schon in Bewegung gesetzt.

Sie schlängelte sich durch die Menge und suchte den gesamten Saal ab, in der Hoffnung, Gustav wiederzufinden. Doch alles, was sie sah, waren fremde Gesichter.

Gerade als sie mit dem Gedanken spielte, ihre Suche abzubrechen und zurück zu Svante zu gehen, erblickte sie seine vertraute Gestalt. Da war er – Gustav. Den Rücken ihr zugewandt, ging er zügig durch einen der weniger frequentierten Seitenausgänge. Ina nahm die Verfolgung auf. Direkt hinter dem Ausgang eilte er eine Treppe hinunter, die in einen weniger einsehbaren Bereich des Anwesens führte.

Ina wollte nach ihm rufen, aber da war er auch schon wieder aus ihrem Sichtfeld verschwunden. Die geschwungene Treppe führte sie in einen Gewölbekeller, der so spärlich ausgeleuchtet war, dass ihre Augen sich erst einmal an die Lichtverhältnisse gewöhnen mussten. Ob es hier zu den Toiletten ging?

Ein Geräusch ließ sie innehalten und dann hörte sie gedämpfte Stimmen. Sie meinte, die von Gustav zu erkennen, doch etwas an dem Tonfall eines anderen Mannes irritierte sie. Er klang beinahe aggressiv. Und da war noch eine Stimme …

Vorsichtig näherte Ina sich und spähte um die Ecke eines Pfeilers. Was sie sah, waren lediglich drei Schatten, die sich auf dem Steinboden abzeichneten.

»Du hattest versprochen, das Richtige zu tun. Und nun? Wo bleibt deine Wiedergutmachung?«, sagte einer der Männer vorwurfsvoll.

»Der Obere Bruder ist alles andere als erfreut. Es ist nicht klug, ein Versprechen ihm gegenüber nicht zu halten«, warnte der andere, seine Stimme ebenso eindringlich.

»Bitte, ich habe es versucht, aber …«

Ina hielt den Atem an, um mehr zu verstehen. War das die Stimme von Gustav? Der hallende Klang des Gewölbekellers machte es schwierig, ihn herauszuhören.

»Ich war so nah dran«, hörte sie ihn wieder. »Hatte es schon …« Die Stimme brach ab, der Mann schien nach den richtigen Worten zu suchen.

»Dein Versprechen war deine letzte Chance. Jetzt, wo du es nicht eingehalten hast, schließen sich die Türen für dich …« Nun war es die Stimme des anderen Mannes, der den Satz unvollendet ließ. Die Drohung hing jedoch spürbar in der Luft.

»Bitte! Ich werde es wiedergutmachen«, kam es beinahe flehentlich zurück.

Kurzzeitig wurde es still.

Unheilvoll still.

»Ich schlage vor, du klärst es mit ihm selbst.«

»Was? Aber …«

Sie hörte hastige Bewegungen, drückte sich im Reflex fest hinter den Pfeiler. Doch die Schritte kamen nicht auf sie zu, sondern entfernten sich.

Ina hielt die Luft an, lauschte gebannt. Wartete.

Sie wurde das Gefühl nicht los, dass sie da in etwas hineingestolpert war, was sie überhaupt nichts anging. Das war ihrer Neugier jedoch reichlich schnuppe. Sie löste sich vorsichtig vom Pfeiler und spähte erneut um die Ecke, doch niemand war zu sehen. Ganz in der Nähe schnappte eine Tür zu. Wie auf Samtpfoten schlich sie den Gang entlang, der offenbar in den Weinkeller führte – zumindest deutete das Schild mit der Aufschrift »Vinkällare« darauf hin. An der Wand gegenüber entdeckte sie eine Tür, allerdings ohne Klinke, nur mit einem Knauf. Sie rüttelte daran, doch sie ließ sich nicht öffnen. Stattdessen bemerkte sie ein Feld für eine Magnetkarte – offensichtlich als Schlüsselersatz.

Verdammt!

Hier endete also ihre verdeckte Ermittlung.

Jetzt blieb ihr nur noch der Rückzug. Auf dem Weg zu Svante wollten ihre Gedanken einfach nicht zur Ruhe kommen. Was war die mysteriöse Wiedergutmachung, von der die Männer gesprochen hatten? Wer war der »Obere Bruder« und was hatte Gustav mit alldem am Hut?

Schwedisch für Anfänger – Teil 14

»Lagom är bäst!«
Wörtlich: Mäßigung ist am besten!
Bedeutet: Weder zu viel noch zu wenig,
sondern genau richtig!

30
MIT ALLER LEIDENSCHAFT

Ina wankte ein wenig, als sie das Turmzimmer betrat. Ihr taten die Beine vom vielen Tanzen weh. Sie hatte gar nicht gewusst, dass Svante solch ein leidenschaftlicher Tänzer war. Er hingegen wirkte, als hätten ihm weder der Alkohol noch das Tanzen irgendetwas anhaben können. Sie sah ihn ungläubig an.

»Und das ist wirklich alles für uns heute Nacht?«

Er lockerte seine Fliege und warf sie achtlos zu Boden. Beim Versuch, den obersten Knopf seines Hemdes zu öffnen, scheiterte er, sodass Ina ihm zur Hand ging.

»Als Ehrengast darf ich das ja wohl erwarten«, gab er gespielt snobistisch von sich. »Ich hoffe bloß, dass der Grand Cru wohltemperiert ist.«

Mit geschickten Fingern befreite sie seinen Hals aus der Enge des Hemdes und sah sich um. Das Zimmer war riesig und der Boden mit tiefrotem Teppich ausgelegt. Ein verschnörkeltes Himmelbett mit fliederfarbenen Samtvorhängen stand in der Mitte des Raumes und ein offener Kamin tauchte das Zimmer in ein warmes, flackerndes Licht. Das ganze Interieur bewegte sich auf dem schmalen Grat zwischen überwältigender Romantik und grenzenlosem Kitsch.

Svante, der die schwere Eichentür hinter sich schloss, betrachtete Ina mit einem sorglosen Lächeln. Ina sah ihm die Euphorie, die vom Champagner befeuert wurde, deutlich an.

Zuerst hatte er sich für seine Rede Mut antrinken müssen, und anschließend hatte er mit ihr den Erfolg, die Rede ordentlich hinter sich gebracht zu haben, ausgiebig zelebriert.

Sie spürte den weichen Teppich unter ihren Füßen, als sie aus den Pumps schlüpfte und durch das prächtige Turmzimmer lief. Svante folgte ihr, doch sein Blick war nicht auf sie gerichtet, sondern auf das große Sprossenfenster, das fast die gesamte Wand einnahm und eine Aussicht auf den klaren Himmel und das Meer bot.

»Komm«, flüsterte er ihr ins Ohr. Er nahm ihre Hand und führte sie hinaus auf den mit Balustraden gesäumten Balkon, wo eine steinerne Sitzbank mit Kissen und Decken zum Verweilen einlud. Kaum war Ina ins Freie getreten, traf sie die frische Luft wie ein belebendes Elixier.

Der Himmel war dunkel genug, sodass sie vereinzelte Sterne sehen konnte. Sogar die Milchstraße zeigte sich wie ein hauchzarter silbriger Schleier. Der Anblick war atemberaubend. Ina konnte sich nicht erinnern, jemals solch einen klaren Himmel voller Sterne gesehen zu haben. Der Anblick fesselte sie derart, dass sie unwillkürlich schauderte.

»Ist dir kalt?« Svante zog sie sanft zu sich heran.

»Siehst du den Stern dort?«, flüsterte er ihr ins Ohr und zeigte auf einen besonders hellen Punkt am Himmel. »Das ist der Polarstern – Stella Polaris ist sein astronomischer Name.« Ina meinte, ein Lächeln in seiner Stimme zu hören, als er weitersprach: »Mein Großvater hat mir damals gesagt, dass egal, wo ich bin, er mich stets nach Hause führen wird.«

Ina löst sich aus Svantes Armen und stellte sich an die Balustrade. Ein sanfter Wind wehte durch ihr Haar.

Svante stellte sich neben sie, hatte aber keinen Blick mehr

für den spektakulären Himmel. »Ich habe noch etwas für dich.« Er griff in sein Jackett und zog eine kleine Schachtel hervor. »Das wollte ich dir schon längst geben«, sagte er. »Neulich, als du bei mir in der Hütte warst.« Er sprach nicht weiter, sondern hielt ihr stattdessen die Schachtel hin. Ohne sie aus den Augen zu lassen, hob er behutsam den Deckel an. Im Inneren der Schachtel funkelte ein zierlicher Anhänger. »Das ist Polaris«, sagte Svante leise.

Ina sah abwechselnd ihn und den Anhänger an, der an einer filigranen Kette befestigt war.

»Aber … das ist …« So ganz wusste sie selbst noch nicht, was es war. Deshalb sagte sie erst mal nichts und schaute nur. Der Anhänger hatte ein glitzerndes Juwel in der Mitte, umgeben von einer Metallfassung in der Form eines Sterns. Der Edelstein schimmerte so sehr, als würde er das Licht des echten Polarsterns einfangen und widerspiegeln.

»Dieser Stern hat für mich und meine Familie eine tiefe Bedeutung.« Ein nervöses Brummen drang aus seiner Kehle, bevor er fortfuhr: »Ich dachte, er könnte dir gefallen.« Nun lächelte er sie an, unsicher und doch hoffnungsvoll. »Er soll die Gewissheit symbolisieren, dass, wo auch immer du bist, du stets deinen Weg finden wirst.« Behutsam nahm er die Kette mit dem Anhänger aus der Schachtel und legte ihn ihr um den Hals. Das kühle Metall auf ihrer Haut ließ sie ein weiteres Mal erschauern. Sie wusste noch immer nicht, was sie sagen sollte. Mit diesem Geschenk traf er sie vollkommen unvorbereitet.

Sie berührte den Sternanhänger und betrachtete ihn eingehend. Der Stein in der Mitte war ein kleiner Saphir, dessen blaue Farbe sie an den nächtlichen Himmel erinnerte, der sich über ihnen spannte.

»Er … er ist wunderschön, Svante.«

»Wie du!«

Sie schaute vom Stern auf und direkt in seine Augen. Sie bemerkte das tiefe Vertrauen und die Zuneigung, die sie für ihn empfand. Es war schon seltsam. Da kannte sie diesen Mann erst wenige Wochen, und doch hatten sie so viel zusammen erlebt, dass es für zwei Leben reichte. Wie von selbst schoss ihr die Begegnung mit dem Bären in den Sinn. Der gemeinsame Tauchgang, bei dem sie Viggos Schatz geborgen hatten. Der Moment, als sie mit einer Pistole bedroht worden war und er sie mit seinem Leben beschützt hatte.

Er strich ihr sanft über die Wange und zog sie zu sich heran. Wie von selbst schlossen sich ihre Augen, als er sie endlich küsste. Es war ein Kuss, der sie alles um sich herum vergessen ließ.

Plötzlich gab es nur noch den gegenwärtigen Augenblick. Der Kuss wurde intensiver und Svante schob ihr die Träger des Kleides von den Schultern, ließ es zu Boden gleiten. Kurz löste er sich von ihr und nahm eine der Decken von der Bank, die er auf dem Boden ausbreitete. Dann zog er sie sanft nach unten. Sie schmiegte sich an ihn, spürte die Kälte der Nacht und zugleich seine Wärme und die Schläge seines Herzens.

Unter dem offenen Himmel gaben sie sich ihrer Leidenschaft hin. Jede seiner Berührungen verursachte ein Kribbeln in ihr, das ihren ganzen Körper erfasste. Er küsste sie erneut, dieses Mal mit einem tiefen Verlangen. Seine Hände erkundeten vorsichtig die Konturen ihres Körpers. Sie tat es ihm gleich, spürte ihn mit aller Leidenschaft. Alles fühlte sich mit einem Mal absolut perfekt an. In diesem Moment wurde ihr klar: Diese magische Nacht auf dem Balkon des Schlosses Tjolöholm war ein weiteres Erlebnis, das sich für alle Zeiten unauslöschlich in ihrer Erinnerung verankern würde.

31
EINE GLASKLARE LÜGE

Ina nippte an ihrem Kaffee und genoss das sanfte Kitzeln der Sonnenstrahlen auf ihrer Haut. Das stete Summen der Insekten bildete den perfekten Soundtrack für einen schwedischen Sommertag, der schöner nicht hätte sein können. Einziger Wermutstropfen war, dass sie sich ein wenig verschnupft fühlte und sie sich fragte, ob eine Erkältung im Anmarsch war.

Und wenn schon!

Das Lächeln wollte partout nicht aus ihrem Gesicht verschwinden, während sie es sich auf den Stufen vor ihrem Souvenirladen bequem machte und an das zurückliegende Schlosserlebnis dachte. Wie ferngesteuert ging ihre Hand an den Hals und betastete die Kette mit dem Sternanhänger. Die Nacht auf Schloss Tjolöholm lang nunmehr zwei Tage zurück, aber noch immer verhielten sie und Svante sich wie frisch verliebte Teenager. Für Ina war es unbegreiflich, dass sie in ihrem Alter noch einmal solche Gefühle erlebte. Als hätte sie mit einem Esslöffel von Ebbas Marmelade genascht. Anscheinend stimmte es, was die alte Frau stets zu sagen pflegte: »Für die Liebe ist man nie zu alt.«

Aber war es das wirklich? War es Liebe, die sie für Svante empfand? Ihr sechzehnjähriges Ich hätte unweigerlich »Ja!« geschrien. Aber die erwachsene Stimme in ihrem Kopf war trotz der beträchtlichen Dopaminausschüttung weitaus nüchterner unterwegs. Verliebt, das zweifellos. Wahre Liebe hingegen musste mit der Zeit wachsen. Da reichten ein paar Wochen nicht und wenn sie noch so intensiv und erlebnisreich waren.

Ihre Gedanken wurden von Agnetas Ankunft unterbrochen.

»God Morgon«, grüßte die Schwedin freundlich. Dabei spielte ein leichter Windstoß mit ihren strohblonden Haaren, die aufgrund des Sonnenscheins noch heller wirkten.

»Hej«, erwiderte Ina über den Rand der Kaffeetasse hinweg.

»Ein perfekter Tag heute, nicht wahr?« Agneta drehte sich im Halbkreis und breitete die Arme aus. Sie trug ein recht kurzes weißes Sommerkleid mit dünnen blauen Streifen und präsentierte darunter braun gebrannte Beine zum Neidischwerden.

Auch Ina schaute sich um. »Ich bin immer wieder überrascht, wie viele Menschen sich an den Wochenenden auf unseren Hof verirren.«

Agneta stimmte ihr strahlend zu. »Und es werden immer mehr!«

Davon konnte Ina ein Lied singen. Den ganzen Morgen über hatten sich die Kunden die Klinke in die Hand gegeben und sich mit Souvenirs und Büchern eingedeckt – hauptsächlich mit Büchern, wie sie freudig feststellte. Mittlerweile hatte es sich herumgesprochen, dass es in dieser Gegend endlich so etwas wie eine vernünftige Buchhandlung gab. Auch wenn Agneta das nicht gerne hörte. Mittlerweile waren es sogar weniger Touristen, die Inas Laden besuchten, und dafür mehr Einheimische, die keine Lust darauf hatten, die Lektüre in der schlecht sortierten Zeitschriftenabteilung des Supermarkts zu kaufen. Natürlich gab es noch das Bestellen übers Internet, aber das war nicht mit dem Besuch in einer echten Buchhandlung vergleichbar. Für Ina war es lustig, wie Astrids ehemaliger Souvenirladen mehr und mehr seine Gestalt veränderte. Gestern hatte Svante ihr dabei geholfen, eine kleine Sitzecke zu errichten – mit von ihm selbst gezimmerten Möbeln. Und der Clou daran: Janis hatte es geschafft, einen ausgedienten Kaffeevollautomaten wieder auf Vordermann zu bringen. So konnte Ina jedem Kunden fortan einen Kaffee anbieten. Dass sie sich dabei selbst zu den besten Kunden zählte, stand auf einem anderen Blatt.

Agneta warf einen Blick in den Laden und runzelte die Stirn. »Wo ist denn der Ständer mit den Postkarten hin?«

»Ach der!« Ina winkte ab und musste dabei höllisch aufpassen, ihren Kaffee nicht zu verschütten. »Den habe ich nach hinten zu den Elchstofftieren verfrachtet, damit ich Platz habe für die Buchtipps der Woche.« Sie erwähnte gegenüber Agneta lieber nicht, dass sie aus demselben Grund auch die Dalapferde nach hinten geräumt hatte.

Die Miene ihrer Freundin verdüsterte sich zunehmend, als sie den kleinen Rundtisch betrachtete. Davor hatte sich Zeus zusammengerollt und schlief. Auf dem Tisch stapelten sich frisch erschienene Thriller und Krimis, einer davon prominent auf einem speziellen Aufsteller präsentiert.

»*Jenseits von Schweden*?«, murmelte Agneta ungläubig.

Ina zuckte unbekümmert mit den Schultern. »Ein Geheimtipp aus der alten Heimat – für die deutschen Touristen.«

Ihre Unterhaltung wurde durch ein lebhaftes Lachen unterbrochen. Ina reckte den Kopf und entdeckte ihre

Tochter, die Arm in Arm mit der alten Ebba ging. Beide wirkten vergnügt. Direkt hinter ihnen trottete eine Gruppe Kinder, die sich spielerisch darum zankten, wer nun die flauschigen Alpakas an der Leine führen durfte. Die Tiere schienen die Aufmerksamkeit zu genießen und marschierten brav neben den Kindern her.

Agneta schmunzelte. »Das ist heute schon die vierte Alpakawanderung. Wer hätte gedacht, dass diese Tiere so beliebt werden?«

»Es sind aber auch wirklich besondere Tiere«, stimmte Ina zu.

»Und das Beste daran ist«, fuhr Agneta fort, »dass sich damit für uns eine nette Einnahmequelle aufgetan hat. Die Kinder stehen förmlich Schlange, um mit ihnen spazieren zu gehen.« Sie kräuselte die Stirn. »Vielleicht sollten wir die Preise ein wenig erhöhen. Du weißt schon, Angebot und Nachfrage.«

Ina bemerkte den Blick ihrer Freundin, der auf Ebba gerichtet war. Sie hatte sich von Paula gelöst und bewegte sich nun leichtfüßig und lachend zwischen den Kindern und Alpakas, um ein verheddertes Halfter wieder gerade zu zurren.

»Ich bin immer wieder erstaunt, wie fit sie ist«, bemerkte Agneta. »Und das, obwohl sie erst kürzlich ihr neues Hüftgelenk bekommen hat.« Sie schmunzelte. »Ebba hat mehr Energie in den alten Knochen als manch jüngere Person.«

Vielleicht liegt es an den Pilzen, dachte Ina. Aber es stimmte. Von Ebbas Lebensenergie konnte sich manch einer eine dicke Scheibe abschneiden. Besonders gefiel es ihr natürlich zu sehen, wie Paula in ihrer Aufgabe aufging. Dafür, dass sie mit Kindern angeblich nichts anzufangen wusste, schien sie voll und ganz in ihrem Element zu sein.

Insgeheim wünschte Ina sich, dass die Alpakaführungen so erfolgreich würden, dass Ebba vielleicht sogar ihre Marmeladenproduktion vernachlässigte. Seit sie wusste, wie streng dieses Land mit seiner Null-Toleranz-Politik in Sachen Drogen war, blieb stets ein mulmiges Gefühl zurück, wenn sie an die dubiose Einnahmequelle des Hofes dachte.

In ihre Gedanken hinein hörte sie das charakteristische Rumpeln eines betagten Geländewagens. Kurz darauf sah sie das besagte Auto im Schritttempo den Schotterweg entlangfahren.

»Gustav ist aus Malmö zurück!« Agnetas Mundwinkel hatten sich zu einem freudigen Lächeln auseinandergezogen.

Ina sah dem Wagen nach.

Von wegen Malmö!

Ihr Herz schlug schneller. Seit zwei Tagen wartete sie darauf, dass Gustav endlich zurückkam. Direkt nach ihrer Rückkehr von Schloss Tjolöholm hatte sie sich umgehört. Allen hatte Gustav den Bären aufgebunden, dass er unterwegs nach Malmö sei, um noch ein paar Angelegenheiten seiner aufgelösten Tierarztpraxis zu klären. Das klang natürlich plausibel – vor allem aber war es erstunken und erlogen.

Diese Aussage passte nämlich überhaupt nicht damit zusammen, dass sie ihn auf der Feier im Schloss gesehen hatte. Weshalb hatte er allen diese Lügengeschichte aufgetischt? Nun endlich würde sie ihre Neugierde stillen können.

»Könntest du für einen Moment auf den Laden aufpassen?« Ina wandte sich ihrer Freundin zu. »Es gibt da etwas, worüber ich mit Gustav sprechen möchte.«

»Klar doch.« Agneta bedachte sie neugierig, fragte jedoch nicht nach. »Lass dich aber nicht zu lange aufhalten, ich bin nicht wirklich gut darin, Buchtipps zu geben.« Agneta lächelte sie unergründlich an, und kurz fragte Ina sich, ob sie aus ihren Worten einen Vorwurf heraushören sollte. Dann bedankte sie sich mit einem Nicken, wandte sich von ihr ab und folgte dem Geländewagen.

Als sie das rustikale Holzhaus erreichte, welches von einem kleinen Garten umgeben war, stand der Wagen bereits fahrerlos in der Einfahrt. Sie zögerte einen Moment, bevor sie an die Tür klopfte. Unwillkürlich stiegen Erinnerungen an die vergangenen Erlebnisse in ihr hoch, die sich in diesem Haus abgespielt hatten. Es waren dunkle Erinnerungen, insbesondere jene an die Vorratskammer und ein Kehrblech.

Nach einem tiefen Atemzug klopfte sie zögerlich an die Tür.

Sie hörte Schritte von drinnen und kurz darauf öffnete Gustav ihr. Freudige Überraschung spiegelte sich in seinen Augen wider, als er sie erblickte.

»Ina!« Er lächelte. »Schön, dich zu sehen!«

Sie lächelte zurück. »Schön, dass du wieder da bist.«

»Was kann ich für dich tun? Möchtest du reinkommen?«

Er machte einen Schritt zur Seite, doch Ina lehnte dankend ab. So schnell würde sie dieses Haus ganz bestimmt nicht wieder betreten.

»Ich bin gerade erst zurückgekommen.« Er deutete mit einem Nicken in Richtung seines parkenden Wagens.

»Ich weiß.« Ina räusperte sich. »Ich habe gesehen, wie du gekommen bist. Deshalb bin ich gleich zu dir.«

»Ja?« Gustav lehnte sich gegen die Türzarge, verschränkte die Arme und sah sie erwartungsvoll an. »Ist es wegen der Alpakas? Gibt es Probleme?«

»Nein, denen geht es gut.«

Nun sah er sie forschend an.

»Ich habe dich neulich gesehen«, kam sie endlich auf den Grund ihres Besuchs.

»Ach ja?«, fragte Gustav zurück.

Sie betrachtete ihn genau. Lag da ein ungewöhnlicher Ausdruck in seinem Gesicht?

»Auf dem Fest«, fügte sie hinzu.

»Auf welchem Fest?« Seine Augen zogen sich zu schmalen Schlitzen zusammen.

»Auf Schloss Tjolöholm«, wurde sie deutlicher und musste ein Grinsen unterdrücken, weil sie sich unwillkürlich fragte, auf wie vielen Festen dieser Mann in den letzten Tagen gewesen sein wollte.

Sein Blick jedoch verfinsterte sich noch mehr. »Wovon redest du?«

Sie zuckte zurück, vollkommen überrumpelt von dieser Frage. »Na, von der Jubiläumsfeier der Wächter des Polaris-Ordens.« Sie kam sich etwas dämlich dabei vor, es überhaupt aussprechen zu müssen.

»Ina«, holte Gustav langsam aus. »Ich habe keinen Schimmer, wovon du da sprichst.«

Ihr Mund klappte auf. Kurz war sie unfähig, etwas darauf zu erwidern. »Aber … ich habe dich gesehen«, stammelte sie. »Im Schloss.«

Sein Kopf ging ruckartig von links nach rechts. »Ich war in keinem Schloss.« Nun lachte er. »Das wüsste ich doch selbst am besten. Ich war die letzten Tage in Malmö.«

Ina musterte ihn forschend. Für sie war es ein Lachen, das nicht seine Augen erreichte.

Sie nickte vorsichtig. Schließlich war es das, was auch Agneta ihr erzählt hatte. Und damit war es eine glasklare Lüge, die er ihr unterzujubeln versuchte. Aber nicht mit ihr!

»Du warst dort!«, beharrte sie. »Du hast dich mit Männern des Ordens unterhalten.« Zumindest war das ihre Vermutung. »Du hast einen feinen Anzug getragen und irgendwas mit deinen Haaren gemacht.« Die wiederum standen jedoch wie gewohnt wirr in alle Himmelsrichtungen. Sie hob die Hand und richtete den Finger auf ihn. »Ich habe dich gesehen, Gustav.«

Für einen Moment verfingen sich ihre Blicke. Das Lachen war völlig aus seinem Gesicht verschwunden.

»Ina«, sagte er ernst. »Du wirst mich mit jemand anderem verwechselt haben müssen. Ich war in Malmö.«

»Aber …« Sie versuchte, in seinen Zügen zu lesen, erkannte jedoch nur puren Trotz.

Wieder reckte er den Kopf über ihre Schulter hinweg. »Ich habe die letzten Dinge aus meiner alten Praxis mitgebracht.« Er trat aus dem Türrahmen und schob sich an ihr vorbei. Sie sah ihm nach, wie er auf den Wagen zuging und die Heckklappe öffnete. »Wenn du schon hier bist.« Sein Kopf kam hinter dem Wagen hervor. »Vielleicht hilfst du mir beim Ausräumen?«

Schwedisch für Anfänger – Teil 15

»**Skita i det blå skapet!**«
Wörtlich: In den blauen Schrank scheißen.
Bedeutet: Sich blamieren, Mist bauen.

32

HERZLICH WILLKOMMEN!

Das Wasser aus dem Hahn rauschte leise, als Ina und Agneta sich an der Spüle in der Küche die Teller in die Hand gaben. Agneta wusch sie und Ina trocknete sie ab.

Dabei war jede einzelne Bewegung eine Krise für Ina. Ihr Magen war so voll, wie er nur sein konnte. Gemeinsam mit Ebba, Ashley, Paula und Svante hatten sie Ebbas sündhaft guten »Gravad lax« verputzt – Lachs, der mit einer Mischung aus Zucker, Salz und Dill mariniert und dann mehrere Tage kalt gestellt wurde. Als Beilage gab es knackiges Knäckebrot und eine süße Senfsoße, die perfekt mit dem Fisch harmonierte. Selbst Paula hatte sich beim Essen nicht zurückgehalten.

Dass Agneta und Ina die Einzigen waren, die zum Abwasch übrig blieben, war mal wieder typisch für diese Runde. Ihrer Tochter machte Ina keinen Vorwurf. Das hatte ihr Ex-Mann bereits in ihrer Kindheit versaut, weil er ihr alles hinterhergetragen hatte. Nun würde sie es auch nicht mehr lernen. Dennoch hatte sie schmunzeln müssen, weil alle nach dem Essen plötzliche »Verpflichtungen« hatten, die sie unmöglich länger aufschieben konnten. Ebba, Ashley und Paula mussten dringend nach den Alpakas schauen, und Svante hatte seinen Angelkoffer geschnappt, den er bereits zum Essen mitgebracht hatte, weil er das Gefühl hatte, dass die Fische heute Abend besonders beißfreudig sein würden.

Im Grunde war es Ina sogar recht. So hatte sie die Zeit, sich mit ihrer Freundin in aller Ruhe auszutauschen, ohne gestört zu werden.

»Ich verstehe es einfach nicht«, begann sie, während sie einen weiteren Teller mit hübschen handgemalten Blumenornamenten abtrocknete. »Ich bin mir absolut sicher, dass ich Gustav auf dem Fest gesehen habe.«

Agneta spitzte bloß die Lippen, als sie ein Glas in das Spülwasser tauchte. »Aber wenn er doch sagt, dass er es nicht war? Es gibt viele Menschen, die sich ähnlich sehen.« Für einen Moment hielt sie in der Bewegung inne und blickte Ina nachdenklich an. Dann schüttelte sie kaum merklich den Kopf. »Warum sollte er dich anlügen?«

»Das weiß ich nicht, aber es *war* Gustav«, beharrte Ina. »Ich irre mich nicht.«

Agneta stieß einen Laut aus, der alles andere als überzeugt klang. »Vielleicht hat er einen Zwillingsbruder oder einen Verwandten, der ihm ähnelt. Das wäre doch eine Möglichkeit.«

Unwirsch schnappte Ina sich den nächsten nassen Teller – jedoch ein wenig zu hastig. Sie musste nachgreifen, damit er ihr nicht aus der Hand flutschte. »Das klingt wirklich ziemlich weit hergeholt.«

»Gustav hat mir selbst erzählt, dass er in Malmö war.«

»Aber Malmö liegt in einer völlig anderen Richtung als Schloss Tjolöholm.«

»Siehst du! Dann kann er gar nicht dort gewesen sein. Warum sollte er es abstreiten?«

»Das weiß ich nicht«, sagte Ina grübelnd. »Aber einen Grund wird er wohl haben.«

Agneta widmete sich dem restlichen Geschirr in der

Spüle, fischte eine Gabel nach der anderen aus dem Spülwasser.

»Und dann wären da noch die Archäologen«, sprach Ina weiter. Sie hatte das Handtuch beiseitegelegt, weil ihr die Lust aufs Abtrocknen vergangen war. Stattdessen lehnte sie sich gegen die Spülablage und sah Agneta zu, während sie ihr von dem erzählte, was Paula neulich beobachtet hatte.

Agneta verzog die Lippen, sagte aber wieder nichts. Den Gabeln folgte ein Löffel nach dem anderen, die Überbleibsel des Nachtischs, den Ashley beigesteuert hatte. Es war ein amerikanischer »Pecan Pie«, wie sie ihnen stolz erklärt hatte. Dabei handelte es sich um einen reichhaltigen Kuchen mit einer Füllung aus Pekannüssen, Sirup, Butter und Vanille. Passend dazu hatte Ashley noch eine Kugel Vanilleeis serviert, die auf dem heißen Teig vor sich hin geschmolzen war und eine himmlische Kombination aus warm und kalt, süß und salzig geboten hatte. Gedankenverloren rieb sich Ina den Bauch. Vermutlich würde sie längst nicht mehr in ihr elegantes Abendkleid passen. Diese Mahlzeit hatte ihr locker drei Kilo Lebendgewicht beschert.

»Ich verstehe das nicht«, gestand Agneta. »Uns wurde ein Schwert gestohlen, die drei kamen aber aller Wahrscheinlichkeit nach mit einem Schwert aus dem Wald. Wie soll das zusammenpassen?«

Darauf wusste Ina keine Antwort. Wie auf so vieles, was in letzter Zeit geschehen war. Sie stieß einen betrübten Laut aus. Keinen Schritt weiter waren sie gekommen. Weder, was den Mord an Arnulf Svensson anging, noch wo ihr Schwert abgeblieben war. Ina erzählte Agneta auch von Sören Bergman und dass Viggo allem Anschein nach bei ihm die Kette erworben hatte, die Agneta zeitweise hinter schwedische

Gardinen gebracht hatte. Interessanterweise kannte ihre Freundin diese Formulierung nicht.

»Hinter Gitter«, fügte Ina hinzu. »Alter Schwede, dass ich dir das erklären muss.«

Anscheinend war ihrer Freundin nicht nach lustigen Wortspielen zumute. Mit geschürzten Lippen schaute sie Ina an. »Und du glaubst, dass dieser Sören Bergman das Schwert gestohlen haben könnte?«

Ina zögerte mit einer Reaktion, horchte stattdessen in sich hinein. Glaubte sie es? Ganz sicher hatte Bergman Dreck am Stecken. Aber war er mitten in der Nacht in ihre Wohnung eingebrochen, um das Schwert aus dem Kaminversteck zu entwenden? Sie war sich mehr als unsicher. Zudem hatte sie nicht den Hauch einer Idee, woher er von dem Schwert hätte wissen können. Weder hatte sie ihn vor der Lesung je auf dem Hof gesehen, noch hatte er ihres Wissens etwas mit den Hofbewohnern zu tun. Er stand nicht mal auf Ebbas und Nils' Lieferliste.

»Dann eben doch die Archäologen«, entschied Ina. Auf Agnetas strengen Blick hin nahm sie sich einen weiteren Teller vor und rubbelte lustlos daran herum. »Oder Gustav, den ich eindeutig auf dem Fest gesehen habe und der es vehement abstreitet.«

Agneta schüttelte nur den Kopf.

»Vielleicht doch Sören Bergman?«

Wieder sah Agneta sie eindringlich an. »Das sind ganz schön viele Verdächtige.«

Ein bleischweres Gefühl der Resignation breitete sich in Ina aus. Sie musste sich eingestehen, dass ihr Plan mit der Lesung nicht aufgegangen war. Zu sehr hatte sie sich auf den Antiquitätenhändler aus Värnamo fokussiert. Ob ihr dabei eine andere verdächtige Person durch die Lappen gegangen war? Sie beschloss, sich die Aufnahmen anzusehen, die ihre Tochter mit dem Handy von der Lesung gemacht hatte. Vielleicht war da etwas, das sie womöglich übersah.

Agneta drehte noch einmal den Hahn auf, und Ina vernahm das Plätschern des Wassers, das sich mit dem Klirren des Porzellans vermischte. In dieses Geräusch platzte ein zaghaftes Klopfen an der Haustür.

Agnetas Augenbrauen zogen sich fragend zusammen. Dann stellte sie das Wasser ab und ging zur Tür.

Ina legte sich das Geschirrtuch über die Schulter und folgte ihr. Als Agneta die Tür öffnete, erstarrten sie beide ungläubig. »Du?«, entfuhr es Ina.

»Ove?«, fragte nun auch Agneta überrascht. »Um diese Uhrzeit?«

Inas Blick richtete sich auf die Fußmatte, auf der neben Oves in Slippern steckenden Füßen noch etwas anderes stand. »Mit gepackten Koffern?«

Der alte Mann senkte den Kopf. Langsam sah er von seinen Koffern auf, atmete tief durch und ließ den Blick zwischen den beiden Frauen hin und her wandern. »Es ist Lars«, erklärte er mit einer Stimme, die nach grenzenloser Resignation klang. »Wir … wir haben uns schrecklich gestritten. Ehrlich gesagt, das ganze Zusammenwohnen ist einfach nur noch ein Desaster.«

Er verzog das Gesicht und machte auf Ina kurz den Eindruck, als wäre er ein kleines Kind, das beschlossen hatte, von zu Hause fortzulaufen.

»Ich habe es satt, ständig von ihm bevormundet zu werden. Jeder seiner Sätze beginnt mit ›Papa, du solltest …‹

oder ›Papa, warum machst du nicht …‹. Ich bin doch nicht sein Hund!«

In dem Moment wurde das Gespräch durch das laute Zuschlagen einer Autotür unterbrochen. Ina schaute hinaus und sah, wie Lars in seinem Volvo-Streifenwagen den Hof verließ. Der Staubwirbel, den er hinterließ, zeugte von seiner eiligen Abfahrt.

»Wenigstens hat er mich noch hergefahren«, kommentierte Ove die Szenerie. Dann grinste er verhalten. »Nun ja, jetzt bin ich hier. Bei euch.«

Agneta musterte den alten Mann ausgiebig und das Mitgefühl war deutlich von ihrem Gesicht abzulesen. Schließlich schenkte sie ihm ihr einnehmendes Lächeln und öffnete die Tür sperrangelweit. »Mach dir mal keinen Kopf, Ove. Du bist auf dem Tingsmålahof herzlich willkommen. Wir sind hier schließlich alle eine große Familie.«

»Genau.« Ina stellte sich direkt vor ihn. »Du kommst auch gerade recht.« Sie drückte ihm das Geschirrtuch in die Hände. »Der restliche Abwasch muss noch abgetrocknet werden.«

33

V.I.G.G.O.

»Du kannst dir doch nicht einfach so den Camper unter den Nagel reißen, Paula. Das ist meiner, ich will ihn wiederhaben!«

»Das kannst du vergessen. Sieh ihn als Abfindung an – für all die Stunden, die ich mich für deine dämliche Tauchschule abgerackert habe!« Wutentbrannt beendete sie das Gespräch. Sie war so sehr in Rage, dass sie die Hand hob, um das Smartphone im See zu versenken. Natürlich tat sie es dann doch nicht. Beim besten Willen konnte sie sich kein neues leisten. Zudem konnte das Telefon am wenigsten für ihre miese Partnerwahl, die sie immer wieder an den Tag legte. Sie verfluchte sich dafür, dass sie dieses Gespräch überhaupt angenommen hatte. Eine unterdrückte Nummer … sie hätte es wissen müssen! Man konnte sich den Tag auch selbst zur Hölle machen. Kurz hielt sie inne, bekam ein flaues Gefühl im Magen. Ganz unrecht hatte Leo natürlich nicht. Es war sein Camper, zumindest war er auf ihn angemeldet, und die Versicherungen liefen über ihn. Außerdem hatte er ihn bezahlt. Dennoch: Sie war es, die Stunden um Stunden damit verbracht hatte, den Wagen in ein gemütliches rollendes Zuhause zu verwandeln. Und damit gehörte er in gewisser Weise auch ihr. Ideell gesehen zumindest. Außerdem sollte er froh sein, dass sie ihn so ungeschoren hatte davonkommen lassen. Genauso gut hätte sie ihm die Tauchschule abfackeln können – nach allem, was er ihr angetan hatte! Und doch blieb da dieses unruhige Gefühl, dass man ihr die Entwendung des Campers auch als Diebstahl auslegen könnte.

Gleichermaßen fragte sie sich, welchen Anteil an dem flauen Gefühl der gestrige Lachs hatte, den diese Ebba zum Abendessen aufgetischt hatte. Paula verabscheute Fisch, aber die alte Frau hatte etwas an sich, das es ihr schwer machte, etwas abzulehnen. Keinesfalls wollte sie ihre Wut auf sich lenken. So oder so blieb neben dem fischig-flauen Gefühl im Magen noch genug Platz für eine gehörige Portion Wut auf ihren Ex-Freund.

Oh nein, Freundchen! Ehe du den Camper zurückbekommst, mache ich einen Hühnerstall draus!

Sie verstaute das Handy in ihren Shorts und betrat die Umzäunung. Sofort wurde sie von den neugierigen Alpakas begrüßt, die ihre Köpfe hoben und spielerisch an ihrer Kleidung zupften. Paula lachte leise und streichelte Buddy über den wuscheligen Kopf. Sie spürte, wie ihr Zorn nach und nach verebbte. Als wären die Tiere das Allheilmittel gegen Kummer und Sorgen.

»Habt ihr schon auf mich gewartet?«, fragte sie mit steigender Laune. »Ihr habt bestimmt Hunger!« Am Ende des Stalls wieherte der Esel. Sofern das überhaupt möglich war, klang es beinahe vorwurfsvoll.

»Zu dir komme ich gleich«, versprach sie.

Zuerst überprüfte sie die Futter- und Wasserstände, danach widmete sie sich der Fellpflege der Alpakas. Sie begann mit Roy, der sich regelrecht gegen die Bürste drückte und ein glückseliges Grunzen von sich gab. Zug um Zug strich sie das Fell glatt, schnupperte dabei die noch frische Morgenluft und atmete sie tief ein. Selbst im Streichelzoo roch die Natur so unfassbar gut, dass sie kurz die Augen schloss und sich dem Moment hingab. Der See präsentierte sich in kristallklarer Ruhe, während die Sonne langsam über dem Waldrand emporstieg und ein nahezu magisches Lichtspiel erzeugte. Allmählich verstand sie, warum ihre Mutter sich ausgerechnet diesen Flecken Erde als neue Heimat ausgesucht hatte. Wobei sie nach wie vor die Meinung vertrat, dass Ina vor ihrem alten Leben und vor ihrer Familie geflüchtet war – oder vor den letzten Resten, die es davon noch gab. Da spielte es überhaupt keine Rolle, dass Paula nicht mehr in Potsdam lebte. Ihre Mutter war ihre Mutter und als solche hatte sie für sie zu Hause zu sein.

In Gedanken hielt sie inne, stellte plötzlich ihre eigene Logik infrage. Durfte sie wütend auf ihre Mutter sein, wenn sie selbst gerade dabei war, vor ihrem Leben zu fliehen?

Während sie Roys lockiges Fell striegelte und darüber nachdachte, wie es in ihrem Leben weitergehen sollte, hörte sie ein lauter werdendes Rascheln. Ihr Kopf huschte zur Seite, in Richtung des angrenzenden Waldes. Das Bild eines tollwütigen Vielfraßes kam ihr in den Sinn. Erst neulich hatte sie eine Dokumentation darüber gesehen, dass diese Tierchen sogar für Menschen gefährlich werden konnten. Wenn Paula sich recht erinnerte, waren es über eine Tonne Bissstärke, die ein Vielfraß aufbringen konnte. Anscheinend sprangen sie Menschen mit Vorliebe direkt an die Kehle, um sich am Hals festzubeißen. Ein solcher Angriff konnte also schnell tödlich enden. Bestimmt gab es von denen auch in Südschweden ein paar Exemplare. Als Nächstes dachte sie an Elche. Das war ein weitaus schönerer Gedanke, denn die waren ihr viel lieber als Vielfraße.

Sie richtete sich erwartungsfroh auf. Einen Elch in freier Natur zu sehen wäre ein Erlebnis ganz nach ihrem Geschmack. Jeden Augenblick rechnete sie damit, dass die Schaufeln aus dem Dickicht zum Vorschein kamen. Doch im Geäst war weder ein Elch zu erspähen – leider – noch ein Vielfraß – zum Glück! Dafür erblickte sie zwei menschliche Gestalten, die sich einen Weg durch das Unterholz bahnten. Sie blinzelte angestrengt in die Waldgrenze hinein und glaubte, Olle und Alvar zu erkennen. Mit ihnen hatte sie vor zwei Tagen eine Runde Poker im Café gespielt. Sie mochte die beiden, wenngleich sie sich wahnsinnig schwer damit tat, sie zu verstehen. Sie sprachen einen fürchterlichen Dialekt, der sich sogar auf ihr Englisch und Deutsch übertrug. Gewonnen hatte sie beim Poker trotzdem, weil die beiden sich derart mit einem Zimtschneckenlikör abgeschossen hatten, dass ihnen gar nicht aufgefallen war, dass Paula die eine oder andere Runde zu ihrem Vorteil ausgegeben hatte. Was man eben so tat, um sich das Taschengeld aufzubessern.

Neugierig legte sie die Bürste beiseite und beobachtete die beiden. Sie blickten sich immer wieder um und tuschelten eifrig miteinander. Als sie etwa auf Höhe des Streichelzoos waren, tauchte Paula hinter Buddy ab, damit sie nicht von ihnen gesehen wurde. Um den Hals des Tieres herum verfolgte sie jeden ihrer Schritte.

Und da fiel ihr wieder die längliche Tasche auf, die einer der Archäologen trug. Sie glaubte, es war Alvar, da die Silhouette um einiges stämmiger wirkte. Es war dieselbe Art Tasche, die sie erst neulich bei ihnen gesehen hatte. Schon da hatte sie sich gefragt, was wohl darin verborgen sein mochte. Eine Vermutung hatte sie bereits gehabt. Doch dann war ihre Mutter auf dieses Schloss eingeladen worden, und plötzlich hatte es Wichtigeres gegeben, statt dem Ganzen nachzugehen.

Ohne groß darüber nachzudenken, entschied Paula sich, den beiden unauffällig zu folgen. Sie wollte herausfinden, was sie im Schilde führten. Also verließ sie die Umzäunung und schlich vorsichtig in Richtung des Waldes. Dabei achtete sie darauf, genügend Abstand zu halten, um nicht entdeckt zu werden. Jedes Mal, wenn die Archäologen stehen blieben und sich umblickten, verbarg sie sich hinter einem Baum oder Busch. Die Route der beiden führte nicht tiefer in den Wald hinein, aber weiter vom Streichelzoo weg. Paula fragte sich, wohin sie wohl gingen und was sie vorhatten. Der Wald war dicht und bot viele Versteckmöglichkeiten. Kurz darauf schlugen die beiden eine unerwartete Richtung ein und hielten direkt auf die etwas abgelegene Waldhütte zu, in der dieser Svante wohnte. Paula duckte sich hinter einen dicken Baumstamm und spähte vorsichtig an der Rinde vorbei. Sie beobachtete, wie die beiden Svantes Garten streiften und dann zwischen den Bäumen verschwanden. Sie folgten einem auf den ersten Blick kaum sichtbaren Trampelpfad, der von dort mitten in den Wald hineinführte. Doch auch den verließen sie schon bald und schlugen sich quer durch den Wald, bis sie eine kleine Lichtung erreicht hatten. Und dort blieben sie derart abrupt stehen, dass Paula beinahe aus dem Schutz der Baumreihen getreten wäre. Gerade noch rechtzeitig tauchte sie hinter einem Blaubeerbusch ab. Über die Blätter hinweg schaute sie nach vorn. Es schien, als würden die beiden auf etwas warten oder nach etwas suchen. Doch dann setzten sie sich einfach auf den Boden. Sie redeten miteinander, waren jedoch zu weit entfernt, als dass sie auch nur ein Wort hätte verstehen können.

Also kauerte sie sich hinter den Busch und beobachtete gespannt, wie die beiden in der länglichen Tasche herumwühlten. Es schien eine Art Seesack zu sein. Sie hielt den Atem an, rechnete jeden Augenblick fest damit, das Schwert zu sehen, das ihrer Mutter gestohlen worden war. Alvar zerrte an der Kordel, um den Sack zu öffnen. Was dann zum Vorschein kam, irritierte Paula über alle Maßen. Es war kein Schwert. Es war eine länglich gewachsene Pflanze mit großen zackigen Blättern.

»Was zum Teufel?«, zischelte sie dem Blaubeerbusch entgegen.

Vorsichtig nahmen die beiden die Pflanze aus dem Beutel. Als die zweite und dann die dritte zum Vorschein kamen, ging Paula ein Licht auf. Die schlanke, spitze Form der Blätter und die spezifische Anordnung ließen keinen Zweifel zu: Es handelte sich um Cannabis. Auf die dritte Pflanze folgte ein olivgrüner Klappspaten, der ebenfalls im Beutel steckte. Das erklärte wohl die Form, die sie für ein Schwert gehalten hatte.

»Was treibt ihr da bloß?«, flüsterte sie. Die Antwort gab sie sich im nächsten Augenblick selbst, als Olle den Spaten zur Hand nahm und begann, ein Loch auszuheben.

Die beiden Archäologen schienen alles dabeizuhaben, um sich eine kleine geheime Plantage anzulegen. Loch um Loch buddelten sie aus und setzten die jungen Pflanzen hinein.

Paula schüttelte ungläubig den Kopf. Olle und Alvar, zwei angesehene Archäologen, bauten Cannabis an. Es war fast komisch, und sie musste sich beherrschen, um nicht loszukichern. Ihr erster Impuls war es, hinter dem Busch hervorzuspringen und die beiden zur Rede zu stellen. Doch dann sah sie, wie Olle aus einer seiner endlos vielen Hosentaschen einen Joint hervorzauberte und ihn sich ansteckte.

Paula grinste. Sollten die beiden ihren Spaß haben. Sie verspürte ein gewisses Maß an Erleichterung. Ein Joint war harmlos. Viel unangenehmer wäre es gewesen, wenn sich herausgestellt hätte, dass sie in das Haus ihrer Mutter eingebrochen wären, um das Schwert zu stehlen. Entsprechend zufrieden mit ihrer Entdeckung trat sie den Rückzug an. Da es nun keine Rolle mehr spielte, ob sie gesehen wurde, gelangte sie über den Pfad schnell wieder auf das Hofgrundstück und zu Svantes Garten. In Gedanken versunken, achtete sie nicht auf den wuchernden Brombeerstrauch, dessen Ranken sich um ihre nackten Beine verfingen. Vor Schmerz entfuhr ihr ein lauter Fluch. Ein paar der Dornen steckten tief in ihrer Haut, also ließ sie sich ins Gras sinken und entfernte sie mit spitzen Fingern. Dabei schaute sie sich mit einem Kopfschütteln um. Was sie sah, war kein gepflegter Garten, sondern vielmehr ein Eldorado für Unkraut. Alles wucherte und schien sich selbst überlassen. Direkt im Anschluss an die Hütte stapelte sich das Holz in fein säuberlichen Reihen, doch unmittelbar dahinter war der Wald drauf und dran, sich den Garten zurückzuerobern. Die Hälfte war bereits von piksendem Gestrüpp bewachsen, wie diesem Brombeerstrauch. Blut lief in feinen Rinnsalen ihre Wade entlang. Fieberhaft versuchte sie sich daran zu erinnern, wie lange ihre Tetanusimpfung her war, doch vergebens. Sie würde ihre Mutter fragen müssen.

Während sie auf dem Boden kauerte und den letzten Dorn aus ihrer Haut zog, fiel die steigende Sonne durchs

Blätterdach, und ein metallisches Funkeln im Gestrüpp erregte ihre Aufmerksamkeit.

Was ist denn das?

Vorsichtig schob sie ein paar Äste beiseite und versuchte, den wuchernden Ranken zu entkommen. Je weiter sie sich vorbeugte, desto klarer wurde das Bild. Es schien eine Gasflasche zu sein. Aber warum lag sie mitten im Busch? Die eigentliche Färbung der Flasche war durch Kratzer und Moosbewuchs kaum mehr zu erkennen. Irgendetwas kam ihr jedoch seltsam vertraut vor. Sie erkannte ihren Fehler, als sie den Ventil- und Anschlussbereich in Augenschein nahm.

Das ist keine Gasflasche.

Paulas Neugier war geweckt. Sie ließ die Dornenranken los und suchte im Garten nach einem dicken Ast. Mit ihm kämpfte sie sich durch das Gebüsch voran, bis sie das Objekt erreicht hatte.

Der größte Teil der Flasche war mit Laub und kleinen Ranken verdeckt, doch als Paula sie aus dem Dornengestrüpp befreite, war ihr klar, dass sie mit ihrer Vermutung recht behalten hatte. Es handelte sich um eine Sauerstoffflasche, wie sie sie selbst schon etliche Male bei ihren Tauchgängen getragen hatte.

Auf den ersten Eindruck sah sie intakt aus. Auch schien sie nicht sonderlich alt zu sein. Aber warum lag sie inmitten der Brombeeren?

Paula stellte die Flasche vor sich ab und musterte sie nachdenklich. Mit den Händen rieb sie über den Moosbewuchs und kratzte den gröbsten Dreck von der Oberfläche. Da erkannte sie eine kleine Plakette im oberen Bereich. Sie war leicht verwittert, aber die darauf eingeprägten Buchstaben waren immer noch gut zu lesen. Es waren nur fünf, doch sie bescherten ihr ein beklemmendes Gefühl in der Brust: V. I. G. G. O.

Sie kannte den Namen und auch die tragische Geschichte, die damit in Verbindung stand. Ihrer Mutter zufolge hatte Viggo während eines Tauchgangs im See einen Herzinfarkt erlitten.

Das war tragisch. Aber weshalb war seine Sauerstoffflasche in den Brombeersträuchern auf Svantes Grundstück versteckt? Wie war sie dorthin gelangt?

Schwedisch für Anfänger – Teil 16

»Arga katter får rivet skinn.«
Wörtlich: Wütende Katzen reißen sich die Haut auf.
Bedeutet: Wie man in den Wald hineinruft,
so schallt es heraus.

34
EIN KÖRNCHEN WAHRHEIT

Die Stille im Wohnzimmer war beinahe greifbar. Ina saß neben Agneta auf dem Sessel und sah abwechselnd ihre Tochter an, die nervös an ihren Fingernägeln kaute, und Lars, der einen Block in der Hand hatte und sich eifrig Notizen machte. Die Tauchflasche auf dem Couchtisch versperrte ihr jedoch die direkte Sicht auf ihn. Und es erforderte sie einige Anstrengung, ihren Blick an dem ungewöhnlichen Hindernis vorbeizusteuern, um einen Augenkontakt herzustellen. Tatsächlich löste die bloße Anwesenheit der Flasche Unbehagen in ihr aus.

Die schlichte Erkenntnis, dass es die Flasche sein musste, die Viggo bei seinem tödlichen Tauchgang getragen hatte, ließ sie erschaudern. So viele Erinnerungen an ihn schossen ihr durch den Kopf.

Noch immer kam es ihr wie ein schlechter Traum vor, als Paula vor ihrer Tür gestanden hatte, die Tauchflasche in den Händen. Sie hatte gar nichts sagen müssen. Ina hatte sofort gespürt, wer der Besitzer der Flasche gewesen war, und Lars angerufen.

In Uniform und mit seiner typischen ernsten Miene beugte dieser sich zu Paula: »Erzähl mir noch einmal genau, wo und wie du diese Flasche gefunden hast.«

Also wiederholte Paula ihre Geschichte und erzählte, wie sie die Tauchflasche inmitten des Brombeergebüschs hinter Svantes Hütte entdeckt hatte. Inas Blick wanderte derweil immer wieder zu Agneta, die stoisch die Flasche fixierte. Mit verschränkten Armen stand sie im Türrahmen, als fürchtete sie sich davor, den Raum mit der Flasche zu teilen. Die Finger ihrer rechten Hand trommelten nervös auf ihrem Oberarm herum.

Ohne Agneta aus den Augen zu lassen, lauschte Ina Paulas Ausführungen. Das Unbehagen in ihrer Stimme war nicht zu überhören. Auch ihr war klar, dass dieser Fund äußerst merkwürdig war. Lars grummelte nur und wollte gar nicht mehr aufhören mitzuschreiben. Doch dann hielt er inne und sah zu ihrer Tochter auf.

»Und du glaubst wirklich, dass sie dort versteckt wurde?«

Paula nickte eifrig. »Sie wurde nicht einfach dort ins Gebüsch geworfen. Sie muss schon eine ganze Weile dort gelegen haben, weil ich wirkliche Mühe hatte, sie aus den Ranken zu befreien.« Wie zum Beweis hob sie die Arme und präsentierte Lars ihre zerschundenen Handrücken.

Paula musste nichts weiter sagen. Ina wusste auch so, was sie dachte. Selbst Lars schien ihre Schlussfolgerungen richtig zu deuten.

»Es ist zu früh für voreilige Schlüsse«, sagte er beschwichtigend. »Wir können auch noch gar nicht mit Sicherheit sagen, dass es wirklich Viggos Flasche war.«

»Das können wir sehr wohl«, sagte Agneta in aller Ruhe. »Ich erkenne sie wieder. Es gibt keinen Zweifel.«

»Außerdem steht doch sein Name drauf«, sprang Ina ihr bei. Allmählich ging ihr Lars' Zurückhaltung auf den Nerv. Manche Dinge waren einfach so offensichtlich, dass sie nicht erst eines forensischen Beweises bedurften. Für sie war diese Flasche mehr als nur ein Objekt, das an einem ungewöhnlichen Ort aufgefunden worden war. Sie war vielmehr ein weiteres Indiz dafür, dass Viggos Tod kein Unfall gewesen war.

Lars beugte sich vor und inspizierte die Prägung. Dann machte er sich eine weitere Notiz.

Ina lugte an der Flasche vorbei und warf einen Blick auf seinen Block. Sie sah, dass er die Prägung exakt so auf das Papier gekritzelt hatte, wie sie auf der Flasche stand: *V. I. G. G.* O. Warum auch immer …

»Dennoch!« Er klappte den Notizblock zu. »Es beweist noch gar nichts. Wir werden zunächst alles überprüfen lassen.«

Er klang routiniert und sachlich, aber sie sah es ihm an der Nasenspitze an, dass auch ihn dieser Fund bestürzte. Vermutlich, weil er sich selbst eingestehen musste, dass an ihren Befürchtungen womöglich etwas dran sein könnte.

Agneta straffte sich und strich dabei ihr Kleid glatt. »Mach das, Lars. Bitte. All das lässt mir keine Ruhe, ich …« Ihre Stimme brach, sie schluckte hörbar.

Ina fühlte mit ihr. Der Gedanke, dass diese Flasche irgendetwas mit Viggos tragischem Tod zu tun haben könnte, war erdrückend.

Lars schenkte ihr ein mitfühlendes Lächeln, doch im nächsten Moment verfinsterte sich sein Blick. »Ich wüsste zu gerne, warum sich diese Flasche auf Svantes Grundstück befand.«

Ina sah ihn entrüstet an. An diese unumstößliche Tatsache hatte sie noch gar keinen Gedanken verschwendet. Sie richtete sich im Sessel auf. »Du meinst …?«

»Was? Himmel, nein!« Er hob abrupt beide Hände. »Gar nichts meine ich«, stellte er klar und legte den Kopf schief, während er die Flasche musterte. »Ich frage mich bloß, warum sie ausgerechnet dort lag.«

Anscheinend schien ihn diese Frage sehr zu beschäftigen, denn er zog noch einmal seinen Block hervor und notierte sich etwas. Dann stand er auf und griff nach der Tauchflasche. »Ich nehme sie mal mit zur weiteren Untersuchung.« Ina und Paula erhoben sich ebenfalls.

Kurz bevor sie die Haustür erreichten, hielt Lars inne und wandte sich an Agneta. »Bitte«, begann er, »erzähl Papa nicht, dass ich hier war. Er wäre sauer, weil ich nicht wenigstens Hallo gesagt habe.«

Agneta nickte verständnisvoll. »Versprochen.«

Lars atmete erleichtert aus und legte die freie Hand auf die Türklinke. Doch er drückte sie nicht herunter. Stattdessen drehte er sich noch einmal zu ihnen um. »Wo wohnt er denn jetzt?«

»Wir haben ihn in Knuts Haus untergebracht«, antwortete Ina. »Es steht ja seit seinem tragischen Tod leer.«

»Es ist groß genug«, pflichtete Agneta ihr bei. »Wir dachten, es wäre der beste Ort für ihn.«

Ein kurzes Nicken bestätigte, dass Lars mit dieser Entscheidung einverstanden war. Dann öffnete er die Tür und ließ die Mittagshitze in den Flur.

35

DIE LISTE DER VERDÄCHTIGEN

»Hier, für dich!«

Lars hatte gerade seinen Platz im Großraumbüro des Polizeipräsidiums in Värnamo eingenommen, als sein Kollege ihm einen DIN-A4-Umschlag hinhielt.

»Der kam gerade mit der Hauspost. Vom Labor.«

Wie ferngesteuert streckte Lars die Hand aus und nahm den Umschlag entgegen. Noch bevor er Danke sagen konnte, hatte sich sein Kollege bereits von ihm abgewandt und hielt auf die Büroecke mit der Kaffeemaschine zu, die ihren vertrauten Duft verströmte.

Ein Kaffee wäre jetzt gut, dachte Lars. Er rieb sich die Müdigkeit aus dem Gesicht. Es war nun schon der zweite Tag in Folge, an dem er verschlafen hatte, weil er momentan nicht mehr aus dem Bett kam. Weil er einfach zu fest durchschlief. Keine nächtlichen Toilettengänge, die ihn aus dem Schlaf rissen, kein lästiges Schnarchen – so laut, dass es durch die dünnen Wände der Wohnung drang.

Aber auch keinen Kaffee mehr, dachte er mit einem Hauch Wehmut. Vor Kurzem noch war er direkt nach dem Aufstehen wie ein Zombie in die Küche getrottet, wo bereits ein frisch gebrühter Kaffee und ein knittriges Lächeln auf ihn gewartet hatten. Die Erinnerung brachte ihn zum

Schmunzeln. Lars kannte keinen Menschen auf der Welt, der morgens solch eine Frohnatur war wie sein Vater. Das änderte sich leider im Laufe des Tages, aber am Morgen hatte er das sonnige Gemüt eines Hundewelpen.

Doch nun warteten in der Küche nur noch die triste Leere und ein ausgeschalteter Kaffeevollautomat. Und da er einfach nicht eher aus dem Bett kam, fehlte ihm die Zeit für den ersten Kaffee des Tages am gedeckten Frühstückstisch. Heute Morgen hatte er es versucht und sich extra im Bad beeilt, als er den Schock, verschlafen zu haben, verdaut hatte. Aber das Schicksal hatte sich gegen ihn verschworen. Erst war das Wasser im Vollautomaten alle gewesen. Dann hatten die Bohnen aufgefüllt werden müssen. Zu guter Letzt hatte der Kaffeesatzbehälter geleert werden müssen, von dem Lars nicht einmal gewusst hatte, dass es ihn überhaupt gab. Geschweige denn hatte er eine Ahnung, wo er diesen Behälter finden sollte. Dann eben keinen Kaffee.

Er könnte sich jetzt einen nehmen, er müsste nur aufstehen. Aber dann müsste er womöglich einen Plausch mit seinen Kollegen führen. Anders als sein Vater war Lars ein ausgesprochener Morgenmuffel und jedes unnötige Wort war zwingend zu vermeiden.

Kurz ließ er den Blick aus seinen müden Augen durch das Büro schweifen. Über die Schreibtische hinweg unterhielten sich ein paar Kollegen in gedämpftem Ton, während sie sich über Aktenberge beugten oder auf der Tastatur herumtippten.

Mit einem herzzerreißenden Gähnen widmete er sich dem Umschlag. Er riss ihn vorsichtig auf, um den darin enthaltenen Laborbericht herauszuziehen. Er war ein wenig überrascht, dass der Befund schon vorlag. Andererseits hatte er

Benne unmissverständlich klargemacht, wie wichtig diese Analyse war. Zwar konnte er es sich selbst nicht so recht erklären, doch von Anfang an hatte er das Gefühl gehabt, dass etwas faul auf diesem Aussiedlerhof für Senioren war. So viele Tote, so viele Ungereimtheiten. Womöglich war sein Drängen so groß, weil eben nun sein Vater ein Bewohner des Tingsmålahofs war. Nicht dass er dessen Anwesenheit in der Wohnung vermisste. Im Gegenteil. Er genoss jeden Augenblick der Stille. Aber er vermisste seinen Kaffee. Vielleicht auch ein kleines bisschen seine gute Morgenlaune. Lars seufzte ergeben vor sich hin. *Es ist nicht alles schlecht gewesen.*

Konzentriert las er sich durch den mehrseitigen, dicht bedruckten Bericht.

Er sah schnell ein, dass er von dem technischen Jargon und den komplexen Analyseresultaten überfordert war. Das Ganze ging einher mit einer Fülle von Fachausdrücken, Symbolen und Zahlen, die ohne entsprechende Vorkenntnisse kaum zu deuten waren. Selbst die Schlussfolgerung am Ende des Berichts war in einem solch spezialisierten Vokabular und mit Abkürzungen verfasst, dass Lars nur Bahnhof verstand.

Angestrengt rieb er sich die Stirn, ließ den Bericht sinken und betrachtete den Hörer voll Missmut. Er hasste es, schon in den frühen Morgenstunden telefonieren zu müssen. Überhaupt hasste er das Reden vor zehn Uhr.

Noch einmal blätterte er den Bericht durch, fokussierte sich auf die vielen Fremdwörter, die angegebenen Zahlenwerte der Untersuchung, versuchte hinter die Abkürzungen zu steigen. Hier und da sprang ihm ein bekanntes Wort entgegen. Aber das reichte nicht, um einen Sinn hinter allem zu erkennen.

Mit einem Schnauben griff er zum Telefonhörer, wählte eine interne Nummer und wartete.

»Polizeilabor, Benne am Apparat«, meldete sich eine unverschämt gut gelaunt klingende Stimme.

»Lars hier. Wie geht's?«

Sein Kollege lachte. »Ich wusste, dass du anrufen würdest.« Seine Stimme klang sogar ein wenig schadenfroh. »Lass mich raten, du hast gerade den Laborbericht vor dir.«

»Und wenn schon«, grummelte Lars. Auf solche Spielchen hatte er um diese frühe Uhrzeit wirklich keine Lust. »Würdest du ihn mir übersetzen?«

Am anderen Ende der Leitung konnte Lars ein Lachen hören. »Macht dir nichts draus. Berichte wie dieser sind tatsächlich nur für Experten gedacht. Aber du wolltest ihn ja so schnell wie möglich, da fehlte mir die Zeit, den Text so aufzusetzen, dass du ihn verstehen würdest. Also, was willst du wissen?«

»Was sagt der Bericht aus? Gibt es irgendwelche Auffälligkeiten oder Spuren auf der Flasche?«, fragte Lars. Aller Wahrscheinlichkeit nach lag die Flasche über ein halbes Jahr im Gebüsch. Da war es schwer vorstellbar, dass in dieser Zeit überhaupt noch irgendwelche verwertbaren Spuren zu finden wären.

»Und ob wir etwas gefunden haben!« Benne klang regelrecht euphorisch. Lars hörte ein Rascheln in der Leitung. Vermutlich nahm sein Kollege gerade selbst den Ausdruck des Berichts zur Hand.

»Also …« Seine Stimme klang nun ernster. »Wir haben die Innenwand der Tauchflasche mit einem speziellen Verfahren analysiert, indem wir …«

Lars räusperte sich eingehend, um Bennes ganz bestimmt

folgenden technischen Ausführungen Einhalt zu gebieten. »Okay, und was habt ihr gefunden?«

»Kaliumcyanid«, antwortete sein Kollege ohne Umschweife. »Und nicht nur Spuren davon. Es war genug, um einen ausgewachsenen Elefanten zu töten.«

Lars schluckte. »Kaliumcyanid? Ist das nicht …«

»Ganz genau, es ist ein tödliches Gift«, unterbrach nun Benne ihn, »es blockiert den Sauerstofftransport im Blut, was letztlich dazu führt, dass das Opfer erstickt.«

Mit dem Hörer in der Hand lehnte Lars sich tief in seinen Schreibtischstuhl, der bedenklich federte und quietschte. Dabei starrte er auf den noch schwarzen Bildschirm auf seinem Schreibtisch. Benne sprach nicht weiter, als wollte er ihm die nötige Zeit geben, diese Information zu verarbeiten.

Ina hatte recht, schoss es Lars durch den Kopf. Sie hatte wirklich recht.

»Alles in Ordnung?«, fragte sein Kollege in die Stille hinein. Lars nickte hastig, brach die Geste jedoch ab, als ihm bewusst wurde, dass Benne das nicht sehen konnte.

»Natürlich ist alles in Ordnung«, sagte er. »Es ist nur … Die Flasche gehörte Viggo.« Er holte tief Luft. »Du weißt schon, dem Mann, der damals beim Tauchunfall ums Leben gekommen ist.«

»Klar weiß ich das. Deswegen hast du ja solchen Dampf gemacht.«

Lars schüttelte sich die Verwirrung aus dem Kopf. »Aber … warum hat der Arzt das damals nicht festgestellt?«

»Weil er nicht danach gesucht hat«, erwiderte Benne nüchtern. »Du kannst ihm keinen Vorwurf machen, es ist ein äußerst tückisches Gift. Für Außenstehende könnte es so aussehen, als ob die Person einen Herzinfarkt erlitten hätte.«

»Das klingt grauenvoll«, murmelte Lars.

»Es *ist* grauenvoll«, bestätigte Benne.

Vergiftet durch die Tauchflasche …

Lars umklammerte den Hörer fester. »Warum hat er das Gift eingeatmet? Hätte er es nicht merken müssen?«

»Schwer zu sagen. Genetisch bedingt können nur zwanzig bis vierzig Prozent der Menschen den typischen Bittermandelgeruch dieses Giftes wahrnehmen. Möglich, dass das Opfer eben nicht zu denen gehörte.« Benne räusperte sich. »Darüber hinaus atmet man den Sauerstoff beim Tauchen für gewöhnlich durch den Mund ein. Gut möglich, dass er es allein deshalb nicht wahrgenommen hat. Er hat es eingeatmet und ist gestorben. So einfach.«

Lars versuchte, sich die letzten Augenblicke in Viggos Leben vorzustellen. Er hatte sich den Atemregler in den Mund geschoben und stieg in den See. Für einen Moment schloss er die Augen und sah in seiner Vorstellung den alten Mann gemeinsam mit diesem Svante im See abtauchen. Passte seine Vorstellung zum realen Ablauf der Ereignisse? Welche Rolle hatte Svante gespielt? In seiner Vorstellung sah er, wie Svante ihn mit aller Kraft unter Wasser hielt, bis, nun ja, es vorbei war.

»Sag mal, Benne«, begann er zögernd und öffnete die Augen wieder. »Wie schnell wirkt so ein Gift? Würde man sofort sterben, oder hätte man noch Zeit, um Hilfe zu rufen?«

Nun atmete Benne tief durch. »Kaliumcyanid ist ein sehr schnelles Gift. Sobald es im Körper ist, beginnt es rasch zu wirken. Je nachdem, wie viel davon eingenommen wurde, würde der Tod sehr rasch eintreten.«

Lars dachte angestrengt nach. »Viggo wäre also praktisch

sofort nach dem ersten Atemzug in ernsthaften Schwierigkeiten gewesen?«

»Korrekt! Und das Schlimme ist: Selbst wenn das Opfer den Geruch von Bittermandeln wahrgenommen, sofort aufgetaucht wäre und die Flasche abgesetzt hätte, könnte es bereits zu spät gewesen sein. Das KCN hätte vermutlich längst seine zerstörerische Wirkung entfaltet.«

»KCN?«, fragte Lars.

»Kaliumcyanid.«

»Das ist … schrecklich«, murmelte Lars.

Einmal mehr stimmte Benne zu, sogar seine Stimme klang bedrückt. »Es ist eines der grausamsten Gifte, die ich kenne.«

»Und es gibt keinen Zweifel?«

»Zumindest keinen daran, dass wir Spuren davon in der Flasche gefunden haben.«

»Aber wir wissen nicht, ob dieser Viggo wirklich daran gestorben ist?«, hakte Lars nach.

»Das lässt sich nur mit absoluter Bestimmtheit sagen, wenn …«

»Wenn wir seine Leiche untersuchen«, unterbrach Lars ihn. Wieder schloss er die Augen. Ihm graute bereits vor dem Papierkram.

»Okay. Der Reihe nach!« Er sprang federnd vom Stuhl auf, weil er nicht länger still sitzen konnte. »Wer hätte alles Zugriff auf solch ein hochgefährliches Gift?«

»Ich wusste, dass du mich das fragen würdest.« Benne schien seine gute Laune zurückgefunden zu haben: »Kaliumcyanid ist keine gewöhnliche Haushaltssubstanz. Es wird in der Industrie verwendet, insbesondere zur Metallveredelung. Man kann es nicht einfach in einem Laden kaufen.«

Lars runzelte die Stirn, während er nachdachte. »Also, wer auch immer hinter dem Gift in dieser Tauchflasche steckt, muss entweder in der Industrie tätig sein oder sehr gute Kontakte zu jemandem haben, der dort arbeitet?«

»Das wäre eine Möglichkeit«, bestätigte Benne. »Oder er könnte es über den Schwarzmarkt erworben haben. Aber das erfordert natürlich spezielle Kontakte. Dieses Gift ist streng reguliert und der Besitz ohne triftigen Grund absolut illegal.«

Lars setzte sich wieder und knackste mit den Fingern – so laut, dass sich seine Kollegen zu ihm umdrehten. Bennes Statement schränkte die Liste der Verdächtigen zumindest ein wenig ein. Nicht jeder Mensch hatte einfach so Zugriff auf Kaliumcyanid. Half das weiter? Er wusste es nicht. Noch einmal presste er sich den Hörer ans Ohr. »Und wenn du jetzt – rein hypothetisch natürlich – dieses Gift bräuchtest … wo würdest du danach suchen?«

Bennes leises Lachen drang an sein Ohr. »Hypothetisch, natürlich. Also, wenn ich wirklich den Entschluss gefasst hätte, einen Menschen mit KCN zu vergiften, würde ich wahrscheinlich das Darknet bemühen.«

Lars hob eine Braue. »Das Darknet? Meinst du, unser Täter könnte technikaffin genug sein, sich dort zurechtzufinden?«

»Das Darknet ist längst nicht mehr nur ein Ort für Computerexperten. Mit etwas technischem Verständnis kann heutzutage fast jeder darauf zugreifen.«

»Und da würde man Kaliumcyanid bekommen?«

»Da kannst du alles bekommen«, beschwor Benne. »Sogar einen Kampfjet, wenn du das nötige Kleingeld in Kryptowährung hast.«

Schwedisch für Anfänger – Teil 17

»Du har inte alla hästar hemma.«
Wörtlich: Du hast nicht alle Pferde zu Hause!
Bedeutet: Du hast nicht alle Tassen im Schrank.

36

DER SCHLÜSSEL ZU ALLEM

Aus den Augenwinkeln beobachtete Ina, wie Lars und Ove sich unbeholfen gegenüberstanden. Dabei gaben sich die beiden einem angespannten Schweigen hin. Oves plötzlicher Umzug hatte eine Situation geschaffen, die sowohl für den Vater als auch für den Sohn befremdlich war. Immerhin passte das erdrückende Schweigen perfekt zu der erdrückenden Hitze, die diesen Tag fest im Schwitzkasten hatte. Die Veranda von Knuts ehemaligem Haus spendete zwar Schatten, konnte jedoch wenig gegen die tropisch anmutenden Temperaturen ausrichten. Sie bemerkte, wie Agneta und ihre Tochter sich mit den Handflächen Luft zuwedelten, um ein wenig Abkühlung zu schaffen.

»Bei diesem Wetter einen Großputz zu verrichten, war vielleicht nicht die beste Idee«, scherzte Ina, als sie sich vorbeugte, um die Kühlbox zu öffnen. Sie genoss die frostige Luft, die aus der Box aufstieg, und holte vier eiskalte Flaschen Trocadero-Limonade heraus, die sie nacheinander Ove, Lars, Agneta und ihrer Tochter reichte.

»Danke«, murmelte Ove, während er die Flasche entgegennahm. Sein Blick traf den von Lars, der nickte.

»Ja, danke, Ina.« Für einen Moment stand er unschlüssig da, dann richtete er den Blick auf den Polizeiwagen, der vor der Veranda parkte. »Hab ich an alles gedacht, Paps? Oder fehlt noch was?«

Ohne seinen Sohn anzuschauen, erwiderte dieser: »Ich schätze, das war fürs Erste alles, was ich aus der Wohnung brauche.« Er setzte die Flasche zum Trinken an, hielt aber inne und schaute für den Bruchteil einer Sekunde zu Lars. »Auch dafür danke.«

»Keine Ursache.«

Weil Ina die erneut aufkommende Stille zu unangenehm wurde, nahm auch sie sich eine Flasche, trank einen großen Schluck und spürte, wie die kühle Flüssigkeit ihre trockene Kehle hinunterrann.

Ove räusperte sich, brach endlich das Schweigen und wandte sich den Frauen zu: »Auch euch kann ich gar nicht genug danken. Ich weiß, es war viel Arbeit … Ehrlich, ihr seid unglaublich.«

Agneta grinste ihn gut gelaunt an. »Hauptsache ist, dass du dich wohlfühlst.«

Ina musterte sie. Es war kaum zu fassen. Obwohl sie bei brütender Hitze mit einem Wischmopp durch das Haus gefegt war, stand nicht ein einziger Schweißtropfen auf Agnetas Stirn. Selbst ihre Frisur sah noch perfekt aus. Ina hingegen badete im Schweiße ihres Angesichts und spürte die brennende Röte in ihrem Gesicht, an dem die Haare nur so klebten.

»Es ist gut, dass das Haus wieder mit neuem Leben erfüllt wird«, sprach Agneta weiter.

Lars stieß ein ruppiges Lachen aus und klopfte seinem Vater auf die Schulter. »Na ja, neu …«

Agneta hob ihre Flasche. »Auf Knut«, sagte sie. Sie stießen allesamt miteinander an und gaben sich einen Augenblick der andächtigen Ruhe hin. Selbst Paula wirkte still und in sich gekehrt, obwohl sie den Mann gar nicht gekannt hatte. Natürlich hatte Ina ihr von Knut erzählt, von seinem tragischen Tod in der Scheune. Das war eine Geschichte, die niemanden kaltließ.

Zunächst hatte sie Bedenken gehabt, ob es womöglich seltsam wäre, dieses Haus zu betreten. Es war nicht so, dass sie glaubte, Knuts Geist würde noch durch die Räume schweben, aber so viele Gedanken waren mit einem Mal wieder präsent. Wie sie in der Mittsommernacht einen Mann hatte aus dem Wohnzimmerfenster steigen sehen. Und welche schrecklichen Dinge sich kurz darauf ereignet hatten … Sie schüttelte die Erinnerung ab und prostete Ove zu.

»Es ist schön, dass du bei uns bist.« Dann wandte sie sich in einer halben Drehung zu Lars. »Du solltest dich für deinen Vater freuen. Er ist bei uns gut aufgehoben.«

»Und du hast nun die ganze Wohnung für dich allein.« Paula grinste ihn an und Lars lächelte tatsächlich zurück.

»Seitdem schlafe ich wie ein Baby«, stimmte er zu. »Ich kann endlich im Fernsehen schauen, was ich will.«

Ove grunzte. »Tut mir leid, dass ich dein Leben in eine derartige Hölle verwandelt habe.«

»Papa!«

»Ist doch wahr!« Ove drehte sich von seinem Sohn weg, und Ina musste sich ein Grinsen verkneifen, weil sein Trotz irgendwie knuffig wirkte.

Sie sah dabei zu, wie Lars den letzten Rest seiner Limonade herunterkippte und die leere Flasche neben die Kühlbox stellte. »Also dann.« Er hob die Hand. »Ich muss mal weiter.«

»Warum denn?«, beeilte sich Paula zu sagen. »Bleib doch noch ein wenig bei uns.«

Ina beobachtete ihre Tochter von der Seite her. Hatte sie wirklich Interesse an Lars? Aber auch sie wollte nicht, dass er schon ging. Deshalb pflichtete sie Paula bei: »Bleib noch ein wenig. Vielleicht sogar bis zum Abendessen. Svante hat heute Morgen einige prachtvolle Barsche gefangen, die wollen wir heute Abend unten am See über dem Lagerfeuer grillen.«

Paula verzog angewidert das Gesicht, setzte aber sofort ein Lächeln auf, als Ina sie in die Seite stupste.

Lars neigte den Kopf, seine Augen verengten sich. »Svante, ja?«

Ina sah ihn an. Irgendetwas irritierte sie an seinem Tonfall. Und noch mehr irritierte sie der Blick, mit dem Lars sich jetzt umsah. »Wo steckt er überhaupt?«

Sie zuckte mit den Schultern. »Als ich ihn zuletzt gesehen habe, war er damit beschäftigt, das Willkommensgeschenk für Gustav zu schnitzen. Und dann wollte er noch einmal runter zum Wasserfall am Bach, um weiterzuangeln. Warum fragst du?«

Lars sah sie stirnrunzelnd an. »Gastgeschenk?«

»Das ist Hoftradition«, erklärte Agneta. »Jeder Neuankömmling bekommt eine Party ausgerichtet und ein Geschenk überreicht.« Sie lächelte Ove zu. »Da wirst du auch nicht drum herumkommen.«

Dieser lachte freudig vor sich hin. »Perfekt. Ich liebe Partys. Und noch mehr liebe ich Geschenke.«

Lars rieb sich das Kinn, sagte aber nichts. Er wirkte, als würde er einem bestimmten Gedanken nachhängen. Dann schaute er Paula an.

»Ich würde wirklich gerne bleiben, aber ich muss zurück zur Wache.« Sein Blick verfinsterte sich. »Es gibt da noch ein paar Dinge, die ich zu erledigen haben.«

»Dinge?«, hakte Ina nach.

»Polizeiliche Dinge«, erwiderte Lars ausweichend.

»Du arbeitest zu viel!« Ove richtete mahnend den Zeigefinger auf ihn. »Das ist nicht gut in deinem Alter. Du musst auch mal das Leben genießen.«

Lars richtete sich auf. »Aber ich genieße das Leben.«

Sein Vater lachte abfällig. »Klar tust du das.« Er reckte ihm streitlustig das Kinn entgegen. »Wann hast du dich zuletzt mit Freunden auf ein Bier in einer Kneipe getroffen?«

»Das ist noch gar nicht so lange her«, entgegnete Lars sofort. »Und zwar an …« Er hob den Kopf und sein Blick verlor sich wieder in der Ferne.

»Und wann hattest du zuletzt eine Verabredung mit einer Frau?«, hakte sein Vater nach.

»Das geht dich überhaupt nichts an.«

Ove hob die Hände, als wollte er sich ergeben. »Natürlich nicht. Ich bin ja bloß dein Vater.«

»Ist es wegen der Tauchflasche, die ich gefunden habe?«, platzte Paula in den Vater-Sohn-Zwist rein. Beide drehten die Köpfe in ihre Richtung. »Musst du deshalb noch einmal auf deine Dienststelle?«, fragte sie weiter.

Lars nickte. »In der Tat, ja.«

»Was hast du denn herausgefunden?« Ina wandte sich ihm neugierig zu.

»Nichts«, erwiderte Lars sofort, fügte aber leise hinzu: »Und doch viel zu viel.«

Nun konnte er sich der Aufmerksamkeit aller gewiss sein.

»Viggos Tauchflasche?«, hakte Agneta mit dünner Stimme nach.

Lars schien die Aufmerksamkeit, die ihm plötzlich

zuteilwurde, gar nicht zu behagen. »Was wollt ihr von mir?«, fragte er in gereiztem Tonfall.

»Wir wollen wissen, was du herausgefunden hast.« Agnetas Stimme blieb ruhig, doch ihr Blick durchbohrte ihn förmlich.

»Das sind polizeiliche Ermittlungen. Die kann ich euch nicht einfach so erzählen.«

Das sah nicht nur Ina anders.

»Sei kein Idiot, Lars!« Ove baute sich vor ihm auf. »Du sprichst hier mit Viggos Witwe.« Sein Kopf huschte erst zu Agneta, dann zu Ina. »Und mit, nun ja, seiner langjährigen Affäre.« Er wandte sich wieder seinem Sohn zu. »Die beiden haben ein Recht zu erfahren, was los ist.«

Ina trat ein Stück auf Lars zu und von der anderen Seite näherte sich ihm Agneta. Fast hatte es den Anschein, als wollten sie ihn umzingeln.

Lars seufzte. »Ihr bringt mich noch in Teufels Küche!«

Ove lachte. »Dann lernst du dort vielleicht endlich kochen.«

Lars beachtete seinen Vater nicht weiter. »Also schön«, sagte er. »Die Labortests der Tauchflasche sind heute Morgen zurückgekommen.« Er schaute Agneta eindringlich an. »Und da ich bald wohl sowieso mit dir sprechen muss …« Er verzog das Gesicht. Es war ihm anzusehen, dass er ganz und gar nicht über dieses Thema reden wollte. Und doch sagte er: »Warum nicht jetzt, gleich hier. Schließlich benötige ich deine Einwilligung. Aber das hätte ich wirklich gerne unter vier Augen …«

»Sprich es einfach aus.« Agneta stand nun so dicht neben Ina, dass sich ihre Schultern berührten. Sie schluckte angestrengt. »Aber sag uns erst, was du herausgefunden hast.«

Lars kam unverblümt zur Sache. »Das Labor hat Spuren von Kaliumcyanid im Inneren der Flasche gefunden«, gestand er und wirkte tatsächlich erleichtert, als er es über die Lippen gebracht hatte. »Und damit deutet alles darauf hin, dass Viggo keines natürlichen Todes gestorben ist.«

Agnetas Gesicht wurde blass und sofort bildeten sich Tränen in ihren Augen. Ina legte den Arm um sie.

Ove hingegen zog die Brauen hoch. »Das hättest du ihr wirklich schonender beibringen können«, warf er ihm vor.

Dieser hob die Arme. »Was erwartest du von mir? Ihr habt mich regelrecht überfallen!«

»Und jetzt?«, fragte Ina. Sie horchte in sich hinein, verspürte aber nicht die geringste Genugtuung darüber, dass sie die ganze Zeit über recht behalten hatte. Im Gegenteil: Es machte alles nur noch schlimmer. »Wie geht es weiter?«

Lars wirkte ungewöhnlich nervös, und als er das Wort ergriff, vernahm Ina die Schwere in seiner Stimme. »Die nächste Phase wäre eine Exhumierung, um weitere Tests durchzuführen.«

Agneta schnappte nach Luft, ihre Augen weiteten sich. Ina verstand ihre Reaktion nur zu gut. Ihre Freundin hatte gerade erst vernommen, dass ihr Mann vielleicht ermordet worden war, und nun das.

Beschwichtigend trat Lars auf sie zu und umfasste ihre Hände. »Ich hätte das eigentlich allein mit dir besprechen wollen. Es ist dein Recht als Witwe zu entscheiden, ob Viggo exhumiert werden soll oder nicht. Aber nach dem Fund im Inneren der Tauchflasche wäre das der logische nächste Schritt. Um Klarheit zu schaffen, um Gewissheit zu haben.«

Sie schloss die Augen, als ob sie die Kraft finden wollte, sich dieser schmerzhaften Realität zu stellen. Nach einigen endlos erscheinenden Sekunden öffnete sie sie langsam wieder und nickte.

»Wenn es notwendig ist, um die Wahrheit herauszufinden, dann soll es so sein. Ich will wissen, was wirklich passiert ist. Viggo verdient die Wahrheit. Wir alle tun das.«

Ina drückte sie an sich. »Wir stehen dir bei.«

»Viggo wurde wirklich ermordet.« Agneta löste sich von Ina und ließ sich auf der Kühlbox nieder. Sie vergrub das Gesicht in den Händen, fühlte sich ebenso erschlagen. Fragen schwirrten in ihrem Kopf umher wie ein Schwarm Motten um eine Straßenlaterne.

»Welches Motiv könnte der Mörder gehabt haben?«, fragte sie geradeheraus, ohne einen der anderen anzusehen.

Niemand schien zu einer Antwort imstande, selbst Lars musterte aufmerksam die Holzdielen unter seinen Füßen.

»Deshalb will ich gleich noch einmal zur Wache, um weitere Nachforschungen anzustellen«, erwiderte er. »Aber …« Er wollte noch etwas sagen, hielt jedoch inne.

Ina musterte ihn. »Was – ›aber‹?«

»Nun ja …« Sie sah ihn derart tief Luft holen, dass sich sein Brustkorb blähte. »Deine Tochter hat die Tauchflasche in Svantes Gestrüpp gefunden.«

Ina fuhr auf. »Willst du etwa sagen, dass Svante …«

Lars hob abwehrend die Hände. »Es ist nun einmal, wie es ist.«

»Jeder könnte sie dort versteckt haben«, warf Ove ein.

»Eben.« Lars nickte stur. »Und somit auch Svante.«

Ina wusste überhaupt nicht, wohin mit ihrer Empörung. »Sie waren Freunde«, stellte sie lautstark klar. »Vielleicht sogar die besten. Warum hätte Svante ihn umbringen sollen?«

»Das habe ich mit keinem Wort behauptet.« Auch Lars

wurde jetzt lauter. »Dennoch muss ich mit ihm sprechen. Das versteht sich doch von selbst!«

Ina gefiel das nicht. Also stellte sie die nächste Frage, die in ihrem Kopf herumspukte. »Und was ist mit Gustav?«

Sämtliche Köpfe huschten in ihre Richtung. Insbesondere Agneta sah sie entsetzt an. Ina nickte zögerlich. »Was wissen wir denn schon über ihn?« Sie nahm ihre Freundin eindringlich in Augenschein. »Ich bin mir sicher, dass ich ihn im Schloss gesehen habe, bei der Zeremonie des Ordens. Er sagt, er war nicht dort, also lügt er!«

Was sie hingegen für sich behielt, war, dass sie Svante bereits instruiert hatte, seine Beziehungen zu nutzen, um Nachforschungen anzustellen. Allerdings hatte dies keine Ergebnisse erbracht: Kein Gast mit dem Namen Gustav Lindqvist war auf der Gästeliste gewesen. Dennoch: Ina hatte gesehen, was sie gesehen hatte.

»Was soll das denn mit der Tauchflasche zu tun haben?«, fragte ausgerechnet Paula sie.

Ina wedelte fahrig mit den Händen. »Das weiß ich noch nicht. Aber unser Schwert wurde gestohlen, als er auf den Hof kam.«

Ihr Blick schweifte über die Anwesenden und sie las Unglauben in deren Zügen. Das wiederum machte sie wütend. Wie konnten sie so blind sein?! Gustav hatte Dreck am Stecken, daran gab es für sie keinen Zweifel. Sie stöhnte schicksalsergeben vor sich hin, denn das bedeutete, dass sie wieder einmal allein auf weiter Flur stand und sich der Sache selbst annehmen musste. Gustav verbarg etwas vor ihnen. Also würde ihr nichts anderes übrig bleiben, als sich in seinem Haus umzusehen. Allein der Gedanke daran ließ sie schaudern. Das letzte Mal, als sie sich in einem fremden

Haus umgeschaut hatte, hätte sie es beinahe mit ihrem Leben bezahlt. Dass Gustav nun in ebendieses Haus eingezogen war, machte die Sache um ein Vielfaches prekärer. So oder so, sie musste abwarten, bis er wieder auf einer seiner mysteriösen Reisen war.

»Und die Archäologen?«, wandte Agneta ein. »Hat deine Tochter nicht gesehen, wie sie einen äußerst verdächtigen Gegenstand in Form eines Schwertes mit sich herumgetragen haben?«

Ina bemerkte, dass Lars' Augen größer wurden. Zugegeben, vielleicht hätten sie die eine oder andere Sache mit ihm besprechen sollen.

Paula verzog das Gesicht zu einem verkrampften Lächeln. »Ich bin mir gar nicht so sicher, was ich da wirklich gesehen habe«, räumte sie ein. »Es hätte sich weiß Gott was darin befinden können.«

»Aber eben auch ein Schwert?«, fragte Ove.

Paulas Lächeln fiel noch eine Spur verkrampfter aus.

»Ich verstehe wirklich nicht, wie Gustav mit Viggo in Verbindung stehen könnte.« Agneta wirkte, als würde sie jeden Moment die Fassung verlieren. »Er kommt aus Malmö und hatte doch nie etwas mit dem Hof am Hut, geschweige denn mit Viggo. Ich meine, das wüsste ich doch …«

Ina war sich da keinesfalls sicher. Sie dachte an Sören Bergman, den Antiquitätenhändler, der Viggo außerordentlich gut gekannt hatte, ohne dass jemand davon etwas mitbekommen hatte. Außerdem schien Viggo ein Meister der Geheimnisse gewesen zu sein. Wer wusste schon, mit wem er alles Geschäfte gemacht hatte.

»Dieser Gustav«, begann Lars nach einigem Zögern. »Wo, sagtest du, hast du ihn gesehen?«

Ina erzählte es ihm. Sie berichtete ihm auch davon, wie Gustav genau das bestritten hatte.

»Aber du bist dir sicher, dass du ihn dort gesehen hast?«

Ina nickte entschlossen. »Wenn er keinen Zwillingsbruder hat, dann war er es.«

»Und wenn schon.« Agneta winkte ab. »Was soll dieser Orden mit Viggos Tod am Hut haben?«

»Vielleicht nichts«, stimmte Ina zu, neigte dann aber den Kopf und fügte in verschwörerischem Tonfall hinzu: »Vielleicht aber auch alles. Denk an das Schwert! Zumindest gibt es einen Zusammenhang. Es handelt sich schließlich um einen Ritterorden.«

Agneta wirkte beinahe trotzig, was Ina nur noch mehr anstachelte.

»Kommt schon, ihr seht doch auch, dass es eine Verbindung zwischen Viggos Ermordung und dem gestohlenen Schwert geben muss«, sagte sie. »Einem Reichsschwert, welches der Sage nach einst dem König von Schweden verliehen wurde.« Sie wurde konkreter. »Und dann gibt es diese Feier des Ordens der Polaris-Ritter, der wahren Wächter des schwedischen Königs …« Sie blickte aufmerksam in die Runde. »Und dort sehe ich ausgerechnet den gerade erst zu uns gezogenen Gustav, der genau das abstreitet.« Nun, wo sie alle Punkte offen ansprach, sah sie es klar und deutlich vor sich: Dieser Gustav war der Schlüssel zu allem.

»Aber … die Alpakas.« Paula zupfte an ihrem Ärmel. »Jemand, der so wundervoll mit Tieren umgeht, kann doch kein Mörder sein.«

Lars schüttelte den Kopf. »Das eine schließt das andere leider nicht aus.«

Doch Ina hatte den Eindruck, dass er alles andere als

überzeugt von ihrer Theorie zu sein schien. Sie drehte sich zu ihm und sah ihn forschend an. »Wirst du ihm auf den Zahn fühlen?«

Lars zuckte kaum merklich mit den Schultern. »Ich werde jeder Spur nachgehen«, sagte er. »Das ist schließlich mein Job.« Er schnaufte leise. »Wir müssen die Exhumierung abwarten.« Dabei sah er Agneta an. »Vielleicht erfahren wir dadurch mehr.« Dann richtete er sich auf. »Aber erst mal werde ich mich mit Svante unterhalten.«

37

UNTEN AM UFER

»Hab mich schon gefragt, wann du auftauchen würdest.«

»So? Warum das?«

»Ein eifriger Polizist wie du wird doch sicherlich wissen wollen, wie Viggos Tauchflasche in meinem Brombeerbusch gelandet ist.«

Lars stand direkt am Ufer des natürlichen Beckens, das sich unterhalb des kleinen Wasserfalls gebildet hatte, und schaute zu, wie Svante geschickt die Rute auswarf. Lars hätte ihn beinahe nicht erkannt. Ein breitkrempiger Hut veränderte das Erscheinungsbild des Mannes so sehr, dass er fast fremd wirkte. Doch das charakteristische Brummen, das jetzt unter der Krempe hervorkam, ließ keinen Zweifel.

Vor Svantes Füßen stand ein Blecheimer, in dem Lars fünf dicke Barsche zählte. Er hob anerkennend eine Braue und rang dem Eigenbrötler damit zumindest ein Schmunzeln ab.

»Ich habe einen guten Köder.« Er deutete auf ein Einmachglas. »Anscheinend stehen Barsche auf Moltebeermarmelade«, erklärte er mit einem verschlagenen Grinsen. »Ich hab die Köder damit eingerieben.« Doch schon im nächsten Augenblick wurde er wieder ernst. »Also«, forderte er so vehement, dass seine Stimme deutlich über das Rauschen des Wasserfalls hinweg zu hören war.

»Was – ›also‹?«

»Frag mich, was die Tauchflasche in meinen Brombeersträuchern zu suchen hat.«

Lars tat ihm den Gefallen. »Was hat die Tauchflasche in deinem Garten zu suchen?«

»Ich habe nicht die leiseste Ahnung«, erwiderte Svante sofort.

»Also hast du sie nicht dort versteckt?«

»Glaubst du wirklich, ich würde es zugeben, wenn ich es getan hätte?«

»Wohl nicht, aber dennoch muss ich fragen.«

»Natürlich.«

Svante holte die Schnur ein und warf den Köder ein weiteres Mal in die Mitte des Beckens. Für einen Moment war nur das plätschernde Rauschen des Wasserfalls zu hören.

»Hast du denn zumindest eine Idee, wie sie dahin gekommen sein könnte?«

Die breiten Schultern des Mannes hoben sich. »Jemand wird sie wohl dort versteckt haben.«

Lars unterdrückte ein Schnauben. Es war offensichtlich, dass sie beide in diesem Leben nicht mehr miteinander warm werden würden. Doch zu seiner Überraschung nahm Svante den Blick von der Angel und sah ihn an. Doch jetzt war seine Stimme so leise, dass sie bei dem Rauschen kaum zu verstehen war. »Es ist nicht so, dass ich mir darüber nicht auch schon den Kopf zerbrochen hätte«, gab er zu. »Als ich Viggo damals aus dem Wasser gezogen habe, war mir sofort klar, wie ernst es um ihn stand. Du hättest sein Gesicht sehen sollen, als ich ihm die Tauchmaske abnahm.« Er holte tief Luft und ließ nun sogar die Angelrute sinken. »Ich zerrte ihm sofort die Flasche vom Rücken, riss den Reißverschluss des Neoprenanzugs auf und begann mit einer Herzmassage.«

Er machte eine lange Pause, schien mit seiner Fassung zu ringen. Lars sagte nichts darauf. Er wartete geduldig ab, dass er weitersprach.

»Währenddessen habe ich mir die Seele aus dem Leib gebrüllt und um Hilfe gerufen. Bis mich endlich jemand gehört hat.«

»Euer Bäcker Nils hat den Notarzt verständigt«, sagte Lars, der sich an einen entsprechenden Aktenvermerk erinnerte.

Svante nickte beharrlich. »So war es, und wie es ausgegangen ist, weißt du ja auch.« Wieder verlor sich sein Blick im Nirgendwo. »In den letzten Tagen habe ich darüber nachgegrübelt, was mit der Tauchflasche passierte, nachdem ich sie ihm abgenommen hatte.« Er schüttelte kaum merklich den Kopf. »Das ist nämlich wirklich merkwürdig, denn all seine Sachen waren an Ort und Stelle. Wir hatten uns auf dem Steg umgezogen und unser Zeug dort liegen gelassen.« Er blinzelte gegen die Sonne an. »Ich erinnere mich an Viggos Jacke, die er fein säuberlich auf seinen Klamottenstapel gelegt hatte. Und ich erinnere mich daran, dass all das noch an Ort und Stelle lag, als Viggo vom Krankenwagen abtransportiert wurde.« Mit zusammengekniffenen Augen sah er Lars an. »Agneta hat seine Sachen an sich genommen und … Keine Ahnung, aber sie wird sie wohl mit ins Haus genommen haben.«

»Aber die Flasche«, hakte Lars nach.

»An die habe ich keine Erinnerung mehr. Ich habe sie ihm am Seeufer abgenommen und seitdem ist sie aus meinem Gedächtnis verschwunden.«

Lars sah ihn grübelnd an.

»Nicht nur die Erinnerung an die Flasche ist weg«, setzte

Svante nach. »Ich kann mich an so vieles nicht mehr entsinnen.« Mit der freien Hand fuhr er sich über das Gesicht. »Aber daran, wie sich meine Hände auf seinen Brustkorb drückten, wie sich seine Haut anfühlte ... das werde ich in meinem ganzen Leben nicht vergessen.« Er gab ein inbrünstiges Brummen von sich. »Danach überschlugen sich die Ereignisse. Ich habe an den Zügen des Rettungsarztes sehen können, dass da nichts mehr zu machen war. Sie haben Viggo in den Krankenwagen geschoben, und ... das war das letzte Mal, dass ich ihn gesehen habe.«

Er verstummte und starrte eine ganze Weile vor sich hin. Schließlich schüttelte er den Kopf. Noch einmal brach er das Schweigen. »Viggo ist unter meinen Händen gestorben, Mann! Ich habe förmlich gespürt, wie das Leben in ihm erloschen ist. Glaubst du, ich hätte da auch nur eine Sekunde an diese verdammte Flasche verschwendet?«

Lars senkte pflichtschuldig den Blick. Noch eine Weile sahen sie sich an, dann wandte er sich ab und ließ den Brummbären allein zurück am Bach.

Schwedisch für Anfänger – Teil 18

»Ropa inte hej förrän du är över bäcken.«
Wörtlich: Man sollte nicht Hallo rufen,
bevor man erfolgreich über den Fluss gesprungen ist!
Bedeutet: Man sollte den Tag nicht vor dem Abend
loben.

38
IM DARKNET

Lars fixierte intensiv den Bildschirm, während er auf dem Touchpad seines Dienstlaptops herumwischte und -klickte, um sich durch die verschiedenen Seiten zu navigieren. Sein Schäferhund lag ruhig unter dem Küchentisch und schaute immer wieder hoffnungsvoll zu ihm hoch, als ob er ihn daran erinnern wollte, dass es Zeit für das Abendessen war. Aber Lars war in einer anderen Welt, einer dunklen und geheimen Welt, die ihn gleichermaßen faszinierte und abstieß.

In der Wohnung war es seltsam ruhig ohne seinen Vater. Selbst das leise Schnauben von Gus schien in der Stille der Küche widerzuhallen. Auch wenn er es nicht so recht wahrhaben wollte: Der Raum fühlte sich bedrückend leer an, und trotz der Anwesenheit des Hundes hatte er das Gefühl, allein zu sein. Um der Öde des großen Wohnzimmers zu entfliehen, hatte er sich in die kleinere Küche zurückgezogen, saß nun am Tisch mit dem Laptop. Doch die Einsamkeit war auch hier allgegenwärtig. Es war unfassbar, wie sehr man sich an einen Menschen gewöhnen konnte – selbst an einen überaus anstrengenden Vater. Ein wenig verfluchte er sich dafür, nicht im Präsidium geblieben zu sein, aber er wollte den Hund nicht unnötig lange allein zu Hause lassen.

Gedankenverloren nippte er an seinem bereits kalten Kaffee und fixierte den leuchtenden Bildschirm, der die dunkle

Küche in ein künstliches Licht tauchte. Eine gewisse Aufregung umfasste ihn, denn das, was er tat, war in der Tat spannend. So sehr, dass er sogar die Vorhänge zugezogen hatte, um nicht die Neugierde seiner Nachbarn zu wecken. Trotz der Beschaulichkeit seiner Küche war er mittendrin im Darknet. Es war eine hässliche, benutzerunfreundliche Welt, in der er sich überhaupt nicht zurechtfand. Überall blinkten bunte Hyperlinks auf und alles schien wirr und ungeordnet.

Hier ein Klick und er befand sich auf einer Seite, die angeblich Mars-Steine verkaufte. Ein anderer Klick, und er stolperte über einen Händler, der den Saft von seltenen Amazonasfrüchten anbot – zu horrenden Preisen. Er wischte weiter auf dem Touchpad herum und stieß auf ein Forum, in dem sich Leute austauschten, die überzeugt waren, in der Zeit reisen zu können. Einer der Beiträge war sogar von übermorgen.

Mittlerweile bezweifelte er stark, ob er hier wirklich auf eine Spur stieß, die ihn zu dem Verkäufer des Kaliumcyanids führen würde. Neben Benne hatten sich auch einige seiner Kollegen der Theorie angeschlossen, dass das Gift womöglich im Darknet erworben worden war. Doch das Darknet war groß – zu groß, als dass ein einzelner Polizist einen Anhaltspunkt finden könnte. Also hatte Lars mit dem Einverständnis seines Vorgesetzten die Sonderkommission *V. I. G. G. O.* gegründet und das gesamte Team und sogar einige seiner alten Kollegen aus Stockholm darauf angesetzt. Denn hier ging es nicht nur um einen Mord. Es schien, als stünden alle vorangegangenen Ereignisse auf dem Tingsmålahof im direkten Zusammenhang zueinander. In letzter Zeit hatte es zu viele Todesfälle dort gegeben. Und dazu gesellte sich nun auch noch Viggos Tod. Er konnte es drehen und wenden, wie er wollte: Womöglich hatten sie es mit einem Serienmörder zu tun.

Und das ausgerechnet im beschaulichen Småland.

Seine Gedanken wanderten zu Knut und Mats, deren Leben ebenfalls auf diesem Hof ein Ende gefunden hatte. Und dann war da noch Arnulf Svensson, der erst kürzlich erschlagen worden war. Nicht direkt auf dem Hof, aber nicht sonderlich weit davon entfernt.

»Nun also auch Viggo«, erklärte er Gus, der ein ungeduldiges Fiepsen von sich gab. Träge rappelte er sich auf und zeigte ein großes Interesse am leeren Futternapf.

Das Schrillen des Telefons zerriss die Stille der Küche und ließ Lars zusammenzucken. Gus bellte auf, und Lars verspürte Wut auf den Anrufer, empfand ihn als Eindringling in seine Gedankenwelt. Auch er stand auf und griff nach dem Telefon auf der Küchenablage.

»Ja?«

»Lars? Hier ist Henrik aus Stockholm.«

Seine Wut war sofort verflogen, denn die Stimme klang nicht nur vertraut, sondern enorm dringlich – eben in der Art, wie jemand sprach, wenn er etwas Wichtiges mitzuteilen hatte.

Er setzte sich wieder an den Tisch, die Hand um das Telefon geklammert. »Henrik? Was gibt's?«

»Nun, wir haben Neuigkeiten.« Die Anspannung seines Kollegen war unüberhörbar. »Du wirst nicht glauben, was unsere Internetabteilung im Darknet herausgefunden hat.«

»Wenn du mir jetzt etwas von Zeitreisen erzählen willst, muss ich dich enttäuschen.«

»Was? Nein! Es ist wirklich enorm!«

Lars spitzte die Ohren. »Ich höre dir zu.«

»Gut!« Ein Schnauben drang aus dem Hörer. »Unsere Spezialisten haben einen anonymen Marktplatz gefunden, auf dem diverse Chemikalien gehandelt werden. Einer der Analysten hat einige Algorithmen laufen lassen, um Transaktionen im relevanten Zeitraum rund um Viggos Tod zu überwachen. Und dabei hat er etwas aufgespürt, was unsere Aufmerksamkeit erregt hat.«

Lars wartete auf die Fortsetzung. Er war so gebannt von dem, was er da hörte, dass er gar nicht richtig mitbekam, wie ihn der Hund mit seiner nassen Schnauze anstupste.

»Es gab eine Transaktion im skandinavischen Raum, die ungefähr eine Woche vor Viggos Tod abgeschlossen wurde. Der Benutzername des Verkäufers ist verschlüsselt, wie üblich in solchen Foren, aber der Artikel war deutlich als ›KCN‹ gelistet, mit einer Menge, die der Dosis entspricht, die man braucht, um jemanden auf diese Weise zu töten. Der Kauf wurde in einer Kryptowährung abgewickelt, um die Transaktion zu verschleiern, aber dank der Blockchain konnten wir den Pfad der Zahlung bis zu einem bestimmten Punkt zurückverfolgen. Ab dort wird es schwieriger, aber wir arbeiten daran.«

Lars war beeindruckt, obwohl er kaum etwas verstand. »Das ist großartig. Aber wie genau habt ihr das hinbekommen?«

Henrik zögerte kurz. »Nun, das ist eine Mischung aus Algorithmen und, zugegeben, ein bisschen Glück. Einer unserer Analysten hat eine spezialisierte Software entwickelt, die Transaktionen in bestimmten Kryptowährungen im Darknet überwacht. Das System markiert automatisch verdächtige Verkäufe und dann nehmen sich unsere Leute das manuell vor.«

»Und du denkst, dieser Kauf könnte mit Viggos Tod zusammenhängen?«, fragte Lars, während er Gus' Kopf tätschelte.

Sein Stockholmer Kollege antwortete ernst: »Das Timing und auch die Art des verkauften Artikels können natürlich ein Zufall sein, aber daran glaube ich nicht. Ich denke, wir sind hier auf einer sehr heißen Spur. Und die führt möglicherweise direkt zu euch. Nach Småland.« Henrik zögerte. »Himmel, was grummelt denn da im Hintergrund. Will dich ein Bär anfallen?«

»Nein.« Lars lachte. »Aber ein hungriger Hund.«

39

AUS EINEM STÜCK HOLZ

Als hätte sie den perfekten Moment abpassen wollen, landete eine listige Stechmücke taktisch klug auf Inas Nacken, deren Hände mit Getränken beschäftigt waren, sodass sie nicht mal nach ihr schlagen konnte. Also ließ sie das Biest notgedrungen saugen, während sie mit einem Krug ihres Lieblingsapfelweins in der einen und einem Schnapsglas in der anderen Hand auf der Terrasse stand und ihre Hofnachbarn beim Tanzen beobachtete. Mit stoischer Gelassenheit gab sich Ina der Resignation hin. *Auf den einen Stich mehr oder weniger kommt es auch nicht mehr an.* Außerdem taten ihr die Füße weh, und sie war leicht beschwipst, da sie mit der beeindruckenden Geschwindigkeit, in der die Schweden ihre starken Getränke hinunterkippten, einfach nicht Schritt halten konnte. Obwohl sie sich fest vorgenommen hatte, maßvoll zu trinken, war dies von Beginn an zum Scheitern verurteilt gewesen. Ihr erster und wohl entscheidender Fehler war es, sich in unmittelbarer Nähe von Ebba aufzuhalten, die mit unermüdlichem Eifer ihre diversen hausgemachten Schnäpse, Liköre und Apfelweine anpries und großzügig ausschenkte.

Trotz der angenehm kühlen Nachtluft glühten ihre Wangen vom Alkohol und von der ausgelassenen Stimmung. Sie hatte sich bereits durch einige feurige Runden des Hambos wirbeln lassen, eines Tanzes, dessen flinke und verwirrende

Schrittfolgen für sie immer noch ein Rätsel waren. Und nun war ihr so schwindelig, dass sie eine kleine Auszeit brauchte. Ihre Tochter hingegen tanzte mit ungebremster Energie und ansteckender Fröhlichkeit weiter, als wäre sie eins mit der Musik. Ihr Gesicht erstrahlte im flackernden Licht der Gartenfackeln, die um die Terrasse platziert waren und eine fast magische Atmosphäre schufen. Musik, Gelächter und das gelegentliche Klirren von Gläsern erfüllten die Szenerie. Es war, als ob die ganze Welt für einen Moment angehalten hatte, um dieses Willkommensfest zu feiern. Obwohl sie Gustav mit großer Vorsicht begegnete, hatte sie nichts dagegen, bei einer Feier zu seinen Ehren dabei zu sein. Im Endeffekt galt ja auch der Grundsatz, die Feste zu feiern, wie sie fielen. Außerdem erhoffte sie sich, ihm zu später Stunde, wenn er – dank Ebbas Hilfe – ordentlich einen über den Durst getrunken hatte, intensiv auf den Zahn fühlen zu können.

Aber zunächst genoss sie einfach die ausgelassene Stimmung, die um sie herum herrschte.

In diesen Zauber hinein platzten Svante und Janis, die einen schwer beladenen Bollerwagen auf die Terrasse schoben. Sie bahnten sich einen Weg durch die Tanzenden und hatten schon bald die gesamte Aufmerksamkeit auf sich gezogen. Die Musik verklang und die Gespräche verstummten. Sämtliche Blicke richteten sich auf den Wagen, auf dem sich eine große, grob gezimmerte Holzkiste befand. Ina konnte die Vorfreude der Anwesenden förmlich in der Luft spüren.

Sie kippte den Schnaps runter und spülte mit einem großen Schluck Apfelwein nach, als die beiden den Wagen direkt vor Gustavs Füßen parkten. Ina sah das Funkeln in dessen Augen, als er den Bollerwagen betrachtete.

»Was ist das?«

»Unser Willkommensgeschenk«, erklärte Agneta, die sich von ihrem Tanzpartner löste und Gustav mit glänzenden Augen anstrahlte. »Das ist Tradition bei uns.« Sie vollführte eine einladende Geste, die kaum herzlicher sein konnte. »Eine kleine Aufmerksamkeit von uns an dich. Dafür, dass du bei uns bist.« Mit einer geschmeidigen Bewegung wischte sie eine strohblonde Strähne aus ihrer leicht verschwitzten Stirn und zeigte dabei ihr hinreißendes Lächeln. Aufrichtig und herzlich.

Gustav schluckte so heftig, dass sein Adamsapfel eine eindrucksvolle Auf-und-ab-Choreografie vollführte.

Ina schmunzelte. Wäre sie ein Mann und befände sich im Fokus von Agnetas verführerischen Blicken, wäre sie ebenfalls eingeschüchtert.

»Aber … das wäre doch gar nicht nötig gewesen!«

Svante strich über seinen Bart, der wieder zunehmend die Herrschaft über sein Gesicht gewann, und richtete seine Aufmerksamkeit auf Agneta.

»Siehst du? Hab ich doch gesagt, dass das gar nicht nötig gewesen wäre!« Er nickte Janis zu und machte Anstalten, den Wagen wieder wegzuziehen, doch Agneta hielt ihn lachend auf.

»Nichts da!«

Gustav riss die Arme in die Höhe und hätte Ina dabei beinahe das Schnapsglas aus der Hand gefegt. »Egal, was es ist, es ist definitiv zu viel!«

»Ganz bestimmt ist es das«, murmelte Svante, hatte jedoch ein schlitzohriges Grinsen im Gesicht.

»Dass ihr heute Abend gekommen seid, ist für mich wahrlich Geschenk genug.«

Ringsherum ertönten zustimmende Skål-Rufe und Gläser wurden gehoben.

»Unsinn«, entfuhr es Ebba mit Vehemenz. »Das Geschenk ist in der Kiste. Und jetzt mach sie endlich auf, damit wir weiterfeiern können. Ich werde schließlich nicht mehr jünger!«

Unter den Anfeuerungsrufen der Partygäste ließ Gustav sich von Janis ein Stemmeisen in die Hand drücken. Ina trat zur Seite, um ihm Platz zu machen.

Beim Anblick der großen Holzkiste wuchs ihre Neugier. Sie hatte eine Schwäche für Überraschungsgeschenke, und es spielte keine Rolle, ob diese für sie bestimmt waren oder nicht. Vielmehr ging es ihr um den Gedanken, den sich die Schenkenden gemacht hatten, um einem anderen eine Freude zu bescheren. Immer wieder blinzelte sie hinüber zu Svante, der Gustav erwartungsvoll fixierte. Obwohl sie um den Inhalt der Kiste wusste, war sie gespannt. Eben weil es ein tolles Geschenk war. Eines, das Svante mit seinen eigenen Händen erschaffen hatte. Noch immer war sie hin und weg über das handwerkliche Talent, das er besaß. Unter der dicken verschrobenen Schicht ruhte ein Künstler, der Unglaubliches gestalten konnte.

Als das Brecheisen zum Einsatz kam, drangen das Quietschen der Scharniere und das scharfe Knacken des Holzes durch die Luft. Gustav rang sichtlich mit der Kiste, und seine ungeschickten Bewegungen verdeutlichten, dass seine Hände den Umgang mit Werkzeug nicht gewohnt waren. Janis wollte ihm schon beispringen, aber Svante hielt ihn zurück.

Dann gab der letzte Nagel mit einem lauten Knarzen nach.

»Jetzt ist sie offen!« Ebba klatschte freudig in die Hände. Aller Augen waren auf den Deckel gerichtet, den Gustav langsam anhob.

Dann, mit einem Schlag, der die Stille durchbrach, löste sich etwas aus dem Innern der Kiste, und zwar so schnell, dass Ina die Bewegung kaum mit den Augen verfolgen konnte. Sie sah nur einen dunklen Schatten, der aus der Dunkelheit hervorschoss und pfeilschnell auf Gustav zusteuerte, um mit einem *Pong* sein Ziel zu treffen. Im nächsten Augenblick wurde ihr klar, dass es genau das war: ein Pfeil. Zumindest etwas in der Art. Bevor sie auch nur einen Mucks von sich geben konnte, war der Bolzen bereits in Gustavs Auge eingedrungen. Ein kurzer, erstickter Laut kam über seine Lippen und er taumelte zurück. Seine Hand flog instinktiv zu seinem Gesicht, berührte den Bolzen. Voller Unglauben klappte sein Mund auf.

Fassungslos sah Ina mit an, wie Gustav zu Boden ging. Mit einem dumpfen Knall schlug er auf die Holzplanken der Terrasse, während der Bolzen immer noch aus seinem Auge ragte. Die Stille, die auf den Schrecken folgte, war fast ohrenbetäubend.

Ina selbst war unfähig, sich zu bewegen, als sie endlich begriff, was geschehen war. Der Mann war tot. Erschossen auf seiner Willkommensparty. Und sie hatte direkt danebengestanden. Der Gedanke ließ sie erstarren. Es war, als ob die eben noch fröhliche Atmosphäre auf einmal von einer dunklen Wolke erstickt würde. Ina ahnte, dass nichts mehr so sein würde, wie es einmal war.

Die Szene war derart surreal, dass sie sich für einen Moment fragte, ob sie vielleicht träumte. Aber die verzerrten Gesichter der Partygäste, die Züge ihrer Tochter, die sich vor Entsetzen die Hand vor den Mund geschlagen hatte, sprachen eindeutig dafür, dass alles grausam real war. Ihr Herz raste. Sie wollte schreien, weinen, fliehen, aber sie war wie gelähmt. Dann spürte sie, wie eine Hand ihre Schulter fest umklammerte. Es war Ebba, die völlig blass um die Nase war.

»Was … was ist passiert?«, flüsterte sie mit bebender Stimme.

Einige eilten zu Gustav, beugten sich zu ihm hinunter, wohl in der Hoffnung, ihm noch helfen zu können. Aber Ina hatte die Leblosigkeit in dem einen offenen Auge gesehen. Für ihn kam jede Hilfe zu spät. Sie versuchte, tief durchzuatmen, sich zu sammeln. Das Adrenalin vertrieb die Wirkung des Alkohols aus ihrem Blut. Vorsichtig trat sie an die Kiste heran, deren Deckel nun vollständig geöffnet war und auf dem Boden lag. Als sie hineinschaute, erkannte sie kein Willkommensgeschenk, kein Holzalpaka für Gustavs Terrasse, an dem Svante tagelang geschnitzt hatte. Stattdessen blickte sie auf einen raffinierten und schrecklich effizienten Mechanismus.

In der Mitte befand sich eine Apparatur, die sie stark an eine Armbrust erinnerte. Ein leerer Halter zeigte an, wo der Bolzen zuvor eingespannt gewesen sein musste. Es gab auch eine Art Auslöser: ein dünner Draht, der sich von dem Mechanismus bis zum Rand des Deckels erstreckte. Bei näherer Betrachtung wurde ihr klar, dass das Anheben des Deckels diesen spannte und so den Schuss ausgelöst hatte. Es war eine brillante, wenn auch abscheuliche Konstruktion. Der Bolzen wurde mit solcher Wucht und Präzision abgefeuert, dass er genau die Person treffen musste, die neugierig genug war, den Deckel frontal zu öffnen.

Ein eisiges Gefühl ergriff sie. Die Kiste war nichts anderes als eine sehr persönliche und zielgerichtete Tötungsmaschine. Wer immer diese grausame Falle ausgelegt hatte, wollte genau das Ergebnis, das nun vor ihr lag: Gustav, das Auge durchbohrt von einem tödlichen Bolzen.

Aber … wer?

Wie von selbst hob sich ihr Kopf. Sie blickte über die Kiste hinweg, bis sie Svante im Fokus hatte, der reglos dastand und sie mit geweiteten Augen anstarrte.

Nils durchbrach die unheimliche Stille. »Svante, was hast du gemacht? Du solltest doch ein Alpaka …«

Sämtliche Köpfe drehten sich in Svantes Richtung. Dieser hob abwehrend die Hände. »Himmel!« Er setzte ein schiefes Grinsen auf. »Ihr glaubt doch nicht etwa, dass ich …?«

»Wir müssen die Polizei rufen.« Es war Ove, der sich zu Wort meldete. Er hatte bereits sein Smartphone in der Hand.

Mit zitternden Fingern zeigte Svante auf die Kiste. »Das ist nicht mein Werk. Ich schwöre es!«

Die Polizei, schoss es Ina durch den Kopf. Klar, sie würde kommen. Und sofort den Tatort absperren. Hitze wallte in ihr auf. Wenn die Polizei erst mal da war, würden sie alle von der Terrasse gescheucht werden. Und dann gab es auch keinen Zutritt mehr zu Gustavs Haus.

Die Schockstarre, die sie befallen hatte, verschwand wie einzelne Socken in der Waschmaschine. Ihre Füße bewegten sich fast mechanisch auf die offen stehende Tür von Gustavs Haus zu. Ina wusste, dass sie irgendwie Antworten finden musste. Diese Gelegenheit könnte der Schlüssel dazu sein. Schließlich musste es einen triftigen Grund geben, warum Gustav auf der Ordensfeier gewesen war und sie angelogen hatte. Und dass er nun tot auf der Veranda lag, war sicherlich auch nicht grundlos geschehen. Sie hörte Ove mit seinem Sohn telefonieren. Also war Eile geboten. Wie viel Zeit würde ihr bleiben, bis Lars mit seinen Kollegen eintreffen würde?

Der Innenraum war dunkel, nur schwach beleuchtet vom Terrassenlicht. Es roch nach altem Holz und einem Hauch von erkaltetem Tabak. Sie vergewisserte sich, dass ihr Eintreten unbemerkt geblieben war, und ließ die Tür leise hinter sich ins Schloss fallen. Für das, was sie vorhatte, brauchte sie keine Zeugen. Sie schaltete eine Lampe an und schaute sich um. Ihr Blick schweifte durch das Wohnzimmer. Ungeöffnete Kisten standen noch verstreut im Raum. Wo sollte sie anfangen? Sie bezweifelte, dass er etwas Verräterisches im Wohnzimmer aufbewahrte. Unwillkürlich richtete sich ihr Blick zur Decke. Sie schluckte schwer, als sie langsam zur Treppe ging, die in den ersten Stock hinaufführte. Obwohl sie nicht genau wusste, wonach sie suchte, ließ das beklemmende Gefühl der jüngsten Vergangenheit sie nicht los. Jeder weitere Schritt erinnerte sie daran, wie sie einer tödlichen Bedrohung direkt ins Auge geblickt hatte.

Nachdem sie den obersten Treppenabsatz erreicht hatte, öffnete sie die erste Tür. Das Zimmer dahinter war halb dunkel, erhellt nur vom schwachen Schein der Außenbeleuchtung, die es durch einen Spalt in den Vorhängen schaffte. Sie knipste eine kleine Lampe an und sah einen großen Eichenschreibtisch, der den Raum dominierte. An der Wand stand ein hohes Bücherregal, in dem sich die unterschiedlichsten Sachbücher aneinanderreihten. Kein einziger Roman, wie Inas Kennerblick in Sekunden erfasste. Sie kannte dieses Zimmer. Es war früher Astrids Bastelraum gewesen, in dem sie ihre Filzpuppen hergestellt und sämtliches Zeug dafür aufbewahrt hatte. Gustav hatte daraus allem Anschein nach ein Büro gemacht.

Ihr Blick wurde von einem länglichen Koffer angezogen, der auf einem Sessel ruhte. Erst glaubte sie, sich verguckt zu haben, doch dann jagte ein Schauer über ihren Rücken, als sie ihn wiedererkannte. Es war der Koffer, in dem sich das echte Schwert befunden hatte, das man aus ihrem Kamin gestohlen hatte. Der Schwertkoffer! Daran bestand überhaupt kein Zweifel.

»Also doch!«, raunte sie in leisem Vorwurf.

Mit bebenden Händen öffnete sie die Schnappverschlüsse und klappte den Koffer auf. Das Innere offenbarte den ausgekleideten Samt, der im diffusen Licht schimmerte. Doch anstelle des Schwertes, das darin hätte liegen sollen, sah sie nur eine leere Aussparung, die dessen Form nachzeichnete.

Sie schluckte hart und ließ sich auf den Boden sinken, weil ihr mit einem Mal die Kraft fehlte und der Alkohol in ihrem Blut nun doch wieder seine Wirkung entfaltete. Eine Weile saß sie einfach so da und starrte mit blankem Entsetzen in die Leere des Koffers.

Warum befindet sich der Koffer in deinem Büro? Du warst also der Eindringling in meinen Bungalow, du hast das Schwert gestohlen! Aber wo ist es jetzt? Ihr Kopf fuhr herum. Vielleicht war das Schwert ja noch hier. Wie viel Zeit blieb ihr noch? Sie rappelte sich wieder auf, versuchte, ihre Gedanken zu sammeln, sich zu konzentrieren.

»Sieh dich um!«, befahl sie sich. Ihr Blick wanderte das Regal entlang, richtete sich auf den Schreibtisch, blieb schließlich an einem Umschlag hängen, der auf einem Stapel offener Briefe lag. Es war ein angerautes cremefarbenes

Kuvert und hatte ein zerbrochenes Wachssiegel, was Ina äußerst ungewöhnlich fand. Zu ihrer Überraschung zeigte es das Polarstern-Symbol. Sie zog den Brief heraus und überflog die Zeilen. Es war ein Einladungsschreiben, das sich ausschließlich an die Mitglieder des Ordens richtete. Doch dann stutzte sie, als sie die Anschrift las. Die Einladung war an einen Magnus Håkansson gerichtet. Wer, um alles in der Welt, war nun wieder diese Person?

Obwohl sie es längst gewusst hatte, hielt sie nun den Beweis in den Händen. Gustav war auf Schloss Tjolöholm gewesen. Warum hatte er es für nötig befunden, seine Anwesenheit vor ihr zu leugnen? Hatte er die Einladung diesem Håkansson gestohlen? Oder sie sich unter einem falschen Namen erschlichen? Oder schlimmer noch: War Gustav gar nicht sein richtiger Name? Welche Rolle spielte der Polaris-Orden in alldem und warum war Gustav ein Mitglied? Und vor allem: Warum hatte er sterben müssen?

In ihrem Kopf schrillte es so laut, bis dies alles überlagerte und Ina sich überhaupt nicht mehr konzentrieren konnte. Es dauerte weitere verschwendete Sekunden, bis ihr klar wurde, dass das Schrillen die näher kommenden Sirenen der Polizeiwagen waren, deren Blaulicht die Dunkelheit zerriss.

Schwedisch für Anfänger – Teil 19

»Nu är det kokta fläsket stekt.«
Wörtlich: Jetzt ist das gekochte Schweinefleisch gebraten.
Deutsch: Da haben wir den Salat.

40

VIGGOS TAUCHFLASCHE

Als Ina sich heimlich aus dem Haus zurückzog, spiegelte sich das grelle Licht dreier Streifenwagen in den Gesichtern der Gäste, die noch immer fassungslos auf der Veranda standen. Einige waren in Tränen aufgelöst. Mit Gustavs Tod war wohl jedem klar geworden, dass es mit dem Frieden auf dem Hof erst mal vorbei war. Ina sah Lars mit einer Handvoll Kollegen auf die Veranda treten, was ihr ein gewisses Gefühl der Erleichterung verschaffte. Sofort eilte sie auf ihn zu.

»Gut, dass du da bist. Ich kann dir haarklein erzählen, wie das passiert ist.«

Lars schaute sie mit müden Augen an. Langsam folgte sein Blick ihrer Hand, die auf den am Boden liegenden Gustav deutete. Für einen Moment erkannte sie den Schock in seinen Augen, die Müdigkeit darin war schlagartig verflogen. Zu verständlich: Der Bolzen, der aus Gustavs Auge ragte, bot einen grausigen Anblick – wohl selbst für einen hartgesottenen Polizisten, wie Lars es war.

Kurz waren ihm die Züge entglitten, doch mit dem nächsten Atemzug hatte er sich wieder unter Kontrolle. »Da bin ich aber mächtig gespannt.«

Und damit war er nicht allein. Seine Kollegen versammelten sich um Ina, während Ebba, Ove, Svante und Agneta den Kreis um sie schlossen.

Sie atmete tief durch und beschrieb den Polizisten die

Details des Abends, angefangen bei Svantes und Janis' Ankunft mit der Holzkiste, in der sich eigentlich ein großes handgeschnitztes Alpaka befinden sollte, bis hin zum tragischen Ablauf der Ereignisse. Ab und an wurde sie von den Umstehenden unterbrochen, die ihre eigenen Beobachtungen hinzufügten. Lars zog sich derweil Einweghandschuhe an, beugte sich tief über die Kiste und schien den Mechanismus der Armbrust zu inspizieren. Als Ina mit ihren Ausführungen fertig war, sah er sie kurz an, widmete sich dann aber dem neben ihr stehenden Svante.

»Und wo ist das Alpaka jetzt?«

Dieser brummte ihm ein »Keine Ahnung« entgegen. »Gestern war es noch in der Kiste.«

»Wir haben es gemeinsam in die Holzkiste gepackt«, erklärte Janis, der etwas abseits am Verandageländer stand und noch immer auffallend blass war.

Lars gab seinen Kollegen Anweisungen, Beweise zu sammeln und die Anwesenden zu befragen. Mit Schrecken sah Ina, wie sich einer der Polizisten vor Svante aufbaute und ihn mit Fragen torpedierte. Ein anderer scheuchte die restlichen Gäste von der Veranda und unmittelbar darauf wurde der Tatort abgesperrt.

Nur Ina blieb, wo sie war, und verschränkte die Arme. Da musste schon mehr als ein junger Polizist kommen, um sie von einem Tatort zu verscheuchen.

Lars quittierte es mit einem gleichgültigen Schulterzucken. »Dann soll sie eben bleiben.« Er sah über sie hinweg. »Aber der muss weg.«

»Also, das ist ja unerhört! Wie redest du denn mit deinem Vater?«

Lars ging mit einem tiefen Seufzen in die Hocke, streckte

die Hand aus. Kurz sah es so aus, als wollte er den Bolzen berühren, dann aber zuckte seine Hand zurück und er sah Ina an.

»Also?«, fragte er. »Wer ist der Mann?«

Sie zog die Strickjacke fester um sich, da sie plötzlich von Kälte erfasst wurde.

»Gustav Lindquist«, sagte sie und überreichte ihm die Brieftasche, die sie auf dem Weg nach unten von der Flurkommode mitgenommen hatte. »Zumindest dachten wir das. Sein richtiger Name lautet Magnus Håkansson.« Sie nickte in Richtung der Brieftasche. »Darauf deutet zumindest der Ausweis hin.«

Genau den zog Lars jetzt heraus und betrachtete ihn eingehend. »Ich würde sagen, der ist echt.« Er verstaute ihn wieder in dem Fach und sah Ina mahnend an. »Wie kommst du überhaupt an seine Brieftasche?«

»Bevor ihr gekommen seid«, spulte sie ihren vorbereiteten Text ab, »war ich oben im Haus, weil ich eine Toilette gesucht habe.«

Er bedachte sie mit einem Blick, den er sonst nur für ihren Hund übrig hatte. Auch bei Ina verfehlte er nicht seine Wirkung. Pflichtschuldig schlug sie die Augen nieder.

»Also schön, ich habe herumgeschnüffelt.«

Als sie aufblickte, sah sie, wie Lars zufrieden nickte. »Warum hat der Mann euch einen falschen Namen genannt?«

Auf diese Frage hätte Ina auch gerne eine Antwort gehabt. »Da ist noch etwas«, rückte sie im Flüsterton raus. »Ich war in seinem Arbeitszimmer und habe den Schwertkoffer gefunden.«

Da Lars nichts erwiderte, wurde sie konkreter: »Der Koffer, in dem das Schwert war, das mir gestohlen wurde.«

»Das im Kaminsims versteckt war?«, sagte Lars.

Ina nickte.

»Das vermeintliche Reichsschwert?«

Ina nickte einmal mehr.

»Und ist es noch im Koffer?«

Ina nickte wieder, schüttelte aber dann den Kopf. Die ganzen Fragen machten sie noch kirre.

»Aber wo ist es dann?«, fragte Lars.

Sie unterdrückte ein Augenrollen. Nun fiel ihr auch wieder die Einladung ein, die sie sich in aller Eile in die Strickjacke gesteckt hatte. Vielleicht wäre es klug, sie ihm zu zeigen. Ihre Hand wanderte bereits in die Tasche, als das Klingeln eines Smartphones die Stille durchbrach. Lars zog sein Handy aus der Hosentasche und nahm das Gespräch an.

»Hallo? Was gibt es, Oscar?«

Anscheinend gab es viel, denn seine Mimik glich der Dramaturgie eines fesselnden Theaterstücks. In drei vollen Akten.

Als er das Gespräch beendete, sah er sie eine geschlagene Sekunde lang ausdruckslos an.

»Das war Stockholm«, entfuhr es ihm dann. »Sie haben einen Darknet-Dealer hopsgenommen.« Er holte so tief Luft, dass seine Nasenflügel bebten. »Sie glauben, dass von ihm das Kaliumcyanid stammen könnte, das in Viggos Tauchflasche gefunden wurde.«

41
EIN TATORT

Es war ein schöner Morgen, die aufgehende Sonne warf ein gedämpftes Licht auf die Straßen. Und damit stand der magische Tagesanbruch so gänzlich im Kontrast zu den vergangenen Ereignissen. Lars hatte eine unruhige Nacht hinter sich. Ihm wollte einfach nicht das Bild aus dem Kopf, wie der Mann auf der Veranda gelegen hatte, die Hände weit von sich gestreckt und im rechten Auge dieser Armbrustbolzen, der sich tief ins Gehirn gebohrt hatte.

Welch dramatischer Abgang.

Insbesondere für einen Mann mit falscher Identität. Als wären die Umstände seines Todes nicht schon verwirrend genug, musste ausgerechnet die Deutsche ihm auftischen, dass der Tote nicht der war, für den er gehalten worden war. Zumindest nicht namentlich. So hatten Lars und seine Kollegen bis weit nach Mitternacht gebraucht, um herauszufinden, dass Gustav tatsächlich nicht Gustav, sondern Magnus Håkansson hieß und nicht aus Malmö stammte, sondern aus Helsingborg. Dort hatte er aber sehr wohl eine Tierarztpraxis betrieben. Die relevanten Eckdaten stimmten. Bloß der Ort und der Name nicht.

Warum?

Trotz intensiver Grübelei konnte er sich keinen Reim aus alledem machen.

Er lenkte den Streifenwagen von der Autobahnabfahrt und

schlug die Straße in Richtung Växjö ein. Allmählich machte er sich ernsthafte Sorgen um das Wohlergehen seines Vaters. Es starben eindeutig zu viele Menschen auf diesem Hof. Angefleht hatte er ihn gestern regelrecht, dass er zurück in die gemeinsame Wohnung kommen sollte, doch stur wie sein Vater war, hatte er davon nichts hören wollen. So hatte Lars nichts weiter tun können, als ihm den Rat zu geben, sich von allen fernzuhalten. Dass der Mörder unter den Bewohnern sein konnte, war nicht mehr von der Hand zu weisen. Er hatte auch bereits einen Verdacht, doch mit dem allein kam er nicht weit. Er brauchte Beweise. Händeringend!

Ihm gingen die bisherigen Ermittlungsergebnisse durch den Kopf. Der versteckte Bolzenschussapparat in der Holzkiste war besonders perfide konstruiert worden. Wer auch immer dahintersteckte, hatte sicherstellen wollen, dass der falsche Gustav getroffen wurde. Natürlich war auch Glück – oder besser gesagt, Unglück – mit im Spiel gewesen, dass das Opfer den Bolzen mitten ins Auge bekommen hatte und sofort tot gewesen war. Doch Magnus galt das Geschenk, ihm oblag es, die Kiste zu öffnen, der Schuss war für ihn gedacht gewesen. Er dachte an das, was Ina ihm mitgeteilt hatte, dass Svante und dieser Junge ihm ein Brecheisen in die Hand gedrückt hatten.

Das Navigationssystem lotste ihn durch die langsam erwachende Stadt, bis er schließlich das Postamt erreichte. Er steuerte seinen Streifenwagen auf den einzig freien Parkplatz, direkt vor dem Eingang, stellte den Motor ab und stieg aus.

Zwei uniformierte Kollegen warteten bereits vor dem Eingang, ein Mann und eine Frau. Beide trugen ernste und vor allem müde Mienen zur Schau. Der Mann musste Erik

Holm sein, mit dem er vor zwei Stunden telefoniert hatte, um die Details ihres Vorgehens zu besprechen.

Die Frau hingegen war ihm unbekannt. Die rötlichen Zöpfe, die unter ihrer Schirmmütze hervorlugten, im Zusammenspiel mit den feinen Sommersprossen um ihre Nase erweckten in ihm sofort das Bild einer erwachsenen Pippi Langstrumpf.

»Guten Morgen«, grüßte er freundlich, während er den Wagen abschloss und auf sie zutrat. »Du musst Erik sein?«

Erwartungsgemäß nickte der Mann. »Das ist meine Kollegin Anna.«

Anna blickte jedoch stur an Lars vorbei. »Willst du da stehen bleiben?«

Lars runzelte die Stirn. »Warum nicht?«

»Es ist absolutes Halteverbot«, klärte sie ihn in belehrendem Tonfall auf.

Doch eher Annika, nicht Pippi.

Lars lächelte entschuldigend, ging zurück, öffnete die Beifahrertür, beugte sich über den Sitz und schaltete das Blaulicht ein. Ohne ein weiteres Wort trat er an ihnen vorbei. »Lasst uns keine Zeit verlieren.«

»Ich bin überrascht, dass du persönlich gekommen bist«, sagte Erik, als er zu ihm aufschloss. »Wir hätten uns der Sache genauso gut ohne dich annehmen können.«

»Natürlich.« Lars lächelte ihn freundlich an, weil er keinesfalls den Eindruck erwecken wollte, dass er seine Kollegen für unfähig hielt. »Ich bin schon lange an diesem Fall dran«, erklärte er. »Und nun könnten wir endlich den entscheidenden Schritt weitergekommen sein.«

Erik grunzte verständnisvoll, verzog dann aber doch das Gesicht. »Worum geht es denn genau?«

Obwohl alles ihn dazu drängte, endlich loszulegen, nahm Lars sich die Zeit und hielt inne. Er atmete tief durch, vor allem, um die eigene Anspannung in den Griff zu bekommen. Auch die junge Polizistin musterte ihn erwartungsvoll.

»Es geht um eine Ermittlung in einem Mordfall«, begann er – obwohl er das bereits am Telefon erklärt hatte. »Unsere Cyberermittler in Stockholm haben herausgefunden, dass ein Postfach hier in eurer Stadt zur Lieferung einer hochgiftigen Chemikalie verwendet wurde, die der vermeintliche Täter im Darknet geordert hat.«

Lars dachte an das Gespräch mit seinem ehemaligen Kollegen Henrik zurück, in dem er sich alles haarklein hatte erklären lassen.

»Gestern hat einer unserer Informanten wertvolle Zusatzinformationen bereitgestellt, wodurch ein Darknet-Dealer im Visier des Ermittlerteams landete«, fuhr er fort. »Mit Unterstützung der Zollbehörde kam heraus, dass im Zeitraum der Tat eine suspekte Lieferung ausgemacht worden war, die an ein Postfach in Växjö adressiert war.« Er reckte den Kopf über die beiden hinweg in Richtung der Poststelle. All dies war unmittelbar vor Viggos Tod geschehen. Dass diese Spur damals nicht sorgfältiger verfolgt worden war und die suspekte Lieferung dennoch ihr Ziel erreicht hatte, stellte im Nachhinein natürlich ein schwerwiegendes Versäumnis dar. Aber daran war nichts mehr zu ändern. Dafür konnte Lars es jetzt besser machen.

»Nun bin ich hier, um dieser Spur persönlich nachzugehen.«

Erik murmelte etwas, was aber im Windschatten einer heranwirbelnden Person unterging, die direkt vor ihnen zum Stehen kam. Es war ein groß gewachsener Mann mit freundlichem Lächeln und einem Klemmbrett in der Hand, der bereits auf die Polizisten zu warten schien. Er trug ein türkisfarbenes Poloshirt und Lars nahm eine Mischung aus Neugier und leichter Anspannung in seinen Zügen wahr.

»Guten Morgen, ich bin Tjorge Andersson«, stellte er sich vor und deutete hinter sich. »Der Filialleiter dieser PostNord-Stelle.«

Lars nickte knapp und hielt ihm zur Begrüßung seine Dienstmarke unter die Nase.

Daraufhin lotste der Filialleiter sie durch den Empfang und vorbei an Schaltern, bis sie eine Wand erreichten, an der sich eine große Anzahl von gleichmäßig angeordneten Türchen befand – die Schließfächer. »Jedes Fach ist mit einer Nummer versehen«, erklärte er. »Selbstverständlich hat nur der jeweilige Inhaber einen Schlüssel dazu. Allerdings haben wir aus Sicherheitsgründen einen Generalschlüssel, mit dem wir im Bedarfsfall Zugriff haben.«

»Und wer kann diese Fächer alles anmieten?«, fragte Lars.

»Jeder, der volljährig ist und einen gültigen Personalausweis besitzt.« Andersson zeigte auf ein Schließfach in der Mitte, das sich beinahe auf Augenhöhe befand. »Das hier ist das betreffende Fach.« Er hielt ihm das Klemmbrett und einen Kugelschreiber hin. Also füllte Lars rasch die notwendigen Dokumente aus und unterschrieb sie.

Nachdem der Filialleiter sich davon überzeugt hatte, dass alles ordnungsgemäß ausgefüllt worden war, überreichte er ihm in einer fast schon feierlichen Geste den Generalschlüssel. Lars schloss das Fach auf.

Es war leer.

Neben sich hörte er das enttäuschte Raunen seiner Kollegen.

»Das hatte ich erwartet«, sagte Lars unbeirrt. »Das Fach selbst ist auch nicht der Grund, warum ich hier bin. Dennoch …« Er schloss es wieder und wandte sich Erik zu. »Mein Team von der Spurensicherung wird in Kürze hier sein, um alles genauestens zu untersuchen.«

Dann sah er den Filialleiter an. »Ich muss wissen, wer dieses Fach angemietet hat.«

»Selbstverständlich.« Andersson blätterte durch die Formulare auf seinem Klemmbrett und händigte ihm ein weiteres Blatt aus.

Lars warf einen Blick drauf, las das Datum und die Dauer der Anmietung, die Kosten … Als er auf den Namen mitsamt der Kontaktadresse stieß, versteinerte er innerlich. Er ließ sich nichts anmerken, doch mit einem Mal raste sein Herz. Es war ein Name, den er kannte, und obwohl er fast schon damit gerechnet hatte, lastete die Erkenntnis bleischwer auf ihm.

»Ich muss los.« Er faltete das Blatt zusammen und straffte sich. »Lasst niemanden an das Fach, bis das Spurensicherungsteam da ist«, wies er seine Kollegen an. »Sie sollen das Schließfach so behandeln, als wäre es ein Tatort.«

Schwedisch für Anfänger – Teil 20

»Göra en höna av en fjäder«
Wörtlich: Aus einer Feder ein Huhn machen.
Deutsch: Aus einer Mücke einen Elefanten machen.

42
EINE ALTE SCHULD

Ina starrte auf das Stück Papier in ihren Händen, während Svante mit dem Telefon in der Hand auf und ab lief. Er wirkte offensichtlich nervös und auch sie konnte die Anspannung bis in die Knochen fühlen. Wieder und wieder überflog sie die Zeilen der Einladung, obwohl sie sie bereits auswendig kannte. Dabei blendeten sie die Strahlen der Mittagssonne, die durch die Lücken der Vorhänge brachen und auf dem rustikalen Holztisch landeten, der dringend einen Staublappen vertragen könnte. Aber Ina beherrschte sich. Es war Svantes Hütte und nicht ihr Refugium. Zudem kannte sie diesen Kauz lange genug, dass er solch eine Aktion als persönlichen Affront gegen seine Lebensweise betrachten würde.

»Magnus Håkansson«, sagte Svante in das Telefon hinein. »Ganz genau.« Währenddessen schaute er zu Ina herüber und brummte. Es war ein Brummen, das alles und nichts bedeuten konnte, wie sie mittlerweile wusste. Darauf folgte ein einseitiges Gespräch, dessen Sinn sich für Ina nur schwer erschloss, da Svantes Konversationsbeiträge hauptsächlich aus weiterem Gebrumme bestanden. Zu gerne hätte sie auf die Lautsprechertaste gedrückt.

Die angespannte Atmosphäre in der Blockhütte erreichte einen Siedepunkt, als das Gespräch beendet war und er das Telefon auf den Tisch legte, direkt neben die mysteriöse

Einladung. Dann setzte er sich, verschränkte die Arme und schwieg.

Ina wartete, zählte innerlich bis zehn. Bei der Fünf angelangt, fragte sie: »Und?«

»Die Einladung ist echt.« Endlich fand er seine Stimme wieder. »Magnus Håkansson ist ein Mitglied des Polaris-Ordens.« Er hob die Hände. »Er hatte wohl ein Treffen mit einem Vorsitzenden des Ordens.«

Einem der Oberen, dachte Ina und erinnerte sich an die Gesprächsfetzen, die sie hinter dem Pfeiler unweit des Weinkellers aufgeschnappt hatte. Vermutlich war damit der Vorsitzende gemeint.

»Warum wollte er sich mit ihm treffen?«

»Das weiß ich nicht.«

Ihre Hand wanderte am Hals entlang. »Sie redeten von einem gebrochenen Versprechen«, gab sie grübelnd von sich. »Und von einer Wiedergutmachung.« Ihr Blick richtete sich auf Svante. »Was könnte es damit auf sich haben?«

Dieser zuckte mit den Schultern.

Ina hatte schon mehrmals darüber nachgedacht und vermutete, dass das Schwert eine Rolle spielte. Vielleicht wollte er damit Wiedergutmachung leisten. Indem er es einem der Oberen des Ritterordens übergab. Aber das konnte er nicht.

»Weil er das Schwert nicht hatte«, murmelte sie vor sich hin. Sie sah Svante ungeduldig an. »Was hat dein Kontaktmann noch gesagt? Was genau hatte es mit diesem Treffen auf sich?«

Prompt erntete sie ein ausgesprochen düsteres Brummen zur Antwort.

»Wenn ich es wüsste, hätte ich es dir erzählt«, schob er hinterher.

»Aber irgendetwas muss dein Gesprächspartner doch gesagt haben.«

Svante verzog das Gesicht. »Ich weiß wirklich nicht mehr, bloß, dass sich dieser Magnus wohl einen Fehltritt geleistet hatte und derart in Ungnade gefallen war, dass ihm der Rausschmiss aus dem Orden drohte.«

Ihre Gedanken rasten. Gustav oder vielmehr Magnus, wie sein richtiger Name lautete, war also tatsächlich auf der Feier gewesen. Innerlich gratulierte sie sich dazu, dass sie sich nicht hatte beirren lassen. Ihre Augen sahen eben, was sie sahen.

Unter normalen Umständen hätte dieser Mann keinen Grund gehabt, seine Anwesenheit ihr gegenüber zu verleugnen. Im Gegenteil: Man würde doch meinen, dass er stolz gewesen wäre, sich Svante, einer so angesehenen Figur innerhalb des Ordens, zu offenbaren. Doch das hatte er nicht getan. Tatsächlich schien er alles darangesetzt zu haben, keine Verbindung zu ihm erkennen zu lassen. *Eine alte Schuld* … Hier kam wieder das Schwert ins Spiel. Das würde auch erklären, weshalb der falsche Gustav sie belogen hatte – aus der Befürchtung heraus, dass sie Verdacht schöpfen und ihm den Diebstahl vorwerfen könnte. Oder war diese Theorie zu weit hergeholt? Doch was war mit dem Schwertkoffer, den sie in seinem Arbeitszimmer gefunden hatte?

»Das gestohlene Schwert … es muss damit in Verbindung stehen. Gustav oder Magnus, wie immer du ihn nennen willst, hat es gestohlen. Daran gibt es meiner Ansicht nach keinen Zweifel.«

Aus Svantes Mimik las sie, dass er es genauso sah.

»Aber die Frage bleibt: Wo ist das Schwert jetzt? Was hat

er damit gemacht? Glaubst du, jemand aus deinem Orden hat es?«

»Es ist nicht mein Orden!«

Ina schüttelte unbeirrt den Kopf. »Nein, das würde keinen Sinn ergeben, dann wäre doch auch der Koffer nicht mehr da, wenn Magnus dieses Schwert irgendwem als Begleichung einer alten Schuld überreicht hätte.«

Für einen Augenblick herrschte Stille, während beide ihren Gedanken nachhingen. Ina war sich sicher, dass Magnus Håkansson sich absichtlich auf ihrem Hof niedergelassen und ihr Vertrauen erschlichen hatte. Sie fragte sich, wie er von ihrem Versteck erfahren hatte, und vermutete bereits im nächsten Moment, dass Agneta eine Rolle dabei spielte. Schließlich hatte er gezielt ihre Nähe gesucht und sie mit seinen charmanten Worten umgarnt. Eine scheinbar unverfänglich gestellte Frage, ein kleiner Hinweis – und er hätte leicht dahinterkommen können.

Nach einer kurzen Pause ließ Svante ein tiefes Lachen hören. »Ich vermute, ihm wurde das Schwert selbst entwendet.«

Ina japste nach Luft, weil plötzlich alles einen Sinn ergab. »Genauso muss es sein.« Ihre Gedanken nahmen ein derartiges Tempo auf, dass ihre Worte sich beinahe überschlugen. »Magnus hätte doch längst das Weite gesucht, wenn er das Schwert noch gehabt hätte.«

Svante sah sie nachdenklich an. »Hat er aber nicht.« Dann wurde sein Blick noch nachdenklicher. »Warum hat er das nicht gleich getan? Immerhin war sein Diebstahl doch erfolgreich.«

Inas Lippen formten sich zu einem Lächeln. »Weil wir einen Zweifel in ihm gesät haben«, erklärte sie. »Denk mal zurück an die Lesung. Dabei haben wir so getan, als würden wir das echte Schwert präsentieren. Das muss ihn derart durcheinandergebracht haben, dass er unsicher wurde, ob er tatsächlich das richtige Schwert entwendet hatte.«

Seiner Miene nach zu urteilen, schien Svante langsam zu verstehen. »Das würde einen Sinn ergeben.«

»Natürlich tut es das! Doch die Zeit, die er brauchte, um sich von der Echtheit zu überzeugen, hat eine weitere unbekannte Person dazu genutzt, es ihm zu stehlen.«

»Bloß wer?«

»Fakt ist«, sie sah Svante in die Augen, »dass Magnus nicht die einzige Person war, die nach dem Schwert gesucht hat.« In diesem Moment wurde ihr klar, was sie tief in ihrem Inneren längst befürchtet hatte. Dass sie sich in einem Netz aus Verrat und tödlichen Geheimnissen befand, das weit über das hinausging, was sie sich je hätte vorstellen können. Wer auch immer das Schwert nun besaß, hatte ganz bestimmt etwas mit den Morden zu tun.

Ein Klopfen an der Tür schreckte sie auf. Sie warf Svante einen Blick zu, der jedoch nur die Achseln zuckte und zur Tür ging. Ina beschloss, ihm zu folgen.

Vor der Tür stand Lars, flankiert von zwei weiteren Polizisten.

»Du?«, platzte es voller Überraschung aus ihr heraus. Dieser schien jedoch keine Notiz von ihr zu nehmen. Dafür hatte er Svante fest im Fokus.

»Ohne Umschweife, Svante – du musst mit uns zur Wache kommen.«

Ina stieß ein nervöses Lachen aus. »Das ist doch jetzt ein schlechter Scherz!«

Svante schaute sie nur an, als ob er in ihrem Gesicht eine

Erklärung suchte, die auch sie nicht hatte. Er leistete keinen Widerstand, als einer der Polizisten ihm Handschellen anlegte und ihn nach draußen führte.

Ina eilte hinterher und packte Lars, der sich gerade abwendete, am Arm.

»Was zum Teufel ist hier los, warum verhaftet ihr ihn?« Mit zornigem Blick fixierte sie ihn, kämpfte darum, ihre Gefühle im Zaum zu halten. »Nur weil er die verdammte Kiste überreicht hat, ist er nicht für den Tod von Magnus oder Gustav oder wie auch immer verantwortlich!« Ihre Stimme zitterte vor Empörung. »Das ist völliger Unfug. Wie kannst du das nur glauben?«

Lars seufzte. »Ich nehme Svante nicht wegen des Mordes an Magnus Håkansson mit.« Er hatte einen gefährlich ruhigen Tonfall angeschlagen, der ihr so gar nicht behagte.

»Warum dann?« Sie baute sich in voller Größe vor ihm auf, musste dennoch das Kinn heben, um ihm in die Augen schauen zu können.

Lars zögerte. »Wir nehmen Svante mit«, sagte er dann, »weil er im dringenden Verdacht steht, Viggo ermordet zu haben.«

43

TANNENZAPFEN UND KIEFERNNADELN

Ina spürte die angenehm kühle Waldluft im Gesicht. Jeder Schritt, den sie auf den Waldboden setzte, ließ sie ein Stück mehr Abstand gewinnen. Zeus hingegen scherte sich einen Kehricht um die jüngsten Ereignisse. Ausgelassen wie eh und je, tänzelte er an der Leine, ohne zu ahnen, welch innere Zerrissenheit sein Frauchen verspürte.

Das Erscheinen von Lars in Begleitung der Polizisten hatte ihr Weltbild erschüttert. Wie konnte es sein, dass Svante des Mordes an Viggo beschuldigt wurde? Es war so aufwühlend, dass sie nicht mehr wusste, was sie glauben sollte. Lars' Worte hallten auch Stunden danach wie ein düsteres Echo in ihrem Kopf wider. Sie hatte eine ganze Weile gebraucht, um die Zusammenhänge zu verstehen, als er ihr von einem Postschließfach in Växjö erzählt hatte, während seine beiden Kollegen Svante auf den Rücksitz des Polizeiwagens verfrachtet hatten. Offenbar war um Viggos Tod herum ein Postfach in Växjö angemietet worden, an welches ein Darknet-Dealer ein Päckchen mit Kaliumcyanid verschickt hatte. Ebenjene Substanz, die auch in Viggos Tauchflasche gefunden worden war. Jene Flasche, die ihre Tochter ausgerechnet in Svantes Garten entdeckt hatte – versteckt unter Brombeersträuchern. Lars hätte ihr all das gar nicht erzählen dürfen, doch sie war fern davon, ihm dafür dankbar zu sein. Und obwohl all das bereits schwerwiegende Verdachtsgründe waren, hatten sie Ina nicht ausgereicht. Noch immer hatte sie an ein Missverständnis geglaubt. Doch als Lars ihr schließlich offenbart hatte, dass das Postfach von Svante angemietet worden war, hatte sie das wahre Ausmaß des ganzen Dilemmas erkannt. Dass Svante zu alldem geschwiegen hatte, machte es nicht besser. Im Gegenteil!

Da war sie beinahe froh über Olles Anruf, den sie eben erhalten hatte. »Komm zum Rittergrab, wir haben hier etwas, was dich sicherlich interessieren wird«, hatte er erklärt. Also hatte sie sich den Hund geschnappt und sich auf den Weg gemacht. Weniger, weil ihr Interesse am Rittergrab so brennend war, sondern vielmehr, um Agneta und den anderen aus dem Weg zu gehen. Sicherlich war das Auftauchen der Polizei nicht unbemerkt geblieben. Ebenso wahrscheinlich hatten einige Bewohner Svante auf dem Rücksitz gesehen. Ina war noch nicht so weit, sich den neugierigen Fragen ihrer Freunde zu stellen. Schon gar nicht hatte sie die Kraft, Agneta gegenüberzutreten. Inas neu erschaffene Welt war gerade drauf und dran, in sich zusammenzubrechen. Wie würde es da erst ihrer Freundin gehen, die seit Jahren eine tiefe Freundschaft mit Svante führte.

Sie musste Lars zustimmen. Alles passte perfekt zusammen. Wäre da nur nicht dieses miese Gefühl in ihrer Magengrube gewesen. Weil es eben zu perfekt zusammenpasste. Kannte sie Svante lange genug, um die Hand für ihn ins Feuer zu legen, dass er nicht zu einem Mord imstande wäre? Die Antwort war ein klares Nein. Überhaupt vertrat sie die Ansicht, dass unter Umständen jeder Mensch ein Mörder werden konnte. Aber welche Umstände hätten Svante dazu bewegen können, seinen langjährigen guten Freund umzubringen? Ihr wollte nichts einfallen. Und doch sprach alles gegen ihn. Und das schwerwiegendste Indiz war, dass das Gift an ein Schließfach geliefert worden war, welches er gemietet hatte. Nicht zu vergessen Magnus, der den Tod durch einen Mechanismus gefunden hatte, welcher in einer Kiste verbaut war, die wiederum Svante angefertigt hatte.

Ja, es passte alles hervorragend zusammen.

Sie war nun schon seit einer halben Stunde quer durch den Wald unterwegs und spürte die drückende Hitze auf ihrer Haut. Der schmale Pfad war durchzogen von Wurzeln und bedeckt mit verdorrten Kiefernnadeln, die bei jedem Schritt unter ihren Füßen wie Popcorn knisterten. Es war derselbe Pfad, den sie kürzlich mit Svante entlangmarschiert war. Zeus schnüffelte an Sträuchern und hob sein Bein an ausgewählten Bäumen. Hin und wieder warf sie ein Stöckchen, dem er begeistert hinterherhetzte, auch wenn er nicht im Traum daran dachte, es zurückzubringen. Ina spürte, wie ihre Anspannung ein wenig nachließ, je tiefer sie der Wald verschlang. Fast kam es ihr vor, als hätte er eine gewisse Magie, eine Art urtümliche Ruhe, die ihr half, zu sich selbst zu finden. Unwillkürlich schoss ihr das Wort *Waldbaden* durch den Kopf. Nie war dieser Begriff für sie greifbarer gewesen als in diesem Augenblick. Ihre Welt zerbrach um sie herum, aber der Wald bot ihr den nötigen Halt, damit sie nicht unterging. Blieb bloß zu hoffen, dass der Bär, der ihnen neulich begegnet war, sich woandershin verzogen hatte.

Endlich tauchte der Hügel mit dem Rittergrab vor ihr auf. Mittlerweile hatte dieser Platz nichts mehr mit der mystischen Stätte gemein, die sie und Svante vor wenigen Tagen entdeckt hatten. Rundherum war die Erde umgegraben worden und überall spannten sich Absperrbänder. Schubkarren standen herum, Schaufeln lagen auf dem Boden.

Mit einem angestrengten Schnaufen trat sie aus dem Schutz der Bäume und sah das Grüppchen von Archäologen, die das Gebiet rund um das Grab mit wissenschaftlicher Akribie untersuchten. Inas Ankunft blieb nicht lange unbemerkt, weil Zeus sich prompt von der Leine losriss und auf die drei Männer zustürmte. Sofort wurde er gestreichelt und geknuddelt und kurz darauf reckten sich Ina grüßend sechs Hände entgegen.

»Da bist du ja schon!«, rief Olle ihr zu. Er rappelte sich auf und klopfte sich Erde von den Knien. »Dieses Grab ist eine sensationelle Entdeckung.« Überschwängliche Begeisterung stand in seinem schwitzigen Gesicht. »Wir können dir gar nicht genug danken.«

Kurz war sie verwirrt. Aber im Grunde hatte er recht. Sie und Svante hatten dieses Grab offiziell entdeckt und dafür gesorgt, dass die Archäologen hier arbeiten konnten.

Er kam auf sie zu, streckte die Hand aus, zog sie jedoch schnell zurück, weil sie vollkommen verdreckt war.

»Wir sind froh, dass die Polizei die Grabstätte endlich freigegeben hat«, sagte er, setzte dann aber eine betretene Miene auf. »Wobei sie uns jedoch ein heilloses Chaos hinterlassen haben. Im Inneren ist kaum mehr etwas an seinem ursprünglichen Platz. Das macht unsere Arbeit nicht leichter.«

Ina nickte verständnisvoll, hatte aber ebenso viel Verständnis für die Arbeit der Spurensicherung. Immerhin ging es darum, einen brutalen Mordfall aufzuklären. Mit Schaudern erinnerte sie sich an die klaffende Wunde an Arnulfs Hinterkopf.

Sie sah über Olles Schulter hinweg und entdeckte, dass neben einem Erdhaufen ein paar Dinge aufgereiht waren, vermutlich Gegenstände, die aus der Grabkammer entnommen worden waren. Der Form nach waren es Münzen und Pfeilspitzen. Auch ein Helm war dabei.

Ina war froh, dass der kleine Streit mit den Archäologen beigelegt war. Nachdem sie den dreien überzeugend und unter dem Siegel der Verschwiegenheit dargelegt hatte, dass das bei der Lesung vorgestellte Reichsschwert nur eine Replik war, schien das Verhältnis zwischen ihnen wieder ungetrübt zu sein.

Sie beäugte Olle neugierig. »Ihr habt also schon ein paar Schätze gefunden?«

Seine Lippen verzogen sich unter dem erdverschmutzten Bart zu einem breiten Lächeln. »Und ob wir das haben.« Ungeachtet seiner verdreckten Hände legte er jetzt einen Arm um sie. »Komm mit. Ich möchte dir etwas zeigen.«

Er führte sie zur Öffnung des Rittergrabs, blieb aber unmittelbar davor stehen und deutete auf einen länglichen Gegenstand, der auf dem Boden lag. Ina erkannte ihn sofort wieder. Es war der Schild, den sie damals in der Grabstätte gesehen hatte. Entsprechend irritiert schaute sie auf. Dieser Fund war nicht neu.

Doch Olles stolzes Grinsen blieb unerschütterlich.

»Dieses Wappen bestätigt unsere Theorie«, sagte er mit ehrfurchtsvoller Stimme. »Der hier bestattete Ritter war eindeutig Teil des Gefolges von König Erik Knutsson.« Während er sprach, ließ er sie nicht aus den Augen, wohl um ihre Reaktion ganz genau zu beobachten. Dann fügte er hinzu: »Unserem ersten kirchlich gekrönten König.«

Sie betrachtete den Schild, der blitzsauber im Sonnenschein glänzte, und inspizierte das Wappen. Ein großes X mit den beiden flankierenden Löwen. Allmählich glaubte sie zu verstehen.

»Du solltest deinen Hund wieder an die Leine nehmen«, rief Alvar ihr zu. »Er fängt an zu buddeln.«

Ina sah mit Schrecken, wie Zeus mitten in der Ausgrabungsstätte zu wühlen begann. »Zeus! Untersteh dich!«

Zu ihrer Überraschung hielt der Hund schlagartig inne und kam mit eingezogenem Schwanz auf sie zu. Sie belohnte seinen Gehorsam mit einem Leckerli und fragte sich, ob das wohl ein Erfolg des eher unregelmäßigen Hundetrainings war.

Dann wandte sie sich wieder Olle zu.

»Verstehst du, was das bedeutet?«, fragte er, den Blick noch immer auf den Schild gerichtet.

Ina hatte eine ungefähre Ahnung. Doch innerlich war sie so bedrückt, dass sie kaum fähig war, irgendwelche Gefühle zu zeigen.

Olle schien damit keine Probleme zu haben. In seinen Augen blitzte es vor Begeisterung: »Das heißt, dass wir endlich den Beweis dafür haben, dass der erste König Schwedens hier in diesen Wäldern Zuflucht fand!« Er streckte die Hand in Richtung des Eingangs der Grabstätte. »Die Symbole an den Wänden der Grabkammer sind weitere Indizien für diese Theorie. Aber der Schild«, sein Blick senkte sich, »der ist der definitive Beweis!«

Ein Beweis, den Viggo schon vor langer Zeit gefunden hat, dachte Ina traurig. Der nächste Gedanke galt all den

Toten, die womöglich in dem Zusammenhang ihr Leben hatten lassen müssen.

Aber sie verstand Olles Aufregung. Die Bedeutung dieser Entdeckung bekam dadurch eine neue Dimension. Das Grab war damit nicht nur der Schauplatz eines schrecklichen Verbrechens, sondern auch ein Rückblick in die Geschichte Schwedens. So faszinierend das war, sie konnte den Schatten in ihrem Herzen nicht verscheuchen.

Hätte Viggo dieses Grab doch nie gefunden.

Zeus schnüffelte neugierig an einem der Steine, als wollte er die Vergangenheit ebenfalls ergründen. Sie zog ihn sanft zurück, aus Angst, dass er einen alten menschlichen Knochen aufstöbern könnte, um an ihm herumzuknabbern. Wer wusste schon, was hier alles vergraben lag. Sie kniete sich neben ihn, streichelte ihm über den Kopf und schaute den beiden anderen Archäologen zu, die voller Leidenschaft bei der Arbeit waren, im Schweiße ihres Angesichts in der Erde buddelten und mit Pinseln, nun ja, herumpinselten. Und während sie ihnen zusah, fühlte sie eine beinahe meditative Ruhe.

Doch mit der Ruhe war es schnell wieder vorbei, als Alvar hektisch aufsprang.

»He, seht mal, ich habe was gefunden!« Er hielt etwas in den Händen, das Ina an eine Wurzel erinnerte.

»Lass mal sehen!« Die beiden steckten konspirativ die Köpfe zusammen, murmelten und tuschelten.

»Von wegen«, hörte Ina nach einigen Sekunden Olles missmutiges Schnauben, der sich den beiden ebenfalls genähert hatte. »Das ist bloß 'ne vertrocknete Baumwurzel.«

»Oh, na dann …« Alvar warf die Wurzel im hohen Bogen von sich.

»Zeus! Nein!«

Flugs hatte der Hund sich wieder von ihr losgerissen und stürmte der noch fliegenden Wurzel hinterher, die irgendwo im Gebüsch landete. Unmittelbar darauf war auch er verschwunden.

Ina erhob sich und eilte Zeus hinterher.

»Lass ihn doch«, sagte Alvar lachend.

Ina schüttelte den Kopf. »Ich kann ihn doch nicht einfach so im Wald herumlaufen lassen«, stellte sie klar. »Was, wenn er ein Reh aufscheucht.« Also setzte sie ihm nach und kämpfte sich durch das Dickicht, durch das sie ihren Hund zuletzt hatte schlüpfen sehen. Zum Glück war es kein Dornengestrüpp, und direkt dahinter erstreckte sich ein bewaldetes Gebiet, gesäumt von Birken und emporragendem Felsgestein. Ihr Hund stand zwei Schritte vor ihr und kaute genüsslich auf der Wurzel herum. Gerade als sie ihn zurechtweisen wollte, bemerkte sie einen auffälligen Farbtupfer aus dem Augenwinkel. Etwas lag auf einem der Felsen und es gehörte ganz sicher nicht in diese Waldlandschaft. Als sie näher trat, erkannte sie den modernen, glatten Stoff einer Outdoorjacke in einem unauffälligen Grau, akzentuiert durch reflektierende Neonstreifen.

Sie nahm die Jacke in die Hände, die überraschend schwer war, und breitete sie vor sich aus. Sie war ordentlich zusammengefaltet, der Reißverschluss bis oben hin zugezogen. Sie tastete die Taschen ab und fand Autoschlüssel und eine Brieftasche. Das erklärte das Gewicht der Jacke. Neugierig klappte sie die Geldbörse auf und hielt vor Entsetzen den Atem an, als ihr das Konterfei des Kunsthistorikers entgegenblickte.

»Arnulf«, raunte sie. Obwohl es ein älteres Lichtbild war,

erkannte sie ihn sofort. Mit zittrigen Fingern zog sie den Ausweis aus der Lasche und betrachtete ihn. Sie hatte Arnulfs Brieftasche gefunden. Und seinen Schlüsselbund, an dem ein Autoschlüssel befestigt war, auf dem das Land-Rover-Logo abgebildet war.

Hastig sah sie sich um, versuchte, daraus schlau zu werden, warum seine Sachen hier auf dem Felsen abgelegt waren. Sie kramte weiter und fand in derselben Tasche, in der sich der Schlüssel befunden hatte, einen kleinen, mehrmals gefalteten Zettel, auf dem eine Handynummer notiert war.

Sie erinnerte sich, dass Arnulf keine Jacke getragen hatte, als sie auf seine Leiche im Rittergrab gestoßen waren. Aber warum lag sie hier? Sie sah sich um und erkannte einen schmalen Pfad, der durch das Buschwerk verlief und direkt zum Hügelgrab führte. Hatte er sie womöglich vor dem Eintritt in die Grabstätte hier abgelegt? Sie betrachtete den Waldboden in der Hoffnung, irgendwelche Spuren zu finden, aber da sie nicht Old Shatterhand war, sah sie außer Tannenzapfen und Kiefernnadeln überhaupt nichts Auffälliges.

Aber der Zettel mit der Handynummer.

Sie zog ihr Mobiltelefon aus der Tasche und fixierte noch einmal den Zettel. Kurz entschlossen tippte sie die Nummer ein. Während sie auf das Freizeichen wartete, beschleunigte sich ihr Herzschlag. Sie lauschte dem Tuten in der Leitung. Einmal … zweimal.

Nach dem dritten Ton sprang eine Mailbox an, in der eine Stimme die gerade gewählte Nummer wiederholte und daraufhin eine digitale Stimme den emotionslosen Vorschlag machte, eine Nachricht zu hinterlassen. Ina drückte auf das Beenden-Symbol. Voller Unglauben starrte sie das Telefon an.

Es waren nur ein paar aufgesagte Zahlen, aber doch kam ihr die Stimme seltsam vertraut vor.

Ein eisiger Schauer lief ihr über den Rücken und ließ sie zusammenzucken. War das möglich?

Schwedisch für Anfänger – Teil 21

»Den som lever får se.«
Wörtlich: Wer lebt, wird sehen.
Bedeutet: Abwarten und Tee trinken.

44

EIN EINGEHENDER ANRUF

Paula glitt durch das trübe Wasser des kleinen Sees. Das rhythmische Zischen ihrer Tauchausrüstung war das einzige Geräusch, das sie hörte. Jeder Atemzug schickte kleine Luftblasen nach oben. Sie schwebte mühelos durch das Gewässer und beobachtete die anderen Taucher.

Ashley führte die kleine Gruppe an. Mit fünf weiteren Tauchern zwischen ihnen bildete Paula das Schlusslicht. Es war ein leichtes Unterfangen. Der Druck des Wassers war hier nicht annähernd so stark wie in den Tiefen des Bodensees, in denen sie zuvor getaucht war, aber dafür lastete etwas anderes auf ihr, während die schattigen Konturen des versunkenen Bootes mit der Kajüte immer deutlicher wurden.

Ashley gab ein Handzeichen, das die Gruppe zum Halten aufforderte. Sie hatten das Boot erreicht. Paula blickte auf das Wrack und fühlte für einen Moment etwas anderes als den emotionalen Ballast, den sie mit sich herumschleppte. Es waren Neugier und Vorfreude, weil ein Schiffswrack immer ein spannendes Taucherziel darstellte. Das war schon ein wenig verrückt. Es waren gerade einmal ein paar Tage vergangen, seit sie auf dem Tingsmålahof war, und schon hatte sich eine unerwartete Möglichkeit ergeben, wieder ins Wasser zu steigen, zu tauchen.

Seit der Trennung von ihrem Freund hatte sie keinen Fuß mehr ins Wasser gesetzt und panische Angst vor den einströmenden Erinnerungen gehabt. Die waren auch nicht ausgeblieben, aber sie waren bei Weitem nicht so schlimm, wie sie befürchtet hatte.

Dank der spürbaren Begeisterung der Schnuppertaucher hatte sie ein Stück ihrer alten Leidenschaft zurückgewonnen. Paulas Aufgabe war klar: Sie sollte sicherstellen, dass alle Taucher wohlbehalten zurück an die Oberfläche kamen. Ein leichter Job, zumal der See alles andere als tief war. Während die Taucher sich mit der Inspektion der kleinen Kajüte abwechselten, genoss sie das Gefühl der Schwerelosigkeit. Ein Schwarm von Barschen zog ihre Aufmerksamkeit auf sich. Sie umkreisten sie spielerisch.

Paula sah ihnen neugierig nach. Doch mit einem Mal verengten sich ihre Augen, als sie ein unerwartetes Funkeln im Seegras bemerkte. Erst glaubte sie, sich verguckt zu haben, weil das wogende Gras den Lichtklecks kurz verbarg, doch in der nächsten Sekunde sah sie ihn wieder.

Sie warf einen Blick zum Boot, um sich zu vergewissern, dass es den Tauchern gut ging. Dann machte sie sich, vom Licht angezogen, mit einem beherzten Flossenschlag auf den Weg zu dem mysteriösen Glimmen. Das Fragezeichen in ihrem Kopf wurde immer größer, während sie näher heranschwamm. Das Glimmen verstärkte sich, als wollte es sie gezielt zu sich locken, ähnlich den verführerischen Lichtern der Laternenfische in den dunklen Tiefen des Ozeans. Bloß, dass das hier ein etwas größerer Schwimmteich war und nicht der Marianengraben.

Dennoch schlug ihr Herz schneller, als ihr Blick auf das merkwürdige Objekt im Seegras fiel. Sie erkannte einen durchsichtigen Plastikbeutel, wasserdicht versiegelt und eindeutig an einem Stein befestigt.

Aber warum?

Sie tauchte bis zum Grund, spürte das wogende Gras unter ihren Fingerkuppen. Geschickt löste sie den Beutel vom Stein und schwebte für einen Augenblick auf der Stelle.

Das grünliche Licht durchbrach die trübe Unterwasserwelt. Erst als sie sich den Beutel direkt vors Gesicht hielt, erkannte sie den Grund. Es war das aufleuchtende Display eines alten Nokia-Handys.

Voller Unglauben über ihren Fund schüttelte sie so heftig den Kopf, dass die aufstiebenden Luftbläschen ihr kurz die Sicht nahmen. Als wäre das alles nicht seltsam genug, zeigte das Display einen eingehenden Anruf an.

Unter Wasser!

Paula hielt sich die Tüte direkt vor das Gesicht, um das Display in Augenschein nehmen zu können, was gar nicht leicht war, da ihr die Luftblasen einen großen Teil der Sicht raubten. Erst als sie ein weiteres Mal den Atem anhielt und damit den Blasenstrom unterbrach, sah sie klarer … und wie!

Die Nummer!

Sie stieß einen weiteren Schwall Luft aus, verschluckte sich im nächsten Moment an ihrer eigenen Spucke. Sie kannte die Nummer. Und zwar deshalb, weil sie sie schon unzählige Male auf dem Display ihres Handys gesehen hatte. Es war die Nummer ihrer Mutter.

Mitten unter Wasser, in dieser Tiefe, rief ihre Mutter auf einem im Seegras verborgenen Handy an. Eine unerklärliche Mischung aus Panik und Verwirrung überkam sie. Ihr Herz raste. Was hatte dieses Handy hier zu suchen? Und warum rief ihre Mutter an?

Bei all diesen Gedanken nahm sie überhaupt nicht den Schatten wahr, der sich ihr von hinten näherte.

45
DIE BEQUEMLICHKEIT DER UNWISSENHEIT

Ina fühlte eine unerschütterliche Gewissheit, die sie so noch nie erlebt hatte. Diese Stimme war unverkennbar. Ein Irrtum war ausgeschlossen.

Sie durchquerte den Wald mit einer Geschwindigkeit, die selbst ihre von Arthrose geplagten Knie überraschte. Zeus hatte Schwierigkeiten, mit ihr Schritt zu halten. Schon bald setzte er zu einem leisen Jaulen an. Ohne zu zögern, hob sie ihn hoch und trug ihn den Rest des Weges auf den Armen.

Ihre Gedanken rasten, während sie die Puzzleteile in ihrem Kopf neu anordnete. Das Erkennen der Stimme hatte wie ein Katalysator gewirkt, der alle bisherigen Unklarheiten und Vermutungen in einem erschreckend klaren Licht erscheinen ließ. Jetzt ergab alles einen Sinn – einen beunruhigenden Sinn.

Schlagartig wurde ihr bewusst, wer hinter der Manipulation der Tauchflasche stecken musste, die zum Tod von Viggo geführt hatte. Zudem wurde ihr klar, dass Svante absichtlich als Sündenbock aufgebaut worden war. Als jemand, dem man alle Schuld in die Schuhe schieben konnte.

Mit dem heißen Schweiß lief ihr ein eisiges Schaudern über den Rücken. Sie hatte die Wahrheit vermutlich schon viel zu lange ignoriert.

Endlich hatte der Wald sie ausgespuckt. Ihre Lunge brannte vor Anstrengung und über ihre Knie wollte sie gar nicht erst nachdenken. Zudem schien ihr rasendes Herz jede neu gewonnene Erkenntnis mit einem donnernden Paukenschlag unterstreichen zu wollen.

Zeus, nun wieder auf den eigenen Pfoten, hoppelte neben ihr her und war sichtlich verwirrt von dem angeschlagenen Tempo. Schließlich schien ihm das grundlose Gerenne zu bunt zu werden. Er blieb einfach stehen und bellte sein Frauchen zornig an. Ina schaute nicht zu ihm zurück. Sie lief weiter, am Streichelzoo vorbei, hatte fast den See erreicht. Mit dem klaren Ziel vor Augen hielt sie direkt auf den Steg mit den Booten zu. Sie musste mit ihr sprechen. So schnell wie möglich!

Vor dem Trailer hielt sie inne, stützte die Hände auf den Knien ab und presste japsend die verbrauchte Luft aus ihrer Lunge. Fahrig wischte sie sich die Haarsträhnen aus dem Gesicht. Ein halbes Dutzend Tauchflaschen und ein paar tropfnasse Flossen waren sorgfältig vor dem Wohnwagen aufgereiht. Der Anblick erinnerte sie daran, dass Paula von einem Schnuppertauchkurs erzählt hatte, bei dem sie heute zum ersten Mal Ashley begleiten wollte. Das war erst vor wenigen Stunden gewesen. Diese Zeitspanne kam Ina wie aus einem anderen Leben vor. Es war eine Zeit, in der Svante noch nicht von der Polizei abgeführt worden war. Eine Zeit, zu der sie noch nicht diesen ominösen Zettel mit der Telefonnummer gefunden hatte, die alles veränderte.

Die brodelnde Unruhe in ihrem Magen erzeugte eine regelrechte Übelkeit.

»Ashley?«, rief sie. Und noch einmal lauter. »ASHLEY!«

Keine Antwort.

»Bist du da?« Sie horchte durch das Quaken der Frösche hinweg, die im Schilf saßen. Die Taue der festgemachten Ruderboote knarzten leise vor sich hin. Doch eine Antwort auf ihre Frage erhielt sie noch immer nicht.

Fest entschlossen trat sie auf die Planken der Veranda und legte ihre Hand auf den Griff der Wohnwagentür. Mit der anderen Hand klopfte sie an, wartete. Dann zog sie die Tür auf und steckte den Kopf durch die schmale Öffnung. Sie brauchte einen Moment, bis ihre Augen sich an die schummrige Dunkelheit im Innern des Campers gewöhnten.

Doch dann präsentierte sich ihr mit der zunehmenden Klarheit ein chaotisches Durcheinander. Das mulmige Gefühl in ihrem Bauch wurde stärker. Vorsichtig trat sie ein – und blieb wie angewurzelt stehen, als sie das ganze Ausmaß des Durcheinanders erblickte.

Regale waren von den Wänden gerissen, Bücher, Küchenwerkzeuge und allerlei Krimskrams lagen chaotisch verstreut. Es sah aus, als wäre ein Orkan durch das Innere des Wohnwagens gefegt.

Ina versuchte, durch das Kuddelmuddel hindurchzublicken, einen Sinn dahinter zu verstehen. Dann fiel ihr Blick auf etwas Erschreckendes: Flecken, die zunächst unscheinbar wirkten, aber bei näherer Betrachtung eindeutig wie Blut aussahen. Sie ging darauf zu und betrachtete sie aus der Nähe.

Sie befanden sich auf dem Boden und teilweise auch an den Wänden. Ina war kein Profi, aber die Flecken wirkten weder alt noch frisch. Vielleicht gerade so, als ob sie genug Zeit gehabt hatten, um anzutrocknen und eine krustige Oberfläche zu bilden.

Der Anblick ließ sie erschaudern. Gleichzeitig bildete sich ein dicker Kloß in ihrem Hals.

Was ist hier nur passiert?

Bestürzt sah sie sich um, versuchte, sich vorzustellen, was vorgefallen war. Nicht nur die Blutflecken deuteten auf einen Kampf hin. Da war noch mehr: Die offen stehenden Schranktüren und ausgeräumten Hängeschränke vermittelten den Eindruck, als wäre darin herumgewühlt worden. *Nein!* Sie korrigierte ihren Gedanken. Vielmehr sah es so aus, als hätte jemand überstürzt zusammengepackt.

Ihr Blick fiel auf die offene Tür eines Schranks, die halb aus den Angeln gerissen war. Ein verrutschter Stapel Handtücher brachte etwas Hölzernes zum Vorschein, das so gar nichts in einem Schrank verloren hatte. Sie fegte die Handtücher achtlos beiseite und förderte ein Paar putzig-spitzer Ohren zutage, auf das ein Gesicht mit großen Kulleraugen folgte, die sie treuherzig anglotzten.

Ina setzte vor Schreck zurück, stieß schmerzhaft gegen die rückwärtige Wand. Aus dem Schrank blickte sie ein Alpaka an. Kein echtes, sondern eines aus Holz, liebevoll und detailreich geschnitzt.

Sie war überwältigt von der Tragweite ihrer Entdeckung. Das Chaos im Wohnwagen, das Blut auf dem Boden und nun das verschollene Alpaka, das Svante als Gastgeschenk für Gustav geschnitzt hatte. Beziehungsweise für Magnus. Da stand es – so deplatziert wie nur irgendetwas – in Ashleys Einbauschrank.

Ihr Kopf war ein Knäuel aus Gedanken. Ihre Knie drohten nachzugeben, aber sie riss sich zusammen, konnte es sich nicht leisten, in Panik zu verfallen. Es war entscheidend, dass sie ruhig blieb und herausfand, was genau geschehen war. Aber in diesem Moment war die Furcht so greifbar, so überwältigend, dass sie Ina fast lähmte.

Sie zwang sich dazu, sich aufzurappeln. Sie musste das Alpaka an sich nehmen, es war der Beweis für ihre düstersten Befürchtungen.

Doch da fiel ihr Blick auf ein Lederband, das auf dem Boden lag. Ein kleiner silberner Delfin war daran befestigt. Das Ende des Bandes war abgerissen, als wäre es gewaltsam entfernt worden. Ihr Herz verkrampfte sich zu einem Klumpen. Es war die Kette ihrer Tochter.

Es drang mit voller Wucht auf sie ein. Das Band, der Delfin – es war, als würden sie sie anschreien, dass Paula in großer Gefahr war. Alles, was sie in den letzten Stunden erlebt hatte, von Svantes Verhaftung bis zum unerwarteten Zusammentreffen mit den Archäologen und dem Fund von Arnulfs Jacke, rückte in den Hintergrund, überlagert von grenzenloser Angst um ihr Kind.

Die Angst verwandelte sich in Panik, die ihre Sinne schärfte und das Adrenalin durch ihre Adern peitschte. Ihr Gehirn, ihr ganzer Körper wechselten in einen Zustand höchster Alarmbereitschaft, während sie die Kette aufhob und fest umklammerte, als könnte sie dadurch eine Verbindung zu ihrer Tochter herstellen.

Schwedisch für Anfänger – Teil 22

»Livet leker.«
Wörtlich: Das Leben spielt.
Bedeutet: Es läuft gerade alles glatt.

46

JEDE SEKUNDE ENTSCHEIDET

Ina stand immer noch im Wohnmobil, die Hand fest um Paulas Halskette geschlossen. Jeder Muskel in ihrem Körper war angespannt, doch in ihrem Kopf herrschte solch ein heilloses Durcheinander, dass sie gar nicht wusste, wohin mit sich, als plötzlich die Tür des Campers aufgerissen wurde.

Sie rechnete mit dem Schlimmsten, nicht aber mit dem Gesicht, welches sie hinter der gezückten Waffe erkannte.

Im Bruchteil einer Sekunde riss Ina die Arme hoch, der Atem stockte ihr.

»Was machst du denn hier?«

»Was machst du denn hier?«

Unter anderen Umständen wäre Ina vielleicht sogar in ein Lachen verfallen, weil sie klangen wie siamesische Zwillinge. Doch weder die Situation noch Lars' entgleiste Gesichtszüge deuteten darauf hin, dass es irgendetwas zum Lachen gab.

»Warum bist du hier?«, wiederholte Lars. Die Frage hing in der stickigen Luft des Campers, drängte sich zwischen sie. Langsam nahm er die Waffe runter.

»Darum!« Sie hielt ihm die Halskette entgegen, die sich in ihrer Hand plötzlich bleischwer anfühlte.

Kraftlos senkte sie den Arm, als er auf sie zutrat. Er wirkte aufrichtig besorgt. »Ich habe einen sehr beunruhigenden Anruf von Paula bekommen«, sagte er. »Es klang, als wäre sie in Schwierigkeiten. Sie meinte, sie sei in Ashleys Camper, und dann wurde die Verbindung plötzlich unterbrochen.« Er senkte den Blick. »Das Letzte, was ich hörte, war ein Schrei.«

Die Worte schlugen bei Ina ein wie ein Blitz. Ihr Herz fühlte sich an, als würde es zerspringen. Paula war in Gefahr! Das war jetzt unbestreitbar.

Lars zog die Stirn kraus, als er das Chaos um sich herum realisierte. »Hier gab es wohl einen fürchterlichen Streit«, stellte er fest. »Einen Kampf.« Sein Blick fiel auf die dunklen Flecken, die Ina bereits zuvor bemerkt hatte. Er riss die Augen auf. »Um Himmels willen – ist das Blut?«

»Warum hat sie ausgerechnet dich angerufen?«, fragte Ina atemlos. »Warum nicht mich?« Trotz der Gefahr fühlte sie sich ein wenig gekränkt.

»Nun«, erwiderte Lars leise. »Weil ihre Situation wohl einen Polizisten erfordert, keine Löwenmutter.«

Seine Worte taten gut, verstärkten aber ihre Unruhe. Seine Einschätzung war logisch. Und das machte die Sorge um ihre Tochter bloß noch schlimmer.

»Ashley hat Paula«, sagte Ina. »Vermutlich, weil sie etwas herausgefunden hat.«

»Aber was?«

Ina deutete auf das Holzalpaka. »Vielleicht, dass Ashley hinter dem Tod von Magnus steckt«, sagte sie, während Lars auf den Schrank zuging und das geschnitzte Tier in Augenschein nahm. »Außerdem war es Ashley, die das Gift in Viggos Flasche getan hatte.«

Lars hob den Kopf und sah sie mit einem unergründlichen Blick an. Er wollte etwas sagen, aber Ina winkte unwirsch ab. Jetzt war nicht die Zeit für das Offenlegen von Fakten und Beweisstücken.

»Wir müssen herausfinden, wo sie sind«, gab Ina resolut von sich, obwohl sie vor Sorge wahnsinnig zu werden glaubte.

»Aber wie?« Lars sah sich hilflos um. »Wo könnten sie sein?«

Inas Blick schweifte durch den Camper und erfasste jedes noch so kleine Detail, als könnte es der entscheidende Hinweis sein, der sie zu ihrer Tochter führen würde. Sie fühlte sich wie in einem schrecklichen Traum gefangen, in dem sie unaufhörlich suchte, aber nichts fand.

Genau da blieb ihr Blick an einem blutroten Wimpel des Wisconsin Badgers Footballteams haften, der über der Schlafkoje befestigt war. Ein Stück von Ashleys Vergangenheit, als sie noch in Amerika gewohnt hatte. Es war ein winzig kleiner Funken, der auf einmal wie ein greller Blitz in der Dunkelheit aufflammte. »Madison«, schrie sie. »Die Hauptstadt von Wisconsin.« Siedend heiß fiel es ihr wieder ein. Sie hatte eine Buchreihe verschlungen, die in dieser Stadt spielte. Wie hatte sie das alles nur vergessen können?

Die Wanderung mit Svante drängte sich in ihr Bewusstsein. Gefolgt von der Begegnung mit dem Bären, weil sie zwischenzeitlich vom Weg abgekommen waren und etwas entdeckt hatten, das eindeutig nichts in einem Wald verloren hatte.

Der Puls rauschte in ihren Ohren. Es passte alles zusammen.

»Lars!«, sagte, nein, sie schrie es. »Ich weiß, wo wir hinmüssen!«

47
EINE BEINAHE LIEBEVOLLE FASZINATION

Ina saß angespannt auf dem Beifahrersitz des Streifenwagens, während Lars in viel zu hohem Tempo den Waldweg entlangbretterte. Zwischenzeitlich fragte sie sich, ob sie ihre Tochter überhaupt lebend erreichen oder unterwegs an einem der Bäume kleben bleiben würden. Der Pfad wurde zunehmend schmaler, und die Bäume schienen immer dichter zusammenzurücken, als wollten sie ihnen den Weg versperren. Inas Gedanken rasten. Wo war nur dieses verdammte Wohnmobil? Sie hatte das Gefühl, als wäre es eine Ewigkeit her gewesen, dass sie es mit Svante entdeckt hatte.

»Wir müssen uns beeilen«, murmelte Lars mehr zu sich selbst als zu Ina. »Versuch, dich zu erinnern!«

»Was glaubst du denn, was ich tue?«, fuhr sie ihn an.

Sie beugte sich nach vorn. »Vielleicht in diese Richtung?«, äußerte sie zaghaft ihre Vermutung.

Lars riss das Lenkrad herum und war drauf und dran, den Pfad zu verlassen und den viel zu großen Wagen an den Bäumen vorbeizusteuern.

»Und überhaupt!« Er warf ihr einen langen Blick zu – einen viel zu langen, denn kurz kam der Wagen vom Weg ab und steuerte geradewegs auf eine Kiefer zu. »Woher willst du wissen, dass sie dort sind?«

»Wisconsin«, sagte Ina nur, ohne den Blick von dem Weg zu nehmen. Zu groß war die Angst, etwas zu übersehen, was ihr womöglich bekannt vorkam.

»Auf dem Wohnmobil, das Svante und ich entdeckt haben, war ein Aufkleber von Wisconsin«, erklärte sie ihm. »Dort liegt Ashleys Heimatstadt.«

Lars schnaubte.

Sie hatte keine Ahnung, ob ihm das als Bestätigung reichte, und es war ihr auch egal. Sie wusste, dass es so war. Nichts anderes zählte.

»Moment.« Lars trat auf die Bremse. »Dieser Weg hier … das sind doch Reifenspuren. Und das Gras ist platt gedrückt.«

Ina starrte durch die Windschutzscheibe und verstand sofort, was er meinte. Die Spuren waren frisch, als hätte kürzlich ein Wagen den Waldweg befahren. Das niedergedrückte Gras entlang des Weges war noch nicht dabei, sich wieder aufzurichten.

Und da blitzte eine Erinnerung in ihrem Kopf auf. »Warte!«, rief sie plötzlich. »Svante und ich haben damals eine alte Straße in der Nähe des Campers gefunden! Das muss eine Abkürzung sein.«

Fast gleichzeitig entdeckten sie die Spur eines Wirtschaftsweges, dessen Grasnarbe gerade noch so zu erahnen war.

»Da!« Sie streckte die Hand aus.

Lars nickte. Er lenkte den Streifenwagen auf die Straße und gab Gas.

»Das ist der Weg, ich bin sicher«, sagte Ina, während sie durch die Fensterscheibe in das schier undurchdringliche Dickicht des Waldes blickte.

Jeder Baum, der an ihnen vorbeizog, schien ihr den Weg zu ihrer Tochter weisen zu wollen. Und dann, wie aus dem Nichts, tauchte das Wohnmobil auf. Direkt davor stand der Hofbus. Für Ina war die Sache klar: Ashley hatte offenbar den Bus genommen, um ihre Flucht so schnell wie möglich anzutreten. Lars fuhr nun in Schrittgeschwindigkeit und für einen Moment hing eine angespannte Stille im Auto. Ina griff nach der Türklinke, bereit, sofort aufzuspringen, um ihre Tochter aus Ashleys Klauen zu befreien.

Lars steuerte den Streifenwagen in einen Schatten, der von den dichten Baumkronen geworfen wurde. Gleichzeitig griff er nach dem Funkgerät und gab ihre Position durch. Dann wandte er sich Ina zu: »Du bleibst im Auto.« Er sah sie mit ernster Miene an, aber Ina schüttelte den Kopf. »Keine Chance. Es geht um meine Tochter.«

Noch einmal schaute er ihr fest in die Augen – und schien zu erkennen, dass es zwecklos war.

»Aber du bleibst dicht hinter mir!« Also stiegen sie gemeinsam aus und schlichen sich an das Wohnmobil heran.

Ina hörte das Blut in ihren Ohren rauschen, als sie durch das riesige Frontfenster blickte. Und sogleich stieß sie einen erstickten Laut aus, als sie Ashley erkannte, die mit hastigen Bewegungen und einem angespannten Gesichtsausdruck Sachen in Schränken verstaute.

»Sie will sich aus dem Staub machen«, flüsterte Lars ihr zu, der das Treiben im Wohnmobil ebenfalls beobachtete.

Doch dann, im hinteren Teil des Wagens, sah Ina das, was sie am meisten gefürchtet hatte: Paula – gefesselt und auf dem Bett liegend. Eine schmerzhafte Mischung aus Erleichterung und rasender Sorge packte sie.

»Was sollen wir tun?« Sie sah Lars erwartungsvoll an. »Warten, bis die Verstärkung eintrifft?«

Lars stieß ein finsteres Lachen aus. »Bis meine Leute diesen Ort gefunden haben, könnte Ashley mit deiner Tochter längst über alle Berge sein.«

»Also müssen wir beide …?«

Nun schüttelte Lars den Kopf. »Nicht wir.«

Mit Schrecken sah sie, wie sich seine Hand auf den Griff seiner im Halfter steckenden Dienstwaffe legte. »Ich werde sie aufhalten. Du wirst hier warten!«

Als er sich zum Sturm auf das Wohnmobil bereit machte, hielt sie den Atem an. Ihr war nicht wohl bei der Sache. Wenn sie mit ihren Vermutungen recht hatte, war diese Frau hochgefährlich, eine Serienmörderin, die vor nichts zurückschreckte. Sie konnte von Glück reden, dass sie ihre Tochter verschont hatte. Wahrscheinlich sollte Paula ihr als Geisel dienen. Aber für wie lange? Mit wachsender Angst spähte sie um die Ecke, um Lars' Vorhaben zu beobachten. Es wirkte erschreckend simpel.

Einige Meter entfernt stand er vor der Tür – und nahm Anlauf, um sich dagegenzuwerfen. Unter seinen Füßen knackste das trockene Geäst – derart laut, dass auch Ashley alarmiert im Verstauen innehielt und ihren Blick auf die Tür richtete.

Ina wedelte wild, um Lars von seinem Vorhaben abzuhalten, aber da war es bereits zu spät. Mit voller Wucht warf er sich gegen die Tür, die mit einem lauten Krachen nach innen klappte.

Unmittelbar darauf kam ein schweres Objekt aus dem Wohnmobil geflogen und traf Lars frontal am Kopf. Er sank zu Boden – und stand nicht wieder auf.

»Verdammt!« Ina fluchte leise. Für einen Moment starrte sie fassungslos Lars an, der einfach auf dem Waldboden lag, die Hände von sich gestreckt, die Augen geschlossen. Sie war dermaßen von einem Schock erfasst, dass sie gar nicht reagieren konnte – auch nicht, als Ashley sie durch die riesige Windschutzscheibe hindurch fixierte.

Das Adrenalin schoss durch ihre Venen. Doch die Beine wollten ihr nicht gehorchen. Ehe sie es sich versah, stürmte Ashley mit einem äußerst brutal aussehenden Gegenstand, der Ina an einen übergroßen Hammer erinnerte, aus dem Wohnmobil. Die Augen der Amerikanerin funkelten wild. Endlich schaffte Ina es, die lähmende Furcht niederzuringen. In letzter Sekunde griff sie nach einem Ast und parierte den ersten Hammerschlag, der auf sie niederzudonnern drohte. Zu ihrem Glück wurde der Schlag vom Ast umgelenkt und traf die Motorhaube des Campers. Und das mit derartiger Wucht, dass er Ashleys Griff entkam.

Ina ließ ihre Chance nicht ungenutzt. Mit einem beherzten Stoß mit dem Ast trieb sie Ashley Schritt um Schritt zurück. Diese stolperte über eine Ranke und verlor das Gleichgewicht, stürzte nach hinten. In diesem Moment nutzte Ina die Gelegenheit, den Hammer an sich zu reißen. Doch der war schwerer als gedacht. Aus dem Innern des Wohnwagens quiekte es schrill. Sie stellte sich auf die Zehenspitzen und sah ihre Tochter hektisch mit dem Kopf wackeln. Entsprechend gewarnt fuhr Ina herum und erkannte, dass Ashley bereits wieder auf den Beinen war.

Blindlings stürmte sie auf Ina zu. Zumindest versuchte sie es. Aber Ina war nun bewaffnet – mit einem Hammer, den sie nicht nutzen konnte, da sie ihn kaum anheben konnte. Dafür wehrte sie den Angriff ab, indem sie den Hammer als Schutzschild benutzte. Ashley schlug mit ihren bloßen Fäusten und trat um sich, schrie dabei wie eine Furie. Mit einem Sprung stürzte sie sich erneut auf Ina. In allerletzter Sekunde wich diese zur Seite aus und ließ den Hammer in einer fließenden Bewegung auf Ashleys Rücken niedersausen. Nicht genug, um sie ernsthaft zu verletzen, aber ausreichend, um sie zu Boden zu ringen.

Sie ließ den Hammer fallen. Mit der Agilität eines Wrestlers warf sie sich auf Ashley und drückte ihr das Knie ins Kreuz. »Es ist vorbei, Ashley,« keuchte sie. »Gib auf!«

Ashley hatte keineswegs vor, sich so einfach ergreifen zu lassen. Sie wand sich problemlos aus Inas Fixierung und ging sofort in die Offensive über. In diesem Moment erkannte Ina ihre eigene Selbstüberschätzung. Während Ashley in der vollen Kraft ihrer Jahre stand, war sie selbst bereits weit über ihren physischen Zenit hinaus. Sie spürte, wie ihre Chancen schwanden. Es dauerte nur wenige schmerzvolle Augenblicke, bis Ashley endgültig die Oberhand gewann und mit schwingendem Hammer über ihr thronte.

»Es ist aus, Ina!«

Schwedisch für Anfänger – Teil 23

»Smaka på sin egen medicin.«
Wörtlich: Seine eigene Medizin probieren.
Bedeutet: Gleiches mit Gleichem vergelten.

48

ZWEI FLIEGEN MIT EINER KLAPPE

»Wirklich!? Mich mit einem Hammer zu erschlagen … das würdest du über dich bringen?«

Ashley funkelte sie an. »Es wäre nicht das erste Mal, dass der Hammer zum Einsatz kommt.« Sie stieß ein Lachen aus, das Ina bis ins Mark fuhr. »Außerdem kommt es darauf auch nicht mehr an!«

Ina hob abwehrend die Hände, wohl wissend, dass diese sie nicht schützen würden. Der Hammerkopf glänzte bedrohlich in der Sonne.

Mit einem Mal überkam sie eine lähmende Angst. Diese Frau meinte es ernst.

»Aber … du und ich«, haspelte Ina. »Wir beide …«

»Wir beide?«, giftete sie zurück. »Du bist es doch gewesen, die Viggos Tod nicht akzeptieren konnte. Ohne dich würden noch immer alle glauben, er wäre an einem Herzinfarkt gestorben.«

»Ist er aber nicht, du hast ihn vergiftet. Und dann wolltest du Svante die Schuld in die Schuhe schieben.«

Ashley brach in Gelächter aus. »Er hat es mir zu leicht gemacht. Er hat mich sogar ein Postfach auf seinen Namen anmieten lassen und versprochen, dass es unter uns bleibt.« Es war ein fürchterliches Lachen, und der Blick in ihren Augen ängstigte Ina so sehr, dass sie sich augenblicklich den Bären herbeiwünschte. Der wäre ihr allemal lieber als diese Frau mit dem riesigen Hammer.

»Warum hast du Viggo ermordet?«

»Ist das nicht naheliegend?«, fragte Ashley zurück. »Er hatte etwas, was ich unbedingt brauchte.«

»Das Schwert«, mutmaßte Ina und war nicht überrascht, dass Ashley diesen Verdacht mit einem sturen Nicken kommentierte.

»Viggo!« Ashley spie den Namen beinahe aus. »Er wollte das Schwert dem schwedischen Königshaus zurückgeben. Das konnte ich nicht zulassen.«

Ina war fassungslos, »Warum denn nicht, zum Teufel? Was ist so besonders an diesem Schwert?«

Ashley sah sie mit einem Blick an, in dem Ina puren Hass las.

»Abgesehen davon, dass es eine Million Dollar wert ist?«, fragte sie zurück.

»Bitte?«

Ashley nickte. »So viel hat mein Auftraggeber für das Schwert geboten.« Sie ruckte mit dem Kopf hin und her, um eine nach vorn gefallene Strähne aus der Stirn zu bekommen. »Als Viggo dahinterkam, musste ich ihn aus dem Weg räumen, um mir mehr Zeit zu verschaffen. Und um das Schwert zu finden.«

Ina wollte etwas erwidern, hielt aber inne. Hastig sah sie sich um, suchte nach einer Möglichkeit, dieser Situation zu entkommen. In ihrer Panik streckte sie die Hand nach einem Ast aus – eine Geste, die Ashley damit kommentierte, dass sie ihr mit der Ferse auf den Oberarm stieg. Ina schrie vor Schmerz.

»Genug geredet«, befand Ashley und hob den Hammer an.

»Hast du ihn mit dieser Waffe erschlagen? Mit dem Kriegshammer?« Ein Schauder erfasste Ina. Erst jetzt wurde ihr so richtig bewusst, dass Ashley genau damit Arnulf aus dem Weg geräumt hatte. Mit einem Schlag hatte sie sein Leben ausgelöscht. Und nun stand ihr dasselbe Schicksal bevor. Das war kein schöner Tod. Viel lieber wäre sie doch im hohen Alter in einem Schaukelstuhl neben einem wärmenden Kamin in das Reich der ewigen Jagdgründe getreten. Friedlich im Schlaf, nicht mit zerschmetterter Schädeldecke.

Ina konnte sich nicht helfen, aber diese Situation kam ihr gefährlich bekannt vor.

Nur blöd, dass hier keine rote Kehrschaufel herumhängt.

»Ashley ...« Sie lächelte verkrampft. »Du musst das nicht tun.«

Dem verbissenen Grinsen nach zu urteilen, sah Ashley das entschieden anders. Ebenso wohl auch der Wind, der just in diesem Moment aufzog und die Blätter rascheln ließ. Und wo war der verfluchte Bär, wenn man ihn wirklich brauchte?!

»Warum Arnulf?«, fragte Ina hastig. »Warum hat er sterben müssen?«

Ashley schnaubte. »Was wusstet ihr denn schon über ihn? Er war ein Grabräuber, der für Geld alles getan hätte.«

»So wie du?«, hielt Ina dagegen.

Mit einem Mal zeigte Ashley ein bittersüßes Lächeln. Sie neigte den Kopf und sah Ina direkt in die Augen. »So wie ich.« Dann warf sie den Kopf nach hinten, um ein für alle Mal die nach vorn gefallenen Haarsträhnen loszuwerden. »Als ihr mit ihm Kontakt aufgenommen hattet, musste ich ihn loswerden. Also habe ich mir seine Gier zunutze gemacht und ihm das Grab gezeigt, das Viggo entdeckt hatte.«

»Und dort hast du ihn hinterrücks erschlagen.«

Ashley senkte den Kopf, schien für den Bruchteil einer Sekunde tatsächlich etwas wie Reue zur Schau zu stellen. »Er hat mir keine andere Wahl gelassen. Hättet ihr ihm das Schwert ausgehändigt, wäre er damit über alle Berge gewesen.«

Noch immer steckten Ina viele Fragezeichen im Kopf. Aber besser die als die Spitze des Hammers. Der Wind wurde stärker, fegte über das Laub, so laut, dass Ina ihre Stimme erheben musste.

»Aber … was ist mit Magnus? Warum auch er?«

Ashley verzog kurz die Lippen, und Ina bemerkte, wie sie sich ein wenig entspannte.

»Magnus trat vollkommen unvorhergesehen auf den Plan. Er hat es tatsächlich geschafft, das Schwert zu stehlen. Ich habe es ihm dann aber wieder abgenommen.«

»Und um ihn endgültig aus dem Verkehr zu ziehen, hast du ihm die Armbrust als Geschenk überlassen«, fügte Ina hinzu. »Weil du zwei Fliegen mit einer Klappe schlagen wolltest. Du wolltest deinen Konkurrenten aus dem Weg räumen und den Verdacht noch mehr auf Svante lenken.«

Ohne Vorwarnung stieß Ashley ihr die Schuhspitze in die Seite. Ina keuchte vor Schmerz.

»Ohne dich wäre niemand überhaupt auch nur auf die Idee gekommen, dass Viggo nicht an einem Herzinfarkt gestorben ist!«

Und das war der Augenblick, in dem Ina ihr Leben an sich vorbeiziehen sah. Wieder einmal.

Als Ashley den Hammer hob, kniff sie die Augen zusammen und versuchte, an etwas Schönes zu denken.

Paula.

Dann folgte der Schlag. Ina presste die Augen noch fester zusammen, bereitete sich auf den Schmerz vor.

Doch der kam nicht. Dafür legte sich etwas direkt neben sie. Vorsichtig blinzelte sie durch die Lider und sah …

»Paula?«

Ihre Tochter hatte Ashleys Platz eingenommen.

Inas Kopf drehte sich rasch zur Seite, wo die Amerikanerin mit verdrehten Augen lag.

»Was zum …?«

Wieder suchte sie Paulas Blick. Ihre Tochter war noch immer an den Händen gefesselt und auf ihrer Stirn klaffte eine blutende Wunde. Sie wollte etwas sagen, aber der Knebel steckte noch in ihrem Mund. Um ihre Waden war ebenfalls ein Strick gewickelt.

»Himmel, Paula … bist du etwa den ganzen Weg hierhin gehüpft?«

Ina richtete sich auf und befreite sie erst mal von dem Knebel.

Gierig rang ihre Tochter nach Luft.

»Kopfnuss«, stieß sie keuchend hervor und machte eine entsprechende Bewegung, begleitet von einem breiten Grinsen, mit dem sie Ashley bedachte, die schmerzbenommen stöhnte.

Paula grinste schief und stolz zugleich. »Hab sie voll ausgeknockt, Mama!«

EPILOG
EIN ÜBERRASCHENDER BESUCH

Einige Tage später …

Unter der Kette mit Lampions hatte sich die Gemeinschaft versammelt, um den Sommerabend zu genießen. Wieder einmal verwandelte sich das Seeufer in den Schauplatz eines Festes. Aber dieses Mal wurde nicht Mittsommer gefeiert und auch nicht das Krebsfest. Nein, dieses Fest stand ganz im Zeichen der Lebensfreude. Ein guter Grund also, die Bäume mit Blumenkränzen und bunten Bändern zu schmücken, zu tanzen und zu lachen. Wenn Ina in ihrer kurzen Zeit auf dem Hof etwas gelernt hatte, dann, dass die Schweden ein Händchen für ausgelassene Feste hatten. Sie feierten, als gäbe es kein Morgen, vollkommen unbekümmert. Aber ein Morgen kam natürlich, sowohl für Ina als auch für alle anderen. Und die Aussichten auf die kommenden Tage auf dem Tingsmålahof schienen vielversprechend, jetzt, wo endlich die Gefahr gebannt war und wieder Frieden einkehren konnte.

Ina warf sich Svante in die Arme und zeigte ihm und allen anderen, was sie dank Agnetas Privatstunden im Hambo draufhatte. Ihre Füße schwebten förmlich über den Boden.

Ihr Timing war noch nicht perfekt, die Bewegungen dafür aber fließend. Als die Musik ihren Höhepunkt erreichte, zerschnitt eine schrille Hupe die harmonische Atmosphäre. Ina hielt im Tanz inne, und wie von selbst erhellte sich ihr Gesicht, als sie den Streifenwagen erkannte, der im Schritttempo auf das Seeufer zuhielt. Mit Svante an der Hand lief sie dem Wagen entgegen. Sie erkannte Ove, der so dicht hinter dem Lenkrad klemmte, dass seine Nase beinahe die Windschutzscheibe berührte. Neben ihm saß Lars, der alles andere als glücklich aussah. Ove parkte den Wagen direkt vor dem Grillplatz. Als er die Fahrertür aufschwang, winkte er ihnen mit einem freudigen Lächeln zu. Doch er brauchte einen Moment, bis er es aus dem Wagen schaffte.

Und dann kam von der Beifahrerseite auch schon Lars zum Vorschein.

»Paps, du fährst wie eine Oma, wirklich jetzt«, beschwerte er sich, als er nicht weniger mühsam aus dem Auto stieg.

Er trug einen Verband um den Kopf und wirkte ein wenig unsicher auf den Beinen. Das war nur zu verständlich, denn Ove hatte ihn gerade erst aus dem Krankenhaus abgeholt, wo er seine Gehirnerschütterung auskuriert hatte, die Ashley ihm mit einem gezielten Wurf eines Reisebügeleisens beschert hatte. Sein Vater umrundete den Wagen und öffnete den Kofferraum, um Gus zu befreien, der sich den Platz mit einem Koffer teilen musste. Auf Inas Blick hin erklärte er: »Der Junge bleibt jetzt erst mal für ein paar Tage bei mir, bis er wieder vollständig auf den Beinen ist.«

Lars wirkte darüber wenig begeistert, sagte aber nichts dazu.

»Das ist auch besser so«, pflichtete Agneta bei, die die beiden nacheinander mit einer herzlichen Umarmung begrüßte. »Schön, dass du da bist«, sagte sie zu Lars. »Wir sind alle froh, dass es dir besser geht.«

»Genau«, stimmte Ebba hinter ihr zu. »Darauf sollten wir einen trinken!« Sie zauberte eine Flasche Moltebeerschnaps hinter ihrem Rücken hervor. Augenscheinlich eine neue Sorte. Mit Zimtgeschmack.

Ove mischte sich sogleich unter die Feiernden, während Lars ein wenig unbeholfen dastand. Ina ging langsam auf ihn zu und umarmte ihn ebenfalls – ihren Mr. Stringer, der sich heldenhaft mit einer Serienmörderin angelegt hatte, um ihre Tochter aus deren Klauen zu befreien. So mutig – und doch wirkte er etwas verloren in der Menge der Menschen. Deshalb fragte sie ihn: »Wollen wir ein Stück spazieren gehen?«

Er lächelte dankbar und sie hakte sich bei ihm ein.

Ina wartete fünf Schritte, bis sie sich weit genug von der lauten Musik entfernt hatten. Dann nahm sie tief Luft, um ihre tausend Fragen an ihn endlich loswerden zu können.

Doch Lars kam ihr zuvor.

»Ich kann nicht lange bleiben«, nahm er ihr sogleich den Wind aus den Segeln. »In zwanzig Minuten habe ich ein Onlinemeeting mit meinem Team.« Er sah sie ernst an. »Der Abschlussbericht dieses Falles.«

Ina nickte verständnisvoll. Doch die wichtigsten Fragen mussten raus, brodelten zu sehr an der Oberfläche. »Wie geht es Ashley?« Sie war selbst darüber verwundert, dass dies die erste Frage war, die sie ihm stellte.

»Wie soll es ihr schon gehen?«, fragte Lars zurück. »Sie wird für eine sehr lange Zeit im Gefängnis sitzen. Vermutlich ihr Leben lang.«

Ina sah ihn aufmerksam an. Ein wenig war sie darüber

verwundert. »Wird sie denn nicht ausgeliefert? Immerhin ist Ashley amerikanische Staatsbürgerin.«

»Ich bin kein Rechtsexperte«, erwiderte Lars mit einem Schulterzucken. »Aber ich kann mir nicht vorstellen, dass unser Land Personen an Staaten ausliefert, in denen ihnen die Todesstrafe drohen könnte.«

Ina verabscheute die Todesstrafe, dennoch hatte diese Frau unfassbares Leid über sie und viele andere Menschen gebracht. Sie seufzte. »Ich verstehe es noch immer nicht. All das wegen eines Schwertes.«

»Nicht wegen irgendeines Schwertes«, erinnerte Lars sie. »Außerdem ging es ihr nie um das Schwert selbst, sondern ausschließlich um den Wert, den sie dafür erzielt hätte.«

»Wer war denn ihr Auftraggeber?«

»Wir haben das Handy ausgewertet, das deine Tochter auf dem Grund des Sees gefunden hat. Damit hatte Ashley Kontakt zu Arnulf und dem Drogendealer aufgenommen, von dem sie das Kaliumcyanid erworben hat.«

Ein eisiger Schauder durchfuhr Ina, weil ihr einmal mehr bewusst wurde, dass diese Frau alles kaltblütig geplant hatte.

»Das Handy war auch ihre Verbindung zum Auftraggeber. Meine Kollegen sind dran. Alle Spuren führen nach Amerika. Allem Anschein nach stand sie in regelmäßigem Kontakt mit einem schwedischen Auswanderer, der das große Geld mit Immobilienspekulationen gemacht hat. Er ist kein unbeschriebenes Blatt. Man weiß, dass er passionierter Kunstsammler ist und mutmaßlich über Artefakte verfügt, die eigentlich nicht in privatem Besitz sein sollten. Auch betreibt er wohl Handel damit.«

»Ein Kunsträuber also.«

»Wohl eher ein Hehler für Raubkunst«, korrigierte Lars

sie. »Womöglich hat er Ashley mit der Beschaffung des Schwertes beauftragt.« Er zögerte kurz. »Aber das spielt auch keine Rolle mehr. Zumindest nicht für mich. Das ist ein Fall mit internationalen Dimensionen, da bin ich raus.« Seinem Blick nach zu urteilen schien er gar nicht böse darüber zu sein.

Ina dachte daran zurück, wie sie das Schwert in Ashleys Wohnmobil gefunden hatte. Wobei »gefunden« das falsche Wort war, es hatte offen auf einem Tisch gelegen. Schon beim bloßen Anblick hatte sie nichts weiter als abgrundtiefe Verachtung empfunden. Wegen dieses Stück Stahls hatten so viele Menschen sterben müssen. Sie war froh und erleichtert, dass es nun bei seinen rechtmäßigen Besitzern war, im Schatzkammermuseum des königlichen Schlosses. Agneta und sie hatten sogar eine Einladung erhalten, das Geschenk persönlich dem König zu überreichen, doch sie hatten höflich darauf verzichtet. Wichtig war nur, dass dieses Schwert endlich vom Hof verschwand und das normale Leben weitergehen konnte.

»Arnulf«, platzte sie in ihre eigenen Gedanken. »Warum er?«

Diese Frage hatte sie Ashley bereits gestellt, doch so richtig schlau war sie nicht aus ihrer Antwort geworden.

»Wir haben eine beachtliche Menge Bargeld in seinem Kofferraum gefunden.« Lars warf einen langen Blick auf die ausgelassen feiernden Menschen. Auf Ina wirkte es, als suchte er jemanden. »Mittlerweile haben wir von Ashley erfahren, dass er sich ihre Dienste erkaufen wollte.«

Sie sah ihn überrascht an. »Inwiefern?«

»Nun, sie hat Wind davon bekommen, dass ihr euch online mit ihm getroffen habt«, erklärte er. »Direkt im

Anschluss hat sie ihn kontaktiert und ihm einen Deal vorgeschlagen. Und der bestand wohl darin, dass sie ihm für die entsprechende Entlohnung den Fundort des Schwertes zeigen wollte.«

»Das Rittergrab.«

»Ganz genau.«

»Er ist also in eine Falle getappt.«

»So sieht es aus.«

Darüber musste Ina gründlich nachdenken. Von Ove wusste sie, wie wichtig der Fundort für einen archäologischen Gegenstand war. Vermutlich war genau das Arnulfs Antrieb gewesen. Er hatte sich zunächst von dem Fundort überzeugen und ihnen dann das Schwert abluchsen wollen. Das war zumindest eine Möglichkeit. Tatsächlich wusste sie nicht, welche Absichten er in Wahrheit gehabt hatte. Vielleicht war das bloß eine wilde Theorie in ihrem Kopf.

Und wenn schon, dachte sie. Eine Antwort wird er ohnehin nicht mehr liefern können.

Sie schlenderten weiter am Seeufer entlang. Lars schob zwei Finger unter den Kopfverband und kratzte sich ausgiebig an einer Stelle.

»Tut es arg weh?«, fragte Ina besorgt.

»Halb so wild«, entgegnete er knapp. »Auf jeden Fall scheint Arnulf Ashley nicht völlig vertraut zu haben«, lenkte er das Thema zurück auf Inas Frage. »Zumindest würde das erklären, warum er das Geld nicht mit zum Treffpunkt genommen, sondern in seinem Wagen gelassen hatte.«

Ina dachte an die gefundene Jacke, in der sich Arnulfs Brieftasche und sein Autoschlüssel befunden hatten. Allmählich glaubte sie zu verstehen. Vielleicht hatte er sie absichtlich dort abgelegt, weil er befürchtet hatte, in eine Falle gelockt zu werden. Dass das tatsächlich so geschehen war, machte die Sache umso tragischer.

»Ashley sah in Arnulf einen Konkurrenten, den sie ausschalten wollte«, fuhr Lars unbeirrt fort. »Sie hat uns gegenüber ausgesagt, dass sie davon ausgehen musste, Arnulf hätte das Schwert bei der ersten sich bietenden Gelegenheit an sich gerissen. Und genau das wollte sie in keinem Fall zulassen.«

Sie gingen schweigend weiter. Ina war klar, dass sie noch eine ganze Weile brauchen würde, um all diese dramatischen Ereignisse zu verdauen.

»Aber jetzt wird alles gut?«, fragte sie Lars hoffnungsvoll. Er sah ihr intensiv in die Augen, lächelte aufmunternd. »Jetzt wird alles gut.«

Doch mit einem Mal ging sein Blick an ihr vorbei und sein Lächeln wurde noch eine Spur breiter. Ina drehte sich um und sah Paula, die langsam und beinahe schüchtern auf sie zukam. Ina verstand. Mit einem allwissenden Nicken wandte sie sich von ihm ab und ließ die beiden allein.

Sie näherte sich Svante, wenngleich sie hin und wieder zu den beiden zurückschaute. Als Paula und Lars Hand in Hand den Weg zum Steg einschlugen, schmiegte sie sich an Svantes Schulter, der daraufhin liebevoll den Arm um sie legte. Es war ein zarter, intimer Moment inmitten der Feierlichkeiten.

»Das junge Glück, was?«, meinte er.

Ina sah zu ihm auf und schüttelte leicht den Kopf. »Glück hat kein Alter.« Einen Atemzug lang schauten sie sich verschmitzt an. Dann wandte Ina sich kurz um. Die beiden standen jetzt am Ende des Steges, hielten noch immer Händchen und schienen für die Schönheit der Natur, die um sie herum in den wundervollsten Farben erstrahlte, keinen Blick zu haben.

»Stört es dich?« Oves Stimme riss sie aus den Gedanken. Er stand nun direkt neben ihr, die Hände auf seinen Gehstock gestützt, und schaute ebenfalls hinunter zum See.

Ina dachte intensiv über seine Frage nach. »Nein, tut es nicht«, sagte sie mit einem Lächeln auf den Lippen. »Lars ist ein guter Junge. Du hast ihn wunderbar hinbekommen.«

»Ach, dazu gibt es wohl unterschiedliche Ansichten.«

Dennoch grinste er stolz zurück und mit einem Mal spürte sie eine tiefe Verbundenheit zu ihm. Sie war froh, dass er nun auf dem Hof wohnte.

Für einen Moment verharrte sie, den Blick nachdenklich auf Paula und Lars gerichtet. Als sich ihre Gesichter näherten und sie sich küssten, hielt sie den Atem an. Sie sollte wegschauen, ihnen den Moment der Zweisamkeit lassen, aber sie konnte nicht. Denn Paulas Glück war auch ihr Glück.

»Lass ihnen ihren Moment der Zweisamkeit«, sagte Svante leise. Dann legte er seine Hände zärtlich an ihre Wangen und zog ihr Gesicht zu sich. Als sie nach einer gefühlten Ewigkeit wieder voneinander abließen, sah sie Lars, der allein vom Steg zurückkam.

Auf ihrer Höhe blieb er stehen, um sich zu verabschieden. »Ich muss jetzt zu meinem Meeting«, sagte er. »Aber danach werde ich mit euch feiern!«

Bevor er ging, drehte er sich noch einmal zum See, ein unergründliches Lächeln auf den Lippen. Ina folgte seinem Blick und sah ihre Tochter, wie sie, umgeben von den Ruder- und Tretbooten, am Ende des Stegs saß und die Füße über dem Wasser baumeln ließ. Es war ein wundervoller, beinahe unschuldiger Anblick.

»Ich würde mich freuen, wenn fortan etwas mehr Ruhe in unser Leben kommen würde«, sagte er in beiläufigem Tonfall. »Weniger Verbrechen. Weniger Tote.« Er lachte leise und rief nach seinem Hund, der sofort angehetzt kam. Doch dann hielt er noch einmal inne und sah Ina ernst an. »Damit wir dein Hundetraining fortsetzen können.«

»Ja, das wäre schön«, bestätigte sie mit einem energischen Nicken. »Ich wüsste auch nicht, was jetzt noch dagegensprechen sollte.« Sie hob die Hände. »So wie es ausschaut, haben wir beide sämtliche Fälle gelöst und sogar das Königshaus mit der Rückgabe des Schwertes glücklich gemacht.« Sie zwinkerte ihm zu und er zwinkerte zurück. Sie waren schon ein gutes Team.

»Also dann«, sagte er.

»Also dann«, sagte Ina.

Er wandte sich ab und klopfte im Vorbeigehen seinem Vater auf die Schulter. »Paps.«

»Sohn.«

Ina glaubte, ein verhaltenes Lächeln in den Gesichtern der beiden zu erkennen.

Immerhin! Vielleicht wird wirklich alles gut!

»Ich bin auch gleich wieder zurück«, informierte sie Svante und Ove. Begleitet von Zeus, ging sie hinunter zum Steg, schlüpfte aus den Sandalen und genoss das Gefühl der von der Sonne aufgewärmten Holzplanken unter ihren Füßen. Zeus drängte sich mit absoluter Selbstverständlichkeit zwischen sie beide, als Ina sich zu Paula setzte. Sie tat es ihrer Tochter gleich und ließ die Beine baumeln. Kurz über dem Wasser streckte sie die Füße und tauchte mit den Zehenspitzen in das kühle Nass. Ein wenig fühlte sie sich beschwipst. Weniger vom Alkohol, mehr vom Glück.

Für eine Weile hing nur das friedliche Schweigen zwischen ihnen in der Luft.

»Du hattest recht, Mama«, eröffnete Paula schließlich das Gespräch. »Dieser Hof … er ist etwas ganz Besonderes.«

Gemeinsam schauten sie über den See hinweg in den tiefen Wald, dem sie einige seiner Geheimnisse entlockt hatten. Ganz gewiss noch nicht alle. Es war ein wirklich tiefer Wald.

»Du und Svante also.« Paula sah sie forschend an.

»Und du und Lars?«, fragte Ina, woraufhin beide schmunzelten.

»Ich kann verstehen, Mama, dass du dir diesen Ort als neue Heimat ausgesucht hast.« Ohne sie anzuschauen, nahm Paula ihre Hand und drückte sie. »Vermutlich hätte ich an deiner Stelle genauso entschieden.«

»Das kannst du immer noch tun«, erwiderte Ina prompt. »Du musst nicht von hier fortgehen. Bleib bei uns, bei Lars und all den anderen.« Sie sah ihre Tochter eindringlich an. »Bleib bei mir.«

Ohne Paulas Reaktion abzuwarten, schloss Ina sie in die Arme. »Wir brauchen Hilfe, es gibt hier so viel zu tun«, sagte sie über ihre Schulter hinweg. »Du könntest Ashleys Arbeit übernehmen. Den Streichelzoo, die Ruderboote, die Tauchkurse. Jemand muss sich darum kümmern.« Sie lächelte. »Ganz besonders um die Alpakas. Das schafft Ebba nie und nimmer allein.« Sie entließ ihre Tochter wieder in die Freiheit und sah, wie es hinter deren Stirn, auf der ein großes Pflaster klebte, arbeitete. Bestimmt hatte Paula bereits mit diesem Gedanken gespielt, aber es war immer ein Unterschied, wenn ein anderer ihn aussprach.

Doch bevor ihre Tochter antworten konnte, forderte das

Geräusch eines brummenden Motors ihre Aufmerksamkeit. Jäh verstummte die Musik. Beide drehten sie die Köpfe. Eine noble Limousine fuhr auf den Hof und kam schließlich direkt am Seeufer zum Stehen.

»Wieder jemand aus dem Königshaus?«, fragte Paula, als wäre es das Selbstverständlichste der Welt.

Ina blinzelte. »Nein, diesmal wohl nicht«, murmelte sie. »Ich sehe keine Wimpel an den Kotflügeln.«

Angestachelt von ihrer Neugier, standen sie auf und näherten sich dem Fahrzeug, um das sich bereits die ersten Schaulustigen versammelt hatten.

Ein älterer Afroamerikaner stieg aus dem Auto. Er war in einen schicken beigefarbenen Anzug gekleidet.

»Haben denn in Schweden alle einen Chauffeur?«, fragte Paula belustigt.

Mit wogenden Schritten öffnete der Mann die hintere Tür der Limousine. Eine nahezu greifbare Stille legte sich über die Anwesenden, in der für einen Augenblick nur das Blöken der Ziegen zu vernehmen war. Auch Ina schaute gebannt und riss vor Staunen den Mund noch ein Stück weiter auf, als eine hochgewachsene afroamerikanische Frau mit königlicher Eleganz aus dem Wagen stieg. In jeder Hinsicht war diese Person eine Erscheinung. Unmöglich hätte Ina ihr Alter bestimmen können. Der Glanz ihrer leuchtend braunen Augen und die fein geschnittenen Gesichtszüge wirkten schlichtweg zeitlos. Ihr Körper war umhüllt von einem traditionellen Gewand, das aus einem glatten Stoff gefertigt war, der in der Abendsonne schimmerte. Es war in kräftigen Farben gehalten, ein Kaleidoskop aus Gold, Rot und Grün, mit aufwendigen Stickereien und Perlenarbeiten. Um die Taille trug sie einen goldfarbenen Gürtel, der mit funkelnden Steinen besetzt war. Besonders auffällig aber war das glitzernde Diadem, das ihre kurzen tiefschwarzen Haare bändigte.

Der Chauffeur platzierte sich neben sie und räusperte sich mit vorgehaltener Hand lautstark. Dann sagte er: »Darf ich vorstellen, die Prinzessin von Eswatini.«

Ein überraschtes, beinahe ungläubiges Raunen ging durch die Menge. Ina ertappte sich selbst dabei, wie sie sich dem anschloss.

Agneta trat mit einem freundlichen Lächeln vor. »Herzlich willkommen auf dem Tingsmålahof, Eure Hoheit.« Sie blinzelte die Besucherin interessiert an. »Darf ich fragen, was Euch zu uns führt?«

Die exotische Prinzessin erwiderte mit stolzem Augenaufschlag: »Ich bin auf der Suche nach meinem Mann.« Gleichzeitig richtete sich ihr Blick suchend auf die Menge, bis sie jemanden am Feuer im Fokus hatte. Ina folgte dem Blick der Frau und verspürte ein äußerst befremdliches Gefühl in der Magengrube, als sie sich darüber klar wurde, wem dieser Blick galt. Aus dem Gefühl wurde Gewissheit, als die Prinzessin im feinsten Schwedisch hinzufügte: »Ich suche meinen Gemahl, Graf Svante Foster von Skåne.«